조선시대

한시 읽기

上

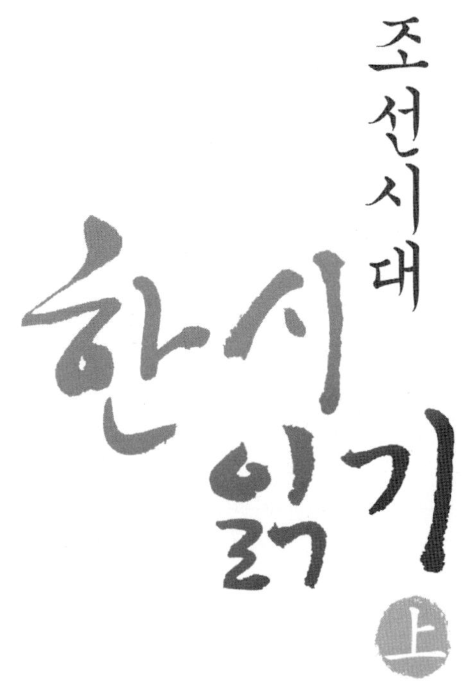

원주용 지음

漢文學의 白眉는 漢詩이다. 조선시대의 漢詩史에 대해 金萬重은『西浦漫筆』에서, "본조의 詩體는 네다섯 번 변했을 뿐만 아니라, 국초에는 고려의 남은 기풍을 이어 오로지 蘇東坡를 배워 성종, 중종 조에 이르렀으니, 오직 李荇이 대성하였다. 중간에 黃山谷의 시를 참작하여 시를 지었으니, 朴誾의 재능은 실로 삼백 년 詩史에서 최고이다. 또 변하여 황산곡과 陳師道를 오로지 배웠는데, 鄭士龍·盧守愼·黃廷彧이 솥발처럼 우뚝 일어났다. 또 변하여 唐風의 바름으로 돌아갔으니, 崔慶昌·白光勳·李達이 순정한 이들이다(本朝詩體 不啻四五變 國初承勝國之緖 純學東坡 以迄於宣靖 惟容齋稱大成焉 中間參以豫章 則翠軒之才 實三百年之一人 又變而專攻黃陳 則湖蘇芝 鼎足雄峙 又變而反正於唐 則崔白李 其粹然者也)."라 하여, 宋風에서 唐風으로의 변천에 대해 언급하였다. 이어서 허균은『惺叟詩話』에서, "조선의 詩는 中宗朝에 이르러 크게 성취되었다. 李荇이 시작을 열어 訥齋 朴祥·企齋 申光漢·冲庵 金淨·湖陰 鄭士龍이 一世에 나란히 나와 휘황하게 빛을 내고 金玉을 울리니 千古에 칭할 만하게 되었다. 조선의 시는 宣祖朝에 이르러서 크게 갖추어지게 되었다. 盧守愼은 杜甫의 법을 깨쳤는데 黃廷彧이 뒤를 이어 일어났고, 崔慶昌·白光勳은 唐을 본받았는데 李達이 그 흐름을 밝혔다. 우리 亡兄의 歌行은 李太白과 같고 누님의 시는 盛唐의 경지에 접근하였다. 그 후에 權鞸이 뒤늦게 나와 힘껏 前賢을 좇아 李荇과 더불어 어깨를 나란히 할 만하니, 아! 장하다(我朝詩 至中廟朝大成 以容齋相倡始 而朴

訥齋祥, 申企齋光漢金冲庵淨鄭湖陰士龍 竝生一世 炳烺鏗鏘 足稱千古也 我朝詩 至宣廟朝大備 盧蘇齋得杜法 而黃芝川代興 崔白法唐而李益之闖其流 吾亡兄歌行似太白 姊氏詩恰入盛唐 其後權汝章晚出 力追前賢 可與容齋相肩隨之 猗歟盛哉)."라 하여, 穆陵盛世에 대해 언급하고 있다. 李德懋는 『靑莊館全書』에서, "宣祖朝 이하에 나온 문장은 볼 만한 것이 많다. 시와 문을 겸한 이는 農巖 金昌協이고, 시로는 挹翠軒 朴誾을 제일로 친다는 것이 확고한 논평이나, 三淵 金昌翕에 이르러 大家를 이루었으니, 이는 어느 체제이든 다 갖추어져 있기 때문이다. 섬세하고 화려하여 名家를 이룬 이는 柳下 崔惠吉이고 唐을 모방하는 데 고질화된 이는 蓀谷 李達이며, 龜峯 宋翼弼은 濂洛의 풍미를 띤데다 色香에 神化를 이룬 분이고, 澤堂 李植의 시는 정밀한데다 식견이 있고 典雅하여 흔히 볼 수 있는 작품이 아니다(宣廟朝以下文章 多可觀也 詩文幷均者 其農岩乎 詩推挹翠軒爲第一 是不易之論 然至淵翁而後 成大家藪 蓋無體不有也 纖麗而成名家者 其柳下乎 痼疾於模唐者 其蓀谷乎 龜峯 帶濂洛而神化 於色香者 澤堂之詩 精緻有識且典雅 不可多得也)."라 하여, 그 이후의 漢詩史에 대해 언급하고 있다. 이렇게 明의 문학사조를 받아들여 學唐에 기울었다가 實學이 대두한 英祖 이후 淸의 사조를 받아들여 시풍이 크게 변한다. 이어서 李用休·李家煥 父子와 李德懋를 비롯한 後四家에 의해 奇詭하고 尖新한 詩風(神韻說)이 등장한다. 正祖에 이르러 杜甫의 영향을 많이 수용하고 그 위에 道學思想을 잘 반영한 陸游를 階梯로 삼은 '由陸

入杜’가 學詩의 正道라 믿었다. 申緯는 후사가의 뒤를 이어 그들의 장점을 계승하는 한편 淸의 詩學思潮도 직수입하여 ‘由蘇入杜’를 詩學의 正道라 믿었다. 또한 丁若鏞은 우리나라가 우수한 문화를 가진 민족임을 자부하고 中國詩를 흉내 내려 하지 않고 朝鮮詩를 지었던 것이다.

이 책은 이렇게 漢詩史에서 주목받는 인물들을 바탕으로 成石璘에서 조선중기 李珥까지(이후 鄭澈에서 金澤榮까지는 이어지는 속편에 수록되어 있음) 51家의 詩 200여 首를 모아서 註釋을 달고 國譯과 간략한 鑑賞을 적은 것이다. 鑑賞은 선행 연구 결과들을 많이 참조하였으며, 책의 구성상 참조한 연구 결과들을 하나하나 밝혀 두지 못한 점 양해를 구한다. 이 외에도 많은 훌륭한 詩人들의 작품들이 있으나, 다 싣지 못한 점이 못내 아쉬움으로 남는다.

모쪼록 이 책이 조선시대 漢詩에 관심 있는 사람이나 任用考査를 준비하는 학생들에게 작게나마 보탬이 되었으면 한다.

2010년 8월 龜山 기슭에서

元周用 謹書

차례

머리말

1. 「送僧之楓岳」 成石璘[1]

一萬二千峯	일만 이천 봉우리는
高低自不同	높고 낮음이 절로 다르네
君看日輪出	그대 보게나, 해 돋을 때에
高處最先紅	높은 곳이 가장 먼저 붉어진다네

<주석> 〖楓岳(풍악)〗 금강산의 가을 명칭(봄은 金剛山, 여름은 蓬萊山, 겨울은 皆骨山), 〖日輪(일륜)〗 해

<감상> 이 시는 금강산으로 가는 스님을 전송하면서 지은 시로, 平易한 詩語로 금강산의 일출 장면을 繪畵的으로 선명하게 묘사하고 있다. 금강산을 가 본 적이 없는 성석린이 금강산에 사는 스님에게 산의 勝景을 말하고 있다는 점에서 이 작품은 逆說的이라 볼 수 있으며, 금강산의 모습에 자신의 원대한 氣象을 투영한 작품으로도 볼 수 있다. 또한 金宗直은 『靑丘風雅』에서, "도를 터득함에 선후와 심천이 있으니, 사람의 성품이 높고 낮음에 달려 있음을 비유한 것이다(喩得道之有先後深淺 由人性之有高下)."라 하여, 금강산으로 가는 승려가 뛰어난 자질을 가지고 있으니, 得道에 邁進하여 가장 먼저

---

1) 成石璘(1338, 충숙왕 복위 7~1423, 세종 5). 본관은 창녕. 자는 自修, 호는 獨谷. 1357년(공민왕 6) 과거에 급제한 뒤 國子學諭·史官 등을 역임했으나, 辛旽의 미움을 받아 해주목사로 나갔다. 다시 成均司成 등을 지내고, 1380년(우왕 6) 密直提學으로 있을 때 昇天府에 왜구가 침입하자 助戰元帥로 임명되어 楊伯淵 등과 함께 싸워 이긴 공으로 輸誠佐理功臣이 되고 同知密直司事로 승진되었다. 양백연의 옥사에 연루되어 함안으로 유배되었다가 풀려나 昌原君에 봉해졌으며 政堂文學을 지냈다. 양광도도관찰사로 나갔을 때 흉년이 들자, 주·군에 義倉을 설치할 것을 건의하여 실행하게 했다. 1389년 이성계가 창왕을 폐하고 공양왕을 세운 데 협력한 9공신의 한 사람으로서 태조가 즉위한 뒤 문하시랑찬성사·개성부판사·한성부판사 등을 지내고 原從功臣에 책록되었다. 정종 때 좌정승을 역임하고, 1401년(태종 1) 佐命功臣으로 창녕부원군에 봉해졌다. 1403년 우의정, 1407년 좌의정, 1415년 영의정을 지냈지만, 생활이 검소하였다. 시를 잘 짓고, 초서를 잘 썼다. 시호는 文景이다.

햇살을 받는 봉우리가 되라고 당부한 것이라 看做할 수도 있다.

『筆苑雜記』에는 성석린에 관한 逸話가 실려 있는데, 예시하면 다음과 같다.

"문경공 성석린은 젊어서부터 뜻이 드높아 큰 절개가 있었다. ……소년 시절 4~5명의 동료들과 더불어 政房에 있었는데, 辛旽이 뒷짐을 지고 곁에서 보다가 문경을 가리키며 말하기를, '끝내 반드시 크게 현달할 것이니, 그 복덕은 제군들이 미칠 바 아니다' 하였는데, 마침내 그 말과 같았으니, 늙은 역적 신돈도 사람을 알아보는 눈을 갖추었다 하겠다. 공의 나이가 60이었을 적에 그 어머니는 나이가 70이 넘었는데 병이 위독하여 눈을 감고 말을 못한 지가 며칠이 되었고, 약도 효험이 없어서 공이 향을 태우고 기도하며 슬피 부르짖다가 거의 기절할 지경에 이르렀는데, 조금 뒤 어머니가 말하기를, '이게 무슨 소리냐?' 하니, 모시고 있던 사람이 놀라고 기뻐하며 대답하기를, '기도하는 소립니다' 하니, 어머니가 말하기를, '하늘이 사람을 보내어 안석과 지팡이를 주며 말하기를, <아들의 지극한 정성이 이와 같으니, 이것을 붙들고 일어나라.>고 하더라' 하고는 병이 곧 나으니, 사람들이 문경공의 효성이 지극함을 감탄하였다(成文景公石璘 少有倜儻奇節 ……早年與四五同僚 在政房 辛旽負手傍觀 指文景曰 終必大顯 福德非諸君所及 卒如其言 老賊亦復具眼 公年六十 慈氏亦年踰七十 病革 瞑目不言者數日 藥餌無效 公焚香祈禱 哀號幾絶 俄而慈氏曰 是何聲也 侍者驚喜曰 祈禱聲也 慈氏曰 天遣人賜几杖曰 有子至誠如此 可扶而起 病尋愈 人皆嘆文景孝誠之篤)."

2. 「送金汾舍人 赴稷山」成石璘

稷山雖十室	직산이 비록 작은 고을이지만
亦足試吾仁	또한 우리의 仁政을 시험할 만하네
撫字先惸獨	어루만짐에 독신자부터 우선하고
差科問富貧	빈부를 물어 부역에 차등을 두어야 하네
割鷄言是戲	현령의 직책 장난삼아 말하지만
留犢事堪遵	청렴한 관직 생활한 일 따를 수 있어야 하네
幼學終何用	어려서 배운 학문 끝내 어디에 쓰겠는가?
須令澤及民	모름지기 은택이 백성에게 미치게 해야지

<주석> 〖舍人(사인)〗 귀한 집의 자제, 〖赴〗 나아가다 부, 〖撫字(무자)〗
백성에 대한 사랑, 〖惸〗 독신자 경, 〖差科(차과)〗 役과 賦稅에
차등을 둠, 〖割鷄(할계)〗 子游가 武城의 宰가 되어 禮樂을 제창
하자, 공자가 "割鷄焉用牛刀"라고 한 데서 현령의 직책을 일컬
음, 〖留犢(류독)〗 三國時代 常林이 부임지에서 낳은 송아지는
자기 소유가 아니라고 두고 간 것에서, 청렴한 관직 생활을 일컬
음, 〖堪〗 =能, 〖遵〗 좇다 준, 〖澤〗 은덕 택

<주석> 이 시는 그의 門生인 김분이 직산에 수령으로 내려가는 것을 전송
하면서 지은 것으로, 백성을 어루만져 은택이 백성에게 미치기를
당부하고 있다.

직산이 十室밖에 안 되는 작은 고을이지만, 官人으로서 배운 仁을
시험해 볼 만은 하다. 백성을 어루만지고 사랑하는 것은 孟子의
말처럼 힘없는 鰥寡孤獨으로부터 행해야 하고 빈부에 따라 차등
있게 賦役과 稅金을 매겨야 한다. 작은 고을에서 너무 큰일을 시
행한다고 말하지만, 부임지에서 낳은 송아지를 두고 간 常林의 청
렴함은 따라야 한다. 젊은 시절 열심히 배운 학문은 결국 은택이

백성에게 미치게 하는 데에서 효용을 발휘하는 것이다.

이 시 외에도 성석린이 지방관으로 가는 사람에게 준 시에는 대부분 백성에 대한 관심을 많이 표출하고 있어 그의 官人像을 잘 보여 주고 있다고 하겠다.

3. 「竹長寺」 鄭以吾[2]

衙罷乘閑出郭西　　관청 일 마치고 틈을 내어 서쪽 성곽에 나서니
僧殘寺古路高低　　스님 드물고 절은 오래되었는데 길은 울퉁불퉁
祭星壇畔春風早　　별 제사 지내는 제단 가에는 봄바람 아직 이른데
紅杏半開山鳥鳴　　붉은 살구나무 반쯤 피었고 산새가 우는구나

<주석> 〖竹長寺(죽장사)〗 경상도 善山에 있는 절, 〖衙〗 관청 아, 〖祭星
(제성)〗 매년 봄에 천자가 동쪽 교외에 나가 壇을 만들고 별에게 제
사 지내는 것으로, 중요한 祭禮 가운데 하나임, 〖畔〗 가 반, 〖杏〗
살구나무 행

<감상> 이 시는 선산부사로 있을 때 관청 일을 마치고 시간을 내어 隣近
에 있는 죽장사에 올라 쓴 시이다.

관청 일을 마치고 시간을 내어 서쪽 성곽에 있는 죽장사에 갔더
니, 울퉁불퉁한 길에 스님은 보이지 않고 절은 오래되어 고즈넉하
다. 봄이 아직 올 시기가 아닌데, 제단 가에는 붉은 살구나무가 반
쯤 꽃을 피웠고 산새가 울어 대고 있다.

徐居正은 『東人詩話』에서, "아려하고 청일하여, 비록 唐詩 속에
두더라도 부끄러울 것이 없다(雅麗淸逸 雖置之唐詩 無媿)."라 하
였고, 許筠은 『국조시산』에서, "중당의 높은 품격이다(中唐高
品)."라 평하고 있다.

『海東雜錄』에 정이오의 詩名에 대한 간략한 逸話가 다음과 같이 실

---

2) 鄭以吾(1347, 충목왕 3~1434 세종 16). 자는 粹可, 호는 郊隱 또는 愚谷, 시호는
   文定, 본관은 晉州이다. 1374년(공민왕 23년) 문과에 급제하였고, 1394년 善州府使
   로 나간 것을 시작으로, 성균관대사성·예문관대제학 등을 역임하고, 76세에 風疾
   에 걸려 벼슬에서 물러났다. 성석린, 이색, 정몽주 등과 교유하였으며, 신유학을 바
   탕으로 조선왕조의 문물을 정비하는 데 주력하였는데, 1398년 經史를 간추려 올렸
   고, 『四書節要』를 撰進하기도 하였다. 영의정에 추증되었다.

려 있다.

"본관은 晉州이며 호는 郊隱이다. 공민왕 말년에 과거에 급제하
였고 詩를 잘하였으며, 善山에 지방관으로 있었는데 일처리가 청
렴하고 간략하며 文治에 여유가 있었다. 本朝에 들어와서 벼슬이
贊成事에 이르렀으며, 80여 세까지 살았고, 文定이라 시호하였으
며, 문집이 세상에 전한다. ……이른 봄에 여러 늙은이들과 城 남
쪽에서 聯句(詩句 하나씩 부르는 것)하는 모임을 가졌는데, 많은
같은 마을의 자제들이 그 자리에 있었다. 교은이 먼저 부르기를,
'소가 졸고 있는 언덕엔 풀이 비로소 파랗고' 하니, 朴致安이란
사람이 곧 응대하여 이르기를, '새 우는 가지 끝엔 꽃이 한창 붉구
나'라 하니, 자리를 같이한 모든 사람들이 칭찬하였으며, 시의 명
성이 이때부터 당시에 크게 떨쳤다(晉州人 號郊隱 恭愍王末年登
第 工於詩 出守善山 蒞事淸而簡 文治有餘 入本朝 官至贊成事
年過八十 謚文定 有集行于世 ……早春 與諸耆老 會城南聯句
同里子弟多在座 郊隱先唱云 眠牛壟上草初綠 朴生致安卽對曰
啼鳥枝頭花正紅 滿座稱賞 詩名自此 大振當時)."

4. 「南山八詠」 鄭以五

「雲橫北闕」

玉葉橫金闕　　옥빛 구름은 금빛 대궐에 비껴 있고

朱甍照碧天　　붉은 지붕은 푸른 하늘에 빛나네

丁東傳促漏　　똑똑 급한 물시계 소리 들려오는데

戌北釀霏煙　　북쪽에서는 안개가 뭉게뭉게 일어나네

佳氣晴相擁　　아름다운 기운 갠 날 서로 둘렀는데

高標望更連　　높은 기상 바라보니 다시 잇따랐네

南山將獻壽　　남산 같은 높은 복을 우리 임금께 드리니

穆穆萬斯年　　오래오래 만년을 누리소서

<주석> 【玉葉(옥엽)】 채색 구름, 【甍】 용마루 맹, 【丁東(정동)】 소리의 상형, 【漏】 물시계 루, 【戌】 서북쪽 술, 【釀】 빚다 양, 【霏】 연기가 오르는 모양 비, 【擁】 안다 옹, 【高標(고표)】 높이 솟음, 【獻壽(헌수)】 禮를 바치고 장수를 기원함, 【南山~壽】『詩經』「小雅」「天保」에, "如南山之壽 不騫不崩"이라 하여, 임금의 萬壽無疆을 기리는 말로 쓰임, 【穆穆(목목)】 성대히 모인 모양

<감상> 이 시는 南山에 대해 읊은 8수 가운데 첫 번째 시로, 구름이 대궐에 비껴 있는 것에 대해 노래하면서 새 왕조에 대한 頌祝의 의미를 지니고 있다. 옥빛 같은 구름이 대궐에 비껴 있고, 높이 솟은 대궐의 붉은 지붕이 푸른 하늘에서 빛난다(金과 碧의 色彩 對比가 선명함). 물시계 소리가 똑똑 급하게 들려오는데, 북쪽으로 안개가 뭉게뭉게 일어나고 있다. 맑게 갠 날, 아름다운 기운이 대궐 주변으로 둘러 있는데, 높은 기상이 연이어 있다. 저 남산 같은 높은 복을 우리 임금님께 드리니, 우리 임금님께서는 오래오래 萬壽無疆하십시오.

5. 「送人出守」 鄭以五

黎蒸失業食無餘　백성들 생업을 잃어 먹을 것 남아 있지 않고
井邑蕭條頳尾魚　마을은 쓸쓸하여 백성은 꼬리 붉은 물고기 신
　　　　　　　세라네
臘雪不飛春又旱　섣달에 눈이 오지 않아 봄이 또 가물겠으니
公歸須看活民書　공이여, 가거든 모름지기 백성을 살릴 글 보
　　　　　　　게나

<주석> 〖黎蒸(려증)〗 백성, 〖蕭條(소조)〗 쓸쓸한 모양, 〖頳〗 붉다 정, 〖頳尾
(정미)〗 붉은 꼬리로, 노고를 의미함(『詩經』「周南」「汝墳」 "毛傳:
魚勞則尾赤"라 하여, 뒤에 憂勞나 勞苦를 가리킴), 〖臘〗 섣달 랍

<감상> 이 시는 충주자사로 나가는 사람에게 준 시로, 백성을 위하는 태
도가 잘 드러나 있다.
　백성들은 생업을 잃어 먹을 것이 남아 있지 않다. 그래서 마을은
쓸쓸하고 백성은 노고에 시달리고 있다. 이것은 治者의 잘못이다.
더구나 풍년을 기약하는 섣달의 눈마저 내리지 않아 올봄은 작년
과 마찬가지로 또 가물겠으니, 그대는 임지로 가거들랑 백성을 살
릴 꾀를 잘 생각해 보게.

6. 「次韻寄鄭伯亨」 鄭以五

二月將闌三月來　　이월이 다하고 삼월이 오려 하니
一年春色夢中回　　일 년의 봄빛이 꿈속에서 돌아가네
千金尙未買佳節　　천금으로도 아름다운 시절 살 수 없으니
酒熟誰家花正開　　누구 집에 술 익고 꽃이 한창 피었는가?

<주석> 〖闌〗 다하다 란, 〖正〗 확실히 정

<감상> 이 시는 정백형의 시에 차운하여 보내 준 것으로, 지나가는 봄에 대한 아쉬움을 노래하고 있다.

2월이 가고 3월이 오려고 하니, 세상을 밝게 비추던 봄빛도 떠나가려 한다. 천금이라는 많은 돈을 주고도 이 아름다운 봄 경치를 살 수 없으니, 술이 익고 꽃이 한창 핀 누구 집에서 이 좋은 봄날에 술 한잔 할까?

기, 승구는 杜甫의 「絶句漫興」에 "二月已破三月來 漸老逢春能幾回"의 구절을 變容한 것이고, 전구는 蘇軾의 「春宵」에 "春宵一刻値千金 花有淸香月有香"이라는 구절을 변용한 것이다. 이처럼 前代의 詩句에서 자연스럽게 변용한 이러한 수법이 높이 평가되어, 허균은 "마땅히 조선 초 絶句詩 중에 가장 으뜸이다(當爲國初絶句第一)"라 평했고, 『성수시화』에서는 "당나라 사람의 좋은 글에 비해 뒤지지 않는다(不減唐人佳處)"라는 평을 가하고 있다.

煌煌金殿照層巒	찬란한 금빛 궁궐 첩첩 산을 비추는데
樹葱籠景氣閒	옥 같은 나무 푸르러 경관이 여유롭네
閶闔九天開日月	구천의 天門에 밝은 빛이 열리니
衣冠五夜集鴛鸞	선비들은 五更에 궁전에 모여드네
衆心離合分毫忽	민심은 순식간에 離合集散하니
百代興衰可鑑觀	역대의 흥망성쇠 거울로 삼아야지
裁決萬機猶未罷	나랏일 처리 아직도 끝나지 않았는데
日斜花影上欄干	해 기울자 꽃 그림자 난간으로 올라왔네

<주석> 【煌】 빛나다 황, 【巒】 산 만, 【琪】 옥 기, 【葱籠(총롱)】 초목이 푸르고 무성함, 【景氣(경기)】 경관, 【閶闔(창합)】 전설상의 天門, 宮門, 宮殿, 【鴛鸞(원란)】 조정의 관리. 漢나라 궁전의 이름, 【毫忽(호홀)】 아주 짧은 시간, 【萬機(만기)】 執政者가 처리할 각종 政務, 【干】 난간 간

<감상> 이 시는 근정전을 노래한 것으로, 시간의 경과에 따라 궁중의 하

---

3) 卞季良(1369, 공민왕 18～1430, 세종 12). 본관은 밀양. 자는 巨卿, 호는 春亭. 4세 때 古詩의 對句를 암기하고 6세 때 글을 지었으며, 1385년 문과에 급제하여 典校主簿가 되었고, 1392년 조선 건국 때 千牛衛中領中郎將 겸 典醫監丞이 되었다. 1407년(태종 7) 문과중시에 乙科 제1인으로 뽑혀 당상관이 되고 예조우참의가 되었다. 태종말까지 예문관대제학·예조판서·의정부참찬 등을 지내다가 1420년(세종 2) 집현전이 설치된 뒤 집현전대제학이 되었다. 당대의 문인을 대표할 만한 위치에 이르렀으나 전대의 李穡과 權近에 비해 격이 낮고 내용도 허약해졌다는 평을 받았다. 그에게 있어 문학은 조선 왕조를 찬양하고 수식하는 일이었다.「太行太上王諡冊文」에서는 태조를 칭송하면서 조선 건국을 찬양했고, 경기체가인「華山別曲」에서는 한양도읍을 찬양했다. 정도전에게 바친「奉呈鄭三峰」에서도 정도전이 완벽한 인재라고 칭송했다. 鄭道傳·權近의 뒤를 이어 조선 초기 館閣文學을 좌우했던 인물이다. 20년 동안이나 대제학을 맡고 성균관을 장악하면서 외교문서를 쓰거나 문학의 규범을 마련했다.『태조실록』의 편찬과『고려사』를 고치는 작업에 참여했으며, 저서에『春亭集』3권 5책이 있다. 시호는 文肅이다.

루 일과를 잘 그려 내고 있다.

勤政殿이 뒤에 있는 鎭山인 北岳山을 배경으로 장대하게 솟아 있고, 옥 같은 나무들이 무성하게 푸르러 좋은 풍광을 이루고 있다. 날이 새어 궁궐 문이 열리자 滿朝百官들이 열 지어 조정으로 모여들고 있다. 민심은 언제 어떻게 변할지 모르니, 역대의 興亡盛衰를 거울로 삼아 경계해야 한다. 政務에 바빠 처리해야 할 나랏일이 많이 남았는데, 해가 서산으로 기울자 꽃 그림자가 난간으로 올라와 풍경이 아름답다.

卞季良은 이 시에서 궁궐의 장엄한 모습 속에 政務에 바쁜 신하들의 모습과 治國을 위한 경계를 노래하여 館閣詩人다운 모습을 보여주고 있다. 변계량은 館閣體를 風靡한 사람으로 『弘齋全書』「日省錄」에는 다음과 같은 내용이 실려 있다.

"우리나라의 관각체는 陽村 權近으로부터 비롯되었는데 그 이후 春亭 卞季亮, 四佳 徐居正 등이 역시 이 문체로 한 시대를 풍미하였다. 近古에는 月沙 李廷龜, 壺谷 南龍翼, 西河 李敏敍 등이 또 서로 그 뒤를 이어 각체가 갖추어졌다. 비유하자면 大匠이 집을 지을 때 전체 구조를 튼튼하게만 관리하여 짓고 기이하고 교묘한 모양은 요구하지 않지만 四面八方이 튼튼하게 꽉 짜여서 전혀 도끼 자국 따위의 흠은 보이지 않는 것과 같으니, 이 역시 한 시대의 巨擘이 될 만한 것이다. '살아 있는 壺谷이 두렵다.'고 한 말은 館閣家에 지금까지 전해 오는 미담이다. 언젠가 玉吾齋 宋相琦의 문집을 보니, 이러한 각 문체가 역시 호곡과 서하의 규범과 법도에서 나온 것이었다. 다만 濃熟한 기력은 아무래도 미치지 못하였다(我國館閣體 肇自權陽村 而伊後如卞春亭徐四佳輩 亦以此雄視一世 近古則李月沙南壺谷李西河 又相繼踵武 各體俱備 比若大匠造舍 間架範圍 只管牢實做去 不要奇巧底樣子 而四面八方井井堂堂 了不見斧鑿痕 此亦可爲一代巨擘 生壺谷可怕 館閣家至今傳 以爲美談 曾觀玉吾齋宋相琦文集 這箇各體 亦從壺河規度中出來 而但氣力終不及濃熟)."

8. 「題樂天亭」 卞季良

樂天亭上又淸秋	낙천정 위로 또 맑은 가을이 왔는데
地戴明君佳氣浮	이 땅에 명군 모시니 瑞氣가 떠오르네
疎雨白鷗麻浦曲	부슬비 속 백구는 마포 어귀 날고
落霞孤鶩漢山頭	지는 노을 외로운 오리는 한산 위로 날아가네
仁風浩蕩草從偃	인풍이 호탕하니 풀이 좇아 절로 쓰러지고
聖澤瀰漫水共流	성스런 은택이 가득하니 강물도 함께 흐르도다
宵旰餘閒觀物象	政事에 바쁘신 여가에 풍광을 감상하니
人間仙境更何求	인간의 仙境을 어디서 또 구하리오

<주석> 【樂天亭(락천정)】 태종의 離宮, 【鶩】 집오리 목, 【偃】 쓰러지다
언, 【草從偃(초종언)】 『論語』「顔淵」에, "君子之德風 小人之德
草 草上之風 必偃"라는 말이 나옴, 【瀰】 물이 넓다 미, 【漫】 넘
쳐흐르다 만, 【宵旰(소간)】 宵衣旰食(아침 일찍 옷을 입고 밤늦게
저녁을 먹음)의 준말로, 왕이 정무에 부지런함, 【物象(물상)】 外界
事物

<감상> 이 시는 태종의 離宮이자 한강의 명승지인 낙천정에 쓴 시로, 觀
閣詩人답게 임금의 덕을 讚美하고 있다.

낙천정에 다시 가을이 왔는데, 밝으신 임금님을 모시고 낙천정에
오르니 상서로운 기운이 피어오른다. 부슬비가 내리는 가운데 마
포 어귀에는 흰 갈매기가 날고, 저녁이 되어 노을이 지자 한 마리
오리는 북한산 위로 날아가는 한가롭고 태평스러운 광경이 펼쳐
지고 있다. 임금님의 仁한 풍모가 호탕하니 풀인 백성들이 감화되
어 쓰러지고, 성스러운 은택이 저 한강에 흐르는 강물만큼이나 가
득하다. 임금께서 정치에 바쁘신 여가에 잠시 이곳 낙천정에 올라
풍광을 감상하고 있으니, 인간 세상에 이곳을 빼면 어디가 仙境이

란 말인가?

權鼈의 『해동잡록』에 변계량의 文才에 대한 이야기가 다음과 같이 실려 있다.

"본관은 密陽이고, 자는 巨卿이며, 호는 春亭이다. 仲良의 아우이며 문장이 뛰어나게 묘하며 법칙에 알맞아 아담하다. 특히 詩에 능숙한데 맑으면서 난삽하지 아니하고 담담하면서 천박하지 아니하였다. 辛禑朝에 나이 17세로 급제하였다. 太宗은 친구로서 이를 대했고 오랫동안 대제학을 맡아서 20여 년이나 되었으며 큰 나라를 섬기고 이웃 나라와 외교하는 文詞가 모두 그의 손에서 나왔다. 관직은 대제학에 이르렀고 시호는 文肅이다(密陽人 字巨卿 號春亭 仲良之弟 文辭高妙典雅 尤長於詩 淸而不苦 淡而不淺 辛禑朝 年十七登第 我太宗待以故舊 久典文衡 二十餘年 事大 交隣詞命 皆出其手 官至大提學 諡文肅)."

9. 「同年會于王輪 設宴 余有故不赴 以詩寄」卞季良

今夕神仙醉紫霞 　 오늘 저녁 신선이 자하주에 취하리니
錦筵銀燭映靑娥 　 비단 방석 은촛불이 예쁜 소녀를 비추이리
夜深踏月婆娑舞 　 야심토록 달빛 따라 너울너울 춤을 추니
滿帽花枝影半斜 　 모자에 가득 꽃가지 그림자 반쯤이나 기울었네

<주석> 〖赴〗 나아가다 부, 〖紫霞(자하)〗 신선이 타고 다니는 자색빛 노을. 여기서는 신선이 산다는 紫霞洞이나 신선이 마시는 紫霞酒를 말함, 〖靑娥(청아)〗 예쁜 소녀, 〖婆娑(파사)〗 춤추는 모양, 〖帽〗 모자 모

<감상> 이 시는 同年 과거급제자들이 왕륜사에 모여 잔치를 열었는데 일이 있어 가지 못하고 시를 부쳐 준 것으로, 自矜·화려함·해학·여유를 누리는 排他的 旣得權을 가진 館閣文臣들의 분위기를 잘 보여 주고 있다.

오늘 저녁 동문 급제자들이 신선처럼 신선이 산다는 紫霞洞에 모여 紫霞酒를 마시며 취할 것이요, 비단 방석과 은으로 된 촛불이 있는 화려한 잔치에 예쁜 기생까지 함께하고 있을 것이다. 밤이 깊도록 흥에 겨워 너울너울 춤을 추니, 과거급제 후 받은 御賜花가 반쯤 기울었을 것이다(술에 취한 동료들의 모습을 해학적으로 그린 것이다).

배타적 기득권은 성품을 형성하기도 하는데, 『필원잡기』에는 변계량의 고집스러운 성품에 대한 逸話가 다음과 같이 실려 있다.

"文肅公 卞季良은 고집스런 성품이었다. 宣德 연간에 흰 꿩을 하례하는 表에 '惟玆白雉'라는 어구가 있었는데, 문숙공이 말하기를, '玆는 中行(글자를 가운데 줄에 씀)으로 써야 한다.' 하니, 제공들은, '聖上에 속한 것이 아닌데, 왜 중행이라 이르는가?' 하였으나, 문숙공은 자기 의견을 고집하였다. 제공들은 取稟(임금에게

문의함)하는 것이 마땅하다고 하였는데, 世宗께서는 제공들의 의견을 옳다고 하니, 공이 다시 아뢰기를, '농사짓는 일은 남자 종에게 물을 것이요, 길쌈하는 일은 여자 종에게 물을 것입니다. 전하께서 나라를 다스릴 때에 매와 개를 데리고 사냥하는 일이라면 文孝宗의 무리에게 묻는 것이 마땅하오나, 詞命에 이르러서는 老臣에게 위임하는 것이 마땅하오니, 다른 사람의 의견을 가볍게 따라서는 안 됩니다' 하여, 세종이 부득이 그의 의견을 좇았다(卞文肅公季良性固執 宣德年間 賀白雉表詞中 有惟玆白雉之語 文肅曰 玆字宜中行 諸公曰 不屬上 何謂中行 文肅固執之 諸公曰 宜取旨 世宗是諸公之議 文肅復啓曰 耕當問奴 織當問婢 殿下爲國 若鷹犬宜問文孝宗輩 至於詞命 當依任老臣 不可輕許他議 世宗不得已從之)."

10. 「試闈」 卞季良

春闈曾見士如林	봄철 과장 선비들 수풀처럼 모였는데
萬萬花容有淺深	모두들 꽃 같으나 재주는 제각각이네
李白桃紅都自取	흰 오얏꽃 붉은 복사꽃 저마다 뽐내지만
天工造化本無心	조물주의 조화는 본래부터 무심타네

<주석> 〚試闈(시위)〛 과거 시험장, 〚都〛 모두 도

<감상> 이 시는 科擧 시험장의 情景을 읊은 것으로, 館閣 문인들이 자주 노래하는 소재이다.

봄이 되어 과거 시험을 보기 위한 선비들이 수풀처럼 많이 모였는데, 봄에 피는 꽃처럼 제각각 다른 재주를 지니고 있다. 하얀 오얏꽃 같은 이도 있고 붉은 복사꽃 같은 이도 있어 저마다 자신의 능력을 뽐내지만, 조물주가 특별한 꽃에 사적인 마음을 더 줌이 없듯이 군주는 無私하게 인재를 선발할 것이다.

正祖는 『弘齋全書』「日得錄」에서 변계량 시의 風格에 대해 다음과 같이 말하였다.

"國初 卞季良과 崔恒의 문장은 진실하고 꾸밈이 없기 때문에 後生 小子들이 종종 모여서 비웃곤 한다. 그러나 그 글의 좋은 점은 바로 풍부하면서도 잡되지 않고 질박하면서 화려하지 않은 데 있다(國初卞季良崔恒之文 眞實無文彩 後生小子 往往相聚而笑之 然其好處 正在於富而不雜 質而不華)."

"國朝의 文章家 중에서 卞季良, 崔恒 같은 사람들은, 文勢가 원만하고 중후하여 字句를 다듬는 데나 주력하는 후세 사람들이 미칠 바가 아니다. 지금의 경박한 풍조를 돌려 淳厚함으로 돌아가게 하자면 마땅히 이들을 법으로 삼아야 하겠지만, 習俗이 이미 고질화되어 비루하게 여기며 배우려 들지 않는 데야 어쩌겠는가

(國朝文章 如卞季良崔恒輩 文氣渾重 非後世雕斲者所可及 今
欲反漓回淳 當以此爲法 而無奈習尙已痼 卑之不肯學)."

11.「感興」七首 卞季良

其四

春蠶復秋蛾	봄철의 누에가 가을에는 나방 되니
歲月無停期	세월은 멈출 기약이 없구나
人生非金石	인생은 금석처럼 단단하지 않으니
少年能幾時	젊은 시절 얼마나 되겠는가
馳名日拘束	이름을 내려니 날마다 얽매이고
靜言心傷悲	말없이 지내자니 마음이 슬프구나
旣壯不努力	젊어서 노력을 하지 않으면
白首而無知	백발이 성성토록 아는 것이 없다오
思之一長歎	생각하며 길게 탄식하니
庶幾來可追	오는 것을 따를 수 있을 것 같네

<주석> 【蛾】 나방 아, 【停】 머무르다 정, 【庶幾(서기)】 거의 되려함, 【來可追】 『論語』에, "초나라 광인인 접여가 공자 앞을 지나며 노래하였다. '봉이여, 봉이여! 어찌 덕이 쇠하였는가? 지나간 것은 간할 수 없거니와 오는 것은 오히려 따를 수 있으니, 그만둘지어다! 그만둘지어다! 오늘날 정사에 종사하는 자들은 위험하다'(楚狂接輿歌而過孔子曰 鳳兮鳳兮 何德之衰 往者不可諫 來者猶可追 已而已而 今之從政者殆而)"라 하였음.

<감상> 이 시는 立身의 어려움과 빠른 세월 그리고 다가오는 미래에 대한 기대에 대해 노래한 것이다.

봄에는 누에였던 것이 가을이 되면 어느새 나방이 되어 하늘로 날아간다. 세월이 너무나 빨리 지나간다. 그러한 세월을 살아가는 사람의 삶은 쇠나 바위처럼 변화가 없는 것이 아니니, 젊은 시절이야 얼마나 되겠는가? 세상에 이름을 떨치려니 날마다 세속의 일에

얽매여야 하고, 가만히 지내자니 마음만 아플 뿐이다. 젊어서 학문에 정진하지 않으면 늙어서 아는 것이 없게 되니, 젊은 시절에 학문에 노력해야 한다. 이런 것을 생각하며 길게 탄식하니, 지나간 일은 어쩔 수 없지만 앞으로 다가오는 것은 따라갈 수 있으니, 미래에 대해 희망을 가지자.

早年遊學也悠悠　　　젊어서 유학하던 일 아득하더니
只向名途走不休　　　다만 명예의 길을 향해 쉼 없이 달렸네
昨夜燈前倍惆悵　　　어젯밤 등불 앞에 매우 서글퍼지니
雨聲如別一年秋　　　빗소리 한 해의 가을을 이별하는 듯

<주석> 〖悠悠(유유)〗 아득한 모양, 〖惆〗 슬프다 추, 〖悵〗 슬프다 창

<감상> 이 시는 새벽에 일어나 感興이 있어 지은 것으로, 자신의 삶을 회고하고 悔恨에 잠겨 읊은 노래이다.

가을비 오는 밤, 등불을 켜 두고 스승의 문하에서 수업하던 예전을 추억하니, 아득하기만 하다. 그런데 大義는 이룬 것이 없고 功名에만 빠진 자신을 되돌아보니, 서글퍼진다. 밖에는 가을비가 내리고 있는데, 벌써 한 해가 또 가려나 보다.

이 외에도 홍만종은 『小華詩評』에서 변계량과 鄭士龍의 시를 서로 견주어 다음과 같은 평을 남기고 있다.

"우리나라 춘정 변계량이 지은 '강마을에 새벽 되자 환한 빛이 하늘과 닿았고, 버드나무 방죽에 봄이 찾아오니 누런빛이 땅 위에 떠도네(「將赴京都 長湍途中 寄呈鼎谷」)'라는 시구가 있고, 호음 정사룡이 지은 ……라는 시구가 있다. 두 사람 또한 모두 신령의 도움이 있었다고 자랑스럽게 여겼다. 그러나 춘정의 시는 경물묘사가 신선하기는 하지만 신령스러움을 볼 수 없다. 호음의 시는 지극히 맑고 허허로운 기상이 있으니, 신령의 도움을 얻었다고 해도 과찬은 아닐 것이다(我東卞春亭季良 虛白連天江郡曉 暗黃浮地柳堤春 鄭湖陰 …… 兩公亦皆矜神助 春亭詩寫景雖神 未見其神處 湖陰詩極有淸虛之氣 雖謂之神助 亦非過許)."

虞時二女竹	순임금 때의 두 여인의 대나무요
秦日大夫松	진시황 때의 대부였던 소나무
縱有哀榮異	비록 슬프고 영화로움이 다름은 있지만
寧爲冷熱容	어찌 차고 뜨거운 얼굴을 하리오.

<주석> 〖二女竹(이녀죽)〗 烈女의 상징으로 쓰이는데, 舜임금이 남쪽에 순행하다가 죽자, 그의 두 妃가 湘江에서 슬피 울 때, 피눈물이 대숲에 뿌려져 斑竹이 되었다고 함, 〖大夫松(대부송)〗 秦始皇이 泰山에 놀러 갔다가 도중에 비를 만나, 다섯 소나무 밑에서 비를 피했으므로, 그 소나무에 大夫의 벼슬을 주었다고 함

<감상> 이 시는 가슴속의 마음을 읊은 것으로, 世祖의 왕위찬탈과 死六臣의 端宗 復位 운동을 배경으로 諷刺의 뜻이 담겨 있다.

순임금 때의 두 왕비인 蛾黃과 女英이 순임금의 죽음을 듣고 상 강의 대나무 숲에 눈물을 뿌리고 죽은 것은 단종 복위를 계획했다 처형된 成三問 등을 비유한 것이고, 진시황제가 비를 피하고 소나 무에 대부라는 직위를 내린 것은 申叔舟 등 세조의 왕위찬탈을 도

---

4) 李石亨(1415, 태종 15～1477, 성종 8). 본관은 延安. 자는 伯玉, 호는 樗軒. 金泮의 문인이다. 1442년(세종 24) 식년문과에 장원급제하여 정언이 되었다. 1447년 응교로 있을 때 문신 중시에 급제했다. 1451년(문종 1) 집현전직제학으로 춘추관기주관을 겸직했으며, 이때 鄭麟趾 등과 『고려사』・『치평요람』의 편찬에 참여했다. 1453년 계유정난으로 세조가 병권과 정권을 장악하자, 정인지・신숙주 등과 더불어 훈구파의 대표적 인물로 부상했다. 1455년(세조 1) 첨지중추원사를 거쳐 전라도관찰사로 나갔다. 1456년 6월 死六臣 사건이 일어나자, 사육신의 절의를 칭송하는 시를 익산 동헌에 남겨 대간에서 치죄하자는 논의가 있었으나 세조에 의해 예조참의에 올랐다. 1460년 황해도관찰사로 세조의 西界 지방순행을 도왔다. 그 뒤 대사헌・호조참판 등을 거쳐 팔도체찰사로 號牌法의 시행을 감독했다. 1468년 세조가 죽은 후 告訃兼 請諡承襲使로 명나라에 다녀왔다. 1470년(성종 1) 판중추부사가 되고, 이듬해 佐理 功臣 4등으로 延城府院君에 봉해졌다. 저서로 『저헌집』이 있다. 시호는 文康이다.

운 사람들에 비유한 것이다. 비록 死六臣의 죽음이 슬프고 신숙주 등의 영화가 다름은 있지만, 그렇다고 슬픈 사육신이 기운이 빠져 차가운 얼굴을 할 것이 뭐가 있으며, 신숙주 등이 기뻐서 열이 날 정도로 뜨거운 얼굴을 할 것이 뭐가 있겠는가?

『海東樂府』에는 이 시에 대한 다음과 같은 逸話가 실려 있다. "李石亨의 본관은 延安이다. 세종 때에 三壯元에 올라 그 이름이 한때 으뜸이었으며, 성삼문·박팽년 등과 서로 가장 친하였다. 세조가 즉위하자 마침 모친상을 당하였는데, 복을 마치자 곧 전라감사를 제수받았다. 병자년 6월 25일에 성삼문 등의 獄事가 일어났으나, 석형은 外任에 있었기 때문에 연루되지 않았다. 27일 순찰 길에 益山에 이르러 여러 사람이 모두 죽었다는 소식을 들었다. 이에 시 한 수를 지어 벽 위에 써 놓고, '병자년 6월 27일에 지었다'고 썼는데, 그 시에 이르기를, ……라 하였다. 그때 대간이 그 시의 뜻을 국문하기를 아뢰어 청하니, 세조가 그것을 보고 말하기를, '시인의 뜻이 있는 곳을 모르니, 어찌 반드시 그렇게 하랴?' 하여, 일은 마침내 그치고 말았다(李石亨延安人 英廟朝 登三壯元 名冠一時 最與成三問朴彭年諸人相切 光廟受禪 適丁內憂 服閡 卽除全羅監司 丙子六月二十五日 成三問等獄事起 石亨以外任之故 不爲連累 二十七日巡到益山 聞諸人盡死 遂題一詩于縣壁上 書曰丙子六月二十七日作 詩曰 虞時二女竹 秦日大夫松 縱有哀榮異 寧爲冷熱容 其時臺諫啓請鞫問詩意 光廟覽之曰 詩人命意 不知所在 何必乃爾 事遂止)."

14. 「善竹橋」 李塏[5]

繁華往事已成空　　번화했던 지난 일은 이미 헛것이 돼 버린 채
舞館歌臺野草中　　춤추던 집이나 노래하던 무대 들풀 속에 묻혔네
惟有斷橋名善竹　　오직 남은 잘린 다리 그 이름은 선죽교로
半千王業一文忠　　반 천 년의 왕업은 한 사람의 문충뿐이구나

<주석> 『文忠(문충)』 鄭夢周의 시호

<감상> 이 시는 선죽교에서 지은 것으로, 圃隱 鄭夢周의 忠節을 기리는 懷古詩이다.

지난 고려의 역사를 생각해 보니, 번화했던 수도 開城은 이미 사라지고 헛된 것이 되어 버려, 기생들이 춤추던 집이나 노래하던 무대가 모두 들풀 속에 자취를 감추어 버렸다. 오직 선죽교만이 남아 있는데, 그것도 한편이 잘려 버리고 이름만 남아 있다. 그 선죽교에는 고려 500년 왕조의 업적이 한 사람 鄭夢周의 忠節만이 흔적을 남겨 두고 있다.

이개는 氣槪가 매우 높았는데, 이와 관련하여 『東閣雜記』에 다음과 같은 逸話가 실려 있다.

"李塏는 牧隱의 증손인데, 詩와 文이 뛰어나 세상에서 중망을 받았다. 세종이 溫陽에 갈 적에 이개가 성삼문 등과 함께 便服으로

---

5) 李塏(1417, 태종 17~1456, 세조 2). 본관은 韓山. 자는 淸甫·伯高, 호는 白玉軒. 1436년(세종 18) 司馬試에 합격했다. 1441년 훈민정음 창제에 관여했으며 『東國正韻』의 번역·편찬작업에도 참여했다. 1447년 문과중시에 급제한 뒤 賜暇讀書를 했다. 1450년(문종 즉위) 왕세자를 위해 書筵을 열었을 때 左文學으로 『소학』을 강의하여 문종에게 칭찬을 받았다. 1456년(세조 2) 2월 집현전부제학에 임명되었으나, 成三問·朴彭年·河緯地 등과 함께 단종의 복위를 계획하다 金礩의 밀고로 체포되어 국문을 당했다. 숙부 季甸이 세조와 친교가 두터워 회유를 받았으나 거절하고, 의연하게 관련자들과 함께 車裂刑을 당했다. 詩文이 절묘했고, 글씨에도 능했다. 시호는 義烈이었다가 忠簡으로 고쳐졌다.

행차를 따라가 顧問이 되니, 사람들이 모두 영광스럽게 여겼다.
성삼문의 모사에 참여하였는데, 사람됨이 몸이 파리하고 약하나
곤장 아래에서도 안색이 변하지 아니하므로, 보는 사람들이 장하
게 여겼다. 세조가 潛邸에 있을 때에 이개의 숙부 李季甸이 매우
친밀하게 출입하므로 이개가 경계한 적이 있었다. 이때서야 세조
가 말하기를, '일찍이 이개가 제 숙부에게 그런 말이 있었다는 것
을 듣고, 마음에 못된 놈이라 여겼더니, 과연 다른 마음이 있어 그
러하였던 것이로구나.' 하였다. 이개가 수레에 실려 刑場으로 나
갈 때에 시를 짓기를, '우의 솥처럼 중할 때엔 삶도 또한 크거니
와, 기러기 털처럼 가벼운 데선 죽음 또한 영광일세. 일찍이 일어
나 자지 않고 문을 나가니, 현릉(文宗)의 송백이 꿈속에 푸르구
나.' 하였다(李塏牧隱之曾孫也 詩文淸絶 爲世所重 英廟幸溫陽
塏與三問等 便服隨駕 備顧問 人皆榮之 預三問之謀 爲人瘦弱
而杖下顔色不變 見者壯之 光廟在潛邸 塏之叔父季甸 出入甚密
塏戒之 及是光廟曰 曾聞有此言 心以爲不肖 果有異心而然耶
塏載車有詩曰 禹鼎重時生亦大 鴻毛輕處死猶榮 明發未寐出門
去 顯陵松柏夢中靑)."

擊鼓催人命　　북을 울리며 사람의 목숨 재촉하는데
回頭日欲斜　　머리를 돌리니 해가 지려고 한다
黃泉無一店　　황천길에는 주막 하나 없다는데
今夜宿誰家　　오늘밤은 누구 집에서 잘까?

<주석> 〖催〗 재촉하다 최, 〖黃泉(황천)〗 저승, 〖店〗 가게 점

<감상> 이 시는 世祖의 懷柔에 응하지 않아 죽음에 임하여 목숨이 끊어

지기 전 刑場에서 지은 시이다.

둥둥 북을 울리며 망나니가 사람의 목숨을 거두기를 재촉하는데,

조금 있으면 이승에서의 마지막이기 때문에 下直이나 하려고 머

리를 들어 산천을 돌아다보니, 태양도 자신과 마찬가지로 西山으

로 지려고 하고 있다. 저승으로 가는 길에는 주막이 하나도 없다

고 들었는데, 오늘밤은 누구 집에서 자고 갈까?

이 시 외에 이덕무의 『靑莊館全書』에는 성삼문이 지은 시에 대한

逸話가 다음과 같이 실려 있다.

"승지 성삼문의 「이제묘」 시에, '초목 또한 주나라 이슬비에 컸으

---

6) 成三問(1418, 태종 18~1456, 세조 2). 단종의 복위를 꾀하다 죽은 死六臣 가운데
한 사람으로 조선왕조의 대표적인 節臣으로 꼽힌다. 본관은 창녕. 자는 謹甫・訥翁,
호는 梅竹軒. 외가인 洪州 노은골에서 출생할 때 하늘에서 "낳았느냐?" 하고 묻는
소리가 3번 들려서 三問이라 이름을 지었다는 일화가 전한다. 1435년(세종 17) 생원
시에 합격하고, 1438년에 식년시에 응시하여 뒷날 생사를 같이한 하위지와 함께 급
제했다. 집현전학사로 뽑힌 뒤 수찬・집현전을 지냈다. 1442년 박팽년・신죽주・하
위지・이석형 등과 더불어 삼각산 津寬寺에서 賜暇讀書를 했고, 세종의 명으로 신
숙주와 함께 「禮記大文諺讀」을 편찬했다. 세종이 正音廳을 설치하고 훈민정음을
만들 때 정인지・신숙주・최항・박팽년・李塏 등과 더불어 이를 도왔다. 1447년
문과 중시에 장원으로 급제한 뒤 1453년 좌사간, 1454년 집현전부제학・예조참의를
거쳐 1455년 예방승지가 되었다. 1456년 단종복위 운동이 발각되어 혹독한 고문에
도 결코 굴하지 아니하여 滅門之禍를 당했다.

니, 그대들이 오히려 수양산 고사리 먹은 것 부끄럽네' 하였다. 劉
峻(자는 孝標, 시호는 玄靖先生)의 「辨命論」에 '伯夷와 叔齊가
淑媛(여인을 말함)의 말 때문에 죽었다' 하고, 그 주석에 '백이와
숙제가 고사리를 캐다 어떤 여자가 <당신들이 의리상 주나라 곡
식을 먹지 못한다고 하는데, 고사리도 주나라의 초목이다> 하자,
그대로 수양산에서 굶어 죽었다.' 했으니, 성삼문의 시가 우연히
그와 부합된 것일까? 혹 그대로 이 일을 따다 쓴 것일까?(成承旨
三問夷齊廟詩 草木亦霑周雨露 愧君猶食首陽薇 劉峻辨命論云
夷齊斃淑媛之言 注夷齊采薇 有女子謂之曰 子義不食周粟 此亦
周之草木也 因饑首陽成詩偶然符合耶 或因用此事歟)"

16. 「在博多島 次韻寄仁叟伯玉仲章謹甫清甫山居」
申叔舟7)

半歲天涯已倦遊	하늘 끝에 노닌 지 반년 이미 노닐기 지쳤는데
歸心日夕故山秋	밤낮 돌아갈 마음 고국산천에 있다오
山中舊友靑燈夜	산속에서 등불 아래 글 읽던 옛 벗들이여
聞話應憐海外舟	한담하다 해외의 叔舟를 애처로워하겠지
一任東西自在遊	동서를 책임져서 어느 곳이나 다녔더니
滄溟萬里海天秋	푸른 바다 만 리 밖 하늘가에서 가을을 보내네
翻思有命應先定	아무리 생각하여도 팔자에 정해졌나니
字是泛翁名叔舟	자는 범옹이요, 이름 또한 숙주일세

<주석> 〖仁叟伯玉仲章謹甫清甫〗 仁叟는 朴彭年의 字, 伯玉은 李石亨
의 자, 仲章은 河緯地의 자, 謹甫는 成三問의 자, 清甫는 李塏의
자, 〖倦〗 피로하다 권, 〖滄〗 푸르다 창, 〖溟〗 바다 명, 〖翻〗 뒤

---

7) 申叔舟(1417, 태종 17~1475, 성종 6). 본관은 고령. 자는 泛翁, 호는 希賢堂・保閑
齋. 1438년(세종 20) 생원시・진사시에 합격했고, 이듬해 친시문과에 급제하여 典農
寺直長을 지냈다. 입직할 때마다 장서각에 파묻혀서 귀중한 서책들을 읽었으며, 자
청하여 숙직을 도맡아 했다고 한다. 이러한 학문에 대한 열성이 왕에게까지 알려져
세종으로부터 어의를 받기도 했다. 1443년 통신사 卞孝文의 서장관으로 일본에 가
서 우리의 학문과 문화를 과시하는 한편 가는 곳마다 산천의 경계와 要害地를 살펴
지도를 작성하고 그들의 제도・풍속, 각지 영주들의 강약 등을 기록했다. 일본에서
돌아온 뒤 집현전수찬을 지내면서 세종의 뜻을 받들어 훈민정음 창제에 심혈을 기울
였다. 1452년(문종 2) 수양대군이 사은사로 명나라에 갈 때 서장관으로 수행하면서
그와 깊은 유대를 맺었다. 1453년 수양대군이 계유정난을 일으켜 金宗瑞・皇甫仁
등을 제거하고 정권을 장악했을 때 중용되어 輸忠協策靖難功臣 1등에 오르고, 이듬
해 도승지로 승진했다. 1455년 세조가 즉위하자 同德佐翼功臣 1등에 高靈君으로
봉해지고 예문관대제학으로 임명되었다. 서장관으로 일본에 갔던 경험을 바탕으로「
海東諸國記」를 지어 일본과의 교류에 도움을 주고, 오랫동안 예조판서로 있으면서
명과의 외교관계를 맡는 등 외교정책의 입안・책임자로서도 활약했다. 글씨에도 뛰
어났으며, 특히 송설체를 잘 썼다고 한다. 저서로는 문집인 『보한재집』이 있다. 시호
는 文忠이다.

집다 번

 이 시는 일본의 박다도에 있으면서 차운하여 산중에 있는 박팽년·이석형·하위지·성삼문·이개에게 보낸 시이다.

하늘 끝 일본에 온 지도 벌써 반년이 지나 지쳐 가는데, 언제쯤 고향에 돌아갈 수 있을까? 예전에 산속에서 불을 밝혀 놓고 함께 글을 읽던 옛 벗들, 정답게 이야기를 나누다가 내 이야기에 이르러서는 멀리 일본에 와 있는 내 처지를 애처로워할 것이다. 이전에도 나라의 일을 맡아 천하를 周遊하였는데, 지금은 푸른 바다를 만 리나 건너 일본에서 가을을 보내고 있다. 이렇게 된 자신의 처지는 바다나 물을 떠다니는 노인이라는 '泛翁'이라는 字와 배가 들어간 '叔舟'라는 이름 때문으로, 이미 정해진 운명인 것이다. 金安老의 『龍泉談寂記』에, "신숙주가 집현전에 들어가 藏書閣에서 평소에 보지 못한 책들을 가져다 보며 밤을 새웠다. 하루저녁에는 三更이 되었을 때 세종이 환관 하나를 보내어 보고 오라고 하였다. 公은 여전히 촛불을 켜고 독서하였는데, 3, 4차례 가서 보아도 여전히 그치지 않고 독서하다가, 닭이 운 뒤에야 잠을 잤다. 주상께서 담비 가죽옷을 벗어 푹 잠든 틈을 타서 덮어 주도록 하였다. 신숙주가 아침에 일어나 비로소 알았다. 사림에서 이 말을 듣고 힘쓰지 않는 사람이 없었다(申叔舟入集賢殿 取藏書閣平昔所未見之書 讀之 通宵不寐 一夕漏下三鼓 我英廟遣小宦往覘之 公猶燃燭讀書 往覘數四 讀猶不輟 雞鳴後始寢 上解貂裘 令乘睡熟覆其上 叔舟朝起方覺之 士林聞之 莫不勸勵)."라 하여, 학문에 정진한 신숙주의 逸話가 실려 있다. 이러한 결과 신숙주는 일본과 중국에도 명성을 날렸는데, 그의 「碑文」에, "서장관으로 일본에 사신 갔었을 때 倭人이 다투어 그의 시를 요구하자 붓을 쥐고 곧 지으니 모두들 탄복하였다. 떠나서 돌아오기까지 무릇 9개월 걸렸다. 이전의 통신사행은 이만큼 완전하고 또 빠른 적이 없었다. 매번 사신들이 올 때마다 왜인이 반드시 그의 안부를 물

었다(以書狀聘日本 倭人爭求其詩 操筆立就 衆皆嘆服 自發暨還
凡九箇月 前此通信之行 未有若此之完且速者 每使价來 倭人必
問其寒暄)”라 하였고, 『皇華集』에는, “景泰 초 翰林學士 예겸이
사신으로 우리나라에 왔을 때 太平樓에 올라 시를 지었다. 신숙
주가 그 韻을 써서 화답하니, 學士가 탄복하고 돌아갈 때 시를 지
어 보내기를, ‘시 솜씨는 일찍 屈原과 그의 제자 宋玉의 壇에 올
랐으니, 그 명성 전하여져 조정 끝까지 가득 찼네’ 하고, 동방의
최고라 칭찬하였다(景泰初 翰林學士倪謙奉使東來 登太平樓賦
詩 叔舟步其韻和之 學士嘆服 旣還寄詩云 詞賦曾乘屈宋壇 爲
傳聲譽滿朝端 稱爲東方巨擘).”라 하여, 그의 詩名에 관한 내용
이 실려 있다.

17. 「題匪懈堂 四十八詠」申叔舟

「熟睡海棠」

高人睡起掩朱扉	고인이 잠에서 깨어 일어나 붉은 사립문을 닫으니
月轉長廊香霧霏	달빛은 긴 회랑을 돌고 꽃향기 어린 안개는 내리네
獨繞芳叢燒短燭	홀로 꽃떨기에 둘러싸여 작은 촛불 켜 두고
沈吟夜久更忘歸	밤늦도록 읊조리며 다시 돌아가길 잊네

<주석> 〖匪懈堂(비해당)〗 세종대왕의 3남인 安平大君 李瑢의 號이다. 당대의 名筆로서 詩文에 뛰어나 중국 사신들이 올 때마다 그의 필적을 얻어 가곤 하였다. 端宗 즉위 후 皇甫仁・金宗瑞 등과 제휴하고 문신들을 포섭하여 首陽大君의 무신 측과 맞서다 단종 1년 癸酉靖難으로 몰락하여 賜死되었음, 〖睡〗 자다 수, 〖高人(고인)〗 평범하지 않은 사람, 〖扉〗 문짝 비, 〖廊〗 행랑 랑, 〖霏〗 오다 비, 〖繞〗 둘러싸다 요, 〖沈吟(침음)〗 낮은 소리로 읊조림

<감상> 이 시는 安平大君의 저택과 그 주변의 사물들을 제재로 하여 지은 시 가운데 깊은 잠에서 깨어 해당화를 보고 노래한 것이다. 안평대군을 중심으로 申叔舟・成三問・金守溫・徐居正 등은 唯美的 성향의 시를 짓는다. 崔恒의 「山谷精粹序」에, "비해당은 학문이 해박하고 견식이 높은데, 평소 황산곡의 시를 좋아하여 늘 읊조리며 감상하기를 멈추지 않았다. 마침내 단편 가운데 좋은 작품을 뽑고 뛰어난 것을 모아서 평론을 더하고 『산곡정수』라 하였다. ……뒤에 시를 배우는 자들이 만일 이 한 질의 시집에 나아가 숙독하여 깊이 체득할 수 있다면 고인들이 깨달은 법도를 마땅히 이로부터 얻게 될 것이다. 그리하여 천근하고 비루한 기운을 제거

하여 청신하고 기묘한 골수로 바꿀 수 있을 것이고, 고장 난 거문고 소리가 남의 귀를 거스르는 일을 걱정하지 않게 될 것이며, 사광과 鍾子期가 잠깐 사이에 얼굴빛을 바꾸고 음식 맛을 잃게 될 것이다. 才德을 겸비한 군자가 오묘하게 살펴보고 정밀하게 모았으니, 정성을 다해 선인들을 빛나게 하고 후진들을 이끌어 주려는 아름다운 뜻이 이에 다소 실현될 것이다(匡懈堂學該識高 雅愛涪翁詩 每詠玩不置 遂采其短章之佳者 粹而彙之 就加評論 名曰 山谷精粹 …… 後之學詩者 苟能卽此一帙 熟讀而深體之 則古人悟入之法 當自此得之 祛淺易鄙陋之氣 換淸新奇巧之髓 枯絃弊軫 不患其不滿人耳 而師曠鍾期俄爲之改容忘味 大雅君子妙覽精輟 惓惓焉發輝前英 啓迪後進之美意 於是乎少酬矣)."라 하였는데, 이를 통해 안평대군의 후원 아래 기존의 詩風에서 벗어나고자 하였음을 볼 수 있다.

조선 전기의 서거정·강희맹·李承召·신숙주 등의 館閣文人들은 화려한 수사와 세련된 감성을 위주로 시를 창작하였다. 문학에 있어 실용적인 측면을 강조했던 이들이 唯美主義的인 취향을 드러내는 것은, 王政의 粉飾과 對明 외교의 필요성으로 인해 기교적인 詩文의 창작이 요구되었고, 寒微한 출신에서 집현전 학사로 발탁되어 특별한 대우를 받았던 사람으로서의 엘리트 의식이 귀족적인 성향으로 변질되었던 것이다. 위의 시가 그 대표적인 작품이다.

18. 「寄中書諸君」 申叔舟

豆滿春江繞塞山	두만의 봄강이 변방산을 둘렀는데
客來歸夢五雲間	나그네의 돌아가는 꿈은 오색구름 사이에 있네
中書醉後應無事	중서들은 취한 뒤에 아마 일이 없으리니
明月梨花不怕寒	밝은 달 배꽃에 추위를 겁내지 않으리라

<주석> 〖中書(중서)〗 본디 궁궐의 문서 출납을 관장하는 漢·唐 시대 官制의 하나인데, 흔히 우리나라의 議政府에 견주어 말함, 〖繞〗 두르다 요, 〖怕〗 두려워하다 파

<감상> 이 시는 함경도에 노닐다가 中書의 여러 사람들에게 보낸 시이다. 이 시에 대해 洪萬宗은 『小華詩評』에서, "보한재 신숙주·이락당 신용개·기재 신광한 조손 세 사람은 모두 문장에 뛰어나 대제학을 지냈으니, 위대한 일이다. 보한재가 일찍이 함경도를 노닐다가 중서 여러 사람들에게 다음과 같은 시를 부쳤다. ……위에 든 여러 시는 唐詩에 양보할 것이 없다(保閑齋申叔舟二樂堂用漑企齋光漢 祖孫三人 皆以文章典文衡 偉哉 保閑嘗北遊 寄中書諸君詩曰 ……諸詩何讓唐人)."라는 평을 남기고 있다.

正祖는 『弘齋全書』「日得錄」에서 다음과 같이 말하였다.

"보한재 신숙주와 같은 경우는 논설도 잘하고 행동도 잘하였다고 할 만하다. 널리 섭렵한 재주로 국가를 경영하고 백성을 구제하는 문장을 지어 내어 깊은 운용과 막힘없는 조치로 우리 聖祖를 도와서 다스리는 도구를 마련하였기 때문에 그 문장이 넓으면서도 잡되지 않고 분석적이면서도 정직하여 한 시대의 법도가 환하게 갖추어 전해지게 하였으니, 평생토록 쩔쩔매면서 쓸데없는 데 마음을 쓰는 문필가들과는 다르다. 세상의 故事에 관심을 가진 자들은 읽어 보지 않으면 안 된다(若保閑齋 可謂能說能做也 以其彌綸之

才 發爲經濟之文 淵乎其運用 沛乎其注措 翼我聖祖 畢張治具
是故其文博而不雜 辨而不詭 一代典章 賁然可述 非若操觚家終
歲矻矻 卒用心於無用之地也 世之留意掌故者 不可不讀)."

19. 「春日」 徐居正[8]

金入垂楊玉謝梅	금빛은 실버들에 들고 옥빛은 매화를 떠나는데
小池新水碧於苔	작은 못의 새로운 물은 이끼보다 푸르다
春愁春興誰深淺	봄 시름과 봄 흥취 어느 것이 깊고 옅은가?
燕子不來花未開	제비가 오지 않아 꽃이 피지 않았네

<주석> 〖謝〗 물러나다 사, 〖苔〗 이끼 태

<감상> 이 시는 봄 경치를 읊은 시로, 역대 選集에 거의 모두 選載되어 있으며 중국의 錢謙益이 편찬한 『列朝詩集』에도 수록되어 서거정의 詩名이 해외에도 떨치게 한 작품이다.

노란 버들에 금빛이 반짝이고 추운 겨울에 피었다 봄이 오자 흰 매화가 지고 있다. 겨우내 얼었던 눈이 녹아 작은 못에 고였는데 이끼보다 푸르다. 나른하고 무료한 봄의 시름과 봄이 와서 느끼는 봄의 흥취는 어느 것이 더 깊은가? 봄이 오지 않아 꽃이 피지 않은 것이 시름이니, 머지않아 제비가 오면 꽃은 필 것이요, 그러면 시름은 저절로 사라질 것이며, 흥이 일 것이다.

---

8) 徐居正(1420, 세종 2~1488, 성종 19). 자는 剛中, 호는 四佳亭. 權近의 외손자. 조선 전기의 대표적인 지식인으로 45년간 세종·문종·단종·세조·예종·성종의 여섯 임금을 모셨으며 신흥왕조의 기틀을 잡고 文風을 일으키는 데 크게 기여했다. 원만한 성품의 소유자로 端宗 폐위와 死六臣의 희생 등의 어지러운 현실 속에서도 왕을 섬기고 자신의 직책을 지키는 것을 직분으로 삼아 조정을 떠나지 않았다. 당대의 혹독한 비평가였던 金時習과도 미묘한 친분관계를 맺은 것으로 유명하다. 문장과 글씨에 능하여 수많은 편찬사업에 참여했으며, 그 자신도 뛰어난 문학저술을 남겨 조선시대 관각문학이 절정을 이루었던 穆陵盛世의 디딤돌을 이루었다. 그의 저술서로는 객관적 비평태도와 주체적 批評眼을 확립하여 후대의 詩話에 큰 영향을 끼친 『東人詩話』, 간추린 역사·제도·풍속 등을 서술한 『筆苑雜記』, 설화·수필의 집대성이라고 할 만한 『太平閑話滑稽傳』이 있으며, 官人의 富麗豪放한 시문이 다수 실린 『四佳集』 등이 있다. 명나라 사신 祁順과의 시 대결에서 우수한 재능을 보였으며 그를 통한 『皇華集』의 편찬으로 이름이 중국에까지 알려졌다.

평탄한 벼슬살이를 했던 徐居正이기에 다가오는 봄은 고울 것이요, 그러한 봄의 여유로움 또한 즐길 수 있었던 것이다. 이 시는 특이하게도 近體詩에서 꺼리는 반복된 글자를 사용하고 있으며, 하나의 句에서 對를 이루는 句中對를 활용하기도 하였다(金入垂楊과 玉謝梅, 燕子不來와 花未開).

조선 전기의 서거정·강희맹·李承召 등의 館閣文人들은 화려한 수사와 세련된 감성을 위주로 시를 창작하였다. 문학에 있어 實用的인 측면을 강조했던 이들이 唯美主義的인 취향을 드러내는 것은, 王政의 粉飾과 對明 외교의 필요성으로 인해 技巧的인 詩文의 창작이 요구되었고, 한미한 출신에서 집현전 학사로 발탁되어 특별한 대우를 받았던 사람으로서의 엘리트 의식이 귀족적인 성향으로 변질되었던 것이다. 그 대표적인 저작이 위의 시이다.

이에 대해 홍만종은 『小華詩評』에서, "사가 서거정은 대제학 자리를 오래도록 지키고 있었기 때문에 명성이 누구보다 성대했다. 그러나 평자들이 그를 중시하지 않은 것은 그의 재주가 화려하고 넉넉한 데만 그치고 있기 때문이다(徐四佳久典文衡 聲名最盛 而不爲評家所重 蓋以才止於華贍而已)."라고 언급하고 있다.

徐居正은 館閣體를 풍미한 사람으로 正祖의 『弘齋全書』「日省錄」에는 다음과 같은 내용이 실려 있다.

"우리나라의 관각체는 陽村 權近으로부터 비롯되었는데 그 이후 春亭 卞季亮, 四佳 徐居正 등이 역시 이 문체로 한 시대를 풍미하였다. 近古에는 月沙 李廷龜, 壺谷 南龍翼, 西河 李敏敍 등이 또 그 뒤를 이어 각체가 갖추어졌다(我國館閣體 肇自權陽村 而伊後如卞春亭徐四佳輩 亦以此雄視一世 近古則李月沙南壺谷李西河 又相繼踵武 各體俱備)."

小晴簾幕日暉暉	잠시 갠 주렴과 휘장에 햇빛은 반짝반짝
短帽輕衫暑氣微	짧은 모자 홑적삼에 더위가 가시네
解籜有心因雨長	껍질 벗은 죽순은 유심이 비를 맞아 자라고
落花無力受風飛	지는 꽃은 힘없이 바람 따라 날아가네
久抛翰墨藏名姓	성명을 감추어 둔 문자는 버린 지 오래고
已厭簪纓惹是非	시비를 일으키는 벼슬도 진작 싫었다네
寶鴨香殘初睡覺	보압 향 다 타 갈 때 잠이 막 깨니
客曾來少燕頻歸	손님은 적게 오고 제비만 자주 나네

<주석> 【暉】 빛나다 휘, 【帽】 모자 모, 【衫】 적삼 삼, 【籜】 대껍질 탁, 【抛】
버리다 반, 【翰】 붓 한, 【簪纓(잠영)】 관리가 쓰는 관에 꽂는 비
녀와 갓끈으로, 高官을 일컬음, 【惹】 이끌다 야, 【寶鴨(보압)】
향로 이름, 【睡】 잠 수

<감상> 이 시는 초여름 잠이 들었다가 깨어나서 지은 작품이다.

초여름 비가 오다가 잠깐 날이 개자 주렴과 휘장에 햇살이 반짝거
리고, 긴 官帽를 벗고 짧은 모자를 쓰고 무거운 관복을 벗고 홑적
삼을 입고 있으니 여름인데도 시원하다. 자다 일어나 정원을 바라
보니, 비가 온 뒤라 죽순이 부쩍 자라나 있고 초여름까지 떨어지
지 않고 있던 꽃잎이 힘없이 바람에 날리고 있다. 명성을 떨치던
글도 버린 지 오래고 시비를 일으키는 벼슬살이도 예전부터 싫었
다. 무료하고 한가로워 낮잠을 자다 향이 다 타려 할 때 잠에서 깨
니, 벗은 오지 않고 제비만 자주 날아갔다 날아온다.

權鼈의 『해동잡록』에는 다음과 같이 서거정의 간략한 生平이 실
려 있다.

"본관은 大丘 達城으로, 자는 剛仲이며 옛 자는 子元이고 호는

四佳亭이다. 세종 갑자년에 급제하고 세조 때에 또 重試・拔英試・登俊試 등 세 과에서 발탁되었다. 시문에 아주 민첩하였으며 저술이 많았다. 다섯 임금을 섬겼으며 26년 동안 대제학을 맡았고, 경연에서 시종한 지 45년이었다. 중국 사신 祈順이 우리나라에 왔을 때 서거정이 遠接使로 나갔는데 기순이 그의 재능에 탄복하고 칭찬하였다. 벼슬은 贊成事에 이르렀으며 시호는 문충이다. 문집이 세상에 전하고 저서로는 『大東詩話』・『筆苑雜記』・『太平閑話滑稽傳』이 있다(大丘人 字剛仲 舊字子元 號四佳亭 我英廟甲子登第 光廟朝又擢重試拔英試登俊試三科 爲詩文瞻敏 多所著述 歷事五朝 主文衡二十六年 侍經幄四十五年 詔使祁順 東來 居正爲遠接使 順歎服稱能 官至贊成事 謚文忠 有集行于世 所著有大東詩話筆苑雜記太平閑話滑稽傳)."

21. 「新拜大司憲」 徐居正

烏府淸班動百官　　사헌부 맑은 부서는 백관을 움직이는 자리인데
不才承乏愧朝端　　무능한 내가 자리만 이어 장관된 게 부끄럽네
何人自有風霜面　　어떤 이는 서릿발 같은 위엄이 있었다는데
今我元非鐵石肝　　지금 나는 원래 철석같은 심장을 가지지 못했다네
直劍不辭終百折　　곧은 칼날은 끝내 백 번 부러짐을 사양치 않지만
曲藤何用要千蟠　　굽은 넝쿨은 천 번이나 휘감겨 어디에 쓰겠는가?
幸逢昭代無封事　　다행히 태평성대 만나서 탄핵할 일 없으니
鳴鳳朝陽尙亦難　　양지쪽에 봉황 우는 것 또한 어렵겠구려

<주석> 〖大司憲(대사헌)〗 司憲府의 으뜸 벼슬로, 문무백관의 기강을 바로잡고 임금의 잘못을 諫하고 풍속을 바로잡는 일을 함, 〖烏府(오부)〗 御史臺, 즉 司憲府의 별칭이다. 漢나라 때 어사대에는 측백나무가 매우 무성하여 항상 까마귀 수천 마리가 그 위에 서식하였다는 데서 붙여진 이름임, 〖承乏(승핍)〗 빈 직위를 계승함, 〖朝端(조단)〗 장관, 〖藤〗 등나무 등, 〖蟠〗 주위를 빙 감아 돌다 반, 〖昭代(소대)〗 태평성대, 〖封事(봉사)〗 밀봉한 상소문을 말한다. 내용이 누설되지 않도록 검은 천으로 만든 주머니에 넣고 봉함하여 올렸기 때문에 붙여진 이름인데, 내용은 주로 벼슬아치의 부정을 탄핵한 것임, 〖鳴鳳朝陽(명봉조양)〗 양지쪽에 봉황새가 운다는 뜻으로, 『詩經』 「大雅」 「卷阿」에, "봉황이 훨훨 날아, 날개깃을 탁탁 치며, 앉을 자리에 앉도다. 왕에게는 길사가 많으시니, 군자가 부리는지라, 천자께 사랑을 받는도다. …… 봉황새가 울어 대니, 저 높은 뫼이로다. 오동나무가 자라니, 저 양지쪽이로다. 무성한 오동나무에, 봉황새 노래 평화롭도다(鳳凰于飛 翽翽其羽 亦集爰止 藹藹王多吉士 維君子使 媚于天子 …… 鳳凰

鳴矣 于彼高岡 梧桐生矣 于彼朝陽 菶菶萋萋 雝雝喈喈)."라 하
였는데, 이는 곧 오동나무가 아니면 깃들지 않고 竹實이 아니면
먹지도 않는 봉황의 바른 품성을 재덕이 출중하여 정직하게 敢諫
하는 선비에 비유한 것임

<감상> 이 시는 44살에 처음(53세에 다시 대사헌을 맡음)으로 대사헌이
되어 직책에 임하는 자세를 밝힌 것이다.

1聯에서는 사헌부는 百官의 기강을 세우고 임금의 잘못을 간하는
자리인데, 자신이 그 직책을 맡게 됨을 부끄럽게 여기고 있으며,
2聯에서는 어떤 사람은 서릿발 같은 위엄으로 그 직책을 훌륭하
게 수행하는데, 자신은 鐵石같은 마음을 가지지 못해 임무를 잘
수행할 수 있을지 모르겠다고 했다. 그렇지만 3聯에서는 곧은 칼
이 백 번을 부러지듯 자신도 곧은 칼처럼 엄정하게 일을 처리할
것이며, 휘어지는 등나무처럼 부정부패에 자신을 휘감기게 하지는
않겠다는 다짐을 보여 주고 있다. 끝으로 4연에서는 성군이 다스
리는 太平聖代여서 부패를 저지르는 百官을 고발하는 일이 없을
것이라 노래하고 있다.

徐居正은 자신의 시대를, "지금 성인께서 위에 계시고 여러 어진
이들이 도우니, 군자의 도는 자라고 소인의 도는 사라진다(方今聖
人在上 羣賢夾輔 君子道長 小人道消 「雲城府院君朴相公宅梅花
詩序」)."라고 하여, 당대를 太平聖代로 보았다. 이 시는 이러한 태
평한 當代에 官人의 임무를 완수하겠다는 官人의 자세를 보여 주
고 있는 것이다.

서거정의 이러한 文才는 權近에게 비롯된 것으로 「行狀」에, "서
거정은 陽村 權近의 甥姪로 어려서부터 영특하여 나이 겨우 6세
에 독서하고 글을 지을 줄 아니, 온 문중이 奇童이라 하였다. 조금
커서는 성균관에서 시험이 있을 때는 언제나 前列에 끼었으므로
당시 사람들이, '양촌의 문장이 분명 그 생질에게 전해진 것이리
라.' 하였다(徐居正卽權陽村之外甥 英敏夙成 年纔六歲 知讀書

屬句 一門謂之奇童 稍長 校藝學宮 每居前列 時人謂陽村之文 其必傳之外甥乎).”라 기록되어 있다.

홍만종의 『小華詩評』에도, “서거정은 호를 사가정이라 하는데, 양촌 권근의 외손이다. 6살 때 시를 지으니, 사람들이 신동이라 불렀다. 그가 8살 봄에 양촌을 모시고 앉아 물었다. ‘옛날 사람들은 일곱 걸음을 걸을 때까지 시를 지었다고 하는데(曹植의 「七步詩」를 두고 한 말임), 그것은 조금 느린 것 같아요. 저는 다섯 걸음 안에 시를 시어 보겠습니다.’라고 하였다. 양촌이 매우 기이하게 여기고 드디어 하늘을 가리키며 주제로 삼고 名·行·傾 세 글자를 운으로 불러 주었다. 이에 사가가 즉시 시를 지었다. ‘모양이 지극히 둥글고 커서 이름 짓기 어렵고, 땅을 안고 돌면서 절로 힘차게 다니는 구나. 지상을 덮은 중간에 만물을 포용하고 있는데, 기나라 사람은 왜 무너질까 근심했을까?’ 양촌은 감탄과 칭찬을 그치지 않았다(徐居正號四佳亭 權陽村外孫也 六世屬句 人稱神童 八歲春陪陽村坐 四佳曰 古人七步成詩 尙似遲也 請五步成詩 陽村大奇 遂指天爲題 因呼名行傾三字 四佳應聲曰 形圓至大蕩 難名 包地回旋自健行 覆燾中間容萬物 如何杞國恐頹傾 陽村歎 賞不已).”라는 비슷한 내용이 실려 있다.

22. 「三田渡道中」 徐居正

贏馬三田渡	야윈 말 타고 삼전도를 건너는데
西風吹帽斜	서풍이 비스듬히 갓에 불어오네
澄江涵去鴈	맑은 강물은 날아가는 기러기 머금고
落日送還鴉	지는 해는 돌아가는 까마귀 배웅하네
古樹明黃葉	고목에는 노랗게 물든 나무 밝고
孤村見白沙	외로운 마을은 흰 모래 위에 보이네
靑山將盡處	푸른 산 장차 다할 곳에
遙認是吾家	멀리 내 집이 있음을 알겠구나

<주석> 〖三田渡(삼전도)〗 서거정의 田莊이 있던 한강 동남쪽 廣津 夢村으로 건너가는 나루, 〖贏〗 여위다 리, 〖帽〗 모자 모, 〖澄〗 맑다 징, 〖涵〗 담그다 함, 〖鴉〗 갈까마귀 아, 〖遙〗 멀다 요

<감상> 이 시는 삼전도를 말을 타고 건너가는 도중에 차분히 사물을 관찰하면서 지은 시이다.

1연에는 야윈 말을 타고 삼전도를 건너는데, 가을바람이 갓에 불어오는 여유롭고 운치 있는 모습이 보이며, 2연에서는 맑은 강물에 날아가는 기러기가 비치고 기러기가 노을을 배경으로 날아가는 視覺的 이미지를 사용하여 對偶로 그려 내고 있다. 3연에서는 노란 단풍으로 물든 고목과 모래사장 뒤로 보이는 마을을 그리고 있고(黃과 白의 색채를 대비하고 있음), 4연에서는 푸른 산줄기가 다 끝나는 곳인 한강 변에 자신의 田莊이 있음을 읊고 있다.

서거정의 당시 뛰어난 詩才에 관해서 「行狀」에 다음과 같은 내용이 실려 있다.

"景泰(명나라 景宗의 연호) 경오년(1450)에 한림학사 예겸과 급사중 사마순이 사신으로 우리나라에 왔을 때 서거정이 당시 수찬으로 있었는데, 두 사신이 그의 저작을 보고 칭찬하여 마지않았다.
成化(명나라 憲宗의 연호) 병신년(1496)에 기순과 장근이 또 왔을
때, 공이 원접사 겸 관반으로 나가 매번 화답할 때면 붓이 쉬지 않
으므로, 두 사신이 번번이 칭찬하여 말하기를, '정말 기이한 재주
이다. 우리 따위는 밤새도록 구상하여 겨우 한두 편을 얻을 뿐인
데, 公은 서서히 말하는 사이에도 붓만 대면 모두 珠玉 같은 글이
되니, 천하에 橫行할 만하다.' 하였다. 그 후부터 사신이 내왕할
때면 반드시 그의 안부를 물었다(景泰庚午 翰林學士倪謙給事中
司馬恂 奉使東來 徐居正時爲修撰 兩使見其述作 稱賞不已 成化
丙申 祁順張瑾又出來 公爲遠接使兼館伴 每與唱酬 筆不停 兩使
輒稱嘆曰 眞奇才也 如吾輩終夜構思 僅得一二篇 公於立談間落
筆 皆成珠玉 可橫行天下 後詔使往來 必問其安否)."

23. 「聞琵琶」徐居正

司馬靑衫盆浦泣	사마는 푸른 적삼으로 분포에서 울었고
明妃紅袖塞天愁	명비는 붉은 소매로 변방에서 시름했다네
我無今日愁兼泣	나는 오늘 시름할 일도 울 일도 없지만
細聽絃聲不下樓	자세히 비파 소리 들으니 누각을 내려가지 못하겠네

<주석> 〖司馬靑衫盆浦泣〗白居易가 일찍이 江州 司馬로 좌천되어 있을 때, 하루는 湓江의 포구에서 손님을 전송하다가 어느 배 안에서 들려오는 비파 소리를 듣고 그를 찾아가서 물어보니, 그는 본디 長安의 창녀였는데 젊어서는 호화롭게 지냈었지만 늙어서는 색이 쇠하여 마침내 장사꾼의 아내가 되어서 초췌한 몰골로 江湖 사이를 이리저리 전전하고 있다고 말했다. 백거이는 그녀의 말에 감동을 받아 그녀에게 다시 비파 한 곡조를 청하여 들은 다음 스스로 「琵琶行」을 지어서 그에게 주었는데, 그 비파행의 끝에 "나중 탄 곡은 먼저 탄 곡보다 더더욱 처량해, 온 좌석의 사람들이 거듭 듣고 다 얼굴을 가리고 우는데, 그중에서 눈물을 누가 가장 많이 흘렸던가, 이 강주 사마의 푸른 적삼이 흠뻑 젖었네(凄凄不似向前聲 滿座重聞皆掩泣 座中泣下誰最多 江州司馬靑衫濕)." 라고 한 데서 온 말임. 〖明妃紅袖塞天愁〗명비는 漢 元帝의 후궁 중에 미색이 가장 뛰어났던 王昭君을 말한다. 원제는 후궁이 매우 많아서 화가 毛延壽를 시켜 궁녀들의 용모를 그려 오게 해서 그 그림을 보고 궁녀를 골라서 합방을 하곤 했다. 이 때문에 궁녀들이 모두 화공에게 뇌물을 주어 자기 용모를 좋게 그려 주도록 청탁을 했었으나, 유독 왕소군은 그에게 뇌물을 주지 않아서 한 번도 임금의 은총을 입어 보지 못했다. 뒤에 흉노 呼韓邪單于

가 입조하여 미인을 요구하자, 원제가 왕소군의 얼굴을 알지 못한 나머지 왕소군을 보내라고 명함으로써 그는 끝내 흉노에게 시집 가게 되어, 떠나는 길에 戎服 차림으로 말에 올라 시를 지어 비파 를 타면서 원한의 정을 하소연했던 데서 온 말임.

<감상> 이 시는 50대 중반에 비파 소리를 듣고 쓴 시이다.

1구와 2구에서는 좌천된 白居易와 흉노에게 시집간 王昭君의 故事를 인용하고 있다. 3구와 4구에서는 백거이처럼 좌천되거나 왕소군처럼 흉노에 시집갈 일이 없어서 시름겹거나 울 일도 없지만, 비파 소리를 자세히 듣고 있자니, 이들의 슬픔에 공감되어 차마 이러한 정서를 뿌리치고 누각을 내려갈 수가 없다고 노래하고 있다. 徐居正은『東人詩話』에서, "옛사람이 시를 지을 때는 한 구도 유래처가 없는 곳이 없다. ……구마다 모두 유래처가 있는데, 새로 다듬거나 남의 시구를 따온 것이 스스로 오묘해서 격률이 자연히 삼엄하다(古人作詩 無一句無來處 ……句句皆有來處 粧點自妙 格律自然森嚴)"라고 했는데, 이 시에서도 故事를 인용하여 자신의 심정을 표출하고 있다. 詞章的 가치를 중요시했던 서거정의 文學意識을 보여 주는 시라고 하겠다.

江雲昏似漆	강 구름은 흡사 칠흑처럼 캄캄한데
朔雪白於屑	북방의 눈은 가루보다 희네
山河與大地	산하와 대지가
一夜瓊瑤窟	하룻밤 새에 경요굴이 되었네
幽人開竹扉	은거한 사람이 대사립 여니
眼界迷空闊	눈앞이 아득하게 툭 트였네
孤舟蓑笠翁	외로운 배에 도롱이와 삿갓 쓴 노인은
欸乃聲欲裂	뱃노래 소리에 화폭이 찢어질 것 같구나

<주석> 〖漆〗 검다 칠, 〖朔〗 북방 삭, 〖屑〗 가루 설, 〖瓊瑤(경요)〗 신선
이 사는 곳으로, 눈의 비유로 쓰임, 〖扉〗 문짝 비, 〖闊〗 트이다
활, 〖蓑〗 도롱이 사, 〖笠〗 삿갓 립, 〖欸內(애내)〗 뱃노래

<감상> 이 시는 눈이 내린 경치를 감상하는 그림에 붙인 題畵詩로, 서거
정은 400여 수에 이르는 많은 제화시를 지었다.

1연은 어두운 하늘에서 가루보다 흰 눈이 내리는 광경을 視覺的
으로 묘사하고 있고, 2연에서는 신선이 사는 경요굴처럼 온 세상
이 눈으로 덮인 아름다운 자연을 노래하고 있다. 3연에서는 隱者
가 대나무로 된 사립문을 열고 밖을 보니 눈 덮인 산하가 눈앞에
펼쳐지고, 4연에서는 도롱이와 삿갓을 쓴 어부가 배위에서 부르는
뱃노래가 화폭에서 금방이라도 뛰어나올 것 같다는 聽覺的 이미
지로 끝을 맺고 있다.

4연에서는 柳宗元의 「江雪」에서 '孤舟蓑笠翁'의 구를 그대로 인
용하고, 「漁翁」에서 '欸乃一聲山水綠'을 약간 변형시키고 있다.
徐居正은 『東人詩話』에서 "점화가 저절로 묘하여 진실로 환골법
을 터득했다(點化自妙 眞得換骨法)."라고 하여, 點化(앞 사람이

만든 詩文을 고쳐 新機軸을 내놓음)라고 칭한 換骨法(옛사람의
詩文을 바탕으로 삼아 뜻을 바꾸지 않고 새로운 말로 시를 짓는
방법)을 容認하고 있는데, 이 시에서 그러한 모습을 보여 주고 있
다고 하겠다.

25. 「菊花不開 悵然有作」 徐居正

佳菊今年開較遲	아름다운 국화가 금년에는 비교적 늦게 피어
一秋情興謾東籬	가을의 정과 흥이 동쪽 울타리에 게으르도다
西風大是無情思	가을바람은 참으로 무정도 하지
不入黃花入鬢絲	국화에 들지 않고 귀밑머리에 들었구나

<주석> 〖悵〗 슬퍼하다 창, 〖較〗 비교하다 교, 〖謾〗 느리다 만, 〖鬢絲
(빈사)〗 귀밑머리에 난 털

<감상> 이 시는 60대 만년에 국화가 피지 않아 실망하여 지은 것으로, 늙
어 감을 읊은 노래이다.

올해는 국화꽃이 예년과 비교해 늦게 피어 가을의 흥취를 느끼지
못하고 있다. 가을바람은 무정하게도 국화에 들어서 꽃을 피우지
않고 귀밑머리에 들어와 늙음을 재촉하고 있다.

서거정은 인생의 말년을 담담하고 재치 있게 묘사하고 있어 許筠
이 이 시를 두고 '可愛'라 했을 것이다.

正祖는 『弘齋全書』「日得錄」에서 다음과 같이 말하였다.

"四佳 徐居正은 6세에 능히 시를 지었는데 文衡을 20년이나 역임하였다.
살아 있을 때 문집을 세상에 간행해 내놓은 경우는 사가와 姜希孟뿐이다.
이 사람으로 인해 本朝의 文權이 무게가 있게 되었다. 그의 글은 자연의
질박함이 흩어지지 않아 元氣가 완연해서 다듬고 꾸미는 근세의 습속은
전연 하지 않았고, 더구나 많은 서적을 섭렵하여 고사에 익히 밝았으니,
세상의 추대를 받아 문단을 주도하는 데 부끄러움이 없었다(四佳六歲 能
屬句 典文衡二十年 生時文集之印行於世 獨四佳與姜希孟也 本朝文權
之重 輒推此人 蓋其爲文 大樸未散 元氣渾然 絶不爲近世雕繪之習 況
又博洽羣書 明習故事 無媿其主盟之專而見推於世也)."

26.「獨坐」徐居正

獨坐無來客	홀로 앉아 찾아오는 손님 없이
空庭雨氣昏	빈 뜰엔 빗기만 어둑어둑
魚搖荷葉動	고기가 요동쳐 연잎이 움직이고
鵲踏樹梢翻	까치가 밟아 나무 끝이 출렁댄다
琴潤絃猶響	거문고 눅었어도 줄에 아직 소리 있고
爐寒火尙存	화로는 차가워도 불은 여전히 남아 있네
泥途妨出入	진흙길이 출입을 방해하니
終日可關門	종일 문 닫아 두자

<주석> 【搖】 흔들다 요, 【踏】 밟다 답, 【梢】 나무 끝 초, 【翻】 날다 번, 【潤】 젖다 윤, 【爐】 화로 로, 【尙】 여전히 상, 【泥】 진흙 니, 【關】 닫다 관

<감상> 이 시는 가을에 가랑비가 내리는 어느 날 홀로 마루에 앉아서 지은 것이다.

가을날 찾아오는 손님이 없기에 혼자 마루에 앉아 있자니, 사람이 보이지 않는 텅 빈 뜰에는 어둑어둑 비가 내릴 기미다. 연못을 보니 고기가 요동을 쳤는지 연잎이 움직이고, 시선을 돌려 나무를 보니 까치가 금방 날아갔는지 나무 끝이 출렁댄다. 비가 온 탓으로 거문고 줄이 눅눅하여 소리가 날 것 같지 않은데 퉁겨 보니 아직 소리가 나고, 화로의 불을 손으로 만져 보니 식었어도 헤집어 보니 불씨가 완전히 꺼진 것은 아니다. 가을비가 내려 진흙길이 되었으니(진흙길은 자신의 포부를 펼 수 없게 제한하는 현실을 뜻함), 손님이 출입하기에 방해가 되어 찾아올 사람이 없을 것이다. 그러니 오늘은 하루 종일 문을 닫아 두는 것도 괜찮겠다.

27. 「秋風」 徐居正

茅齋連竹逕	띠풀 지붕의 서재는 대나무 길에 이어 있고
秋日艶晴暉	가을 날 곱고 맑은 햇살 비추네
果熟擎枝重	열매는 익어 높은 가지에 무겁게 달려 있고
瓜寒著蔓稀	오이는 차갑게 성근 덩굴에 매달려 있네
游蜂飛不定	노는 벌은 쉴 새 없이 날기만 하고
閑鴨睡相依	한가한 오리는 서로 기대어 조네
頗識心身靜	자못 몸과 마음이 고요한 줄 알았으면
棲遲願不違	한가히 지내는 것 어기지 않기를 바라노라

<주석> 〖逕〗좁은 길 경, 〖艶〗곱다 염, 〖暉〗빛 휘, 〖擎〗높다 경, 〖蔓〗덩굴 만, 〖鴨〗오리 압, 〖睡〗자다 수, 〖棲遲(서지)〗놀며 쉼

<감상> 이 시는 가을바람을 노래한 것이다.

대나무 길에 띠풀로 지붕을 이은 서재가 있고, 때는 가을이라 곱고 맑은 햇살이 서재를 비추고 있다. 가을이라 열매는 익어 가지 위에 주렁주렁 달려 있고, 오이는 성근 덩굴 위에 매달려 있다. 겨울을 앞둔 벌은 쉴 새 없이 꿀을 모으느라 날고 있고, 이에 비해 오리는 물 위에서 한가롭게 서로를 의지한 채 졸고 있다. 이렇게 여유로운 생활을 얻었으면 그 생활을 어기지 말기를 바란다.

이 외에도 허균의 『성소부부고』에는, "세종 조에는 인재가 배출되어 일시에 뛰어난 문장 석학들이 매우 많았다. 그러나 古詩는 옛사람에 비하면 자못 부끄러울 뿐 아니라 율시나 절구에 있어서도 놀랄 만한 것이 없었다. 다만 徐居正의 시가 지루하다 하지만, 그래도 부섬하고 아름다워 간간이 좋은 구절도 있다. 이를테면 ……
'달빛은 벌레 소리 너머 비치고, 은하는 까치 그림자 속에 흐르네'
'다시 한 번 난새 타고 철적을 불며, 깊은 밤 밝은 달에 강남을 찾

고 싶네'와 같은 구절들은 역시 아취가 있다(英廟朝 人才輩出 一
時文章鉅公甚多 古詩殊愧於前人 而律絶亦無警策 唯徐四佳雖
曰漫衍飯緩 而春容富艷 時有好處 如游蜂飛不定 閑鴨睡相依
月色蛩音外 河聲鵲影中 更欲乘鸞吹鐵笛 夜深明月過江南等句
亦有佳趣)."라 평하고 있다.

28. 「四友亭詠松」 姜希顔[9]

階前偃蓋一孤松	계단 앞에 누운 듯 서 있는 한 그루의 외로운 소나무
枝幹多年老作龍	가지와 줄기는 여러 해 지나 늙어 용의 모습이네
歲暮風高揩病目	해 저물고 바람 높을 제 병든 눈을 비비고 보니
擬看千丈上靑空	마치 천 길의 푸른 하늘로 솟아오를 듯하네

<주석> 〖偃〗 넘어지다 언, 〖偃蓋(언개)〗 日傘의 덮개가 張大하게 펼쳐진 것처럼 소나무의 가지와 잎이 횡으로 드리운 모양의 형용, 〖幹〗 줄기 간, 〖揩〗 문지르다 개, 〖擬〗 헤아리다(~일 듯하다) 의

<감상> 이 시는 사우정에 올라 소나무를 보고 노래한 詠物詩로, 老松의 偉容을 눈앞에서 보는 듯 생동감 있게 잘 묘사한 시이다.

사우정 앞에 한 그루의 소나무가 있는데, 마치 누워 있는 듯 비스듬히 가지와 줄기를 드리우고 있다. 마치 늙은 용이 승천하기 위해 꿈틀거리는 듯하다. 해는 또 저물어 가고 바람이 드센 날 잘 보이지 않는 눈을 비비고서 老松을 바라보니, 마치 천 길이나 되는 푸른 하늘로 솟아오를 것 같다.

---

9) 姜希顔(1417, 태종 17～1464, 세조 10). 본관은 진주. 자는 景遇, 호는 仁齋. 좌찬성 姜希孟의 형이다. 1438년(세종 20) 진사시에 합격했으며, 1441년 李石亨이 주관한 식년문과에 급제하여 司瞻署主簿로 벼슬길에 올랐다. 이어 돈녕부주부·이조정랑·副知敦寧府事 등을 지냈다. 1444년 申叔舟 등과 같이 『古今韻會』를 번역했으며, 1447년에는 신숙주·成三問·朴彭年 등과 함께 『東國正韻』의 편찬에도 참여했다. 사헌부장령·지사간원사 등을 두루 거치고 1454년(단종 2) 집현전직제학이 되었다. 이듬해 세조가 즉위하자 仁壽府尹으로 謝恩副使가 되어 명나라를 다녀왔으며, 原從功臣 2등에 봉해졌다. 1456년에는 단종복위운동에 연루되어 신문을 받았으나, 그는 관계하지 않았다는 성삼문의 진술로 화를 면했다. 이어 1463년 中樞院副使가 되었으며, 겨울에 등창이 나서 사망하였다. 詩·書·畵 三絶로 불렸으며, 특히 南宋과 明의 畵風을 받아들인 그림을 남겼다. 강희안의 시는 韋應物·柳宗元과 같다는 평이 있으나, 자신의 시를 세상에 발표하기를 꺼려 문집을 남기지 않았다.

洪萬宗은 이 시에 대해 『小華詩評』에서 "격조가 가장 높다(格調
最高)."라는 평을 남기고 있다.

權鼈의 『해동잡록』에 강희안의 간략한 生平이 다음과 같이 실려
있다.

"본관은 晉州이며 자는 景愚요, 호는 仁齋인데, 玩易齋의 아들이
다. 시·글씨·그림을 다 잘하였으므로 당시에 三絶이라고 일컬었
는데, 시는 韋應物·柳宗元과 같고, 그림은 劉墉·郭熙(송나라의
화가)와 같고, 글씨는 王羲之·趙孟頫를 겸하였다. 세종 때에 과
거에 올라 벼슬이 仁順府尹에 이르렀으며 48세로 세상을 떠났는
데, 저작한 『養花錄』이 세상에 전한다(晉州人 字景愚 號仁齋 玩
易齋之子 善詩善書善畫 時稱三絶 詩似韋柳 畫似劉郭 書兼王趙
我英廟朝登第 官至仁順府尹 卒四十八 所著養花錄行于世)."

29.「登楊州樓院」姜希顔

有山何處不爲廬　　산이 있으면 어디나 오두막집 못 지으랴만
坐對靑山試一噓　　앉아 청산을 대하고 한번 탄식하노라
簪笏十年成老大　　벼슬살이 십 년에 늙은이 되었으니
莫敎霜鬢賦歸歟　　늙어서 「귀거래사」를 읊게 하지 말라

<주석> 〖廬〗 오두막집 려, 〖噓〗 탄식하다 허, 〖簪笏(잠홀)〗 관의 비녀와
　　홀로, 관직을 의미함, 〖敎〗 ＝使, 〖霜鬢(상빈)〗 흰머리가 자람

<감상> 이 시는 양주의 누원에 올라 지은 것으로, 자연에 同化되고자 하
는 작가의 마음이 잘 드러난 시이다.

산이 있으면 어디에다 오두막집 한 채 못 짓겠는가? 청산을 마주
대하고 앉아 있으니, 그렇게 할 수 없는 자신의 입장에 대해 탄식
이 절로 나온다. 벼슬살이에 전념한 지 10여 년에 이미 늙은이가
되어 버렸으나, 陶淵明처럼 「歸去來辭」를 읊으며 자연으로 돌아
가고 싶은 마음이 너무도 간절하다.

南孝溫의 『秋江冷話』에 이 시에 관해 다음과 같은 일화가 전한다.
"인재 강희안이 젊어서 才藝가 있었다. 만년에 양주의 樓院에 올
라 짧은 시 3편을 남겼다. 그 첫 편에, ……라 하였다. 영천군 李
定은 자가 安之인데, 이 시를 보고 절하면서 비평하기를 '이 시는
매우 핍진하니, 서거정의 시가 아니면 이승소의 시일 것이다' 하
였다. 그 당시 徐居正과 李承召가 시명을 독차지하여 이정이 감
복하는 사람이었기 때문이다. 그 뒤에 이정이 다시 누각 아래를
지나가다가 전날 썼던 비평을 다시 읽어 보니, 그 아래에 글이 쓰
여 있기를 '이 시에는 강산의 雅趣가 있어 한 점의 티끌도 없으니,
이는 반드시 번뇌에 얽매인 세속의 선비가 지은 것이 아니다. 또
천지가 크고 강산이 깊은데, 어찌 인재가 없어서 반드시 서거정과

이승소라고 추측하는가? 인재를 저버리고 사람을 멸시함이 어찌
이리도 심하단 말인가?' 하였다. 이정이 이 글을 보고 크게 뉘우쳐
서 그가 전날 비평했던 글을 지워 버렸다. 지금의 『진산세고』에는
3편이 모두 실려 있지 않으니, 景醇 姜希孟의 편집이 넓지 못함
이 이와 같다(姜仁齋希顔少有才藝 晚年登楊州樓院 有小詩三篇
其一篇曰 有山何處不爲廬 坐對靑山試一噓 簪笏十年成老大 莫
敎霜鬢賦歸歟 永川君定 字安之 見而拜之 且批曰 此詩逼眞太
甚 非徐卽李 時徐居正李承召擅詩名 爲定所服 後定復過樓下
更讀前批 其下有書曰 此詩有江山雅趣 無一點塵埃 必非世儒拘
於結習者所作 且夫天地之大 江山之奧 豈無人才 而必推徐李
是何孤人才 蔑人類太甚耶 定見書 大悔恨 抹其前所批 今之晉
山世稿 三篇皆不載 景醇輯之不博 如此)."

30. 「題畵山水」 姜希顔

仙山鬱嵒嶢	신선의 산이 울창하고 높으니
雲氣連蓬瀛	구름 기운이 봉래와 영주에 연하였도다
茅亭隱巖下	띠로 이은 정자는 바위 밑에 숨어 있고
綠竹繞簷楹	푸른 대는 처마를 둘러싸고 있도다
高人奏綠綺	고상한 사람이 녹기금을 타니
細和松風淸	가늘게 솔바람과 어울려 맑도다
彈成太古曲	연주하여 태고의 곡조를 이루니
超然悟長生	초연히 장생법을 깨달았겠구나

<주석> 〖鬱〗 우거지다 울, 〖嵒〗 산이 높다 초, 〖嶢〗 높다 요, 〖蓬瀛(봉영)〗 蓬萊와 瀛洲로, 仙山의 이름이며, 신선이 사는 곳을 이름, 〖繞〗 둘러싸다 요, 〖楹〗 기둥 영, 〖綠綺(록기)〗 =綠綺琴 고대 가야금의 이름으로, 일반적으로 가야금으로 쓰임, 〖彈〗 타다 탄

峯巒高崒嵂	산봉우리가 높고 가파르니
飛泉瀉天渠	폭포수가 은하수처럼 쏟아진다
噴薄千萬丈	천만 길을 뿜어 쏟으니
可望不可居	바라보기는 하여도 살 수는 없다
騎驢者誰子	나귀 탄 저 사람이 누구인가?
咫尺行趑趄	지척에서 머뭇거리기만 한다
長嘯一回首	길게 휘파람 불며 한번 머리를 돌이키니
天地眞蘧篨	천지는 참으로 살 만한 곳이로다

<주석> 〖巒〗 산 만, 〖崒〗 험하다 줄, 〖嵂〗 가파르다 률, 〖瀉〗 쏟다 사, 〖渠〗

도랑 거, 〚噴薄(분박)〛 강렬하게 발산함, 〚驢〛 당나귀 려, 〚咫〛
여덟 치(짧은 거리의 비유) 지, 〚趄〛 머뭇거리다 자, 〚趑〛 머뭇
거리다 저, 〚嘯〛 휘파람불다 소, 〚蘧篨(거저)〛 갈대나 대나무를
엮어 만든 거친 자리

<감상> 이 시는 산수를 그린 그림을 보고 쓴 題畵詩로, 仙界를 지향하고
있는 작가의 의식이 잘 드러난 시이다.

산이 신선이 사는 산처럼 울창하고 높으니, 하늘에 떠 있는 구름
기운이 신선이 산다는 仙山인 봉래와 영주에 이어져 있는 듯하다.
그 산 아래에 띠풀로 이은 정자가 있는데 바위 밑에 고요히 놓여
있고, 그 정자 주변은 푸른 대나무가 처마를 둘러싸고 있다. 그 속
에 道人인 고상한 사람이 녹기금을 타니, 그 가야금 소리가 조용
히 솔바람과 어울려 맑다. 그 소리는 태고의 곡조를 이루니, 아마
도 초연히 長生法을 깨달았겠다.

산봉우리가 높고 높이 솟아 있으니, 엄청난 양의 폭포수가 은하수
처럼 쏟아진다. 그 폭포의 위용을 보니, 천만 길을 뿜어 쏟아져 바
라보는 것은 가능하지만 살 수는 없겠다. 그런데 그 폭포 밑에 나
귀를 타고 천천히 소요하며 가는 저 사람은 누구인가? 먼 거리가
아닌 짧은 거리에서도 머뭇거리며 쉽게 가지를 못하고 있다. 길게
휘파람을 불며 한 번 머리를 돌려 보니, 천지는 참으로 살 만한 곳
이로다.

강희안이 이처럼 仙界를 지향하지만, 현실에 있어서는 훌륭한 牧
民官이었다. 그의 「行狀」에, "형조판서로 있을 때에 도둑이 멋대
로 날뛰었는데, 공이 옥을 다스린 것이 엄하고 밝으므로 간사한
무리들이 숨어 버려 서울의 감옥이 텅 비게 되었다. 옛날 제도에
감옥이 비게 되면 임금께 아뢰게 되어 있으므로, 낭관이 옥이 비
었음을 아뢰자고 하였으나 공이 말리면서 말하기를, '皐陶(순의
신하로 법리에 통하여 형벌과 옥을 만들었음)처럼 법을 잘 처리한
이가 아니면 어찌 감히 옥이 다 비었다고 아뢸 수 있겠느냐?' 하

니, 부하들이 부끄러워하고 탄복하였다(判刑部時 盜賊恣行 公治
獄嚴明 奸徒竄伏 京獄空虛 舊制 獄空則啓之 郎官請啓獄空 公
拒之曰 若非皐陶淑問 安敢居此 僚佐愧服)."라는 기록이 보인다.
이 외에도 『성소부부고』에는 강희맹의 閑雅한 시에 대해 다음과
같은 내용이 실려 있다.
"姜希孟의 「養蕉賦」는 대단히 훌륭하며, 그의 시 또한 淸勁하다.
그 「病餘吟」에, '남창에 종일토록 世事 잊고 앉았으니, 뜰엔 사람
없어 새는 날기 배우네. 가는 풀에 그윽한 향내 있는 곳 구하기 어
려운데, 묽은 연기 낡은 빛에 부슬부슬 비 내리네'라 하고, 「詠梅」
에, '어두울 녘 울타리 가에서 퍼진 가지 보고서, 느린 걸음 향내
찾아 물가에 와 닿으니, 천년의 羅浮山 둥근 달이, 지금에 와 비치
니 꿈이 깨일 때로세'라 한 시구들은 모두 閑雅하여 읊조릴 만하
다(姜景醇養蕉賦極好 其詩亦淸勁 其病餘吟曰 南窓終日坐忘機
庭院無人鳥學飛 細草暗香難覓處 澹煙殘照雨霏霏 詠梅曰 黃昏
籬落見橫枝 緩步尋香到水湄 千載羅浮一輪月 至今來照夢回時
俱閑雅可見)."

其三

閑來相與鬪圍碁	틈이 나면 서로 더불어 바둑과 싸우다가
却被春嬌下子遲	문득 봄의 교태로 바둑돌을 더디 놓네
手托香腮無限意	손으로 향기로운 뺨을 문지르니 뜻은 한이 없고
桃花枝上囀鶯兒	복숭아꽃 가지 위에는 꾀꼬리 새끼 지저귄다

<주석> 〖圍碁(위기)〗 堯임금이 만들었다는 바둑의 일종, 〖腮〗 뺨 시, 〖囀〗
지저귀다 전

<감상> 이 시는 신선들이 바둑을 두는 그림을 읊은 題畵詩이다.

신선들은 틈이 나면 더불어 바둑을 두는데, 봄이 와서인지 바둑돌
을 놓는 것이 더디다. 바둑을 두다 향기로운 뺨을 문지르니 한이
없는 뜻이요, 그 곁에 복숭아꽃 가지 위에서는 꾀꼬리 새끼가 지
저귀고 있다.

李承召는 成俔의 「題三灘集後」에 의하면, "공은 문치가 완전히
성대할 때에 시문 짓는 법을 배웠는데, 시문이 다 優瞻하여 같은
무리보다 매우 뛰어났다. 사가 徐居正, 괴애 金守溫, 사숙재 姜希

---

10) 李承召(1422, 세종 4～1484, 성종 15). 본관은 陽城. 자는 胤保, 호는 三灘. 1447년
(세종 29) 식년문과에 장원급제하여 집현전 부수찬에 임명되었고, 같은 해 문과중시
에도 합격했다. 부교리를 거쳐 1451년 賜暇讀書를 한 뒤 1454년(단종 2) 장령이 되
었다. 세조가 즉위한 뒤 原從功臣 2등에 책록되었으며, 1457년(세조 3) 예문관응교
로 『明皇誡鑑』을 한글로 옮겼고, 이듬해에는 예조참의로 『初學字會諺解本』을 지
어 바쳤다. 1459년 사은사의 부사로 명나라에 다녀온 뒤 이조참의・예문관제학・
충청도관찰사 등을 지냈다. 1471년(성종 2) 佐理功臣 4등에 책록되고 陽城君에 봉
해졌으며, 예조판서 겸 지경연사를 지냈다. 이때 경연에서 史書의 간행・보급 및
교육의 강화와 불교 탄압을 주장했다. 그 뒤 우참찬을 거쳐 正憲大夫에 올라 이
조・형조 판서를 지내면서 申叔舟・姜希孟 등과 함께 『國朝五禮儀』를 편찬했다.
문장으로 이름이 높았으며, 禮樂・兵刑・陰陽・律曆・醫藥・地理 등에도 능통
했다. 시호는 文簡이다.

孟 세 노장과 더불어 한때를 나란히 달려, 명성이 서로 상하가 되었다. 여러 장르를 모으고 큰 온전함을 이룬 것과 같음에 이르러서는 모두 공을 으뜸으로 삼았다(公當文治全盛之際 學爲詩文 詩文俱優贍 超出等夷 與四佳乖崖私淑三大老 齊驅並駕於一時 名聲相上下 至如集衆流而成大全者 皆以公爲稱首)."라고 하여, 조선 초기 이름난 시인인 서거정·김수온·강희맹과 이승소를 나란히 두고 있다. 허균은 『국조시산』에서 이 시에 대해 "고운 체 속에 조금 저민 고기를 맛본다(艶體中 稍嘗一臠)." 하여, 저민 고기를 조금만 씹어도 그 전체의 맛을 알 수 있다는 평을 남기고 있다. 또한 『本集』에는, "시와 문장을 짓는 데는 온순하고 부드러웠으며 빈틈이 없어 사람들로 하여금 傳誦하여 마지않게 하였다. 사신으로 燕京에 갔을 때 학사 예겸이 시를 보내 주기를, '보내 준 시의 절묘함을 생각할 때마다, 몇 번이나 시권을 열어 봐도 묵은 아직도 향기롭다' 하였다(爲詩文 溫淳和潤而無瑕 令人傳誦不休 嘗奉使于燕 倪學士謙贈之以詩云 매念贈行詩妙絕 幾回開卷墨猶香)."라 하여, 文名이 중국에도 알려졌음을 알 수 있다.

東華待漏曙光回	조정에서 조회를 기다리니 서광이 일며
萬戶千門次第開	수많은 문이 차례로 열리네
雙鳳遙瞻扶玉輦	봉황이 멀리 보며 천자의 수레를 부축하고
九韶還訝下瑤臺	구소곡 다시 맞아 요대에 내려오네
香煙殿上霏如霧	향기로운 연기는 전각 위에 안개처럼 날리고
淸蹕雲間響轉雷	맑은 벽제 소리 구름 사이에 우레처럼 울리네
聖代卽今家四海	성스러운 시대 당장 천하가 한집안이니
盡敎殊俗奉琛來	다 異國으로 하여금 보배 바치러 오게 하네

<주석> 【東華(동화)】中央官署나 朝廷을 뜻함, 【待漏(대루)】백관이 조
정에 들어가 천자의 조회를 기다림, 【曙】새벽 서, 【雙鳳(쌍
봉)】鳳凰, 【玉輦(옥련)】천자가 타는 수레, 【九韶(구소) 】舜임
금 때의 樂曲 이름, 【訝】맞다 아, 【瑤臺(요대)】전설상 신선의
거처, 【霏】올라가다 비, 【蹕】벽제 필, 【琛】보배 침

<감상> 이 시는 조회 때 일어나는 장면을 노래하면서 임금의 덕을 칭송하
고 있어 이승소의 文才를 느낄 수 있는 시이다.
이승소는 "경연에서 范浚의 「心箴」을 강의하고, 이어 아뢰기를,
'임금의 마음에 좋아하고 미워함에 치우침이 있으면 좌우 신하들
로부터 모든 執事에 이르기까지 각자 한쪽에 치우침에 말미암아
마음을 맞추려 할 것입니다. 만약 土功을 좋아하면 토공으로 맞추
려 하고, 사냥을 좋아하면 사냥으로 맞추려 하고, 佛老를 좋아하
면 불노로 맞추려 할 것입니다. 임금은 더욱 여기에 마음을 두고
조심하여 조금도 好惡의 편벽이 없어야 할 것입니다.' 하였다(於
經筵講范浚心箴 仍啓曰 人君心有好惡之偏 則自左右至百執事
各因偏處而中之 如好土功 則以土功中之 如好田獵 則以田獵中

之 如好佛老 則以佛老中之 人君尤當操存此心 不可少有好惡之
偏)."라 한 『國朝寶鑑』의 기록대로 임금의 덕뿐만 아니라, 경계해
야 할 것도 잊지 않았다.

成俔의 『용재총화』에 의하면, "사문 이윤인·이유인 형제가 이현
을 지나다가 영천군(孝寧大君의 아들)이 술에 취하여 남루한 옷을
입고 길가에 앉아 있는 것을 보았다. 두 사람이 보통 사람이라 여
기고 말에서 내리지도 않았더니, 영천군이 사람을 시켜 불러오게
하고는 말하기를, '너는 王孫을 보고도 어찌 예를 하지 않느냐? 너
희들은 누구냐?' 하니, 이유인이, '우리는 문사로소이다.' 하였다.
군이 '누구의 榜에 급제하였느냐?' 하니, 이유인이, '우리의 壯元
은 고태정입니다.' 하니, 군은 침을 뱉으며, '강자평의 유이니 너는
속히 물러가라.' 하고, 윤인에게 묻기를, '너는 누구냐?' 하니, '문
사올시다.' 하였다. '너는 누구의 방에 급제하였느냐?' 하니, 대답
하기를, '우리의 장원은 이승소올시다.' 하였다. 군이, '너는 「白頭
山賦」를 아느냐?' 하니, 이윤인이 외우자, 군은 머리를 조아리며
절하고 보냈다(有斯文李尹仁有仁兄弟過梨峴 適君因醉微服坐路
旁 二人以爲凡人 而不下馬 君使人招之曰 汝見王孫 何不禮焉
汝是何人 有仁曰我是文士 君曰 誰人榜登第 有仁曰 吾壯元則高
台鼎 君唾涎曰 姜子平之類 汝可速退 問尹仁曰 汝是何人 答曰
文士也 曰 誰人榜登第 答曰 吾壯元李承召也 君曰 汝知白登山
賦乎 尹仁誦之 君頓首禮拜而送之)."라는 기록으로 보아, 李承召
의 詩名이 높았음을 알 수 있다.

33. 「燕」 李承召

<table>
<tr><td>畫閣深深簾額低</td><td>화각은 조용하고 주렴머리는 나직한데</td></tr>
<tr><td>雙飛雙語復雙棲</td><td>쌍을 지어 날다 쌍을 지어 말하다 또 쌍을 지어 깃든다</td></tr>
<tr><td>綠楊門巷春風晚</td><td>문밖 거리의 푸른 버들에는 봄바람이 저물고</td></tr>
<tr><td>靑草池塘細雨迷</td><td>못 둑의 푸른 풀에는 보슬비가 어지럽다</td></tr>
<tr><td>趁蝶有時穿竹塢</td><td>때로는 나비를 좇아 대숲 언덕을 뚫고</td></tr>
<tr><td>壘巢終日啄芹泥</td><td>집을 지으려 한종일 미나리밭 진흙을 쫀다</td></tr>
<tr><td>托身得所誰相侮</td><td>몸을 의탁하기에 장소를 얻었거니 누가 업신여기랴?</td></tr>
<tr><td>養子年年羽翼齊</td><td>해마다 자식 길러 날개가 가지런하다</td></tr>
</table>

<주석> 【畫閣(화각)】 채색이 화려한 樓閣, 【深深(심심)】 조용한 모양, 【塘】 못 당, 【趁】 좇다 진, 【穿】 뚫다 천, 【塢】 둑 오, 【壘】 쌓다 루, 【巢】 둥지 소, 【啄】 쪼다 탁, 【芹】 미나리 근

<감상> 이 시는 제비에 대해 노래한 詠物詩이다.

허균은 『국조시산』에서 頷聯에 대해 "세상에서 묘하다고 일컬은 곳(世所稱妙)"이라고 했고, 또한 『성소부부고』에서는, "서사가가 오랫동안 대제학을 지냈으므로 동시대의 진산 姜希孟·양성 李承召·영산 金守溫과 같은 사람들은 모두 문형을 주관하지 못하고 먼저 죽었다. 이양성의 제비를 읊은 시에 ……라 한 구절은 당나라 시인의 시구와 흡사하다(徐四佳久爲大提學 故一時如姜晉山李陽城金永山 皆不得主文 而先沒 李陽城之燕詩 有綠楊門巷東風晚 靑草池塘細雨迷之句 酷似唐人)."라 평하고 있다.

香燒古篆坐蕭然　　향을 고전 향로에 사르고 쓸쓸히 앉아
讀盡黃庭內外篇　　『황정경』의 내외 편을 모두 읽었다
一味天眞無與語　　천진의 한 맛 더불어 말할 이 없어
畫中相對飮風仙　　그림 속에서 서로 대하니 바람을 마시는 신
　　　　　　　　　선일세

<주석> 〖蟬〗 매미 선, 〖黃庭(황정)〗 도교의 경전인 『黃庭經』을 이름
<감상> 이 시는 매미를 그린 그림에 쓴 題畵詩로, 이승소의 脫俗한 모습
이 잘 드러난 시이다.

成俔의 「題三灘集後」에서, "내가 후배로서 문하에 노닐며 훌륭한
광채를 입고 남은 향기를 마신 것이 하루 이틀이 아니다. 공의 행
동거지는 한아하고 자태는 옥과 눈처럼 맑아 완연히 신선 중에 사
람 같았다. 사람들이 그를 공경하고 사모하여 짧은 글이라도 얻은
자는 정밀한 금과 아름다운 옥덩이같이 하여, 읊조리며 완상하여
손에서 놓을 수 없었다(予以後進 遊于門下 承休光而挹餘馥者非
一日 公擧止閑雅 風姿玉雪 宛如神仙中人 人敬慕之 得片言隻
字者 如精金美璞 吟翫而手不能釋焉)."라고 언급했는데, 위의 시
에서 이러한 경향을 읽을 수 있다.

35. 「送金善山(宗直)之任」 五首 姜希孟[11]

其一

萱堂雲闕隔微茫　　훤당과 궁궐 아득히 머니
仕宦寧親兩未忘　　벼슬살이와 모친 봉양 모두 잊지 못하네
乞郡章成誰會得　　고향의 수령 청하여 이룬 것 누가 이해할
　　　　　　　　　수 있으랴?
事親猶短事君長　　부모 섬길 날 오히려 짧고 임금 섬길 날 긴 것을

<주석> 〖萱堂(훤당)〗 어머니가 거처하는 방이나 어머니를 칭함.『詩經』「國風」「伯兮」에 "焉得諼草 言樹之背"라 했는데, 毛傳에서 "諼草令人忘憂 背 北堂也"라 하고, 陸德明釋文에는 "諼 本又作萱"이라 했다. 北堂에 훤초를 심어서 사람으로 하여금 근심을 잊게 하는데, 古制에 北堂은 主婦의 居室이므로 뒤에 이러한 의미를 지니게 되었음. 〖雲闕(운궐)〗 궁궐이 높고 크기 때문에 궁궐이나 조정을 일컬음. 〖微茫(미망)〗 아득함. 〖會〗 이해하다 회

<감상> 이 시는 金宗直이 모친 봉양을 위해 함양군수로 나갈 때 전송하면서 지어 준 것으로, 부모에 대한 孝를 기리고 있다.

---

11) 姜希孟(1424, 세종 6～1483, 성종 14). 자는 景醇, 호는 私淑齋·無爲子, 시호는 文良이다. 1447년(세종 29) 18세에 별시문과에 장원급제했고, 1453년(단종 1) 예조 정랑이 되었다. 1455년(세조 1) 원종공신 2등에 책봉되었고, 예조참의·이조참의를 거쳐 1463년 진헌부사가 되어 명나라를 다녀왔다. 1468년 南怡의 獄事를 다스린 공으로 晉山君에 봉해졌다. 1473년 병조판서가 되고, 이어 판중추부사·이조참판·판돈녕부사·우찬성을 거쳐 1482년 좌찬성에 이르렀다. 부지런하고 치밀한 성격으로 공정한 정치를 했고 博學多識하다는 말을 들었으나, 한편으로 아첨하며 자기 공을 자랑한다는 비방도 들었다. 經史와 典故에 통달한 뛰어난 문장가였고 민요와 설화에도 깊은 관심을 가졌다. 소나무·대나무 그림과 산수화를 잘 그렸다. 금양에 있을 때 자신의 경험과 견문을 토대로 지은 농업에 관한 저서로「衿陽雜錄」이 있고, 당시 滑稽傳의 성격을 알 수 있는『村談解頤』가 있다. 그 밖에 서거정이 편찬한 유고집『사숙재집』17권이 있다.

어머니가 거처하는 곳과 대궐 둘 사이는 아득히 멀어서, 벼슬살이를 하자니 어머니 곁을 떠나야 하고 어머니를 봉양하자니 대궐에서 벗어나야 한다. 이 두 가지를 동시에 이루고 싶으나, 공간적 여건이 너무 멀어서 그렇지 못하니, 고향의 수령을 청하여 어머니 모시는 일을 선택하려고 한다. 그런데 이런 내 마음을 누가 알아줄까? 어머니를 섬길 날은 길지 않고 앞으로 임금을 섬길 날은 많아서 이러한 선택을 했는데…….

『해동잡록』에 강희맹의 문학에 대한 간략한 평이 다음과 같이 실려 있다.

"본관은 晉州이며 자는 景醇이요, 자호는 私淑齋 또는 雲松居士라 하고 혹은 菊塢라고도 일컫는데 姜仁齋의 아우다. 세종 때에 문과에 장원급제하였는데 시와 문장에 깊이가 있고 자세하며, 온후하고 흥미가 진진하면서 매인 데가 없이 호탕하였다. 웅장 심오하고 優雅 건실함은 子長 司馬遷과 같고, 넓고 크고 뛰어나기는 退之 韓愈와 같으며, 간결하고 예스러우면서 정밀하기는 柳宗元과 같았고, 빼어나고 자유분방하기로는 盧陵의 文忠公 歐陽脩와 같아서 당시 선비들의 추앙을 받았다. 벼슬은 左贊成에 이르렀으며 시호는 文良公인데 세상에 간행된 문집이 있다(晉州人 字景醇 自號私淑齋 又號雲松居士 或稱菊塢 仁齋之弟 我英廟朝擢魁科 詩文醞藉精深 渾涵浸郁 大放以肆 雄深雅健似司馬子長 汗瀾卓犖似韓退之 簡古精密似柳柳州 俊邁奔放似盧陵文忠公 爲時所推 官至左贊成 諡文良 有集行于世)."

36. 「次豊田驛韻」 姜希孟

海上靈山特地開	바다 위의 신령한 산 특별히 솟았는데
鑾轝東幸採新詩	임금님 동쪽으로 행차하시어 새로운 시 보시리라
定知此去醫民瘼	정녕 이번에 가시면 백성의 병 고치시리니
倒瀉恩波便滌痍	은혜의 물결 쏟아부어 상처를 씻어 주시리

<주석> 〖鑾轝(란여)〗 임금의 수레, 〖幸〗 가다 행, 〖瘼〗 병들다 막, 〖倒〗 거꾸로 도, 〖滌〗 씻다 척, 〖痍〗 상처 이

<감상> 이 시는 풍전역에 있는 시를 차운한 것으로, 世祖가 관동지방으로 갔을 때 강희맹이 問安使로 行在所에 가던 길에 지은 것이다. 세조께서 관동 지방으로 특별히 거동하셨으니, 그 지역의 풍속을 담고 있는 새로운 시를 채집하실 것이다. 그런데 그 시에는 힘들어하는 백성들의 고통이 담겨 있으니, 임금님께서 그 고통을 알고서 반드시 고쳐 주실 것이다.

洪貴達의 『虛白亭集』에, "사숙재가 그 형 仁齋와 더불어 젊어서부터 이름이 높았다. 徐居正이 인재에게 말하기를, '이 사람은 그대의 子由(蘇軾의 아우 蘇轍)이다.' 하였더니, 인재가 말하기를, '형이 子瞻 蘇軾이 아닌데 아우가 어찌 子由가 될 수 있겠는가?' 하고, 서로 한바탕 웃었다. 達城이 사숙재를 인재의 집에서 처음 보았는데, 이때 나이가 겨우 15살이었으나 재주가 벌써 노련하고 성숙하였다(私淑齋與其兄仁齋　自少俱有重名　徐達城謂仁齋日 此君之子由　仁齋日　兄非子瞻　弟安得爲子由　相與一笑　達城始 見私淑齋於仁齋之第　時年才十五　才已老成)."라고 하여, 강희맹의 뛰어난 재주에 대한 逸話가 실려 있다.

37. 「冥冥風雨交 贈平仲」二首 姜希孟

其二

冥冥風雨交	비바람 한데 섞여 어두운데
厭聞鷄亂號	어지러이 닭 우는 소리 듣기 싫네
大人志功名	관리들은 공명에 뜻을 두어
夙夜不憚勞	아침부터 밤늦도록 수고를 꺼리지 않고
市人逐末利	장사치들은 말리를 좇아서
百計競錐刀	온갖 계교로 작은 이익 다투네
所以日復日	때문에 날마다
作事繁牛毛	일을 만들어 소털만큼이나 번다하네
吾今兩無謀	나는 지금 두 가지 모의가 없어
萎頓安蓬蒿	오두막살이에 정신없이 안주한다오

<주석> 〖冥〗 어둡다 명, 〖厭〗 싫다 염, 〖大人(대인)〗 벼슬이 높은 사람, 〖夙〗 일찍 숙, 〖憚〗 꺼리다 탄, 〖末利(말리)〗 상공업의 이익, 〖錐刀(추도)〗 작은 이익, 〖繁〗 번거롭다 번, 〖萎頓(위돈)〗 정신이 없음, 〖蓬蒿(봉호)〗 풀 더미

<감상> 이 시는 어둑어둑 비바람이 부는 날 평중에게 써서 준 시이다. 어둑어둑 비바람 한데 섞여 어두운데, 닭까지 어지럽게 울어 대니 그 울음소리 듣기가 싫다. 조정의 관리들은 功名에 뜻을 두어 아침부터 밤늦도록 공명을 이루기 위해 수고를 꺼리지 않고 있고, 시장의 장사치들은 장사에서 오는 작은 이익을 좇아서 온갖 계교로 서로 다투고 있다. 그러므로 날마다 일을 만들어 소털만큼이나 번다해진 삶을 살고 있다. 나는 지금 관리로서 공명을 세우거나 장사치처럼 작은 이익에 관심이 없어 조그마한 오두막살이에 安分知足하며 살고 있다.

其四

南窓終日坐忘機　　남창에 종일토록 世事 잊고 앉았는데
庭院無人鳥學飛　　뜰에 사람 없으니 새는 날기 배우네
細草暗香難覓處　　가는 풀에 그윽한 향기 어디인지 찾기 어려운데
澹煙殘照雨霏霏　　옅은 연기 스러지는 햇빛에 부슬부슬 비 내리네

<주석> 〖忘機(망기)〗機巧의 마음을 없앰. 항상 담백함을 즐겨 하여 세상
　　과 다툼이 없음, 〖覓〗구하여 찾다 멱, 〖澹〗담박하다 담, 〖霏〗
　　조용히 오는 비 비

<감상> 이 시는 병든 뒤에 우연히 읊조린 시로, 閑雅한 시인의 마음과 情
　　景이 한데 잘 어우러진 시이다.
　　허균은 『성소부부고』에서, "강경순의 「養蕉賦」는 대단히 훌륭하
　　며, 그의 시 또한 淸勁하다. 그 「病餘吟」에 ……라 하고, 「詠梅」
　　에, '어둘 녘 울타리 가에서 퍼진 가지 보고서, 느린 걸음 향기 찾
　　아 물가에 와 닿으니, 천년의 羅浮山 둥근 달이, 지금에 와 비치니
　　꿈이 깨일 때로세.'라 한 시구들은 모두 閑雅하여 볼 만하다(姜景
　　醇養蕉賦極好 其詩亦淸勁 其病餘吟曰 南窓終日坐忘機 庭院無
　　人鳥學飛 細草暗香難覓處 澹煙殘照雨霏霏 詠梅曰 黃昏籬落見
　　橫枝 緩步尋香到水湄 千載羅浮一輪月 至今來照夢回時 俱閑雅
　　可見)."라 평하고 있다.

吹花擘柳半江風　　꽃 날리고 버들 가르며 강바람 부는데
檣影搖搖背暮鴻　　돛대 그림자 흔들흔들 저녁 기러기 등져 있네
一片鄉心空倚柱　　한 조각 고향 생각에 부질없이 기둥에 기대니
白雲飛度酒船中　　흰 구름은 날아서 술 실은 배를 지나네

<주석> 〖擘〗 가르다 벽, 〖檣〗 돛대 장, 〖度〗 지나다 도

<감상> 이 시는 제천정에서 중추부사 송처관의 韻에 次韻한 홍겸선의 시에 화답한 것이다.

강바람이 거세어 꽃이 날리고 버들을 가르고 있는데, 저 멀리 흔들거리는 돛대를 가진 호화유람선이 떠 있다. 빨리 고향으로 가고픈 생각에 기둥에 기대고 있으니, 기생과 술을 실은 배 위로 흰 구름이 지나가고 있다(흰 구름은 靑雲에 대비되는 고향을 그리워하는 隱者의 삶을 상징하는 것이다).

김종직은 그의 제자들 가운데 道學에 치중하는 제자들과 갈등이 있었다. 『퇴계전서』의 「答李剛而別紙」에, "다만 지금 점필재 전

---

12) 金宗直(1431, 세종 13～1492, 성종 23). 호는 佔畢齋. 아버지 金叔滋는 고려 말·조선 초 은퇴하여 고향에서 후진 양성에 힘썼던 吉再의 제자로, 아버지로부터 학문을 배운 종직은 길재와 鄭夢周의 학통을 계승한 셈이다. 김종직의 학문은 무오사화 때 그의 많은 글이 불살라진 관계로 전체적인 모습을 밝히기는 어려우나, 대체로 정몽주와 길재의 道學思想을 이어받아 節義와 명분을 중요시하고 시비를 분명히 밝히려고 했다. 또한 『소학』과 四書 및 『朱子家禮』를 기반으로 하는 성리학의 실천윤리를 강조하였으며, 五倫이 각각 질서를 얻고 士農工商의 四民이 자기의 직분에 안정하도록 하는 仁政의 실시가 이상적인 정치라고 보았다. 이를 위해 향교 교육과 인재의 등용을 매우 중시했다. 한편으로는 經術을 근본으로 하면서도, 당시 對明事大外交에서 꼭 필요하였던 詞章의 학문을 겸비하기도 하였다. 김종직의 문학세계는 명분·절의·修己에 근간을 두는 여말선초의 處士文學과 宋詩의 영향을 받아 화려한 文彩를 배격하고 간결하면서도 함축된 理를 드러내는 것이었으나, 經과 文을 다 같이 중시하는 폭넓은 것이었다.

집에서 그것을 보니, 오직 시문을 제일의로 삼아 일찍이 이 학문과 이 도에 뜻을 두지 않았다. 이 때문에 한훤당 金宏弼이 책임을 돌렸다(但今以佔畢公全集觀之 惟以詩文爲第一義 未嘗留意於此學此道 而寒暄以是歸責)."라고 기록되어 있다.

許筠의 『성소부부고』의 「答李生書」에서는 우리나라의 詩史를 언급하면서 김종직에 대해서 언급하고 있는데, 예시하면 다음과 같다. "우리나라는 외져서 바다 모퉁이에 있으니 唐나라 이상의 문헌은 까마득하며, 비록 乙支文德과 眞德女王의 詩가 역사책에 모아져 있으나, 과연 자신의 손으로 직접 지었던 것인지는 감히 믿을 수 없소. 新羅 말엽에 이르러 崔致遠 學士가 처음으로 큰 이름이 났는데, 오늘로 본다면 文은 너무 고와서 시들었으며 詩는 거칠어서 약하니 許渾・鄭谷 등 晩唐의 사이에 넣더라도 역시 누추함을 나타낼 텐데, 盛唐의 작품들과 그 技法을 겨루고 싶어 해서야 되겠습니까? 高麗 시대의 鄭知常은 아롱점 하나는 보았다 하겠지만, 역시 晩唐 詩 가운데 穠麗한 시 정도였소. 李仁老・李奎報는 더러 맑고 奇異하며 陳澕・洪侃은 역시 기름지고 고우나 모두 蘇東坡의 범위 안에서 벗어나지 못하지요. 급기야 李齊賢에 이르러 倡始하여, 李穀・李穡이 계승하였으며, 鄭夢周・李崇仁・金九容이 고려 말엽의 名家가 되었지요. 조선 초엽에 이르러서는 鄭道傳・權近이 그 명성을 독점하였으니 文章은 이때에 이르러 비로소 達했다 칭할 만하여 아로새기고 빛나곤 해서 크게 변했다 이를 만한데 中興의 공로는 李穡이 제일 크지요. 중간에 金宗直이 圃隱・陽村의 文脈을 얻어서 사람들이 大家라고 일렀으나 다만 恨스러운 것은 文竅의 트임이 높지 못했던 것이오. 그 뒤에는 李荇 정승이 시에 入神하였으며, 申光漢・鄭士龍은 역시 그 뒤에 뚜렷하였소. 盧守愼 정승이 또 애써서 문명을 떨쳤으니, 이 몇 분들이 中國에 태어났다면 어찌 모두 康海・李夢陽(明의 前七子로 詩文에 능함) 두 사람보다 못하다 하리오? 당세의 글하는 이는 文은 崔岦을 추대하고 詩는 李達을 추대하는데, 두 분 모두 천 년 이래의

絶調지요. 그리고 같은 연배 중에서는 權韠이 매우 婉亮하고, 李
安訥이 매우 淵伉하며 이 밖에는 알 수가 없소(吾東僻在海隅　唐
以上文獻邈如　雖乙支，眞德之詩　彙在史家　不敢信其果出於其
手也　及羅季　孤雲學士始大厥譽　以今觀之　文菲以萎　詩粗以弱
使在許鄭間　亦形其醜　乃欲使盛唐爭其工耶　麗代知常　足窺一斑
亦晩李中穠麗者　仁老奎報　或淸或奇　陳澕洪侃　亦腴艶　而俱不
出長公度內耳　及至益齋倡始　稼牧繼躅　圃陶惕　爲季葉名家　逮
國初　三峯陽村　獨擅其名　文章至是　始可稱達　追琢炳烺　足曰丕
變　而中興之功　文靖爲鉅焉　中間金文簡得圃，陽之緖　人謂大家
只恨文竅之透不高　其後容齋相詩入神　申鄭亦瞠乎其後　蘇相又
力振之　玆數公　使生中國　則詎盡下於康李二公乎　當今之業　文
推崔東皐　詩推李盆之　俱是千年以來絶調　而儕類中汝章甚婉亮
子敏甚淵伉　此外則不能知也)."

桃花浪高幾尺許	복사꽃 띄운 물결이 몇 자나 높았는고
銀石沒頂不知處	하얀 돌은 머리까지 잠겨서 어딘지 모르겠네
兩兩鸕鶿失舊磯	쌍쌍의 가마우지 옛 돌을 잃고
銜魚却入菰蒲去	물고기 물고는 곧 부들로 들어가네

<주석> 〖卽事(즉사)〗 앞에 있는 사물을 제재로 삼은 시, 〖許〗 쯤 허, 〖頂〗
머리 정, 〖鸕鶿(로자)〗 가마우지, 〖磯〗 수면에 드러난 돌 기, 〖銜〗
물다 함, 〖却〗 곧, 마침내, 도리어 각, 〖菰〗 풀이름 고, 〖蒲〗 부
들 포

<감상> 이 시는 보천탄에서 지은 것이다.

보천탄에 한 겨울이 지나 봄이 되자 눈이 녹아 물이 불어 겨울 내
하얗던 돌을 잠기게 했고, 그 물결 위에 복사꽃이 흘러가고 있다.
그 위로 쌍쌍의 가마우지들이 예전에 앉아서 고기를 잡던 돌을 잃
고서 물고기 한 마리를 잡자 둥지가 있는 부들 숲으로 들어간다.
『성소부부고』에는, "그 「보천탄즉사」에서는 ……라 했는데 이는
가장 항고하며, 『東京樂府』는 편편마다 모두 예스럽다(其寶泉灘
卽事曰 桃花浪高幾尺許 銀石沒頂不知處 兩兩鸕鶿失舊磯 銜魚
却入菰蒲去 此最优高 東京樂府 篇篇皆古)."라 평하고 있다.
權鼈의 『해동잡록』에서 김종직의 문장에 대한 평과 함께 간략한
生平이 다음과 같이 실려 있다.
"본관은 善山이며 자는 季昷이요, 金淑滋의 아들로, 스스로 호를
佔畢齋라 하였다. 세조 때 문과에 급제하였는데, 몸가짐이 단정
성실하고 학문이 정밀 심오하며, 문장이 高古하여 당대 儒宗이
되었다. 사람을 가르치기를 게을리하지 아니하여 전후의 명사들이
많이 그 문하에서 나왔다. 성종이 중히 여겨 발탁하여 경연에 두

었고 벼슬이 형조 판서에 이르렀다. 벼슬에 있게 하면서 쌀과 곡식을 특사하였으며, 죽으니 시호를 文簡이라 하였다. 연산군 때의 戊午士禍가 구천에까지 미쳐 遺文을 불태워 없앴는데, 뒤에 잿더미에서 주워 모아 세상에 간행하였다(善山人 字季昷 淑滋之子 自號佔畢齋 我光廟朝登第 操履端慤 學問精深 文章高古 爲一世儒宗 誨人不倦 前後名士 多出其門 成廟重之 擢置經筵 以至刑曹判書 使所在官特賜米穀 卒諡文簡 燕士戊午禍及泉壤 焚滅遺文 後收拾灰燼 刊行于世)."

「本傳」에는 遺文이 불탄 것과 관련하여 유자광과의 逸話가 다음과 같이 실려 있다.

"柳子光이 咸陽에 노닐면서 시를 지어 그 고을 원에게 현판에 새겨 붙이게 하였는데, 점필재가 이 고을 군수가 되어 말하기를, '자광이 어떤 작자인데 감히 현판을 한단 말이냐?' 하고, 떼어서 불사르게 하였다. 무오년의 화가 일어나매 선생이 무덤 속에서 극형을 받고 아울러 「環翠亭記」도 철거되었으니, 세상 사람이 함양에서 현판의 원한을 보복한 것이라 하였다(柳子光遊咸陽作詩 屬郡宰鏤版而懸之 佔畢齋守是郡日 何物子光 乃敢爲懸板 命撤而焚之 及戊午禍起 先生追被極刑 並撤去環翠亭記 世以爲報咸陽之怨也)."

41. 「東都樂府」 七首 金宗直

「怛忉歌」 金宗直

怛怛復忉忉	놀랍고 놀랍고 또 근심스럽고 근심스러워라
大家幾不保	임금이 하마터면 목숨을 보존하지 못할 뻔했네
流蘇帳裏玄鶴倒	오색 장막 속의 현학금이 거꾸러지니
揚且之晳難偕老	훤칠한 왕비가 해로하기 어렵게 되었구려
忉怛忉怛	슬프고 근심스럽고 슬프고 근심스러워라
神物不告知奈何	귀신이 안 알렸으면 어찌되었을까?
神物告兮基圖大	귀신이 알려 주어 나라 운수 길어졌네

<주석> 〖怛〗 놀라다 달, 〖忉〗 근심하다 도, 〖大家(대가)〗 황제, 〖流蘇(류소)〗 채색한 휘장, 〖揚且之晳(양차지석)〗 훤칠한 이마(揚은 이마 위가 넓은 것, 且는 어조사, 晳은 흼)로, 『시경, 鄘風, 君子偕老』에 나오는 구절임. 이 시는 위나라 부인이 음탕하여 군자를 섬기는 도리를 잃을 것을 풍자한 시임.

<감상> 이 시는 김종직이 30대 초반에 지은 『東都樂府』7수 가운데 하나로, 지조를 잃고 음탕하여 군자를 섬기는 도리를 잃은 것을 풍자한 시이다.

이 시를 지은 연유에 대해 다음과 같은 기록을 덧붙이고 있다.

"소지왕 10년에 왕이 천천정에서 노니는데, 어떤 老翁이 연못 속에서 나와 글을 바쳤다. 그런데 그 外面에 쓰여 있기를 '뜯어보면 두 사람이 죽고, 뜯어보지 않으면 한 사람이 죽는다.'고 되어 있으므로, 왕이 말하기를 '두 사람이 죽는 것보다는 뜯지 말아서 한 사람만 죽게 하는 것이 낫겠다.' 하니, 日官이 말하기를 '두 사람은 庶民이고 한 사람은 왕입니다' 하였다. 그러자 왕이 두려워하여 그것을 뜯어서 보니, 그 글에 '금갑을 쏘아라'고 쓰여 있었다. 그래서 왕이 궁에 들어가 금갑을 보고는 벽을 기대고 그를 쏘아 넘어뜨리고 보니, 바로 內殿의 분수승이었다. 왕비가 그를 데려다 함께 간통을 하고 인하여 왕을 시해하려고 꾀했었으므로, 이에 왕비도 伏誅되었다. 그 후로는 나라의 풍속이 매년 정월의 상진일·상해일·상자일·상오일에는 온갖 일을 금기하여 감히 동작을 하지 않고 이를 지목하여 '달도일'이라 하였다. 그런데 굳이 4일을 지목한 것은 그때에 마침 烏·鼠·豕의 요괴가 있어 騎士로 하여금 추격하게 한 결과 인하여 龍을 만났기 때문이다. 또는 16일을 烏忌日로 삼아 찰밥으로 祭를 지내었다(炤知王十年 王遊天泉亭 有老翁自池中出獻書 外面題云 開見二人死 不開一人死 王曰 與其二人死 莫若不開 但一人死耳 日官云 二人者 庶民也 一人者 王也 王懼 拆而見之 書中云射琴匣 王入宮 見琴匣 倚壁射之而 倒 乃內殿焚修僧也 王妃引與通 因謀弑王也 於是王妃伏誅 自後 國俗 每正月上辰上亥上子上午 忌百事 不敢動作 目之爲怛忉日 必以四日者 其時適有烏鼠豕之怪 令騎士追之 因遇龍也 又以十 六日爲烏忌之日 以粘飯祭之)."

「陽山歌」

敵國爲封豕	적국이 큰 멧돼지가 되어
荐食我邊疆	연이어 우리 변경을 차츰 먹어 들어오니
赳赳花郞徒	용맹스러운 화랑의 무리들이
報國心靡遑	보국하느라 마음에 겨를이 없었네
荷戈訣妻子	창을 메고 처자를 이별하고서
嗽泉啖糗粮	샘물로 입 닦고 말린 쌀을 먹다가
賊人夜劘壘	적들이 밤에 성루를 무찌르니
毅魂飛劍鋩	씩씩한 넋이 칼날에 흩어져 버렸네
回首陽山雲	머리 돌려 양산의 구름 바라보니
矗矗虹蜺光	우뚝하게 무지갯빛 뻗치었도다
哀哉四丈夫	슬프다, 네 사람의 대장부는
終是北方强	마침내 용감한 사람이 되었으니
千秋爲鬼雄	천추에 귀신 영웅이 되어
相與歆椒漿	서로 더불어 술을 흠향하리

<주석> 【封】크다 봉, 【豕】돼지 시, 【荐】거듭하다 천, 【赳】용맹스럽다 규, 【遑】겨를 황, 【訣】이별하다 결, 【嗽】양치질하다 수, 【啖】먹다 담, 【糗】건량 구, 【粮】양식 창, 【劘】베다 마, 【壘】성채 루, 【毅】굳세다 의, 【鋩】칼날 망, 【矗矗(촉촉)】높은 모양(矗 무성하다 촉), 【虹蜺(홍예)】무지개, 【北方强(북방강)】『中庸』第十章에, "무기와 갑옷을 깔고 지내면서 죽어도 싫어하지 않는 것은 북방 사람의 강함이다(袵金革 死而不厭 北方之强也)."라는 말이 보임, 【歆】신이나 조상의 혼령이 제사 음식을 기쁘게 받다 흠, 【椒漿(초장)】산초나무로 만든 술로, 古代 신에게 제사 지낼 때 썼음

 이 시는 김종직이 30대 초반에 지은 『東都樂府』7수 가운데 하나로, 화랑도의 의연한 기상을 기리는 과정을 통해 신라의 후예인 영남인의 기상을 과시하고자 한 시이다.

이 시를 지은 연유에 대해 다음과 같은 기록을 덧붙이고 있다. "김흠운은 내물왕의 8세손인데 젊어서 화랑 문로의 문에 종유하였다. 영휘(唐 高宗의 연호, 650~655) 6년에 태종 무열왕이 흠운을 낭당대감으로 삼아 백제를 치게 하여, 그가 양산 아래에 진영을 두었는데, 백제인들이 그것을 알아차리고 밤중에 급히 몰아와서 새벽에 진루를 타고 쳐들어왔다. 그러자 아군은 놀라서 허둥지둥 어쩔 줄을 몰랐고 화살은 비처럼 쏟아졌다. 그래서 흠운은 말을 타고서 적을 기다리고 있는데, 종자가 고삐를 잡고 돌아가기를 권유하자, 흠운이 칼을 뽑아 그를 쳐 버리고, 마침내 대감 예파, 소감 상득과 함께 적진으로 달려가 싸워서 몇 사람을 죽이고 자신도 죽었다. 그런데 이때 보기당주 보용나가 흠운이 죽었다는 말을 듣고 탄식하며 말하기를 '저 사람은 骨이 귀하고 권세가 높은데도 오히려 절조를 지키고 죽었는데, 더구나 이 보용나는 살아도 도움이 될 것이 없고 죽어도 손해될 것이 없음에랴?' 하고는 마침내 적에게로 달려가 싸우다 죽었으므로, 당시 사람들이 양산가를 지어 그를 슬퍼하였다 (金歆運 奈勿王八世孫 小遊花郎文努之門 永徽六年 太宗武烈王 以歆運爲郎幢大監 伐百濟 營陽山下 百濟人覺之 乘夜疾馳 黎明 緣壘而入 我軍驚亂 飛矢雨集 歆運橫馬待敵 從者握轡勸還 歆運 拔釖擊之 遂與大監穢破少監狀得 赴賊鬪 格殺數人而死 步騎幢 主寶用那 聞歆運死 嘆曰 彼骨貴勢榮 猶守節以死 況寶用那 生 無益 死無損乎 遂赴敵而死 時人作陽山歌 以傷之)."

43. 「夜泊報恩寺下 贈住持牛師」 金宗直

報恩寺下日曛黃　　　보은사 아래에 해가 어둑어둑해지자
繫纜尋僧踏月光　　　닻줄 매고 스님 찾아 달빛 밟네
棟宇己成新法界　　　기둥과 집이 이미 이루어져 새로운 법계인데
江湖猶攪舊詩腸　　　강호는 오히려 옛 시 생각을 흔드네
上方鐘動驪龍舞　　　절에 종이 움직이니 驪江의 용이 춤을 추고
萬竅風生鐵鳳翔　　　만물의 구멍에서 바람소리 나니 鐵鳳山이 나네
珍重旻公亦人事　　　민공을 진중히 하는 것도 사람의 일이거니
時將菜把問舟航　　　때로는 채소 다발 갖고 뱃길을 물어야지

<주석> 〖曛〗 석양빛 훈, 〖纜〗 닻줄 람, 〖法界(법계)〗 각종 사물의 현상
과 그 본질을 일컬음, 〖攪〗 휘젓다 교, 〖上方(상방)〗 주지가 거
처하는 방, 절, 〖竅〗 구멍 규, 〖翔〗 날다 상, 〖把〗 줌 파

<감상> 이 시는 김종직이 46살에 내직에 임명되었다가 선산부사로 내려
가던 도중에 여주에 있는 신륵사 앞에 배를 대고 주지 우사를 찾
았으나 만나지 못하고 남겨 준 시이다. 제목 아래에는 "절의 옛
이름은 신륵이고 혹은 벽사라고도 하는데, 예종 때에 절을 고쳐
지어서 극히 크고 화려하게 하며, 지금의 편액을 하사하였다(寺舊
名神勒 或云甓寺 睿宗朝改創 極宏麗 賜今額)."라는 말이 실려
있다.
신륵사 아래에 해가 어둑어둑해지자, 절 앞인 여강에 닻줄을 매고
달빛을 밟으며 스님을 찾는다. 절의 기둥과 집이 이미 이루어져
새로운 佛國土가 이루어졌는데, 시인은 절과 강호에 감탄하여 시
생각이 절로 난다. 절에 종이 울리니 이에 호응한 듯 驪江의 용이
춤을 추는 듯하고, 만물의 구멍에서 바람소리가 나니 절의 뒷산인
鐵鳳山이 날아오르는 듯하다. 杜甫가 민공이라는 스님에게 진중

했듯이 자신도 주지에게 때로는 채소 다발 갖고 뱃길을 물어야지.
홍만종은 『소화시평』에서, "점필재 김종직은 선산사람이다. ……
점필재를 두고 국조의 우두머리라고 일컬으니, 어찌 헛된 말이겠
는가(佔畢齋金宗直善山人也 ……所謂冠冕國朝者 豈虛言哉)?"
라고 기록하고 있다.

또 頸聯에 대해 "우리나라 시는 위로 고려시대부터 아래로 근대
에 이르기까지 볼만한 경련이 적지 않다. ……점필재 김종직의 「신
륵사」에 ……라 하였는데, 엄하고 무겁고 크고 밝아서 마치 균천
광악이 창공을 크게 울린 것과 같다(我東之詩 上自麗朝 下至近
代 警聯之可觀者 不爲不多 ……金佔畢齋神勒寺詩 ……嚴重洪
亮 如勻天廣樂)."라 하였다.

嵯峨鷄立嶺　　우뚝 솟은 저 계립령이여!
終古限北南　　예로부터 남북을 가로막았네
北人鬪豪華　　북인들은 호화로운 생활을 다투는데
南人脂血甘　　남인들은 기름과 피를 짜는구나
牛車歷鳥道　　우마차가 험난한 길을 지나가니
農野無丁男　　들판에는 장정 남자가 없네
江干夜枕藉　　밤이면 강가에서 서로 베고 자노니
吏胥何婪婪　　아전들은 어찌 저리도 탐학한가?
小市魚欲縷　　시장에선 생선을 가늘게 회치고
茅店酒如泔　　모점에는 술이 뜨물처럼 하얀데
醵錢喚遊女　　돈 거두어 노는계집 불러오니
翠翹凝紅藍　　머리꾸미개에 연지를 발랐네
民苦剜心肉　　백성들은 심장을 깎는 듯 괴로운데
吏恣喧醉談　　아전들은 방자히 취해서 떠들어 대네
斗斛又討贏　　또 두곡의 여분까지 토색을 하니
漕司宜發慚　　조사는 의당 부끄러울 일이로다
官賦什之一　　관에서 부과한 건 십분의 일인데
胡令輸二三　　어찌하여 이분 삼분을 바치게 하나?
江水自滔滔　　강물은 스스로 도도히 흘러서
日夜噓雲嵐　　밤낮으로 구름과 남기를 부는데
帆檣蔽峽口　　돛과 돛대가 협곡 어귀를 가리어
北下爭驂驔　　북쪽에서 내려와 다투어 실어가니
南人蹙頞看　　남인들의 얼굴 찡그리고 보는 것을
北人誰能諳　　북인들이 누가 알 수 있겠는가?

 〖可興(가흥)〗 남한강 상류 倉의 소재지, 〖站〗 역마을 참, 〖嵯峨
(차아)〗 우뚝 솟음, 〖鳥道(조도)〗 좁은 산길, 〖干〗 물가 간, 〖婪〗
탐하다 람, 〖縷〗 잘게 썰다 루, 〖泔〗 뜨물 감, 〖醵〗 추렴하다
갹, 〖翠翹(취교)〗 고대 부인의 머리꾸미개 장식의 하나, 〖凝〗 엉
기다 응, 〖紅藍(홍람)〗 국화과로, 이것으로 연지를 만듦, 〖剜〗
도려내다 완, 〖斛〗 휘(10말) 곡, 〖討〗 찾다 토, 〖嬴〗 남다 영, 〖漕
司(조사)〗 賦稅의 독촉 징수와 出納・上供 등의 일을 관장한 기관
임, 〖噓〗 불다 허, 〖嵐〗 남기 람, 〖帆〗 돛 범, 〖檣〗 돛대 장, 〖峽〗
골짜기 협, 〖驂驔(참담)〗 서로 따름, 〖蹙〗 찡그리다 축, 〖頞〗 콧
마루 알, 〖諳〗 알다 암

 이 시는 稅穀船의 운반을 소재로 하여 북쪽에 비해 피해를 당하는
남쪽 지방의 고통스러운 삶에 대해 노래하고 있다.

『詩格』에 김종직의 文才에 대한 이야기가 다음과 같이 실려 있다.
"젊어서부터 문장으로 세상에 이름이 높았고 시를 더욱 잘 지었는
데, 정심하고 넉넉하며 세속의 구덩이에 빠지지 않아 근대의 詩祖
로 추앙된다. 성종이 친서로 칭찬하기를, '문장과 經濟가 아울러
훌륭하다 말할 수 있겠다.' 하였다(自少以文章名世 尤長於詩 精
深醞藉 不落俗人窠臼中 推爲近代詩祖 我成廟御書褒之曰 文章
經濟 可謂雙美)."

이 외에도 『성소부부고』에는 김종직의 시에 대해 다음과 같은 내
용이 실려 있다.

"佔畢齋의 글은 요체는 깨달았으나 높은 경지에 이르지는 못했으
니 崔岦이 그를 가장 업신여겼다. 그의 시는 오로지 蘇軾・黃庭
堅에게서 나왔으니, 고전을 비평하는 사람이 작게 보는 것도 당연
하다고 하겠다. 우리 중형은 일찍이 그의 시를 말씀하기를, '학 울
자 맑은 이슬 내려 맺히고, 달 뜨자 큰 고기 뛰어오르네'라 한 구
절은 결코 盛唐의 시에 뒤지지 않으며, '가랑비 오는데 중이 장삼
을 꿰매고, 찬 강에 나그네는 배 저어 가네'와 같은 구절은 심히

閑淡한 맛이 있다고 했는데, 이것은 대체로 맞는 말씀이다(佔畢齋
文 竅透不高 崔東皐最慢之 其詩專出蘇黃 宜銓古者之小看也 仲
兄嘗言鶴鳴淸露下 月出大魚跳 何減盛唐乎 如細雨僧縫衲 寒江
客棹舟 甚寒澹有味 斯言蓋得之)."

兒捕蜻蜓翁補籬	아이는 잠자리를 잡고 늙은이는 울타리를 고치는데
小溪春水浴鸕鶿	작은 시내 봄물에 가마우지가 목욕하네
靑山斷處歸程遠	푸른 산 끝난 곳에 돌아갈 길은 멀지만
橫擔烏藤一箇枝	등나무 한 가지 꺾어 비스듬히 메고 가네

<주석> 〖山行卽事〗『매월당집』에는 「陶店」이라고 되어 있음, 〖蜻蜓(청정)〗 잠자리, 〖籬〗 울타리 리, 〖鸕鶿(로자)〗 가마우지, 〖擔〗 메다 담, 〖烏藤(오등)〗 등나무 지팡이

<감상> 이 시는 산길을 가다 지은 것으로, 김시습의 山水癖과 隱者로서의 한가로운 정서를 잘 보여 주는 시이다.

산길을 가다 보니 아이는 잠자리 잡느라 여기저기 뛰어다니고 늙

---

13) 金時習(1435, 세종 17～1493, 성종 24). 자는 悅卿, 호는 梅月堂·東峰. 5세 때 세종의 총애를 받았으며, 후일 중용하리란 약속과 함께 비단을 하사받아 五歲神童이라 일컬어졌다. 과거준비로 三角山 中興寺에서 수학하던 21세 때 수양대군이 단종을 몰아내고 대권을 잡은 소식을 듣자 그 길로 삭발하고 중이 되어 방랑의 길을 떠났다. 31세 되던 세조 11년 봄에 경주 南山 金鰲山에서 性理學과 불교에 대해서 연구하는 한편, 최초의 한문소설 『金鰲新話』를 지었다. 그는 현실과 이상 사이의 갈등 속에서 어느 곳에도 안주하지 못한 채 기구한 일생을 보냈는데, 그의 사상과 문학은 이러한 고민에서 비롯한 것이다. 전국을 두루 돌아다니면서 얻은 생활체험은 현실을 직시하는 비판력을 갖출 수 있도록 시야를 넓게 했다. 그의 현실의 모순에 대한 비판은 불의한 위정자들에 대한 비판과 맞닿으면서 重民에 기초한 王道政治의 이상을 구가하는 사상으로 확립된다. 그의 저작은 자못 다채롭다고 할 만큼, 조선 전기의 사상에서 그 근원을 찾아보기 어려운 유·불 관계의 논문들을 남기고 있다. 이 같은 면은 그가 이른바 '心儒踐佛'이니 '佛跡而儒行'이라 타인에게 인식되었듯이 그의 사상은 유불적인 요소가 혼효되어 있다. 그러나 어디까지나 그는 근본사상은 유교에 두고 아울러 불교적 사색을 병행하였으니, 한편으로 禪家의 교리를 좋아하여 체득해 보고자 노력하면서 선가의 교리를 유가의 사상으로 해석하기도 하였다. 그러므로 그는 후대에 성리학의 대가로 알려진 이황으로부터 '索隱行怪' 하는 하나의 異人이라는 비판을 받았다.

은이는 오래되어 허물어진 울타리를 고치는데, 앞개울의 작은 시내에 봄물이 녹은 곳에는 가마우지가 고기를 잡기 위해 자맥질을 하고 있다. 저 멀리 푸른 산이 끝난 곳에 갈 길이 멀리 뻗어 있지만, 방랑벽이 있는 그에겐 그 먼 길이 멀게 느껴지는 것이 아니어서 지팡이 삼고자 등나무 한 가지 꺾어 등에 비스듬히 메고 간다. 金時習은 「有感觸事 書呈明府(어떤 일에 느낌이 있어서 시를 지어 사또께 바친다)」라는 시에서 "산수에 벽이 있어 시로 늙었다(癖於山水老於詩)."라고 한 것처럼, 평생을 산수에서 노닐면서 시를 지었다. 조선에서 山水癖이 가장 깊었던 시인은 전기에는 金時習, 후기에는 金昌翕을 들 수 있을 것이다.

權鼈의 『해동잡록』에 김시습에 대한 간략한 生平이 다음과 같이 실려 있다.

"본관은 江陵이요, 자는 悅卿이다. 조금 자라자 말을 더듬어 말은 잘할 수 없었으나, 붓과 먹을 주면 그 생각을 모두 글로 썼다. 세조 때에 세상을 달갑지 않게 여겨 벼슬하지 않고, 거짓으로 미친 체하여 중이 되어 僧名을 雪岑이라 불렀다. 스스로 그의 號를 東峯이라 하고 또는 淸寒子 혹은 碧山淸隱이라고 하였다. 만년에 還俗하여 죽었는데, 「每月堂歷代年紀」와 『金鰲新話』가 있어 세상에 전한다(江陵人 字悅卿 稍長 口吃猶不能言 以筆墨與之 則皆書其意 我光廟朝 玩世不仕 佯狂出家 號雪岑 自號東峯 一曰淸寒子 一曰碧山淸隱 晚年還俗而卒 有梅月堂歷代年紀 金鰲新話行于世)."

終日芒鞋信脚行　　온종일 짚신으로 발길 닿는 대로 가노라니
一山行盡一山靑　　한 산을 걸어 다하면 또 한 산이 푸르네
心非有想奚形役　　마음에 생각 없으니 어찌 몸에 부림을 받으랴?
道本無名豈假成　　도는 본래 이름 없으니 어찌 거짓으로 이룰쏜가?
宿露未晞山鳥語　　간밤 이슬은 마르지 않아 산새는 우는데
春風不盡野花明　　봄바람은 끝없이 불어와 들꽃이 아름답네
短筇歸去千峯靜　　짧은 지팡이로 돌아가니 봉우리마다 고요한데
翠壁亂煙生晩晴　　푸른 절벽에 자욱한 노을이 저물녘에야 갠다

<주석> 〖無題(무제)〗『매월당집』에는 「贈峻上人」으로 되어 있음, 〖芒鞋
(망혜)〗 짚신, 〖信脚(신각)〗 발 닿는 대로 감, 〖形役(형역)〗 몸이
구속되거나 사역당하는 것으로, 功名이나 利綠에 끌리거나 지배
당하는 것을 이름, 〖道本無名〗『老子』에 "도라 할 수 있는 도는
항상 된 도가 아니고, 이름 부를 수 있는 이름은 항상 된 이름이
아니다. 무명은 천지의 시작이요, 유명은 만물의 어머니이다(道可
道 非常道 名可名 非常名 無名天地之始 有名萬物之母)."라는
말이 보임, 〖晞〗 마르다 희, 〖筇〗 지팡이 공, 〖翠〗 비취색 취

<감상> 이 시는 峻上人에게 준 시의 하나로, 앞 시와 마찬가지로 山水癖
을 보여 주는 시이다.

짚신 신고 발길 닿는 대로 종일 걸으니, 산 하나를 지나면 또 다른
산이 나타나지만 그 산이 싫지 않다. 마음에 功名이나 利綠에 대
한 집착이 없으니 육체의 부림을 받지 않고 老子의 말대로 도는
이름할 수 없으니 억지로 깨닫고자 하지도 않는다. 간밤 내린 이
슬이 마르지 않은 채 울어 대는 산새나 부단히 불어와 핀 들꽃은
내 마음을 끌리게 한다. 짧은 지팡이를 짚고 가노라니, 모든 산은

조용한 가운데 푸른 절벽에 머물던 자욱한 안개가 생겨났다가 저녁이 되니 맑게 갠다.

이 시에 대해 洪萬宗은 『소화시평』에서, "동봉 김시습은 5살 때 벌써 기이한 아이로 소문났다. 세종임금이 동봉을 불러 「삼각산」시로 시험해 보고, 매우 기특하게 여겼다. 그 뒤 동봉은 미친 사람 흉내를 내고 중이 되어 산중에서 살았다. 동봉이 지은 시가 대단히 많은데, 모두 입에서 나오는 대로, 손에서 쓰이는 대로 지었다. 흥취만을 풀어낼 뿐이요, 일찍이 퇴고에 신경 쓰지 않았다. 그러나 경지가 높아서 보통 사람이 미칠 수가 없다. 그의 「무제」는 다음과 같다. ……도를 깨친 자가 아니면 어찌 이런 말을 하겠는가(金東峯時習五歲以奇童名　英廟召試三角山詩　大奇之　後佯狂爲髡居山中　所賦詩極多　皆率口信手　止遣興而已　未嘗留意推敲　然所造超越　有非凡人所可及　其無題詩 ……非悟道者　寧有此語)?"라 하였다.

諸史紛紛立意乖	여러 역사 어지럽게 뜻 세운 것 어긋났는데
宋朝涑水辨參差	송조의 속수 선생 차이점을 변별했네
勸懲揮筆明如日	권고와 징계의 붓 휘두르니 밝기가 해와 같고
袞鉞措辭謹亦佳	곤월의 말 쓰니 근엄하고도 아름답네
天下幾經吳魏晉	천하 사람들 몇 번이나 오·위·진 시대를 겪었는가?
民生多被犬狼豺	민생들이 개·이리·승냥이 피해를 많이도 받았겠지
漢唐隋業規模大	한·당·수의 왕업 규모 컸지만
那及虞庭庶尹諧	어찌 순임금 조정의 백관들 화락함에 미치겠는가?

<주석> 〖乖〗 어그러지다 괴, 〖涑水(속수)〗 司馬光이 山西省 涑水 사람이므로 사마광을 말함, 〖參差(참치)〗 일치되지 않거나 모순됨, 〖袞鉞(곤월)〗 고대 袞衣를 주어서 기리고, 斧鉞을 주어서 징계했다는 것에서 褒貶을 이름, 〖豺〗 승냥이 시, 〖虞〗 순임금의 성 우, 〖庶尹(서윤)〗 百官, 〖諧〗 화합하다 해

<감상> 이 시는 『資治通鑑』을 얻어 보고 지은 시로, 民生에 초점이 맞추어져 있는 그의 歷史觀을 읽을 수 있다.

司馬光은 역대 왕조의 立意의 어긋난 점을 드러내고 차이점을 변별하여 勸善懲惡의 붓을 휘두르니, 해와 같이 밝고 褒貶의 말도 근엄하면서 아름답다. 魏晉南北朝 시대와 漢·唐·隋 등의 왕조가 교체하는 변혁기에 民生들은 개·이리·승냥이 같은 군주들에게 받은 피해가 이루 헤아릴 수 없을 정도이다. 한·당·수 등 규모가 큰 나라도 舜임금이 통치하던 시절 조정의 百官들의 화락함

에는 미치지 못한다.

김시습은 五歲神童으로 유명한데, 「本傳」에 이에 대한 이야기가 실려 있다.

"悅卿은 난 지 여덟 달 만에 능히 글을 읽을 줄 알았다. 말은 더디었으나 정신은 민첩하여 입으로 읽지는 못하였어도 뜻은 모두 통하였다. 세 살에 유모가 맷돌에 보리 가는 것을 보고 또렷이 읊기를, '비는 안 오는데 우렛소리는 어디에서 울리는가? 누런 구름이 조각조각 사방으로 흩어지네' 하니, 사람들이 신기하게 여겼다. 세 살 때에 그 할아버지에게 묻기를, '시는 어떻게 짓습니까?' 하니, 할아버지가, '일곱 글자를 이어 놓은 것을 시라고 한다.'고 대답하였더니, '그렇다면 일곱 자를 엮을 테니 첫 글자를 불러 보시라.'고 하였다. 할아버지가 春 자를 부르자, 곧 응하기를, '봄비가 새 휘장 밖으로 내리니 기운이 열리도다' 하여 사람들이 탄복하였다. 다섯 살에 시를 짓기에 능하니, 세종이 그 말을 듣고 승정원으로 불러, 知申事 朴以昌에게 명하여 임금의 뜻을 전하고 사실인지 아닌지 묻는데, 안아 무릎 위에 놓고 이름을 불러 이르기를, '네가 시구를 지을 수 있느냐?' 하니, 곧 응하기를, '올 때 포대기에 쌓인 김시습' 하였다. 또 벽 위의 山水圖를 가리키면서, '네가 또 지을 수 있겠느냐?' 하니 곧 '작은 정자와 배 안에는 어떤 사람이 있는고?' 하였다. 그가 지은 시와 글이 적지 않다. 곧 대궐로 들어가 아뢰니 傳敎를 내리기를, '성장하여 학문이 이루어지기를 기다려 장차 크게 기용하리라.' 하며, 크게 칭찬하고 비단 30필을 주고 제가 가지고 가라고 하였더니, 드디어 그 끝을 이어 가지고 끌고 나가므로 사람들이 또한 기특하게 여겼다(悅卿離胞八月 能知讀書 語遲而神警 口不能讀 而意則皆通 三歲乳母碾麥 朗然吟之曰 無雨雷聲何處動 黃雲片片四方分 人神之 三歲謂其祖曰 何以作詩 祖曰 聯七字謂之詩 答曰 如此則可聯七字 呼首字可也 祖呼春字 卽應曰 春雨新幕氣運開 人嘆服 五歲能作詩 我英廟聞之 召致于政院 命知申事朴以昌 傳旨問虛實能否 以抱置膝上 呼名曰

汝能作句乎 卽應曰 來時襁褓金時習 又指壁上山水圖曰 汝又可
作 卽應曰 小亭舟宅何人在 所作詩文不少 卽入啓 傳曰 待年長
學成 將大用之 大加稱嘆 賜帛三十段 使之自輸 遂各綴其端 曳
之而出 人亦奇之)."

風雨蕭蕭拂釣磯	비바람 쓸쓸하게 낚시터를 스칠 때
渭川魚鳥識忘機	위수의 고기와 새는 망기한 줄 알았네
如何老作風雲將	어쩌자고 늘그막에 풍운 모는 장수 되어
終使夷齊餓采薇	끝내 백이와 숙제 고사리 캐다 죽게 했나

<주석> 〖嘲〗 조롱하다 조, 〖二釣叟(이조수)〗 두 낚시하는 늙은이는 姜太公과 嚴光을 말하는데, 이 시는 강태공에 대한 시임, 〖蕭蕭(소소)〗 적막하고 조용함, 〖拂〗 추어올리다 불, 〖磯〗 물가 기, 〖忘機(망기)〗 세속에 일어나는 慾望을 잊는 것, 〖風雲(풍운)〗 鷹揚으로 된 곳도 있음, 〖薇〗 고비 미

<감상> 이 시는 두 낚시질하는 늙은이 가운데 하나인 姜太公을 놀리면서 지은 諷刺詩이다.

쓸쓸히 비바람이 부는 낚시터에 강태공이 낚시하던 渭水 주변의 물고기와 새들은 강태공이 세속적 욕망을 잊은 줄 알고 강태공 주변에서 노닐고 있다. 그런데 어쩌자고 노년에 용맹한 장수 되어 伯夷와 叔齊 같은 절개를 지키는 사람들을 수양산에서 굶어 죽게 하였는가?

李濟臣의 『淸江詩話』에 의하면, "김시습이 낙척 불우하였으나 시문은 매우 고상하였다. 서거정이 일찍이 그를 맞이하여 강태공이 낚시하는 그림을 보여 주며 제화시를 청하자 곧 다음과 같은 시를 써 주었다. ……서거정이 묵묵히 한참 있다가 말하기를, '그대의 시는 곧 나의 죄안을 밝힌 문건이오.'라고 하였다(金悅卿 落拓不遇 詩文極高 徐達成 嘗一邀致 出姜太公釣魚圖 請題 卽書一絶 云 ……達成默然良久曰 子之詩 吾之罪案也)."라고 하여, 徐居正의 요청으로 지은 것으로 되어 있다(『芝峯類說』에는 韓明澮가

요청한 것으로 되어 있고, 『丙子錄』에는 權擘의 집을 방문하였다가 만나 보지 못하고 벽에 걸린 조어도를 보고 지은 것으로 되어 있다). 김시습은 姜太公의 발자취를 비판적으로 수용하면서, 강태공을 韓明澮나 徐居正에, 백이와 숙제를 世祖에게 희생당한 死六臣과 자신 같은 사람으로 지칭하고 있는 것이다. 이 시는 題畵詩이지만 역사적 인물인 강태공을 소재로 死六臣 사건을 諷刺하고 있는 것이다.

山家秋索索	산속 집 가을 되어 쓸쓸한 채
梨栗落庭除	배와 밤 뜰에 떨어지네
秫熟堪爲酒	찰벼 익어 술 담글 만하고
菘肥可作菹	배추는 살쪄 김치 담글 만하네
飢鷹號老樹	굶주린 매는 늙은 나무에서 울어 대고
羸犢嚙荒墟	여윈 송아지는 거친 터에서 씹어 대네
日晚喧鷄犬	날이 저물자 닭과 개 짖어 대니
前村過里胥	앞마을에 아전이 들렀나 보네

<주석> 〔除〕 뜰 제, 〔秫〕 찰벼 출, 〔菘〕 배추 숭, 〔菹〕 겉절이 한 채소 저, 〔鷹〕 매 응, 〔羸〕 여위다 리, 〔犢〕 송아지 독, 〔嚙〕 물다 설, 〔喧〕 떠들썩하다 훤, 〔胥〕 아전 서

<주석> 이 시는 「遊關東錄」에 수록된 시로 산속의 집에 거처하면서 지은 것인데, 산촌 백성들의 어려운 삶을 주변 묘사를 통해 사실적으로 그려 내고 있다.

1연과 2연에서는 산속 집은 가을이 되어 쓸쓸한 채 텅 빈 뜰에 배와 밤이 떨어지고 있고, 찰벼가 익어 술을 담그기에 적당하고 배추도 잘 자라 김치를 담글 만한 산속의 풍요로운 가을 광경을 묘사하고 있다. 3연에서는 굶주린 매는 고목에서 배가 고파 울어 대고 있고, 비쩍 여윈 송아지는 거친 터에서 무엇인가를 씹어 먹고 있다. 앞에서 보여 준 풍요로운 광경과는 사뭇 달리 매와 송아지의 굶주린 모습을 통해 고통받고 있는 백성들의 삶을 대비적으로 보여 주고 있는 것이다. 4연에서는 날이 저물자 사람의 모습은 보이지 않는데 닭과 개가 짖어 대는 것을 보니, 앞마을에 세금을 독촉하는 아전이 왔나 보다고 노래하고 있다.

金時習은 산속 마을에 거처하면서 가을의 풍요로움을 누려야 할
판에 아전들의 세금독촉에 힘겹게 살아가는 백성들의 삶을 생생하
게 묘사하고 있는 것이다.

其六

一家十口似同盧	한 가구 열 식구 한집에 사는 것 같은데
丁壯終無一日居	장정들 결코 하루도 집에 있질 못하네
國役邑徭牽苦務	나라와 고을 부역 괴로운 일로 끌려다니니
弱男兒女把春鋤	약한 남자 아녀자들이 봄 호미를 잡았네

<주석> 【徭】 부역 요, 【把】 잡다 파, 【鋤】 호미 서

其七

一年風雨幾勞辛	한 해의 비바람에 몇 번이나 고생해도
租稅輸餘僅入囷	조세 바친 나머지만 겨우 광에 넣네
巫請祀神僧勸善	무당은 신에게 제사 청하고 스님은 시주하라 권하니
費煩還餒翌年春	비용 많아 명년 봄엔 다시 굶게 된다네

<주석> 【囷】 곳집 균, 【巫】 무당 무, 【還】 다시 환, 【餒】 주리다 뇌, 【翌】 다음날 익

<감상> 이 시는 「遊金鰲錄」에 수록된 시로, 산속 집에서 겪는 부역과 조세의 고통을 노래한 것이다.

첫 번째 시는 한 가구에 열 명의 식구가 같은 집에서 사는 것 같은데 힘이 센 장정들은 하루도 집안일을 돌보지 못하고 있다. 왜일까? 나라의 부역에다 마을의 부역까지 겹쳐 이리저리 끌려다니다 보니 그렇다. 그러니 봄이 와서 농사를 준비해야 하는데, 어린 사내아이나 노인인 남자, 아녀자들만이 호미를 잡고 일을 하고 있

을 뿐임을 노래하고 있다.

두 번째 시는 한 해 동안 온갖 비바람을 맞으며 힘들여 농사를 지었지만, 추수를 하고 나서 조세로 바치고 나면 남은 약간의 곡식만을 창고에 보관할 수 있다. 그런데다 무당이 신에게 제사 지내야 한다고 곡식을 청하고, 스님은 시주하라고 하니, 들어가는 비용이 너무 많아 창고에 있는 조금의 곡식만으로는 내년 봄에는 올해처럼 다시 굶게 될지도 모르겠다고 읊고 있다.

金時習은 전국을 돌아다니며 民生들의 삶의 모습을 보고 많은 애정을 드러내고 있다. 그의 산문인 「愛民義」에서, "『서경』에 이르기를 '백성은 오직 나라의 근본이니, 근본이 견고하여야 나라가 편안하다.' 하였으니, 대저 백성들이 추대하고 그것으로 살아간다는 것으로, 비록 임금에게 의지한다 하더라도 임금이 왕위에 올라 부리는 것은 진실로 오직 서민들이다. 민심이 돌아와 붙으면 만세 동안 군주가 될 수 있으나, 민심이 떠나서 흩어지면 하루를 기다리지 않아도 필부가 된다. 군주와 필부의 사이는 약간의 차이가 날 뿐이 아니니, 신중하지 않을 수 있겠는가? 그러므로 곡물창고와 재물창고는 백성의 몸이요, 의상과 관과 신발은 백성의 가죽이요, 주식과 마실 것과 반찬은 백성의 기름이요, 궁실과 거마는 백성의 힘이요, 공물과 조세와 도구는 백성의 피다. 백성들이 십분의 일을 내어 위를 받드는 것은 천자로 하여금 그 총명함을 써서 나를 다스리게 하기 위함이다. 그러므로 임금은 (백성들이) 음식을 올리면 백성들이 나와 같이 음식을 먹는가를 생각하고, 옷을 바치면 백성들이 나와 같이 옷을 입었는가를 생각하게 된다. 바로 궁실에 거처함에 있어서 백성이 편안히 지내는 것을 생각하며, 수레를 모는 데 있어서 백성의 화목한 경사를 생각하게 된다. 그러므로 '너의 옷과 너의 음식은 백성의 기름이다.' 하였다. 평상시에 바치는 것도 불쌍히 여기고 민망히 여길 만한데, 어찌 망령되이 무익한 일을 일으키며, 힘써 노력을 번거롭게 시켜 백성들의 때를 빼앗아 원망과 탄식을 일으키고, 조화로운 기운을 상하게 하여 하늘의 재앙을 부르며 흉년에 절박하게 하며, 사랑하는 어버이와 효성스런 자식들로 하여금 서로 보전할 수 없어 유랑하여 흩어지게 하여 도랑에서 엎어져 죽게 할 수 있겠는가? 아! 상고의 성한 때에는 임금과 백성이 하나가 되어 임금의 힘을 알지 못했다. 그래서 노래를 짓기를 '우리 많은 백성들이 밥을 먹게 함은 그대의 법이 아님이 없네. 알지 못하는 사이에 임금의 법칙에 순종하게 되었네.'라 하였고, 말을 지어 이르기를 '해가 나오면 일을 하고 해가 들어가면 쉬는데, 임금의 힘이 나에게 무엇이 있단 말인가?' 하였다(書曰 民惟邦本 本固邦寧 大抵民之推戴而以生者 雖賴於君 而君之莅御以使者 實惟民庶 民心歸附 則可以萬世而爲君主 民心離散 則不待一夕而爲匹夫 君主匹夫之間 不啻豪釐之相隔 可不愼哉 是故倉廩府庫 民之體也 衣裳冠履 民之皮也 酒食飮膳 民之膏也 宮室車馬 民之力也 貢賦器用 民之血也 民出什一以奉乎上者 欲使元后用其聰明 以治乎我也 故人主進膳 則思民之得食如我乎 御衣 則思民之得衣如我乎 乃至居宮室 而思萬姓之按堵 御車輿 而思萬姓之和慶 故曰 爾服爾食 民膏民脂 平常供御 可矜可憫 豈可妄作無益 煩力役 奪民時 起怨咨 傷和氣 召天災 迫飢饉 使慈親孝子 不能相保 流離散亡 使顚仆於溝壑乎 嗚呼 上古盛時 君民一體 不知帝力 則爲之謠曰 粒我蒸民 莫匪爾極 不識不知 順帝之則 爲之語則曰 日出而作 日入而息 帝力何有於我哉)"라고 하여, 愛民하는 마음을 읽을 수 있다.

51. 「枯木」 金時習

長枝蟠屈小枝斜	긴 가지는 서려 굽고 작은 가지는 비꼈는데
直幹亭亭聳碧霞	곧은 줄기는 정정하게 푸른 노을에 솟아 있네
幾歲倚巖排雨雪	몇 해나 바위에 기대 비와 눈을 맞으면서
何年趠走化龍蛇	어느 해 뛰고 달려 용과 뱀이 되려는가?
瘤皮朣腫莊生木	혹이 난 껍질 울퉁불퉁 장자 나무인 듯한데
奇狀巃嵸漢使槎	기이한 모습 우뚝우뚝 한대 사절 뗏목일세
春至無心天亦惜	봄이 와도 무심하니 하늘마저 애석한데
教藤爲葉蘇爲花	등나무로 잎 만들고 이끼로 꽃 피웠네

<주석> 【蟠】 두르다 반, 【幹】 줄기 간, 【亭亭(정정)】 곧게 선 모양, 【聳】 솟다 용, 【排】 밀치다 배, 【趠】 뛰다 탁, 【龍蛇(룡사)】 용과 뱀으로, 걸출한 인물에 비유, 【瘤】 혹 류, 【朣腫(용종)】 구조물이 큰 것을 비유함, 【巃嵸(룡종)】 산세가 높고 험한 모양, 【槎】 뗏목 사, 【藤】 등나무 등, 【蘇】 풀 소

<감상> 이 시는 마른 나무를 읊은 詠物詩로, 枯木에 자신을 依託하고 있다. 枯木의 긴 가지는 서려서 굽어 있고 작은 가지는 기울어졌는데, 곧은 줄기는 푸른 하늘로 꼿꼿하게 솟아 있다. 고목은 바위에 기댄 채 얼마나 많은 시간 동안 비바람의 풍상을 겪었으며, 어느 때 멀리 달려 용과 뱀처럼 될 수 있을 것인가? 莊子가 산속을 지나다 본 無用한 나무가 有用하듯 울퉁불퉁 껍질에 혹이 나 있고, 月氏國으로 사신 가다가 흉노족에 사로잡혀 10여 년간 포로 생활을 하였던 張騫이 타고 가던 뗏목인 양 하늘 높이 솟아 있다. 봄이 와도 나뭇잎을 피우지 못하는 고목을 하늘도 애석하게 여겼던지 등나무로 잎을 만들고 이끼로 대신 꽃을 피웠다.

金時習은 지금은 枯木이 되어 하늘마저도 애석하게 여기는 처지

가 되었지만, 과거에는 길게 뻗은 가지와 곧은 줄기가 하늘 높이 솟아 있던 高木이었다. 고목에 자신의 삶을 기탁하고 있는 것이다. 조선의 好學君主였던 正祖가 "매월당은 절개만 기이한 것이 아니라 그 시도 매우 기이하다. 내가 반드시 모아 오래도록 전하려고 하는 것은 우연히 그런 것이 아니다(梅月堂非但節槩殊異 其詩絶奇 予之必收輯裒梓 俾壽其傳者 非偶爾也)『弘齋全書』)."라고 언급한 것은 위의 시와 같은 경우를 두고 한 말일 것이다.

碩鼠復碩鼠	큰 쥐야, 큰 쥐야
無食我場粟	우리 마당의 곡식을 먹지 마라
三歲已慣汝	삼 년째 벌써 너를 알고 지냈는데
則莫我肯穀	나를 살려 주지 않으려면
逝將去汝土	떠나서 장차 너의 땅을 버리고
適彼娛樂國	저 즐거운 나라로 가리라
碩鼠復碩鼠	큰 쥐야, 큰 쥐야
有牙如利刃	날카로운 칼날 같은 어금니가 있어서
旣害我耘籽	이미 내 농사를 망쳐 놓았고
又嚙我車軔	또 내 수레의 바퀴굄목마저 먹어
使我不得行	내가 가지도 못하게 해 놓고
亦復不得進	또한 다시 나아갈 수도 없게 해 놓았네
碩鼠復碩鼠	큰 쥐야, 큰 쥐야
有聲常喞喞	소리도 늘 찍찍거리면서
佞言巧害人	간사한 말로 교묘하게 사람을 해쳐
使人心忧忧	사람의 마음을 두렵게 하네
安得不仁貓	어디서 사나운 고양이를 얻어
一捕無有子	한 번에 잡아 씨도 없게 할까?
碩鼠一産兒	큰 쥐가 한 번 새끼를 낳으면
乳哺滿我屋	젖먹이 새끼들이 내 집에 가득하리
我非永某氏	나는 영모씨가 아니니
付之張湯獄	장탕의 감옥에 너를 넣고서는

塡汝深窟穴　　　너의 깊은 소굴을 메워 버려
使之滅蹤跡　　　너의 발자취를 없애리라

<주석> 【碩】 크다 석, 【慣】 익숙해지다 관, 【穀】 살다 곡, 【耘】 김매다
운, 【籽】 북돋우다 자, 【囓】 갉아먹다 설, 【軔】 바퀴굄목 인, 【喞
喞(즉즉)】 쥐가 우는 소리, 【佞】 바르지 못함 녕, 【怵】 두려워하
다 출, 【猫】 고양이 묘, 【孑】 나머지 혈, 【哺】 물다 포, 【付】
주다 부, 【永某氏】 永州에 某氏라는 사람이 있었는데, 쥐를 좋
아하여 고양이를 키우지 않았다고 함, 【張湯(장탕)】 장탕은 漢나
라 때의 獄官이다. 그가 어렸을 적에 집을 보다가 쥐에게 고기를
도둑맞은 일이 있었는데, 외출했다가 돌아온 아버지에게 심한 꾸
중을 듣고서는 쥐구멍을 파헤쳐 쥐를 잡고 먹다 남은 고기도 꺼
내어 뜰에다 감옥의 모양을 갖추어 놓고 劾文을 지어 쥐를 신문
하였다. 그의 아버지가 그 글을 보니 노련한 獄吏보다 나았으므
로 크게 기이하게 여겼다 함(『漢書』 卷59), 【塡】 메우다 전, 【窟】
굴 굴, 【蹤跡(종적)】 발자취

<감상> 이 시는 큰 쥐를 소재로 한 『詩經』 「魏風」 「碩鼠」의 시를 모방하
여 지은 것으로, 큰 쥐의 모습을 통해 백성들을 괴롭히는 貪官汚
吏나 아전들의 횡포를 비유적으로 그려 낸 시이다.
『시경』에 있는 朱熹의 註에 의하면, “「석서」는 과중하게 세금을
거두는 것을 풍자한 시이다. 나라 사람들이, 그 군주가 과중하게
세금을 거두어 백성들을 잠식하여 그 정사를 닦지 않고 탐욕스러
우며 사람들을 두려워하는 것이 큰 쥐와 같음을 풍자한 것이다(碩
鼠 刺重斂也 國人刺其君重斂 蠶食於民 不修其政 貪而畏人 若
大鼠也).”라고 하였다. 매월당은 백성을 해치는 탐관오리나 아전
들을 寓意한 큰 쥐를 종적도 없이 멸망시켜 버리겠다고 하여, 탐
관오리들에 의해 힘겹게 살아가는 백성들의 삶의 형상에 분개하고
있는 모습을 보여 주고 있다.

이런 진지한 모습 이면에는 장난기 넘치는 詩句를 짓기도 하였다. 홍만종의 『소화시평』에 의하면, "동봉 김시습이 다음 시를 지었다. '옳은 것을 옳다 하고 그른 것을 그르다 함은 꼭 옳지는 않고, 그른 것을 그르다 하고 옳은 것을 옳다 함은 꼭 그르지는 않네.' 또 다음 시를 지었다. '같은 것이 다르고 다른 것이 같으니 같고 다름이 다르고, 다른 것이 같고 같은 것이 다르니 다름과 같음이 같네.' ……두 분(金時習과 奇遵)은 이러한 어구 쓰기를 좋아했으나, 이것은 장난거리에 매우 가깝다. 백운거사 이규보는 「한거」를 지었는데, '루루(이어져 끊어지지 않은 모습)와 약약(길게 드리워진 모습)에 대해 묻지 마라! 시시도 따지지 않거늘 하물며 비비를 따지랴.' 비로소 백운거사가 이러한 시체를 만들어 냈음을 알았다(金東峯詩曰 是是非非非是是 非非是是是非非 又曰 同異異同同異異 異同同異異同同 豈兩公喜用此等詩句 頗近戲劇 李白雲閑居詩曰 莫問累累兼若若 不曾是是況非非 始知此老始刱此體)." 라 언급하고 있다.

53. 「乍晴乍雨」 金時習

乍晴乍雨雨還晴	잠깐 갰다 잠깐 비 오고 비 오다 다시 개니
天道猶然況世情	천도도 오히려 그러하거늘 하물며 세상의 정이야
譽我便應還毀我	나를 칭찬하는가 했더니 곧 다시 나를 비방하고
逃名却自爲求名	이름을 피하는가 하면 도리어 이름을 구하네
花開花謝春何管	꽃이 피고 꽃이 진들 봄이 무슨 상관이며
雲去雲來山不爭	구름 가고 구름 옴을 산은 다투지 않도다
寄語世上須記憶	세상에 말하노니 모름지기 기억하라
取歡無處得平生	어디서나 즐거움은 평생 득이 되느니라

<주석> 〚乍〛 잠깐 사, 〚謝〛 시들다 사, 〚管〛 주관하다 관

<감상> 이 시는 잠깐 갰다가 잠깐 비가 오는 날씨를 보고 지은 것으로, 자연 현상에 비추어 人情 世態가 변함을 풍자한 시이다.

비가 잠깐 내렸다가 다시 개고 개는 듯싶더니 다시 비가 온다. 이처럼 하늘의 도도 변화가 많은데, 하물며 人情에 있어서는 더 많은 변화가 있을 수밖에 없는 것이다. 그래서 누군가 나를 칭찬하는가 했더니 어느새 나를 비방하고 있고, 명성을 피한다고 하더니 어느덧 명성을 구하고 있다. 하지만 꽃이 피고 지는 것을 봄은 상관하지 않고 구름이 가고 오는 것을 산은 다투지 않는다. 그러니 어디서든 즐거울 수 있다면 그것이 평생의 득이 될 것이다.

이렇듯 金時習은 세상의 그릇됨을 달관의 경지에서 비난하고 있는 것이다.

其一

心與事相反	마음과 일이 서로 반대가 되어
除詩無以娛	시를 제외하면 즐길 수 없네
醉鄕如瞬息	취한 기분도 순식간 같고
睡味只須臾	잠의 맛도 다만 잠깐이네
切齒爭錐賈	송곳 끝을 다투는 장사치 이가 갈리고
寒心牧馬胡	말이나 먹일 오랑캐 한심하다네
無因獻明薦	밝은 천거에 몸 바칠 인연 없으니
抆淚永嗚呼	눈물 닦으며 길이 탄식하네

<주석> 〖悶〗 번민하다 민, 〖醉鄕(취향)〗 술 취한 때의 기분을 말함, 〖瞬〗 눈 깜짝하다 순, 〖睡〗 잠 수, 〖錐〗 송곳 추, 〖明薦(명천)〗 제사 때나 進獻할 때의 물건으로, 여기서는 '임금에게 자신을 바친다'는 의미임, 〖抆〗 닦다 문

<감상> 이 시는 답답한 마음을 펼치며 지은 시로, 세계(事)에 대하여 상반된 自我(心)를 詩를 통해서 표출하고 있다.

김시습은 다른 글에서, "또 선비의 몸은 세상이 모순되면 물러나 살면서 스스로 즐거워하는 것이 대개 그의 본디 분수인데, 어찌 남의 비웃음과 비방을 받아 가며 억지로 인간 세상에 머물러 있을 수가 있겠습니까(且士之身世矛盾 退居自樂 蓋其素分耳 安得受人嗤謗 而强留人世乎「上柳襄陽陳情書(自漢)」)?"라고 하여, 방외적 삶에 대해 언급한 적이 있었다. 조선조 士大夫層은 그 기본 성격이 중앙의 관료이면서 지방의 지주이므로 이 양면의 생활환경으로부터 관료로의 현달을 지향하는 '官人型'과 강호의 은둔을 지향하는 '處士型', 이 두 가지 형태로 인간자세가 구분되었던 것이

다. '方外型'은 官人으로 나아가는 것도 탐탁지 않지만 處士的인 권위와 규범을 지키는 생활도 바라지 않은 특이한 존재이다. 방외형은 부당한 사회현실에 굴종하거나 체념하지 아니하고 저항적인 자세를 취했던 것이다. 궁극적으로 중세기적 권위에 순종하기를 거부하고, 인간의 양심·자아를 지키려는 몸부림이었다고 할 수 있다. 위에서 살펴보았듯이, 金時習은 이 세 가지 유형 가운데 方外型에 속하는 인물로, 洪裕孫·鄭希良 등이 이에 속한 인물들이다.

55. 「題金鰲新話」二首　金時習

其二

玉堂揮翰已無心	옥당에서 붓을 휘두를 마음 이미 없고
端坐松窓夜正深	단정히 송창에 앉았으니 밤이 정히 깊구나
香插銅瓶烏几淨	구리 병에 향 꽂히고 책상이 깨끗한데
風流奇話細搜尋	풍류기화를 자세히 찾아보노라

<주석> 〖玉堂(옥당)〗 弘文館의 별칭, 〖揮〗 휘두르다 휘, 〖翰〗 붓 한, 〖松窓(송창)〗 소나무가 내려다보이는 창으로, 별장이나 서재를 일컬음, 〖烏几(오궤)〗 烏皮几로, 검은 양가죽으로 싼 작은 책상임. 옛날 앉을 때 몸을 기대는 것으로 사용함, 〖搜〗 찾다 수

<감상> 이 시는 『금오신화』에 대해 쓴 시이다.

옥당에서 붓을 잡을 마음이 진작 사라졌으니(관인으로 벼슬에 나아가는 것을 포기함을 이름), 그 결과로 소나무가 내려다보이는 書齋에 앉아 있노라니 밤이 매우 깊다. 방 안을 돌아보니, 구리 병에 향이 꽂혀 향불을 피우고 책상은 아무것도 없어 조촐한데, 그런 환경과 분위기 속에서 풍류기화인 『금오신화』를 본다(정치권력으로부터 멀어진 뒤에 쓰인 것이 『금오신화』이다).

隴草萋萋雉雙飛	밭두둑에 풀 무성하고 꿩은 쌍쌍이 나는데
隴邊老人長嘆息	밭두둑 가에 노인이 길게 탄식하네
自道余生年七十	스스로 말하길, "내 나이 일흔인데
手脚凍皴面深黑	손발은 얼어 터지고 얼굴은 시커멓네
男婚女嫁知幾時	아들딸 혼인시킬 날이 언제일까?
短衣襤慘纔過膝	짧은 옷은 누덕누덕 겨우 무릎을 가릴 정도네
前年召募度黃沙	지난해 병사로 소집되어 누런 모래를 지나갔는데
萬死歸來鬢如雪	많은 죽을 고비 넘기고 돌아오자 귀밑머리 눈과 같네
今年把鋤事耕耨	금년에 호미 잡고 밭 갈며 김매는데
石田磽确牛蹄脫	돌밭에 자갈 많아 소 발굽이 벗겨졌네
牛蹄脫知奈何	소 발굽 벗겨져도 어찌하랴?
獨坐茫然心斷絶	홀로 멍하게 앉았으니 마음이 끊어질 듯하네"

<주석> 【隴】 밭두둑 롱, 【萋】 무성하다 처, 【皴】 트다 준, 【襤】 누더기 람, 【慘】 찢어진 옷 삼, 【纔】 겨우 재, 【膝】 무릎 슬, 【鬢】 귀밑머리 빈, 【把】 잡다 파, 【鋤】 호미 서, 【耨】 김매다 누, 【磽】

---

14) 成侃(1427, 세종 9~1456, 세조 2). 본관은 昌寧. 자는 和仲, 호는 眞逸齋. 成任의 아우이고 成俔의 형이다. 문벌을 자랑하는 집안에서 태어나 일찍부터 재능을 보였다. 柳方善의 문인으로 1453년(단종 1) 增廣文科에 급제한 뒤 집현전에 들어가 文名을 떨쳤으나 30세에 병으로 죽었다. 용모가 추하고 성격이 괴팍해서 웃음거리였다고 하며, 훈구파의 폐쇄적인 의식에 불만을 품은 것 때문에 어려움을 겪었다. 그러나 經史는 물론 諸子百家書를 두루 섭렵하여 문장·技藝·음률·卜筮 등에 밝았다. 강희안에게 준 시 「寄姜景愚」에서는 천고에 신기함을 남길 예술은 어떤 것인가 묻고, 개성 있는 표현을 모색하면서 문학과 미술이 조화되는 경지를 추구했다. 「新雪賦」에서도 문학하는 자세에 관심을 보였다. 패관문학인 「慵夫傳」에서는 세상의 문제에 적극적으로 맞설 자신이 없으므로 게으름에 빠져 마음의 위안을 찾는다고 했다. 저서로는 『진일재집』이 있다.

자갈땅 도, 〚确〛 자갈땅 각, 〚蹄〛 굽 제

 이 시는 작자 자신은 개입하지 않고 제삼자인 노인의 이야기를 통해 당대 현실을 비판하고 있는 시이다.

『筆苑雜記』에 간략한 生平이 실려 있는데 다음과 같다.

"본관은 창녕으로, 자는 和仲, 호는 眞逸齋이며 단종 원년에 급제하였다. 恭惠公 成念祖의 아들로 어릴 적부터 책을 널리 읽어 읽지 않은 책이 없었다. 집현전에 들어가 오래도록 書閣 안에 앉아서 날을 다하고 밤새도록 여러 책들을 다 열람하였다. 그래서 같은 직위에 있는 동료들이 讀書癖이 있다고 기롱할 정도였다. 독서 때문에 과로하여 파리해지고 병이 되어 30세에 요절하고 말았다. 벼슬은 홍문관 수찬에 이르렀으며 文集이 세상에 전한다(昌寧人 字和仲 號眞逸齋 魯山元年登第 恭惠公念祖之子 自幼博覽廣記 無書不讀 入集賢殿 長坐閣中 窮日盡夜 閱盡群書 同列以書淫傳癖譏之 讀書過勞 消瘦成疾 三十而夭 官至弘文館修撰 有集行于世)."

허균은 『성수시화』에서, "우리나라의 시 중에 古詩를 본받은 것이 없다. 오직 성화중만이 顏延之·陶淵明·鮑照 세 사람의 시에 의작하여 깊이 고시의 법을 체득하였고, 그의 여러 오언절구들이 당나라의 악부체를 터득하였다. 이분에 의지해 마침내 적막함을 면하게 되었다(東詩無效古者 獨成和仲擬顏陶鮑三詩 深得其法 諸小絶句得唐樂府體 賴得此君 殊免寂寥)."라고 하여, 成侃을 古詩 작가로 지목하고 또한 조선 전기 가장 뛰어난 작품을 지었다고 평하고 있다. 成侃의 아우 成俔은 古詩 창작 운동을 벌이는데, 실은 형인 成侃에게서 영향을 받은 것이다(成俔은 成侃에게 시를 배웠음).

이러한 古詩 창작은 이후 劉希慶·金宗直·兪好仁·曺偉·車天輅·許筠으로 이어진다.

陰陰簾幕燕交飛　　어둑한 주렴과 장막으로 제비는 번갈아 나는데
日射晴窓睡起遲　　햇빛이 맑은 창을 비치도록 자다가 더디 일
　　　　　　　　　　어나네
急喚小娃供頮水　　급히 어린 계집종 불러 세숫물 바치게 한 뒤
海棠花下試春衣　　해당화 밑에서 봄옷을 입어 보네

<주석> 【宮詞(궁사)】 詩體의 하나로, 궁정 생활의 작은 일들을 노래함, 【睡】
　　　자다 수, 【喚】 부르다 환, 【娃】 미인 왜, 【頮】 세수하다 회

陰陰簾幕暑風輕　　어둑한 주렴과 장막에 여름 바람 가벼운데
閑瀉銀漿滿玉餠　　한가로이 은빛 음료를 따라 옥병에 채우네
好箇黃鸝多事在　　예쁜 저 꾀꼬리는 일도 많아
隔墻啼送兩三聲　　담 너머에서 두세 번 고운 소리 울어 보내네

<주석> 【漿】 미음, 음료 장, 【餠】 술병 병, 【好】 아름답다 호, 【箇】 이
　　　개, 【黃鸝(황리)】 꾀꼬리

碧梧金井換新秋　　오동잎 금정에 떨어져 새 가을로 바뀌나니
斜倚薰籠一段愁　　화로에 비스듬히 기댄 채 한 가닥 시름이네
明月滿庭天似水　　밝은 달은 뜰에 가득하고 하늘은 물 같은데
起來無語上簾鉤　　일어나 말없이 주렴 갈고리 올리네

<주석> 【碧梧(벽오)】 푸른색의 오동나무, 【金井(금정)】 난간에 장식이
　　　되어 있는 우물로, 일반적으로 궁정 園林 속의 우물을 일컬음,

〖薰籠(훈롱)〗 덮개를 싼 화로, 〖段〗 조각 단, 〖簾鉤(렴구)〗 주
렴을 걷는 데 쓰는 갈고리

七寶房中別置春	칠보방 안에 따로 봄을 감춰 두었나니
羅巾斜帶辟寒珍	비단수건 비낀 띠에는 벽한진일세
朝來試步梅花下	아침에 시험 삼아 매화나무 아래를 걸어 보는데
臉上臙脂懶未勻	볼 위의 연지를 게을러 고루지 못했도다

<주석> 〖辟寒珍(벽한진)〗 추울 때에 그것을 집 안에 두면 추위를 물리쳐
추위를 모른다는 寶物임, 〖臉〗 뺨 검, 〖臙脂(연지)〗 여자가 화장
할 때 양쪽 뺨에 찍는 紅粉, 〖懶〗 게으르다 라, 〖勻〗 두루 미치
다 균

<감상> 이 시는 古體詩의 하나인 宮詞를 통해 宮人의 사계절 생활을 봄
부터 겨울까지 노래하고 있다.

이 외에도 『청구풍아』에 그의 詩와 詩에 대한 평이 다음과 같이 실
려 있다.

"진일재가 우연히 한 절구를 짓기를, '흰 태양 봄 하늘 만 리에 찬란하니,
상서로운 기린과 위엄스런 봉황새가 함께 때를 타고 났다. 삼경에 달 떨
어지고 촌락이 적적하니, 도리어 여우들이 호랑이 위세를 빌렸구나.' 하
니, 佔畢齋가 평하기를, '淸明한 조정에 혹 위엄과 복록을 몰래 농간하는
자가 있는 것을 말한 것인데, 시의 뜻이 꼭 누구를 지적한 것 같다.' 하였
고, 朴彭年이 비평하기를, '이 시는 신기한 점이 많으니, 명성이 근거 없
는 것이 아니다.' 하였다. 成眞逸은 책을 넓게 읽고 잘 기억하며 손에서
책을 떼지 않았다. 시문을 짓는 데는 호방하고 깊고 건장하며, 삼엄하게
법도가 있었다(眞逸齋偶書一絶曰 白日春天萬里暉 祥麟威鳳共乘時 三
更月落村墟黑 留與狐狸假虎威 佔畢齋評云 謂當淸明之朝 或有竊弄威
福者 詩意似有所指 朴仁叟批云 此詩多有奇氣 名不虛得 成眞逸博覽
强記 手不釋卷 爲詩文豪放奧健 森有法度)."

其三

夢入首陽山	꿈속에 수양산에 들어갔더니
愁雲憑憑欲吼怒	근심의 구름 성난 듯 울부짖으려 하고
青兕黃熊怒我啼	푸른 외뿔소와 누런 곰이 나에게 성내며 으르렁거려
萬丈層崖緣細路	까마득한 절벽 위에 가느라단 길을 따라 달아나네
不知故人在何處	친구는 어디에 있는지 모르겠고
萬水千山日欲暮	많은 물과 산에 해가 저물어 가네
嗚呼	아!
忽然覺來天欲昏	갑자기 깨어났을 때 하늘이 저물어 가려 하니
萬慮關心淚如雨	온갖 시름이 일어나 눈물이 비 오듯 하네

<주석> 【憑憑(빙빙)】 왕성한 모양, 【吼】 울다 후, 【兕】 외뿔소 시

<감상> 이 시는 꿈속에 수양산에 들어간 것을 묘사한 시로, 꿈을 통해 현실세계에서 소외된 불안한 심정을 노래하고 있다.

낮에 잠시 잠이 들었는데, 꿈속에 수양산에 들어갔다. 그런데 근심의 구름이 성난 듯 울부짖으려 하고, 푸른 외뿔소와 누런 곰이 나에게 성내며 으르렁거려 그들을 피하려고 까마득한 절벽 위 가느다란 길을 따라 달아났다. 목적지인 친구의 집은 어디에 있는지 모르겠는데, 수없이 쌓인 첩첩산중의 물과 산에 해가 저물어 간다. 불안이 극도에 다다랐을 때 갑자기 깨어나니, 하늘이 저물어 가려 한다. 꿈속에서도 저물어 가고 있고 현실로 돌아온 세계 역시 저물어 가고 있어, 온갖 시름이 일어나 눈물이 비 오듯 한다.

「本傳」에 중국 사신도 成侃의 시를 보고 탄복한 이야기가 실려 있다.

"중국 사신 예겸이 사명을 띠고 우리나라에 왔을 때 성진일이 남을 대신하여 그를 전송하는 시를 지었다. 예겸이 보고는 자신도 모르게 무릎을 꿇으면서, '동국 문장이 중국보다 못지않다.' 하였다(華使倪謙奉使東來 成眞逸代人作送行詩 倪謙見之 不覺屈膝 曰 東國詞藻 不減中國矣)."

59. 「帶雨題淸州東軒」成俔15)

畫屛高枕掩羅幃	그림 병풍 속에 베개 높이고 비단 휘장으로 가리니
別院無人瑟已希	별원에 인적 없고 비파 소리 벌써 끊겼네
爽氣滿簾新睡覺	시원한 기운이 주렴에 가득해 막 잠이 깨었는데
一庭微雨濕薔薇	온 뜰의 보슬비가 장미꽃을 적시네

---

15) 成俔(1439, 세종 21~1504, 연산군 10). 본관은 창녕. 자는 磬叔, 호는 虛白堂 · 慵
齋 · 浮休子 · 菊塢. 徐居正으로 대표되는 조선 초기의 館閣文學을 계승하면서 민
간의 풍속을 읊거나 농민의 참상을 사실적으로 노래하는 등 새로운 발전을 모색했
다. 1462년 식년문과에, 1466년 拔英試에 각각 3등으로 급제하여 박사가 된 뒤 홍
문관정자를 거쳐 司錄이 되었다. 1468년 예문관수찬 · 승문원교검을 겸했고, 1485
년 첨지중추부사로 千秋使가 되어 명나라에 다녀온 뒤 대사성 · 대사간 · 동부승
지 · 형조참판 · 강원도관찰사 등을 지냈다. 1488년 평안도관찰사로 있을 때 동지중
추부사로 사은사가 되어 명나라에 다녀온 뒤 대사헌을 거쳐 1493년 경상도관찰사
가 되었다. 여말선초의 정치사 · 문화사에서 많은 인물을 배출한 명문의 후예로 비
교적 평탄한 벼슬생활을 했으나 공신의 책봉에서는 빠지는 등 정치의 실권과는 거
리가 있었다. 62세 때는 홍문관과 예문관 양관의 大提學에 올라 이 시기의 문풍을
실질적으로 주도했다. 그의 시론의 특징은 이규보와 서거정의 氣論을 계승 · 발전
시키는 한편 다양한 미의식의 구현을 주장한 점이다. 또한 사회적 효용을 중시하는
각도에서 정치적 득실에 대한 諷諫의 작용을 강조했는데, 이것은 그의 愛民詩 계
열 작품의 이론적 토대를 이루었다. 그의 작품세계는 매우 다양하다. 형식적 측면
에 있어서 古詩 · 律詩 · 樂府 · 辭賦 등의 양식을 고루 창작했는데, 그중에서도 古
詩 창작에 관심을 가졌다. 주제 면에서도 사회 현실에 대한 명확한 의식을 바탕으
로 하여 관리나 승려 등의 부패와 횡포를 비난하고, 그들로 인해 고통받는 백성들
의 실상을 묘사했다. 우리나라의 풍속을 소재로 한 國俗詩 계열의 작품을 썼으며,
명나라 여행 중에 쓴 시를 모아 엮은 「觀光錄」은 그의 이름을 중국에 알리는 계기
가 되었다. 일상의 모든 속박에서 벗어나 도가적 초월을 지향하는 시를 남기기도
했는데, 자연에서의 즐거움과 한적한 심경이 잘 나타나 있다. 형인 成任과 成俔은
서거정과 절친하여 서거정이 확립한 관각문학의 전통을 충실히 계승했고, 역시 시
를 잘 썼는데, 그 두 사람은 成俔의 문학세계에 많은 영향을 끼쳤다. 문장, 시, 그
림, 인물, 역사적 사건 등을 다룬 잡록 형식의 글 모음집인 『慵齋叢話』를 저술했으
며, 장악원의 儀軌와 악보를 정리한 『樂學軌範』을 유자광 등과 함께 편찬했다. 문
집으로 『虛白堂集』이 전한다. 죽은 뒤 수개월 만에 갑자사화가 일어나 부관참시당
했으나, 뒤에 伸寃되었고 淸白吏로 뽑혔다. 시호는 文戴이다.

 〖幢〗 휘장 위, 〖睡〗 자다 수, 〖薔薇(장미)〗 장미꽃

 이 시는 비를 마주하고 청주 동헌에서 쓴 것으로, 화려하게 수놓은 병풍과 비단 휘장 안에서 낮잠을 즐기고 있는 가진 자의 여유로움을 느끼게 하는 館閣의 시이다.

그림 같은 병풍과 비단 휘장 속에 베개를 높이 베고 누워서 자는데, 별당에는 인기척도 없고 비파소리도 벌써 끊어져 들리지 않는다. 비가 오고 있어 상쾌한 기운이 드리운 주렴에 가득해 막 잠에서 깨니, 온 뜰에 내린 가랑비에 장미가 촉촉이 젖어 들고 있다. 이처럼 15세기 館閣詩人인 成俔과 徐居正의 시에는 여유로움을 느낄 수 있으나, 16세기 관각시인 李荇과 朴誾의 시에서는 士禍로 인한 정치적 문제 때문에 그러한 여유를 얻지 못하고 있어 차이를 보이고 있다.

其十

良月就盈天地肅	좋은 달이 찼으니 천지가 숙연하고
萬稼登場高似屋	온갖 곡식 수확되어 집처럼 높네
夜寒碓杵隱晴雷	추운 밤 이집 저집 옷 다듬는 소리
香粳浮浮炊白玉	향기로운 메벼 무럭무럭 김을 내네
富者少稅豐囷倉	부자는 세금 적어 곳간이 풍부해도
貧者輸租反不足	빈자는 세를 내기도 도리어 부족하네
貧家富家愁與歡	빈가와 부가의 시름과 기쁨이
只在區區一寸腹	다만 구구한 한 치 배에 있네
黽勉餬口生理忙	애써 입에 풀칠할 생계로 분주한데
又披雪絮妝衣裳	또 하얀 솜을 뜯으며 옷 마련을 해야 하누나

<주석> 〖良月(량월)〗 7월의 異名으로, 가을, 〖稼〗 익은 벼 가, 〖碓〗 방아 대, 〖杵〗 공이 저, 〖粳〗 메벼 갱, 〖浮浮(부부)〗 氣가 상승하는 모양, 〖炊〗 불다 취, 〖囷〗 곳집 균, 〖倉〗 곳집 창, 〖區區(구구)〗 보잘 것 없는 모양, 〖黽〗 힘쓰다 민, 〖餬〗 죽을 먹다 호, 〖忙〗 바쁘다 망, 〖披〗 열다 피, 〖絮〗 솜 서, 〖妝〗 꾸미다 장

<감상> 이 시는 시골집을 노래한 것으로, 貧家와 富家의 불합리한 현실을 노래한 社會詩이다.

천지가 숙연해지는 가을이 와서 곡식을 수확하니, 곡식이 집채처럼 쌓였다. 추운 밤에 겨울옷을 준비하느라 공이소리가 맑은 하늘에 우레처럼 들리고, 수확한 향기로운 메벼로 만든 떡은 시루에서 익어 가고 있다. 그런데 수확한 곡식을 세금 내는 데 있어 부자는 조금 내니 곳간이 곡식으로 넘쳐 나고, 가난한 자는 세금으로 내기에도 부족한 형편이다. 가난한 자와 부자의 시름과 기쁨이란 한

치의 배를 채우느냐 그렇지 않느냐에 달려 있는 것이다. 애써 糊
口할 계책을 세우기도 분주한데, 솜을 매만지며 옷을 지어야 한다.

61. 「窮村詞」 成俔

玄雲承空朔風怒 　먹구름 하늘에 가득하고 북풍이 휘몰아치는데
彩鴷啄啄溪邊樹 　시냇가 나무에선 딱따구리가 딱딱 쪼네
山下茅廬小縮蝸 　산 밑의 초가 조그만 달팽이집만 한데
三男兩老同家住 　세 아들과 두 늙은이가 한집에서 사네
一男荷斧撏薪蒸 　한 아들은 도끼 메고 나무하러 가고
一男跡兔踰丘陵 　한 아들은 토끼자국 밟아 언덕 넘어가네
最小一男啼索飯 　가장 어린 애는 울며 밥 달라 하고
姑坐補襪翁絢繩 　할멈은 앉아서 버선 깁고 할아버진 새끼 꼬네
土榻微溫煙火足 　구들이 미지근하니 불은 든든히 땐 듯
瓦釜融融泣豆粥 　질가마에 와글와글 팥죽이 끓네
牛鳴齕箕鷄在榤 　소는 울며 콩깍질 씹고 닭은 홰에 있는데
人物凶年生理拙 　사람·짐승 흉년에 생계가 구차하네
兒牽翁衣翁撫頂 　애는 늙은이 옷을 끌고 늙은인 이마를 만지며
出門同看滿山雪 　문에서 나와 함께 산에 가득한 눈을 바라보누나

<주석> 【朔】 북방 삭, 【鴷】 딱따구리 렬, 【啄】 쪼다 탁, 【縮】 오그라들
다 축, 【蝸】 달팽이 와, 【撏】 따다 잠, 【蒸】 섶나무 증, 【跡】
밟다 적, 【襪】 버선 말, 【絢】 꼬다 도, 【繩】 새끼 승, 【榻】 침대
탑, 【融融(융융)】 푹 익는 모양, 【齕】 씹다 흘, 【箕】 콩대 기, 【榤】
홰 걸

<감상> 이 시는 앞의 시와 마찬가지로, 농촌의 궁벽한 삶을 노래한 社會
詩이다.

　　成俔은 「風騷軌範序」에서, "대저 시는 물과 나무에 비유하면 원
류와 뿌리이고, 율시는 가지와 지류이다. 시 삼백 편은 요원하니
더할 나위가 없는 것이고, 한나라 蘇武와 李陵은 처음으로 오언시

를 지었다. ……이 뒤로부터 작자가 잇달아 나와 위·진·송·제·수·당에 이르러 극성하니, 이때에는 옛날과도 그다지 멀지 않아 원기가 아직 온전하였다. 그러므로 그 말이 웅혼 아건하고 법도에 힘쓰지 않아도 저절로 법도가 있었다. 당나라에 이르러 또 율시를 짓게 되자 황색과 흰색을 짝지우고 병렬과 대우로 법도를 다투니, 화려한 수식은 성대하되 구법은 성기고 단련은 정밀하되 성정은 달아나고 기국이 좁아 음절이 촉급하니, 순박함을 어지럽히고 원기를 깎아 내어 날로 위축되어 갔다. 대저 고시로부터 율시를 배우기는 쉽지만 율시로부터 고시를 배우기는 어려우니, 마치 가지나 잎이 뿌리를 비호할 수 없고 지류가 원류를 당할 수 없는 것과 같다. 우리나라에 詩道가 대성하여 대대로 사람들이 적지 않았지만, 다 율시만을 알고 고시를 알지 못한다. 그 사이에 혹 아는 자가 있더라도 대우의 병폐를 면하지 못했고 자유자재로 운용하는 기상이 없었으니, 추녀인 嫫母의 자질로 미인이 西施의 찌푸림을 본받는 격이라 실로 오늘날의 고질이지만 치료할 수 없다(譬之水木 則根本淵源也 而律乃柯條支派也 詩三百篇 邈乎不可尙已 漢蘇子卿李少卿 始製五字 ……自是厥後 作者繼出 歷魏晉宋齊隋唐極矣 當是時也 去古未遠 元氣尙全 故其詞雄渾雅健 不務規矱 而自有規矱 至唐又製律詩 媲黃配白 倂儷對偶競趨繩尺 華藻盛而句律疏 鍛鍊精而性情逸 氣局狹而音節促 淆淳散朴 斲喪元氣 而日趨乎萎薾 大抵自古而學律易 自律而學古難 如枝葉不能庇本根 支派不能當源流也 我國詩道大成 而代不乏人 然皆知律 而不知古 其間雖有能知者 未免有對偶之病 而無縱橫捭闔之氣 以嫫母之資 而效西子之顰 實今日之痼疾 而不能醫者也).”라고 하여, 당대 시단의 문제점에서 벗어나기 위해 古詩를 창작할 것을 주장한 것이다. 이러한 성향은 형인 成侃에게 영향을 받은 것이다.

62.「登鳥嶺」兪好仁16)

凌晨登雪嶺	이른 새벽에 눈 내린 고개에 오르니
春意正濛濛	봄뜻이 참으로 흐릿하구나
北望君臣隔	북으로 바라보니 군신이 막히었고
南來母子同	남으로 오니 어미 자식이 함께하네
蒼茫迷宿霧	흐릿한 밤 지난 안개에 헷갈리고
迢遞倚層空	높고 험한 층층 하늘에 기대네
更欲裁書札	다시 편지를 쓰려 하나니
愁邊有北鴻	시름 가에 북으로 가는 기러기 있네

<주석> 〖凌晨(릉신)〗맑은 새벽, 〖濛〗흐릿하다 몽, 〖滄茫(창망)〗흐릿하여 맑지 아니한 모양, 〖迢遞(초체)〗높고 험한 모양

<감상> 이 시는 조령에 올라 지은 시로, 임금에 대한 충성과 어버이에 대한 효도의 마음이 잘 드러나 있다.

『東閣雜記』에 이와 관련된 逸話가 있어 소개하면 다음과 같다.

"유호인이 成宗朝에 문장을 잘한다 하여 가장 총애를 받았다. 어버이가 늙어 돌아가 봉양하기를 청하므로, 수찬으로 있다가 居昌縣監에 제수되고, 校理로 있다가 義城 원에 제수되었으며, 최후에는 掌令으로 있으면서 또 돌아가 봉양하기를 청하므로, 임금이 그

---

16) 兪好仁(1445, 세종 27～1494, 성종 25). 본관은 高靈. 자는 克己, 호는 林溪·潘溪. 金宗直의 문인이다. 1474년(성종 5) 식년문과에 합격하고, 1478년 賜暇讀書를 했으며, 1480년 거창현감이 되었다. 이어 공조좌랑·검토관을 거쳐, 1487년 盧思愼 등이 찬진한『동국여지승람』50권을 다시 정리해 53권으로 만드는 데 참여했다. 그 뒤 홍문관교리로 있다가 1488년 의성현령으로 나갔으나, 백성의 괴로움은 돌보지 않고 시만 읊는다 하여 파면되었다. 1494년 장령을 거쳐 합천군수로 나갔다가 1개월도 안 되어 병으로 죽었다. 시·문장·글씨에 뛰어나 당대의 三絶로 불렸다. 특히 성종의 총애가 지극했는데, 늙은 어머니를 봉양하기 위해 外官職을 청하여 나가게 되자 성종이 직접 시조를 읊어 헤어짐을 아쉬워했다.

모친을 서울로 태워 오게 하였는데, 병들어 오지 못하였다. 임금이 친필로 이조에 내리기를, '호인은 어버이 섬길 날이 짧으니, 그 고향 이웃인 진주 목사로 제수하라.' 하였는데, 이조에서 아뢰기를, '진주 목사를 까닭 없이 중간에 갈아서 법을 무너뜨릴 수 없습니다.' 하였다. 그때 마침 결원된 합천으로 제수하였다. 호인이 비록 외직에 있었으나, 임금이 그로 하여금 해마다 저술한 詩文을 초록하여 올리게 하고는 그때마다 표창하여 장려하였으며, 그의 모친에게 음식물을 내려 주었다. 당시 梅溪 曹偉도 역시 어버이 봉양을 위하여 외직으로 나갔었는데, 호인과 같이 임금의 총애를 입어 보통 사람과 특이하므로 사람들이 모두 영광스럽게 여겼다(兪好仁在成廟朝 以文章最承恩寵 親老乞養 由修撰除居昌 由校理除義城 最後以掌令 又乞歸養 上使之輦母來京 病不能致 御札下詮曹曰 好仁事親日短 可除其隣晉州牧使 銓曹辭以不可無故經遞 以毀成憲 乃待陜川闕除之 好仁雖在外任 上令歲抄錄進所著詩文 輒褒美 賜母食物 時曹梅溪偉 亦爲養補外 與好仁同被睿渥 逈出常數 人皆榮之)."

비슷한 이야기가 『용천담적기』에도 다음과 같이 기록되어 있다. "본관은 高靈이며 자는 克己요, 호는 㵢溪로 佔畢齋 문하에서 공부를 하였다. 성종 때 급제하였다. 시를 지으면 맑고 고우며 단아하고 건실하여 성종에게 매우 중망을 받아 저술한 것을 등사하여 바치게 하였다. 일찍이 장령이 되었다가 어버이가 늙음으로 인하여 합천 수령으로 갔다가 거기서 죽었다. 문집이 세상에 전한다. 어버이를 위하여 봉양하기를 주청하여 수찬에서 산음 수령을 제수받고, 교리에서 義城 수령을 제수받고, 최후로는 장령으로서 또한 돌아가 부모 봉양하기를 주청하였다. 임금께서는 그의 어머니를 수레에 태워서 서울에 오게 하였으나 병으로 오지 못하게 되니, 임금은 御札을 이조에 보내어 이르기를, '好仁은 어버이 섬길 날이 짧으니 그 이웃인 晉州 수령을 제수하라.' 하였다. 이조에서는 까닭 없이 바로 갈면 기존의 법과 어긋나므로 불가하다고 아뢰니,

이에 陜川의 수령이 비게 됨을 기다려서 이를 제수하였다. 임금께서, 지은 시문을 기록해서 올리게 하여 곧 칭찬하고 그의 어머니에게 먹을 것을 내리시니, 사람마다 영광스럽게 여겼다. 성종께서는 글을 좋아하시어 유림을 사랑하고 권장하시어서 한때 문장으로 으뜸이요, 걸출한 선비들로 홍문관을 빛나게 하였는데, 호인이 늙은 어버이를 봉양한다는 것으로 외직을 주청하여 나가게 되었다. 일찍이 올린 詩稿에, ……하는 구절이 있었다. 임금께서 조용히 칭찬하며 읊조리기를, '호인은 몸은 비록 외지에 있으나 마음으로는 임금을 잊지 않고 있구나.' 하였다(高靈人 字克己 號濁溪 受業於佔畢齋門下 我成廟朝登第 爲詩淸麗雅健 大爲成廟所重 常令繕寫所著以進 嘗爲掌令 以親老守陜川而卒 有集行于世 爲親乞養 由修撰除山陰 由校理除義城 最後以掌令又乞歸養 上使之輦母來京 病不能致 御札下銓曹曰 好仁事親日短 可除其隣晉州 銓曹辭以不可無故徑遞 以毁成憲 乃待陜川之闕除之 上令錄進所著詩文 輒褒美 賜母食物 人皆榮之 我成廟好文 寵獎儒林 一時文章魁傑之士 彪炳玉署 好仁以親老乞外 嘗進詩稿 有北望君臣隔南來母子同之句 上從容賞詠曰 好仁身雖在外 心不忘君矣)."

63.「偶閱三國史 兼探雜記 作東都雜詠」
二十五首 兪好仁

其十二

八月金城月正圓	팔월 금성에 달이 정말 둥근데
纖纖麻枲鬪嬋娟	가는 삼과 모시 고움을 다투네
會蘇凄斷嘉俳夕	회소 소리 매우 처량한 가배절 저녁
兩部風光尙宛然	양편의 모습이 아직도 완연한 듯하네

<주석> 〖金城(금성)〗 견고한 성으로, 京城을 뜻함, 〖枲〗 모시풀 시, 〖嬋〗 곱다 선, 〖娟〗 예쁘다 연, 〖會蘇(회소)〗「會蘇曲」으로, 신라 儒理王 9년(32)에 嘉俳놀이를 할 때 진편에서 음식을 장만하여 이긴 편에게 사례하고 진 편의 여자가 자리에서 일어나 '會蘇' 하면서 춤을 추었는데, 그 소리가 너무도 구슬프고 처량하였으므로, 後人이 그것을 노래로 지은 詞曲 이름, 〖悽斷(처단)〗 매우 처량함, 〖宛〗 완연하다 완

<감상> 이 시는 『삼국사』와 여러 기록들을 우연히 보다가 「동도잡영」을 지은 것으로, 그 일부분이다.

조신은 『소문쇄록』에서 이 「동도잡영」에 대해 "계림의 옛일을 다 이야기하여 남긴 것이 없다(鷄林古事 說盡無遺)."라 평하였다.

64. 「花山十歌」兪好仁

其九

荒政第一策	기근 구제 정치의 첫째 방법은
麥麨兼麻粃	보리와 메밀과 깨와 범벅이네
么麼莫輕擲	작은 것도 허투루 버리지 말아야
可免溝壑身	굶어 죽는 신세를 면하리로다
寄言同社子	같은 마을 친구들에게 말 부치노니
且勿憂艱辛	장차 어려운 살림을 근심치 말게
山中十八公	산중에 늘어선 소나무들이
解衣活吾人	옷을 벗어 우리를 살려 준다네

<주석> 【花山】 題注에 安東別號라 하였음, 【荒政(황정)】 기근을 구제하는 정치, 【麨】 보리(대맥) 모, 【麻】 참깨 마, 【粃】 범벅(죽의 엉긴 것) 신, 【么麼(요마)】 작음(么는 幺의 俗字), 【擲】 버리다 척, 【溝壑(구학)】 들에서 죽은 것을 가리킴, 【寄】 부치다 기, 【社】 단체 사, 【且】 장차 차, 【十八公(십팔공)】 松을 破字한 것으로 소나무를 가리킴, 【解衣(해의)】 소나무 껍질을 벗겨 먹는단 말임

<감상> 이 시는 1497년 47세 때 의성현감으로 나가 있으면서 지은 것으로, 안동 백성들의 힘겨운 삶을 해학적으로 묘사하고 있다.

『國朝寶鑑』에는 "유호인은 詩文이 高古하고 筆勢가 힘이 있었으므로 당시 사람들이 三絶이라고 일컬었으며, 조위와 함께 金宗直을 스승으로 섬겼다."라 했으며, 成俔의 「潘溪詩集序」에는, "그의 시는 깊이 이치를 깨달아서 스스로 터득한 것이므로 편마다 법칙이 있고 구절마다 뛰어남이 있었다. 평범하고 부드러워도 세속에 빠지지 않았다. 비유하자면 가을 산이 뼈가 많고 살이 적어서 기묘하여 험준함이 무궁한데 풀이나 나무도 이와 함께 단단하고

야무진 것과 같았으니, 아마도 아송의 남긴 영향을 받은 듯하다.
……게다가 지금 유후의 시는 점필재도 칭찬하는 것이고 성종도
깊이 인정하신 것으로 많은 사람의 입에 회자되고 있으니, 장 담
는 항아리에 바르지 않을 것은 명백하다(其詩深悟於理而自得 故
篇篇有範 句句有警 米鹽醞藉 不落世之窠臼 譬如秋山 多骨少
肉 奇峭無窮 而草木亦與之堅實 其得雅頌之遺音歟 ……況今侯
詩 佔畢之所稱 成廟之所深許 而膾炙於衆口者 其不覆醬瓿也明
矣)."라 평하고 있다.

65. 「謹次栗亭李先生(寬義)韻」 鄭汝昌17)

學究天人冠一時　　학문은 도학을 궁구해서 당시의 으뜸이었고
而居陋巷不求知　　누추한 집에 있으면서 알려지길 구하지 않았네
聖君特召問治道　　성군께서 특별히 불러 다스림의 도를 물으시고
因許山林意所之　　인하여 산림으로 가려는 뜻을 허락하셨네

<주석> 〖李寬義(이관의)〗 호가 栗亭으로, 여러 번 과거에 실패하고 利川에서 제자를 가르치고 성리학 연구에 전념함. 성종에게 불려가 進講하여 왕을 감탄케 했고, 늙도록 학문에 매진함.

<감상> 이 시는 스승인 율정 이관의의 韻에 차운한 시이다.

　　이관의의 학문은 성리학을 궁구하여 당대의 으뜸이었고, 어려운 처지에 있으면서도 세상에 이름이 알려지기를 구하지 않았다. 성스러운 임금인 成宗이 특별히 불러 다스림의 도를 물었는데, 막힘이 없이 대답하자 등용하고자 하였으나, 이관의는 벼슬에 뜻이 없이 산림에 은거하려고 하니, 성종이 그의 뜻을 허락하였다.

　　정여창은 21살 때(1471년) 이관의의 명성을 듣고 2년 동안 수학하였다. 山水 사이에 은거하여 마음을 수양하고자 한 이관의의 學行을 제자인 정여창도 따르고자 하였다. 그래서 섬진강 가에 岳陽亭을 세우고 도를 講論하였던 것이다. 정여창은 시에 주력하는 사람을 꼬집어 『추강냉화』에 다음과 같이 말했다.

---

17) 鄭汝昌(1450, 세종 32∼1504, 연산군 10). 본관은 河東. 자는 伯勗, 호는 一蠹. 金宏弼・金馹孫 등과 함께 金宗直에게서 배웠다. 일찍이 지리산에 들어가 五經과 성리학을 연구했다. 1490년(성종 21) 효행과 학식으로 천거되어 소격서참봉에 임명되었으나 거절하고 나가지 않았다. 같은 해 과거에 급제하여 관직에 나간 후 예문관검열・세자시강원설서・안음현감 등을 역임했다. 1498년(연산군 4) 무오사화에 연루되어 경성으로 유배되어 죽었다. 1504년 죽은 뒤 갑자사화가 일어나자 剖棺斬屍되었다. 시호는 文獻이다.

"정백욱은 周程張朱의 견해가 있고 오경에 정통하면서도 유독 시를 전공하는 선비를 뽑지 않으면서, '시란 성정에서 피어나는 것이니, 힘써 공부할 필요가 무엇이냐.' 하였다. 그 뜻은, 비록 시는 못 짓더라도 덕을 갖추고 경서에 능통하면 그만이지, 허물될 것이 무엇이냐는 것이다(鄭自勖有周程張朱之見 窮通五經 獨不取攻詩之士曰 詩情性之發 何屑屑强下工夫爲 其意雖不爲詩 德備而經通 則亦何爲病)."

『해동잡록』에 그의 간략한 生平이 다음과 같이 실려 있다.

"본관은 하동인데, 자는 伯勖이며, 호는 一蠹이다. 중국 사신 張寧이 보고 특이하게 여겨 설을 지어 이름 지어 주었다. 성품이 단정하고 침착하고 고요해서 사귀어 놀기를 좋아하지 않았는데, 홀로 寒暄先生(金宏弼)과는 佔畢齋(金宗直)의 문하에서 함께 종유하였다. 性理의 학문에 마음을 쏟았는데, 같은 무리들이 理學으로써 추앙하였다. 성종 경술년에 과거에 급제하여 檢閱에 천거되어 보직되었고, 지방으로 나가서는 安陰縣監 벼슬을 받았다. 무오년에 사화가 일어나자, 鐘城으로 귀양 가서 그곳에서 죽었다. 중종이 명하여 우의정을 증직하고, 고을의 원으로 하여금 봄과 가을에 사당에 몸소 제사 지내게 하였으며, 뒤에 文獻이라 시호하고, 文廟에 배향하였다(河東人 字伯勖 號一蠹 華使張寧見而異之 作說以名之 性端沈靜 不喜交遊 獨與寒暄先生 同游於佔畢齋門下 潛心性理之學 諸輩以理學推之 我成廟庚戌登第 薦補檢閱 出拜安陰縣監 戊午禍起 謫鐘城 卒于謫所 我中廟命贈右議政 令邑守春秋親祭其廟 後諡文獻 配享文廟)."

66.「鞍嶺待風」鄭汝昌

待風風不至	바람을 기다리나 바람은 오지 않고
浮雲蔽靑天	뜬구름만이 푸른 하늘을 가리네
何日涼飆發	어느 날 시원한 회오리바람 불어와
掃却群陰更見天	온갖 음기 쓸어 내고 다시 하늘을 볼 수 있을까?

<주석> 〖鞍嶺(안령)〗 함경도 鍾城에 있는 고개, 〖涼〗 서늘하다 량, 〖飆〗 회오리바람 표, 〖掃〗 쓸다 소

<감상> 이 시는 戊午士禍로 함경도 종성에 유배되어 안령에서 바람을 기다리며 지은 시로, 그의 節義가 잘 드러난 시이다.

바람(좋은 氣風이나 세상을 뜻함)을 기다리지만 바람은 불어오지 않고 뜬구름(암울한 시대 상황, 임금 주변에 있는 權臣을 뜻함)만이 푸른 하늘에 가득하다. 어느 날 시원한 회오리바람이 한 번 불어와 온갖 陰氣들을 다 쓸어 내고 다시 푸른 하늘을 볼 수 있을까?(임금을 둘러싼 權臣들을 제거하고 堯舜 시대의 정치가 행해지는 시대를 만들 수 있을까? 하지만 현실의 문제에 있어서는 그렇지 못한 상황을 노래하고 있다)

정여창은 節義뿐만 아니라 孝도 뛰어났는데,『儒先錄』에 그 일단이 다음과 같이 실려 있다.

"선생이 중년에 소주를 마시고 광야에 취해 쓰러져서 한 밤을 지내고 돌아오니, 어머니가 매우 걱정되어 굶었는데, 이때부터 飮福밖에는 절대로 술을 입에 대지 않았다. 성종이 술을 내린 적이 있는데 선생이 땅에 엎드려 아뢰기를, '신의 어미가 살았을 때에 술 마시는 것을 꾸짖으므로, 신이 다시 마시지 않을 것을 굳게 맹세하였사오니, 감히 어명을 따르지 못하겠습니다.' 하니, 임금이 감탄하여 이를 허락하였다. 선생이 일찍이 太學에 가서 공부하다가 어머니를 뵈러 집에 갔더니, 집안에 전염병이 바야흐로 크게 펴졌는데, 공이 들어가서 그 어머니를 뵙고 얼마 안 지나서 어머니가 이질을 얻어 매우 위독하니, 공이 향을 태우고 기도하였으나 효험을 보지 못하자 이윽고 똥을 맛보았다. 어머니가 돌아가시자 소리치며 울어서 피를 토하였으며, 殮襲殯奠(염과 습은 주검에 임하는 속옷과 겉옷, 빈은 장사 지내기 전에 시체를 안치하는 것, 전은 잔 드리는 것, 곧 상례를 뜻함)을 한결같이 禮文에 따랐다. 장사 지내려 할 적에 監司가 郡으로 하여금 곽판(관을 짜는 판자)을 마련해 주게 하였는데, 공이 사양하고 받지 않으며, '백성을 번거롭게 하고 곽판을 얻으면 원망이 반드시 어머니에게 돌아간다.' 하고, 이에 자기 집의 재물을 내서 바꾸어 사서 썼다. 때마침 장마가 열흘 동안 계속 이어져 시내 골짜기가 넘치니, 사람들이 두려워서 어찌할 줄 몰랐는데, 하늘이 갑자기 갰으므로 사람들이 모두 신기하게 여겼다. 3년 동안 여묘살이 하는 동리에서 나가지 않았고, 하루도 베옷을 벗지 않았으며, 아버지의 묘를 같은 묏자리에 옮겼다(先生 中年飮燒酒 醉倒曠野 經宿而返 夫人憂甚不食 自此飮福之外 絶不接口 我成廟嘗賜酒 先生伏地曰 臣母在時 嘗責飮酒 臣固 誓不復飮 不敢承命 上嗟嘆許之 先生嘗遊太學 省母到家 則家 內癘疫方熾 公入見其母 未幾母得痢疾甚劇 公焚香祈禱不見效 乃嘗痢 及母沒 哭泣嘔血 殮襲殯奠 一依禮文 將葬 監司令郡辦 給槨板 公辭而不受曰 煩民取板 怨必歸母 乃出家資 貿易用之 時積雨連旬 溪壑漲溢 人懼不克 天忽開霽 人皆異之 三年不出 廬洞 一日不釋麻衣 移父墳於同兆)."

67. 「杜鵑」 鄭汝昌

杜鵑何事淚山花　　두견은 무슨 일로 산꽃에 눈물을 뿌리나?
遺恨分明託古査　　남은 한 분명 옛일인 것을
清怨丹衷胡獨爾　　원한이나 충성스런 마음 어찌 너 홀로뿐이랴?
忠臣志士矢靡他　　충신지사 또한 맹세코 딴 마음이 없네

<주석> 〖杜鵑(두견)〗 새 이름(又名杜宇、子規 相傳爲古蜀王杜宇之魂所化 春末夏初, 常晝夜啼鳴, 其聲哀切), 〖古査(고사)〗 옛날의 뗏목, 〖清怨(청원)〗 처량하면서 그윽한 원한, 〖丹衷(단충)〗 충성스러운 마음, 〖矢〗 맹세하다 시

<감상> 이 시는 두견새를 두고 노래한 것으로, 정여창의 앞 시와 마찬가지고 節義가 잘 드러난 시이다.

두견새야, 무슨 일로 그렇게 슬피 울어 진달래에 눈물을 뿌리고 있는가? 나라가 망한 恨, 이제 옛일이 되었는데, 임을 향해 구슬프게 우는 맑은 마음 어찌 너뿐이겠는가? 충의지사 역시 그러한 마음이라네.

이 외에도 『丙辰丁巳錄』에 시 한 편을 소개하고 있는데, 다음과 같다. "선생이 평생에 시 짓기를 좋아하지 않았으므로, 일찍이 두류산에 터를 골라서 집을 지을 적에 지은 시 한 편만이 있어 세상에 전하는데, '바람에 부들이 휘날리어 가볍고 부드럽게 희롱하는데, 사월에 화개 땅에는 보리가 벌써 가을일세. 두류산 천만 골짜기 다 구경하고서, 조각배로 또다시 큰 강 흐름 따라 내려가네.' 하였다. 가슴속이 깨끗하여 한 점의 티끌 낀 모습이 없는 것을 이로써 상상할 만하다(先生平生不喜作詩 早卜築頭流山 只有一篇流傳於世云 風蒲獵獵弄輕柔 四月花開麥已秋 觀盡頭流千萬疊 扁舟又下大江流 其胸中洒落 無一點塵態 此可想矣)."

「萬年松」

婆娑百尺勢凌雲	너울대는 백 척 형세 구름 위에 솟아 있고
瘦甲疏鬐送暗芬	마른 껍질 성근 수염 그윽한 향기 보내오네
好得月明留鶴羽	달 밝으면 학이 와서 머물기 좋고
曾經雷霹坼龍文	일찍이 벼락 맞아 용의 무늬 갈라졌네
護霜翠色垂幢蓋	서리 맞은 푸른빛, 기·일산을 드리운 듯
和雨寒聲奏瑟塤	비에 섞인 찬 소리, 비파·나팔 연주하듯
饒笑朱門槐柳樹	우습다, 권세가의 홰나무와 버드나무는
秋風搖落日黃曛	황혼의 가을바람에 흔들려 떨어지네

<주석> 【賡韻(갱운)】 =和韻, 【婆娑(파사)】 춤추는 모양, 【瘦】 파리하다 수, 【鬐】 구레나룻 염, 【芬】 향기 분, 【霹】 벼락 벽, 【坼】 갈라 지다 탁, 【幢】 기 당, 【塤】 질나발 훈, 【饒】 넉넉하다 요, 【朱門 (주문)】 귀족이나 부귀한 집, 【槐】 홰나무 괴, 【曛】 석양 훈

<감상> 이 시는 성종의 명에 의해 지은 48수의 노래 가운데, 소나무에 대 해 읊은 것이다.

소나무가 춤을 추듯 百尺이나 되는 구름 위에 솟아 있을 만큼 늠 름하고, 오래되어 마른 껍질과 성근 수염에서는 그윽한 향기를 보

---

18) 金馹孫(1464, 세조 10~1498, 연산군 4). 본관은 김해. 자는 季雲, 호는 濯纓·少 微山人. 17세까지는 할아버지 克一에게서 『소학』·『통감강목』·四書 등을 배웠 으며, 뒤에 金宗直의 문하에 들어갔다. 1486년(성종 17) 진사가 되고, 같은 해 식년 문과에 합격하여 權知副正字에 올랐다. 1491년 賜暇讀書를 하고 注書·부수찬· 장령·정언·이조좌랑·헌납·이조정랑 등을 두루 지냈다. 그는 주로 言官으로 있으면서 柳子光·李克墩 등 勳舊派 학자들의 부패와 비행을 앞장서서 비판했고, 춘추관 記事官으로 있을 때는 世祖篡位의 부당성을 풍자하여 스승 김종직이 지은 「조의제문」을 사초에 실었다. 1498년(연산군 4) 유자광·이극돈 등 훈구파가 일으 킨 무오사화 때 사림파 여러 인물들과 함께 처형당했다.

내온다. 달이 떠서 달이 밝으면 학이 와서 머물기 좋고, 일전에 벼락을 맞아 용의 무늬처럼 갈라졌다. 서리 맞은 푸른빛은 기·일산을 드리운 듯하고, 비에 섞인 찬 소리는 비파와 나팔 연주하는 듯하다(여기까지는 소나무의 외양에 대한 묘사임). 권세가의 홰나무와 버드나무(권세가나 권세가에게 아첨하는 소인배를 가리킴)는 황혼의 가을바람에 흔들려 떨어지는 것을 보니, 우습다.

김일손은 이처럼 소인배를 우습게 보는 강직한 성품을 지녔는데, 『무오당적』에 그 일단이 보인다.

"계운은 문장에 능하고, 성품이 간이하고 높이 자처하여 남을 칭찬하는 일이 적었다. 벼슬이 이조 정랑에 이르렀을 때, 이극돈이 전라 감사로 있으면서 성종의 초상 때에 향을 바치지도 않고 기생을 데리고 다녔다. 김일손이 그 사실을 史草에 썼더니, 극돈이 슬그머니 고쳐 주기를 청했으나 일손이 들어주지 않았으므로 극돈이 감정을 품고 있다가, 실록을 편수할 때에 드디어 사화를 일으켜 그를 죽였다(季雲能文章 性簡亢 少許可 仕至吏曹正郎 李克墩爲 全羅監司 成廟之喪 不進香 載妓而行 金馹孫書其事於史草 克 墩私請改之 馹孫不從 克墩銜之 及修實錄 遂起史禍 而殺之)."

69.「次金大猷(宏弼)上畢齋先生韻」五首 金馹孫

其四

空山花落月如氷	빈산에 꽃잎 지고 달은 얼음 같은데
蜀魄聲中哭未能	두견새 소리에 통곡도 할 수 없네
自是無心人世事	이로부터 세상일에 뜻이 없어져
帝鄕何處白雲乘	제향이 어디인가? 백운 타고 가련다

<주석> 〖蜀魄(촉백)〗 두견새, 〖帝鄕(제향)〗 ＝仙鄕

<감상> 이 시는 김굉필이 필재 선생에게 올린 시에 차운한 시이다.

텅 빈 산에 꽃이 지고 달도 얼음처럼 차가운데, 두견새 울음소리를 듣고도 통곡할 수 없다(두견새 울음은 원통하게 죽은 端宗의 울음이요, 이 울음소리를 듣고도 통곡할 수 없다는 것은 당시의 허탈한 상실감을 의미함). 이로부터 세상사에 뜻이 없어져 현실을 등지고, 흰 구름을 타고 제향으로 가고 싶다(흰 구름을 타고 제향으로 간다는 것은 죽음을 의미하는 것으로, 통곡조차 할 수 없는 시대 상황이라면 차라리 죽음을 택하겠다는 의미).

『해동잡록』에 그의 生平이 아래와 같이 간략히 실려 있다.

"본관은 金海이며 자는 季雲이요, 호는 濯纓子인데 首露王의 후예다. 佔畢齋의 문하에서 수업하였으며, 成宗 병오년에 사마시에 장원급제하고 같은 해 甲科에 올라, 문장과 氣節로써 세상에 이름이 높았다. 연산 때 무오사화가 일어나자 權景裕·權五福과 함께 죽었다. 세상에 간행된 문집이 있다(金海人 字季雲 號濯纓子 首露王之裔 受業於佔畢齋門下 我成廟丙午 中司馬壯元 登同年 甲科 以文章氣節名世 燕山戊午史禍起 與權景裕權五福同死 有 集行于世)."

70.「渡漢江」金馹孫

一馬遲遲渡漢津　　필마로 느릿느릿 한강 나루를 건너는데
落花隨水柳含嚬　　꽃잎은 물결 따라 흐르고 버들은 찡그린 듯하네
微臣此去歸何日　　미미한 신하 이제 가면 언제나 돌아오나?
回首終南已暮春　　종남산 돌아보니, 봄이 이미 늦었구나

＜주석＞ 〖嚬〗 찡그리다 빈, 〖終南(종남)〗 終南山으로 南山을 가리킴

＜감상＞ 이 시는 32세 되던 해, 사직을 청해 낙향하면서 지은 시이다. 벼슬을 그만두고 고향으로 돌아가는 길, 한 필의 말을 타고 한강 나루를 건너는데 아직도 벼슬에 대한 미련이 남아 있어 행보가 느리기만 하다. 봄이라 꽃잎이 한강의 물결을 따라 흘러가고 있고 버들은 나처럼 수심에 잠겨 찡그린 듯하다. 보잘 것 없는 신하, 이제 가면 언제 돌아올 수 있을까(사직을 청해 낙향하는 중이지만, 언젠가는 다시 돌아오리라는 다짐이 내포되어 있음)? 고개를 돌려 종남산을 바라보니, 늦은 봄이 저물어 가고 있다.

71. 「過杆城陵 日暮不克訪 有懷」三首 南孝溫[19]

其一

秦家不韋移神器 　진나라 여불위가 제위를 바꾸니
函谷山川付子嬰 　함곡관의 산천이 자영에게 돌아갔네
虛器擁名纔四歲 　허울 좋은 왕 노릇 겨우 네 해뿐이었으니
百年神算詎能成 　백 년의 신묘한 계책 어찌 이룰 수 있으리

<주석> 〖杆城陵(간성릉)〗 간성은 현재 강원도 고성군 간성읍이다. 고려 恭讓王의 능은 강원도 삼척과 경기도 고양에 있는데, 공양왕이 간성으로 추방되어 이곳에서 살해되어 묻혔다는 설이 있기에 간성릉이라 부른 듯함, 〖不韋(불위)〗 呂不韋로, 秦나라 왕자 子楚가 趙나라의 인질이었을 때 여불위의 도움을 받아 莊襄王이 되었고, 그 공으로 승상이 되었다. 일찍이 기녀를 임신시켰다가 자초에게 바친 뒤 기녀가 아들을 낳았는데, 이 사람이 秦始皇임, 〖神器(신기)〗 玉璽를 말함, 〖函谷(함곡)〗 험준한 천연의 요새인 함곡관으로, 秦나라가 설치한 요새로 진나라가 강성해진 바탕이 되었음, 〖子嬰(자영)〗 秦始皇의 장자 扶蘇의 아들로, 간신 趙高가 二世를 시해하고 세운 왕이며, 뒤에 조고를 죽이고 일족을 멸했으나 재위 46일 만에 劉邦에게 항복했으며 결국 項羽에게 죽임

---

19) 南孝溫(1454, 단종 2~1492, 성종 23). 조선 전기의 문신이고 生六臣 중의 한 사람이다. 본관은 의령, 자는 伯恭, 호는 秋江·杏雨·最樂堂·碧沙이다. 세조가 어린 단종을 몰아낸 일이 늘 마음에 걸려 있던 그는 꿈에 단종의 어머니인 현덕왕후가 나타나서 아들을 죽인 것을 책하자, 세조가 물가로 옮기게 한 昭陵(현덕 왕후의 능)의 복위를 상소하였다. 그러나 任士洪·鄭昌孫의 저지로 뜻을 이루지 못하자 세상을 등지고 가난 속에서 농사를 짓거나 의기로 합한 친구들과 어울려 詩文으로 심사를 달래기도 하고 유랑 생활로 인생을 마쳤다. 죽은 후 1504년 甲子士禍 때 金宗直의 문인이고 폐비 윤씨의 복위를 주장했다 하여 剖棺斬屍되었다. 그가 저술한 「六臣傳」은 오랫동안 묻혀 있다가 숙종 때 간행되었다. 『秋江集』이 있다.

을 당함,〚擁〛잡다 옹,〚纔〛겨우 재,〚詎〛어찌 거

 이 시는 간성릉을 지나는데 해가 저물어 방문할 수 없어 회포를
적은 것으로, 고려왕조와 조선에 대한 南孝溫의 歷史認識을 잘
보여 주는 시이다.

呂不韋가 장양왕을 왕으로 만들고 임신시킨 기녀를 바쳐 진시황
을 낳았는데, 1구 뒤의 협주에, "신돈을 이른다(謂辛旽也)."라고
되어 있어, 여불위를 신돈에 비유하고 있다. 2구에서 함곡관이 부
소의 아들 자영에게 넘어간 것은 신돈의 아들인 공양왕에게 왕권
이 넘어갔다는 것으로, 2구 뒤의 협주에, "정창군[恭讓王]을 이른
다(謂定昌君也)".라고 되어 있어, 자영을 공양왕에 비유하고 있다.
이름뿐인 왕 노릇 겨우 4년 만으로 끝났으니 어찌 백 년의 대업을
이룰 수 있겠는가? 이것은 이성계가 무력으로 정권을 잡은 후 신
돈의 자손이라 하여 4년 만에 폐위시키고 간성으로 추방한 것을
두고 노래한 것이다.

南孝溫은 고려 왕실을 패륜으로 간주하여 역사적 정통성을 부정
하고, 이씨에 의한 역성혁명은 역사적 필연으로 보았다. 이것은
그의 5대조인 南在(1351~1419)와 동생 南誾 두 사람이 麗末의
신진사대부로 鄭道傳 등과 함께 李成桂를 왕으로 추대하여 조선
의 開國功臣이 되었기에, 개국공신의 후손으로서 이러한 역사적
인식을 지니는 것은 어쩌면 당연한 일일 것이다.

72.「靈顯庵 夢慈堂」南孝溫

遠客辭親四浹旬	먼 나그네 어머님 떠나온 지 사십 일이 되니
破衫蚤蝨長兒孫	찢어진 적삼엔 벼룩과 이들 새끼까지 자랐네
裁書付僕重重語	편지 적어 종에게 보내며 거듭거듭 이르노니
魂先歸書到蓽門	꿈속 영혼이 편지에 앞서 사립문에 닿았도다

<주석> 〖浹〗 일주 협, 〖衫〗 적삼 삼, 〖蚤〗 벼룩 조, 〖蝨〗 이 슬, 〖裁書
(재서)〗 편지를 씀, 〖付〗 주다 부, 〖蓽〗 사립짝 필

<감상> 이 시는 그의 나이 29세 되던 해인 1482년에 지은 것으로, 영현암
에서 어머니를 꿈꾸며 지은 것이다.

남효온은 昭陵 추복이 좌절된 후 술로 세월을 보내다가 어머니의
걱정을 듣고 부근의 영현암에 들어가 친구와 함께 科擧 공부를 다
시 시작하지만, 얼마 되지 않아 다시 영현암을 나온다.

73. 「遊鴨島」二首 南孝溫

芳洲十里露潮痕　　꽃 핀 모래섬 십 리에 조수 흔적 드러나는데
手自持鋤採艸根　　손수 호미 잡고서 풀뿌리를 캐어 본다
野水汲來澆麥飯　　들 물 길어 와서 보리쌀 씻으니
擬將身世付江村　　이 한 몸 강촌에다 부쳐 볼 만하겠네

<주석> 〖鴨島(압도)〗 한강 하류 마포 가에 있던 섬, 〖芳洲(방주)〗 芳草
가 무리 지어 피어 있는 작은 모래섬, 〖痕〗 흔적 흔, 〖鋤〗 호미
서, 〖澆〗 물을 주다 요, 〖擬〗 헤아리다 의, 〖身世(신세)〗 ＝一
生, 〖付〗 붙이다 부

<감상> 이 시는 압도에서 노닐며 지은 시이다.

압도는 한강 하류에 있던 섬으로, 남효온은 생원시인 科業을 끝내
고 맨 먼저 찾아간 곳이 압도다. 이 시는 썰물이 일자 십 리 꽃 핀
모래섬이 드러나니, 손수 호미를 잡고 농사를 짓고, 들에 있는 물
을 길어 와 보리밥을 지어 먹으니, 압도에 몸을 의탁할 만하다고
노래하고 있다.

74. 「題聖居山元通庵囪壁」 南孝溫

東日出杲杲	동쪽 해가 눈부시게 떠오르고
木落神靈雨	신령한 비처럼 낙엽이 떨어지네
開囪萬慮淸	창문 열자 온갖 생각 맑아져서
病骨欲生羽	병든 몸에 날개가 돋으려 하네

<주석> 『聖居山(성거산)』 稷山縣 동쪽 20리 지점에 있음. 고려 태조가
일찍이 고을 서쪽 愁歇院에 駐蹕하여 동으로 산 위를 바라보니
오색의 구름이 있어 신이 있다고 여기고 제사를 지냈으므로 붙여
진 이름, 『囪』 창 창, 『杲』 밝다 고

<감상> 이 시는 성거산에 있는 원통암 창 벽에 쓴 시이다.

서늘한 가을 아침, 동쪽으로 맑은 해가 눈부시게 솟아오르고 있고,
신령스러운 비처럼 낙엽이 아침에 떨어지고 있다(힘없이 저녁에
떨어지는 것이 아니다. 가을 아침인데도 생동감을 느끼게 한다).
창문을 열자 온갖 근심들이 맑아져 병든 몸인데도 날개가 돋아 하
늘을 날아갈 것만 같다.

日邊揮翰玉堂春	임금 곁에서 붓 휘두르던 옥당의 봄
靄靄靑雲鬧後塵	자욱한 푸른 구름, 후진이 떠들썩하였지
嶺外枕書茅屋夜	고개 넘어 띳집에서 책 베고 누운 밤
娟娟孤月屬斯人	곱고 외로운 저 달 이 사람 차지로세

<주석> 〖玉堂(옥당)〗 弘文館의 별칭, 〖靄〗 자욱하게 낀 구름 애, 〖鬧〗 시끄럽다 료, 〖後塵(후진)〗 남의 뒤(여기서는 후배의 의미로 쓰임), 〖娟〗 예쁘다 연

<감상> 이 시는 지지당에 올라 소회를 읊은 시로, 중앙관료로서의 삶과 지방 처사로서의 삶이 여실히 반영되어 있다.

서울에서 벼슬할 때, 임금 곁에서 학문으로 보좌하던 영화로운 시절에는 후진들이 구름처럼 따랐다. 하지만 벼슬을 그만두고 영남으로 내려와 작은 서재를 열고 책을 베고 누운 밤, 곱디고우면서 외로운 저 달은 내 차지이다.

『해동역사』에 김굉필에 대한 간략한 生平이 다음과 같이 실려 있다.

---

20) 金宏弼(1454, 단종 2～1504, 연산군 10). 본관은 瑞興. 어렸을 때의 이름은 孝童이며, 자는 大猷, 호는 蓑翁·寒暄堂. 서흥의 土姓으로서 고려 후기에 사족으로 성장한 집안이다. 金馹孫·鄭汝昌 등과 함께 金宗直의 문하에서 『소학』 등을 배웠다. 이를 계기로 그는 『소학』을 손에서 놓지 않고, 누가 혹 時事를 물으면 '소학동자가 무엇을 알겠는가?'라고 답할 정도로 『소학』에 심취했다. 1480년(성종 11) 사마시에 합격하여 성균관에 입학하여, 斥佛과 유교진흥에 관한 긴 상소를 올렸다. 1486년 당시 이조참판으로 있던 스승 김종직에게 시를 지어 올려 그가 국사에 대해 별다른 건의를 하지 않는 것을 비판, 사제지간에 사이가 벌어졌다. 1494년 경상도관찰사 李克均이 隱逸之士로 천거하여 남부참봉이 된 뒤, 전생서참봉·군자감주부·사헌부감찰 등을 거쳐 형조좌랑에 이르렀다. 1498년 훈구파가 사림파를 제거하기 위해 무오사화를 일으켰을 때, 김종직의 문도로서 붕당을 만들었다고 하여 杖刑을 받고 평안도 희천에 유배되었다. 趙光祖가 그에게서 『소학』을 배운 것은 이때의 일이다. 2년 뒤에 유배지가 順川으로 옮겨졌다가 1504년 갑자사화가 일어나자 무오당인이라는 죄목으로 죽임을 당했다.

"본관은 瑞興, 자는 大猷이며, 호는 寒暄堂이다. 생원시에 합격하였으며, 일찍이 점필재를 따라 『소학』을 배웠는데 평생을 『소학』으로써 몸을 단속하였다. 성리학에 정통하여 斯文을 일으키고 후생을 가르쳐 인도하는 일을 자기의 임무로 삼았다. 갑인년에 遺逸로 천거되어 참봉에 임명되었고, 다시 형조 좌랑으로 발탁되었다. 연산조에 무오사화가 일어나자 점필재의 문인이라 하여 熙川에 유배되고, 다시 順天으로 옮겼으며, 갑자년에 죄를 더하였다. 중종 초에 도승지를 例贈하고, 13년에 특별히 우의정을 더 追贈하였으며, 시호는 文敬이다. 선생이 희천에 귀양 갔을 때 趙光祖가 따라가서 노닐면서 학문하는 큰 법칙을 배웠다. 오래 있다 돌아올 때 멀리 갈 때까지 바라보면서 말하기를, '우리 도가 동쪽으로 간다.' 하였다(瑞興人 字大猷 號寒暄堂 中生員試 嘗從佔畢齋受業 授以小學 平生以小學律己 精於性理之學 以興起斯文訓迪後生 爲己任 甲寅以遺逸薦授參奉 擢拜刑曹佐郎 燕山戊午史禍起 以佔畢門徒配熙川 又移順天 甲子加罪 中廟初例贈都承旨 十三年 特加贈右議政 諡文敬 先生謫熙川 趙靜庵從往之遊 得聞爲學大方 久而歸 目送之日 吾道東矣)."

76. 「路傍松」 金宏弼

一老蒼髥任路塵	한 늙은 푸른 소나무 길 먼지에 맡겨
勞勞迎送往來賓	괴롭게도 오가는 길손 맞고 보내네
歲寒與爾同心事	겨울철에 너와 마음 같이하는 이를
經過人中見幾人	지나는 사람 중에 몇 사람이나 보았는가?

<주석> 【髥】 구레나룻 염, 【心事(심사)】 심정

<감상> 이 시는 밀양의 길가에 있는 老松을 두고 노래한 것으로, 節義의 정신을 읊고 있다.

길가에 푸른 老松이 먼지를 뒤집어쓴 채 서서 길가에 오가는 길손을 힘들게 맞이하고 또 보낸다. 그런데 그 많은 사람 중에 추운 겨울에도 너와 같이 마음이 변치 않은 마음을 가진 사람을 몇이나 보았는가?

「景賢錄」에 김굉필의 言行에 대한 逸話가 다음과 같이 실려 있다. "선생은 후배를 가르쳐 인도하는 것을 자기의 임무로 삼았다. 멀고 가까운데서 소문을 듣고 모여 온 학도들이 집 안에 차고, 날마다 경서를 가지고 堂에 오르므로 자리가 좁아 다 수용할 수가 없었다. 선생이 벗들과 같이 거처할 때 첫닭이 울면 일어나 함께 앉아 호흡을 세는데, 남들은 겨우 밥 지을 동안도 못 되어 다 잊어버렸으나 홀로 선생만은 또렷이 세어서 밝을 때까지 잊어버리지를 않았다. 『소학』을 점필재에게서 배울 때에 점필재가 말하기를, '光風霽月(맑은 바람과 비 갠 뒤의 달이라는 뜻인데, 마음이 상쾌하고 깨끗함을 형용하는 말이다. 『宋史』「周敦頤傳」에, '그의 마음이 洒落함이 광풍제월과 같다.' 하였다.)이라는 것도 결국 또한 여기에서 벗어나지 않는다' 하였는데, 선생은 이 말을 명심하고 지켜서 잊어버리지 아니하였다. 선생은 평소에 아침에 일어나 머리 빗고 세수하고 의관을 정제하고는 먼저 家廟에 참배하였다. 무오년의 옥사를 만나 熙川으로 유배되었다가 이내 順天으로 移配되었는데, 그때 화가 어떻게 번질지 그 형세를 헤아릴 수가 없었으나 그는 태연자약하게 처하여 몸가짐이 평상시와 조금도 다름이 없었다(先生以訓迪後生爲己任 遠近聞風來集 學徒塡溢 每日執經升堂 坐不能容 先生與友同棲 鷄初鳴 共坐數息 他人讒過一炊皆失 獨先生歷歷枚數 向明不失 授小學於佔畢齋 佔畢齋日 光風霽月 亦不出此 先生服膺不忘 先生平居盥櫛整衣冠 先拜家廟 遭戊午獄謫熙川 俄移順天 時禍機叵測 處之晏如 不變常操)."

77. 「讀小學」 金宏弼

業文猶未識天機	글을 읽어도 아직 천기를 알지 못하였더니
小學書中悟昨非	『소학』 속에서 어제의 잘못을 깨달았도다
從此盡心供子職	이제부터 마음을 다하여 자식의 직분을 하 려 하노니
區區何用羨輕肥	구차스럽게 어찌 잘살기를 부러워하리오?

<주석> 〖天機(천기)〗 ＝天意, 〖從〗 ～부터 종, 〖何用(하용)〗 ＝何以, 〖羨〗
부러워하다 선, 〖輕肥(경비)〗 輕裘肥馬의 준말

<감상> 이 글은 『小學』을 읽고서 쓴 시이다.

공부를 해도 아직 천기가 무엇인지를 알지 못하였는데, 『소학』을
읽고서 어제의 잘못을 알게 되었다. 그러니 이제부터라도 마음을
다하여 자식의 직분을 다하고자 한다. 구차스럽게 가벼운 외투를
입고 살찐 말을 타는 잘사는 삶을 부러워하겠는가?

『師友名行錄』의 南孝溫 讚에서 위 시에 대해, "김굉필은 字가
대유이며, 점필재에게 수업하여 경자년에 생원이 되었다. 나와 동
갑인데 생일이 나보다 뒤이다. 현풍에 살았는데, 그의 독특한 행
실은 비할 데가 없어서 평상시에도 반드시 의관을 갖추고 있었으
며, 집 밖에는 일찍이 읍 근처에도 나가지 않았다. 손에서 『小學』
을 놓아 본 적이 없었고, 파루를 친 뒤에야 침소에 들었으며, 닭이
울면 일어났다. 사람들이 국가 일을 물으면 그는 반드시, '『소학』
읽는 아이가 어찌 大義를 알겠는가.' 하였다. 일찍이 시를 지어 이
르기를, ……점필재 선생이 평하기를, '이는 곧 성인 될 바탕이 됨
직하니, 허노재 이후에 어찌 사람이 없다고 하리오' 하였으니, 그
를 추중함이 이와 같았다(金宏弼字大猷 受業於佔畢齋 庚子年生
員 與余同庚 而日月後於余 居玄風 獨行無比 平居必冠帶 室家

之外 未嘗近邑 手不釋小學 人定然後就寢 鷄鳴則起 人問國家
事 必曰 小學童子何知大義 嘗作詩曰 業文猶未識天機 小學書
中悟昨非 佔畢齋先生批云 此乃作聖之根基 魯齋後豈無人 其推
重如此)."라 되어 있다.

78. 「次老杜韻」 申用漑[21]

白沙翠竹波萬尋	흰 모래와 푸른 대나무에 파도는 만 길
朝煙暮靄閑晴陰	아침 안개와 저녁노을이 한가롭게 갰다 흐리네
鳥去雲移歲月遠	새 날아가 구름 흘러가니 세월이 아득하고
山長水闊杯觴深	산 따라 강물 넘실거리니 술잔이 깊어지네
秋風萬里數莖鬢	가을바람 만 리에 불 때 몇 가닥의 귀밑털
蟾桂一宵千古心	달밤은 한밤중에 천고의 마음
醉睡飽嬉從意好	취하여 잠들며 마음껏 즐김은 뜻에 합당한 바니
誰能愁盡床頭金	누가 침상 맡의 금을 다하는 것 근심하리오?

<주석> 【尋】 자 심, 【靄】 구름이 길게 낀 모양 애, 【闊】 거칠다 활, 【莖】
줄기 경, 【蟾桂(섬계)】 달 속에 있는 두꺼비와 계수나무, 【宵】
밤 소

<감상> 이 시는 杜甫의 시에 차운한 것으로, 31세 때 讀書堂에서 수학할
때 당시 일기 시작한 學唐의 문풍을 체험하면서 學杜의 시를 쓴
것이다.

　　강가의 풍경은 흰 모래와 푸른 대나무에 파도는 만 길이며, 하늘

---

21) 申用漑(1463, 세조 9~1519, 중종 14). 본관은 高靈. 자는 漑之, 호는 이요정(二樂
亭)·松溪·睡翁. 할아버지는 영의정을 지낸 申叔舟이며, 5세에 부친이 사망하자
신숙주에게 양육되었으며, 金宗直의 문하에서 배웠다. 1483년(성종 14) 사마시에
합격하고, 1488년 별시문과에 급제했다. 성종이 그의 높은 학덕을 사랑하여 御衣를
벗어 준 일도 있었다. 1492년 賜暇讀書를 했다. 1498년(연산군 4) 무오사화 때 김
종직의 문인이라 하여 투옥되었으나 곧 석방되었고, 직제학을 거쳐 도승지가 되었
다. 강직한 성품이 연산군의 비위를 거슬러 1502년 충청도수군절도사로 좌천되었
다. 1503년 형조참판, 이어 예조참판이 되어 명나라에 사신으로 다녀왔다. 1504년
에는 갑자사화에 연루되어 靈光으로 유배되었다. 1506년 중종반정 후 成希顔과 함
께 명나라에 가서 誥命을 받아 온 공으로 原從功臣이 되었다. 그 뒤 우참찬·대사
헌을 거쳐 이조·병조·예조의 판서, 우찬성을 역임했다. 1516년 우의정, 1518년
좌의정에 올랐다. 시호는 文景이다.

의 모습은 아침 안개와 저녁노을이 한가롭게 갰다 흐렸다 한다.
하늘 멀리 새가 날아가 구름 흘러가는 것을 보니 세월이 아득하고,
다시 시선이 아래로 내려와 산 따라 강물 넘실거리는 것을 보니
세월의 무상함에 술잔을 기울인다. 가을밤, 바람이 만 리에서 몇
가닥의 귀밑털에 불어오고, 가을 달밤은 한밤중에 천고의 마음이
다. 무상감을 달래기 위해 취하여 잠들며 마음껏 즐기니, 누가 침
상 맡의 금을 다 써 버리는 것에 대해 근심하리오(이 구절은 張籍
의 「行路難」에 있는 "君不見牀頭黃金盡, 壯士無顏色"이란 말에
서 나온 것임)?
『해동잡록』에, "본관은 高靈으로 자는 개지이며 호는 이요정 또
는 송계라 한다. 신면의 아들로 호매하고 문장을 잘하였다. 성종
때에 급제하고 대제학을 지냈고 벼슬은 좌의정에 이르렀다. 시호
는 文景이다(高靈人 字漑之 號二樂亭 又曰松溪 㴐之子 性豪邁
能文章 我成廟朝登第 主文衡 官至左議政 謚文景)."라 하여, 신
용개가 문장에 뛰어나다고 말하고 있다.

水國秋高木葉飛　수국의 가을이 깊어 나뭇잎은 날리고
沙寒鷗鷺淨毛衣　차가운 모래 위의 갈매기와 해오라기는 깃털
　　　　　　　　을 깨끗이 하네
西風日落吹遊艇　서풍이 해질녘에 놀잇배에 불어오니
醉後江山滿載歸　취한 후 강산을 가득 싣고 돌아왔네

<주석> 〖水國(수국)〗 ＝水鄕 물이 많은 지역, 〖鷗〗 갈매기 구, 〖鷺〗 해
　　오라기 로, 〖艇〗 거룻배 정

<감상> 이 시도 賜暇讀書할 때 양화에 배를 띄우고 저녁에 돌아오면서 계
　　운의 시에 차운한 것으로, 가을날의 저녁 풍경을 노래하고 있다.
　　한강에 가을이 깊어 나뭇잎이 떨어져 날리고 있고, 가을 저녁이라
　　차가워진 모래 위에는 갈매기와 해오라기가 깃털을 고르고 있다.
　　가을바람이 해질녘에 놀이하던 배에 불어와 돌아갈 때를 알리니,
　　배에서 술에 취한 시인은 강산을 가득 배에 싣고서 돌아간다.
　　洪萬宗은 『소화시평』에서 이 시에 대해, “보한재 신숙주와 이요
　　정 신용개와 기개 신광한 세 사람은 모두 문장으로 문형을 맡았으
　　니, 위대하다. ……이요정의 「양화도」는 ……하니, 이런 작품들이
　　어찌 당나라 사람에게 양보하겠는가(保閑齋申叔舟二樂亭用漑企
　　齋光漢祖孫三人　皆以文章典文衡　偉哉　……二樂亭楊花渡詩
　　……諸作何讓唐人)?”라 평하고 있다.

80.「題平城(朴元宗)畫屛」八絶　申用漑

其一

芳逕步携琴	꽃길을 거문고를 끼고 걸으니
剩知乘興處	더군다나 흥이 나는 곳을 알겠네
誰家別討春	어느 집에서 봄을 이별하고 있는가?
背柳穿花去	버드나무 등지고 꽃을 뚫고 가네

<주석> 【逕】좁은 길 경, 【剩】더군다나 잉, 【討】없애다 토, 【穿】뚫
다 천

<감상> 이 시는 평성 박원종의 8폭 그림에 각각 시를 써 주었는데, 그중
첫 번째 시이다. 꽃이 가득한 길을 어느 선비가 거문고를 들고 걸
어가고 있는 그림을 잘 묘사하고 있다.

신용개는 강직한 선비로『己卯錄』에 이에 관한 逸話가 다음과 같
이 기록되어 있다.

"남곤이 예조 판서로 靖國功臣을 함부로 준 것을 삭제하자고 청
하는 의논을 피하기 위하여 능헌관이 되기를 청하였다. 그 후 정
암 趙光祖가 들어가 시종하면서 아뢰기를, '근래 높은 품계에 있
는 육경이 능헌관을 구하는 사람이 있습니다. 신하로서 몸을 아끼
는 것이 이와 같으니 나머지는 볼 것도 없습니다.' 하니, 남곤이
그때 같이 시종하면서 부끄럽고 황송하여 물러나와 정승 신용개
의 집을 방문하였다. 신공이 마침 병으로 휴가 중이어서 누운 방
으로 들어오라 하였다. 남곤이, '요즈음 논의는 심히 과격합니다.'
하니, 신 공이 분연히 일어나, '공은 어찌 이런 말을 하오. 과격하
다는 말은 소인이 군자를 모함하는 말이니 後漢이 그 때문에 망한
것이오.' 하니, 남곤이 계면쩍어서 가 버렸다(南袞以禮曹判書　欲
避請削靖國功臣濫授之議　求爲拜陵獻官　其後趙靜菴入侍啓曰

近有崇品六卿　求爲陵獻官　人臣愛身如此　餘無足觀　衷方同侍
慙惶而退　遂詣申相用漑第　申公方呈病　引入臥內　南衷曰　近日
論議甚激　申公奮然而起曰　公何以出此言　激之爲言　乃小人之陷
君子　而亡後漢者也　衷厭然而去)."

81. 「晩紅桃」二絶 申用漑

落盡園花春已去　　다 떨어진 뜰 꽃에 봄은 이미 가 버리고
幽人情抱向誰開　　은자의 마음을 누구를 향하여 열어야 하나?
天工故作深情態　　조물주가 일부러 깊은 모습을 만드니
滿樹桃紅漫浪哉　　나무 가득 붉은 복사꽃이 흐드러져 있구나!

<주석> 〖天工(천공)〗 조물주, 〖故〗 일부러 고, 〖情態(정태)〗 모습, 〖漫〗
넘쳐흐르다 만

春已去處人欲醉　　봄이 이미 가 버리자 처사는 취하려 하고
陰雲不散日西斜　　짙은 구름 흩어지지 않은 채 해는 서쪽으로
　　　　　　　　　　기울었네
窓前只有紅桃樹　　창 앞에 단지 붉은 복숭아나무 있어
天遣風神不犯花　　하늘이 바람의 신을 보내지만 꽃을 범하지
　　　　　　　　　　못하네

<감상> 이 시는 늦봄에 핀 복숭아꽃을 보고 노래한 것이다.

꽃이 떨어진 뜰에 봄은 이미 가 버렸으니, 은자의 회포는 누구를 향해 열어야 하는가? 하지만 늦봄에 조물주가 일부러 붉은 복사꽃을 흐드러지게 피게 했다.

봄이 가 버려 처사는 취하려 하는데, 창 앞의 복숭아나무에 핀 복사꽃은 바람에도 지지 않고 피어 있다.

신용개는 벼슬하던 초기에는 唐風의 시를 배우고 지었으나, 점차 그 위치가 勳舊化되자 宋風의 한시를 짓는데, 위의 시가 이러한 경향을 잘 보여 주고 있다.

邊城事事動傷神　　변방 성에선 일마다 마음을 상하게 하는데
海上狂歌異隱淪　　바다 위의 미친 노래는 은자와는 다르네
春不見花猶見雪　　봄에도 꽃은 보지 못하고 아직도 눈만 보이며
地無來雁況來人　　이 땅에는 오는 기러기도 없는데 하물며 올
　　　　　　　　　　사람 있으랴?

輕陰漠漠雨連曉　　엷은 그늘이 스산한데 비는 새벽까지 연달았고
細草萋萋風滿津　　가는 풀이 무성한데 바람이 나루터에 찼구나
惆悵芳時長作客　　슬프다, 꽃다운 때에 오랫동안 나그네 되었으니
可堪垂淚更沾巾　　흐르는 눈물이 또 수건 적심 어이 견디랴?

<주석> 〖隱淪(은륜)〗 세상을 피하여 隱遁 생활을 하는 것, 〖輕陰(경음)〗
조금 그늘진 하늘색, 〖漠漠(막막)〗 고요하여 소리가 나지 않는
모양, 〖萋萋(처처)〗 풀이 무성한 모양, 〖惆悵(추창)〗 슬픔, 〖堪〗
견디다 감, 〖沾〗 더하다 첨

<감상> 이 시는 義州에 유배 갔을 때, 압록강의 봄 경치를 노래한 것이다.
변방 성에서는 일마다 정신이 상하는데, 자신의 처지를 마음대로
노래한 狂歌는 은둔한 사람들이 부르는 노래와는 다르다(은둔한
사람들은 은둔의 즐거움이나 세상에 대한 탄식이 들어 있지만, 자
신은 나라를 근심하는 현실에 대한 애착이 들어 있음). 이곳은 변
방이라 봄에도 꽃은 보이지 않고 눈만 보이며, 기러기도 오지 않
은 極地라 고독에 차 있다. 거기다 스산한 그늘에 새벽까지 비는

---

22) 鄭希良(1469, 예종 1~1502, 연산군 8). 자는 淳夫, 호는 虛菴, 散隱으로 해주사람
　　이다. 27세에 과거에 급제한 뒤 무오사화로 1498년 가을에 의주로 유배를 가고,
　　1500년 5월에 김해로 이배되는 등 유배지를 전전하다가 34세의 젊은 나이로 祖江
　　에 투신자살하였다.

내리고, 무성한 풀에 나루터에 바람이 가득하다(나그네의 근심과 고통을 한층 증폭시키는 소재들임). 한창나이에 오랫동안 나그네가 되었으니, 얼마나 슬픈 일인가? 그러니 흐르는 눈물이 또 수건을 적신다.

3구에 대해 許筠은 『국조시산』에서 "(시상을) 안배하였으면서도 뜻이 있다(排而旨)."라 평하고 있다.

『성소부부고』에는 頷聯에 대해 다음과 같은 평을 싣고 있다.

"梅溪 曺偉·潘溪 兪好仁은 일시에 함께 성대한 명성을 드날렸으나 淳夫 鄭希良보다는 못했다. 그「渾沌酒歌」는 매우 훌륭하여 蘇東坡와 흡사하다. '조각달은 이 맘 비춰 고국에 다다르고, 새벽별 꿈을 따라 변방 성에 떨어지네.'라고 한 구절은 극히 神逸하며, …… '봄이 와도 꽃 안 보이고 눈만 보이나니, 기러기 안 오는 곳 사람 어이 찾아오리.'라 한 구절은 비록 다듬은 흠이 있으나 또한 다정다감하다(曺梅溪兪潘溪 一時俱有盛名 不若鄭淳夫 其渾沌 酒歌甚好 酷似長公 如片月照心臨故國 殘星隨夢落邊城之句 極 神逸 而客裏偶逢寒食雨 夢中猶憶故園春 有中唐雅韻 春不見花 唯見雪 地無來雁況來人 雖傷雕琢 亦自多情)."

83.「寓書」鄭希良

年來索寞鴨江濱	요즘 압록강 가에서 삭막하게 지내다가
回首塵沙欲問津	모래먼지에서 머리 돌려 나루터를 물으려 하네
客裏偶逢寒食雨	객지에서 우연히 한식의 비를 맞으니
夢中猶憶故園春	꿈속에서 아직도 고향의 봄을 기억하네
一生愁病添衰鬢	일생의 시름과 병은 흰머리만 늘어났는데
萬里溪山著放臣	만 리의 시내와 산은 쫓겨난 신하를 붙여 주네
直以疏慵成落魄	바로 등한하고 게으름 때문에 영락하게 되었으니
非關時命滯詩人	운명이 시인을 곤궁하게 한 것이 아니라네

<주석> 【鬢】 귀밑털 빈, 【著】 붙다 착, 【放】 추방하다 방, 【疏慵(소용)】 일에 등한하고 게으름, 【落魄(락백)】 곤궁한 생활로 직업이 없다는 말, 【時命(시명)】 =命運, 【滯】 막히다 체

<감상> 이 시는 의주 유배지에서 쓴 시이다.

근래 압록강 가에서 삭막하게 유배 생활을 하면서 지내다가, 봄이 왔으나 황량한 벌판에 모래바람이 일고 있는 塵沙에서 머리를 돌려 고향으로 돌아가는 나루터를 묻는다. 멀리 객지에서 한식날 비를 만나니 고향의 봄이 꿈속에서 아련하다. 만 리 먼 곳으로 유배를 와 시름과 병으로 흰머리만 늘었다. 그런데 이렇게 영락한 삶을 살게 된 것은 바로 내 자신의 일에 등한함과 게으름 때문이니, 운명 때문에 이렇게 된 것은 아니다.

허균은 『성수시화』에서 함련을 두고 "중당의 고아한 운치가 있다(有中唐雅韻)."라 했고, 『국조시산』에서는 "3구와 4구가 가장 좋은데, 결구는 조금 떨치지 못했다(三四極佳 結稍不揚)."라고 평하고 있다.

「詩序」에 의하면 정희량의 시는 귀양 도중에 지은 것이 뛰어나다.
"허암의 귀양살이 중에 쓴 작품들은 통쾌하고 뛰어난 묘미가 예전
에 얻은 것들과 견주어 보면 월등할 정도가 아니다. 이는 어찌 오
랜 귀양살이와 나그네 시름으로 곤궁하고 울분이 찬 데에서 격발
된 것이 아니겠는가(虛庵謫中之作 其痛快英暢之妙 視前所得 不
啻相越 豈非遷謫羈愁之久 困窮拂鬱 有以激之耶)?"

84.「謝沖菴贈杖」鄭希良

似嫌直先伐	곧으면 먼저 베임을 꺼린 듯
故欲曲其身	일부러 그 뿌리를 굽게 하였네
直性猶存內	곧은 성품 여전히 안에 지니고 있으니
那能免斧斤	어찌 도끼질을 벗어날 수 있겠는가?

<주석> 〖嫌〗 싫어하다 혐, 〖那〗 어찌 나

<감상> 이 시는 충암 金淨이 지팡이를 보내 준 것에 감사하며 지은 시이다. 나무가 곧으면 먼저 베임을 당하므로 일부러 그 뿌리를 굽게 하였다. 그런데 나무의 성품이 본래 곧아 뿌리는 비록 구불구불하지만 줄기는 곧으니, 어찌 베임에서 벗어날 수 있겠는가?

이 시는 나무의 이러한 성질을 통해 자신의 성품을 寓意的으로 드러내고 있다. 자신의 강직한 성품이 결국은 남들의 해를 입게 되고, 그러한 성품을 어찌할 수 없음을 드러낸 것이다. 정희량은 이러한 강직한 성품 때문에 의주나 김해 등지에서 유배생활을 보내다 결국 자결하고 만다.

홍만종의 『소화시평』에는 다음과 같은 鄭希良의 詩才에 대한 逸話가 실려 있다.

"허암 정희량은 연산군 시절에 화를 피해 중이 되어 산수를 떠돌아다녔다. 그가 어디에서 죽었는지도 알 수 없다. 허암이 일찍이 어떤 절에 이르러 벽에 다음 시를 써 놓았다. '중국에 사신 가는 학사는 새벽에 추워 떨고, 철마 탄 장군은 밤에 관문을 나서네. 산사에 해 높이 떴어도 스님은 안 일어나니, 세상 명리가 한가함보다 못하구나!' 그 절에 사는 중이 이 시를 세상에 전하니, 식자들은 이 시가 허암이 지은 것임을 알아차렸다. 내가 볼 때 허암은 인품이 높을 뿐만 아니라 시의 경지 또한 높다(鄭盧庵希良燕山朝避

禍爲緇 浮遊山水間 老不知所終 嘗到一寺 題詩壁間曰 朝天學士
五更寒 鐵馬將軍夜出關 山寺日高僧未起 世間名利不如閑 居僧
傳之 識者知爲其虛庵作也 以余觀之 不但人高 詩亦高矣)."

過眼如雲事事新	구름처럼 눈앞을 지나가는 일마다 새로운데
狂歌獨立路岐塵	먼지 낀 갈림길에서 미친 듯 노래하여 홀로 서 있네
百年三萬六千日	백 년은 삼만 육천 일이요
四海東西南北人	사해에는 동서남북으로 오가는 사람이라네
宋玉怨騷悲落木	송옥의 원망하는 초사는 지는 잎을 슬퍼하고
謫仙哀賦惜餘春	李白의 슬픈 부는 남은 봄을 아까워했네
醉鄉倘有閒田地	취향에도 거닐 한적한 땅이 있으니
乞與劉伶且卜隣	빌려 유령과 장차 이웃하리라

<주석> 【路岐(로기)】 갈림길 『列子』 「說符」에 "楊子之鄰人亡羊 旣率其黨 又請楊子之豎追之 楊子曰嘻 亡一羊何追者之衆 鄰人曰 多歧路 旣反問 獲羊乎 曰 亡之矣 曰 奚亡之 曰 歧路之中又有歧焉 吾不知所之 所以反也 ……心都子曰 大道以多歧亡羊 學者以多方喪生"라는 말이 보임, 【謫仙(적선)】 인간 세상에 귀향 온 신선으로, 李白을 가리킴, 【醉鄉(취향)】 취중의 별천지, 【倘】 = 徜 노닐다 상

<감상> 이 시는 계문 성중엄의 시를 차운한 것으로, 1500년 김해로 이배된 다음 해 지은 것으로 생각된다.

구름이 눈앞을 지나가듯이 일마다 새로운데, 갈림길이 많아 양을 잃어버린 것처럼 복잡한 세상에서 방향을 잡지 못한 채 미친 듯 노래하며 홀로 갈림길에 서 있다. 살아 봐야 백 년도 못 사는 인생인데, 동서남북으로 떠도는 신세다. 송옥의 초사는 지는 잎을 슬퍼했고 이백의 「春夜宴桃李園序」에서는 남은 봄을 아까워했다. 술을 좋아해서 「酒德頌」을 노래했던 劉伶과 이웃이 되어 취향에서

흠뻑 취하고 싶다.

『해동잡록』에 그에 대한 재미있는 逸話가 다음과 같이 기록되어 있다.

"본관은 海州이며 자는 淳夫이고 호는 盧犘으로 詩風이 放逸하다. 또 陰陽學에 능통해서 일찍이 자기 운명을 점쳐 보고는 매양 세상을 피할 뜻이 있었다. 연산군 초기에 과거에 급제하여 예문관 검열로 선보되었다. 무오사화를 당해 義州에 귀양 갔다가 갑자년에 방면되었다. 어머니의 상을 만나 德水縣 남쪽에서 여묘살이를 했는데, 일찍이 말하기를, '갑자년의 禍가 무오년의 화보다 더 심하리라.' 하더니, 하루는 산에 들어가 산 둔덕 사이를 서성거리며 筆管菜를 캔다고 핑계하다가 마침내 보이지 않았다. 이웃사람들이 사방으로 흩어져 자취를 찾아보았으나 사람들은 다만 南江 물가 모래에 벗겨져 있는 신 두 짝만 발견했다. 혹시 강물에 빠져 죽기라도 했는가 싶어 뱃사공들을 모아다가 혹은 배로 혹은 헤엄을 치며 두루 강물을 오르내리며 찾았으나 끝내 그 시체를 찾을 수 없었다. 海平君 鄭耆叟는 공의 친족이다. 그래서 연산군에게 '군현의 사람들로 하여금 그를 찾아보게 하였습니다.'라 아뢰니, 연산군이 '미친놈이 달아나 죽었는데 뭣에 쓰려고 찾느냐!' 할 뿐이었다. 끝내 형적이 사라지고 그 생을 어떻게 마쳤는지 알지 못했다. 『盧犘集』이 있어 세상에 전한다(海州人 字淳夫 號盧犘 爲詩放逸 又善陰陽學 嘗自算命 每有遁世之志 燕山初登第 選補藝文館檢閱 戊午被史禍 謫義州 甲子蒙放 丁憂守墓德水縣南 嘗曰 甲子之禍 甚於戊午 一日入山 散步坡隴間 托採筆管菜 遂不見 隣人四散細蹤 人只見南江故屨二隻脫在汀沙 疑其沈江 募水師 或舟或泅 遍江上下 遂不獲其屍 海平君鄭公耆叟 公之族也 啓燕山 令郡縣物色之 燕山曰 狂奴逃死 何用尋爲 竟絶影響 不知所終 有盧犘集行于世)."

江城積雨捲層霄	강마을에 장맛비가 하늘에서 걷히니
秋氣泠泠老火消	가을 기운 서늘하여 뜨거운 해 사라졌네
黃膩野秔迷眼發	누렇게 기름진 들판의 메벼는 눈에 어지럽게 팼고
綠疏溪柳對樽高	푸릇푸릇 성근 개울의 버들은 술잔을 마주하고 높네
風隨舞袖如相約	약속이나 한 듯 바람이 춤추는 옷자락을 따르고
山入歌筵不待招	부르지도 않았는데 산이 노래하는 자리에 드네
慙恨至今持斗米	부끄럽고 한스러워라, 지금까지 적은 녹봉 받느라
故園蕪絶負逍遙	고향의 언덕이 묵어도 거닐지 못했음이

<주석> 【捲】 걷다 권, 【霄】 하늘 소, 【老火(로화)】 뜨거운 해, 【膩】 기름 지다 니, 【秔】 메벼 갱, 【樽】 술통 준, 【袖】 소매 수, 【筵】 대 자리 연, 【斗米(두미)】 斗米는 五斗米로, 매우 적은 녹봉을 일컬음, 【蕪絶(무절)】 거칠어서 끊어짐, 【負】 저버리다 부

<감상> 이 시는 정한림이 이별하면서 준 시에 화답한 시로, 인근 고을의 수령이던 정한림이 중앙 관직으로 榮轉되어 가는 것을 전송하면

---

23) 朴祥(1474, 성종 5～1530, 중종 25). 본관은 충주. 자는 世昌, 호는 訥齋. 높은 벼슬을 하지는 않았으나 시를 잘 써서 조카 朴淳 그리고 李荇과 함께 당대에 이름을 떨쳤고, 朴誾과 더불어 후대에 높이 평가되었으며, 16세기 호남시단을 이끈 시인이다. 成俔·申光漢·黃廷彧 등과 함께 徐居正 이후 四家로 불린다. 1501년 식년문과에 급제, 校書館正字 등을 지냈다. 賜暇讀書 후에 司諫院獻納이 되어 宗親의 重用을 반대하다가 옥고를 치렀으며, 이 일로 한산군수로 좌천되었다. 다시 宗廟署令, 臨陂縣監 등을 지냈고, 3년 만기가 되자 광산으로 돌아가 글을 읽으며 지냈다. 1515년(중종 6) 端敬王后 愼氏의 복위 주장과 朴元宗 등 3명의 勳臣이 國母를 내쫓은 죄를 묻기를 청했다가 왕의 노여움을 사서 유배되었다. 다음 해 풀려나서 순천부사 등을 지냈으나 어머니의 喪을 당해 그만둔 뒤 상주와 충주목사를 지냈다. 1526년 문과 중시에 장원했으나 병으로 그만두고 고향으로 돌아왔다.

서 지은 것이다.

장맛비가 강마을에 내리다 걷히니, 하늘이 높아 성큼 가을이 다가 온 듯하다. 서늘한 가을비 덕분에 늦더위도 사라졌다. 누렇게 익은 들판의 곡식은 눈이 어지러울 정도이고, 봄에 무성하던 버들도 가을이 되니 잎이 듬성듬성해져서 높은 곳에서 가지가 휭하다. 榮轉하는 정한림을 축하하느라 술을 마시고 춤을 추니, 마치 약속이라도 한 듯 바람은 춤추는 옷자락을 따라 날리고, 부르지도 않은 산 그림자는 잔치 자리에까지 내려와 잔치 자리가 파할 때임을 알려주고 있다. 고향의 언덕을 찾지 못해 묵어 가도 陶潛처럼 과감하게 五斗米를 버리고 떠나지 못하는 자신의 처지가 부끄럽고도 한스럽다.

박상은 바쁜 벼슬살이 가운데에도 밤이면 반드시 「離騷經」을 한 번 외우고, 律詩 1수를 지은 후에라야 잠자리에 들 정도로 문학에 관심이 많았던 사람이다.

허균은 『惺叟詩話』에서 朴祥을 포함한 조선의 詩史에 대해서 다음과 같이 언급하고 있다.

"조선의 詩는 中宗朝에 이르러 크게 성취되었다. 李荇이 시작을 열어 訥齋 朴祥·企齋 申光漢·冲庵 金淨·湖陰 鄭士龍이 一世에 나란히 나와 휘황하게 빛을 내고 金玉을 울리니 千古에 칭할 만하게 되었다. 조선의 시는 宣祖朝에 이르러서 크게 갖추어지게 되었다. 盧守愼은 杜甫의 법을 깨쳤는데 黃廷彧이 뒤를 이어 일어났고, 崔慶昌·白光勳은 唐을 본받았는데 李達이 그 흐름을 밝혔다. 우리 亡兄의 歌行은 李太白과 같고 누님의 시는 盛唐의 경지에 접근하였다. 그 후에 權韠이 뒤늦게 나와 힘껏 前賢을 좇아 李荇과 더불어 어깨를 나란히 할 만하니, 아! 장하다(我朝詩至中廟朝大成 以容齋相倡始 而朴訥齋祥, 申企齋光漢金冲庵淨鄭湖陰士龍 竝生一世 炳烺鏗鏘 足稱千古也 我朝詩 至宣廟朝大備 盧蘇齋得杜法 而黃芝川代興 崔白法唐而李益之闡其流 吾亡兄歌行似太白 姊氏詩恰入盛唐 其後權汝章晚出 力追前賢 可

與容齋相肩隨之 猗歟盛哉)."

홍만종은 『소화시평』에서 박상의 시에 대해, "허균이 말하기를, '젊은 시절에 지천 황정욱을 뵈었다. 그분은 매우 오만한 지론을 가져 고금의 문예를 말씀하실 때 인정하는 작가가 드물었다. 그는 용재 이행은 너무 기름지고, 이달은 모의를 했고, 호음 정사룡과 소재 노수신이 겨우 작가의 법도에 합치된다고 했는데, 오직 눌재 만을 최고로 여겨 자기가 마칠 수 없다고 했다.'라 하였다(許筠嘗 云 少見芝川 其持論甚倨 談古今文藝少所許與 如容齋而目爲太 腴 李達而指爲摸擬 湖陰蘇齋稍合作家 惟最訥齋以爲不可及 云)."라고 말하고 있다.

其一

無等山前曾把手	무등산 앞에서 일찍이 손을 잡았더니
牛車草草故鄕歸	소 수레를 타고 바쁘게 고향으로 돌아가네
他年地下相逢處	뒷날 지하에서 서로 만나는 곳에서
莫說人間謾是非	부질없이 인간세상의 시비에 대해 말하지 마세나

<주석> 〖草草(초초)〗 바쁜 모양, 〖謾〗 부질없이 만

<감상> 이 시는 己卯士禍로 능주에 유배 와 있던 趙光祖가 賜死되고, 이 듬해 동생 趙崇祖가 歸葬할 때 지은 것이다.

유배 가기 전에 무등산 앞에서 조광조를 만나 손을 잡고 위문을 했는데, 지금은 죽어 소가 끄는 수레를 타고 바쁘게 고향으로 돌아가고 있다. 훗날 나도 죽어 지하로 내려갈 것이니, 서로 만나는 곳에서 부질없이 인간세상의 시비에 대해 말하지 말자(바른 도가 없는 세상에 대한 원망과 체념의 의미도 있지만, 자신들이 추구했던 이념들이 정당하고 가치 있는 것임이 함축되어 剛健하고 悲壯한 어조가 내포되어 있음). 正祖는 『홍재전서』「文學 五」에서, "박상의 시는 왕왕 세속에서 이른바 백련초체(「백련초」는 漢詩 학습을 위해서 좋은 詩句를 抄錄한 것인데, 율시에서 對句·情景合一·정교한 기교를 요구하는 頷聯과 頸聯을 주로 선별한 것임)라는 것과 흡사한 점이 있으나, 그의 고건한 부분은 후인이 미칠 수 있는 것이 아니다. 속된 안목으로 보면 반드시 그의 훌륭한 부분을 볼 수 없다(朴祥詩 往往有恰似俗所謂百聯鈔體 然其古健處 非後人所能及 如以俗眼看之 必不能知其好處)."라 하여, 박상의 예스럽고 굳건한 기상에 대해 칭송하고 있는데, 위의 시에서 그러한 기상을 엿볼 수 있다.

88. 「彈琴臺」朴祥

湛湛長江上有楓	출렁출렁 긴 강가에 단풍나무 있고
仙臺孤截白雲叢	신선의 대는 흰 구름 모인 곳에 홀로 솟았네
彈琴人去鶴前月	가야금 타던 사람은 학이 나는 앞 달로 가고
携笛客來松下風	피리 가진 객은 소나무 아래 바람 속으로 오네
萬事一廻悲逝水	만사는 한결같이 돌아가니 흘러가는 물을 슬퍼하고
浮生三嘆撫飛蓬	뜬 인생 거듭 탄식하며 날아다니는 쑥을 어루만지네
誰能畫出湖州牧	누가 그려 낼 수 있는가? 충주 목사가
散步狂唫夕照中	석양 속을 산보하며 미친 듯이 읊조리는 것을

<주석> 〖湛湛(잠잠)〗 물이 많은 모양, 〖截〗 끊다 절, 〖携〗 들다 휴, 〖笛〗 피리 적, 〖逝〗 가다 서, 〖蓬〗 쑥 봉, 〖湖州(호주)〗 湖西, 湖南, 〖唫〗 읊다 음

<감상> 이 시는 충주목사로 있던 시절, 달천강에 남아 있는 탄금대를 노래한 것으로, 무한한 강물과 역사 속에서 유한한 자신의 삶을 대비하여 悲憤과 慷慨를 노래하고 있다.

출렁출렁대는 긴 달천강가에 단풍나무 늘어서 있고, 신선의 대인 탄금대는 흰 구름 모인 곳에 홀로 솟아 있다. 망한 가야에서 신라로 와 그곳에서 가야금 타던 于勒은 학을 타고 달로 가 버렸고, 피리 가진 객은 소나무 아래 바람 속으로 온다. 세상 모든 일은 한결같이 돌아가니 흘러가는 물을 보고 슬퍼하고, 뜬 인생 거듭 탄식하며 날아다니는 쑥을 어루만진다(逝水와 飛蓬은 불안정성이나 무상함에 대한 懷疑). 충주 목사인 내가 석양 속을 산보하며 미친 듯이 읊조리는 심정을 누가 그려 낼 수 있을까?

홍만종은 『소화시평』에서 이 시의 頷聯에 대해, "우리나라 시는 위로 고려시대부터 아래로 근대에 이르기까지 볼만한 경련이 적지 않다. ……눌재 박상의 「탄금」에 ……라 하였는데, 고고하고 예스럽고 상쾌하고 명랑해서 마치 왼쪽으로는 부구(전설상의 신선)를 잡고 오른쪽으로는 홍애(전설상의 신선)를 치는 것과 같다(我東之詩 上自麗朝 下至近代 警聯之可觀者 不爲不多 ……朴訥齋彈琴詩 ……高古爽朗 如左挹浮丘 右拍洪崖)."라 하였다.

正祖는 『홍재전서』 「判禮曹生員朴燦玫上言勿施啓」에서, "조정이 문간공 朴祥에 대해서는 실로 남다른 큰 감회를 가지고 있다. 그 올곧은 충성과 높은 지조에 일찍이 탄복하였을 뿐만 아니라, 言議와 志氣가 문자와 행동의 사이에 드러난 것이, 필부의 한때 강개한 생각이 아닌 면이 있다. 무엇보다도 가장 기걸하고 씩씩하며 성대하여 『詩經』 三百篇의 遺意를 잃지 아니한 것은 곧 그의 시였다(朝家於文簡公朴祥 實有別般曠感者 其危忠高操 嘗所歎服 尒除良 言議志槩之見於文字事爲之際者 有非匹夫一時慷慨之思 最是奇壯醲郁 不失三百篇之遺意者 其詩卽然)."라 하여, 위의 시에 나타난 강개함에 대해 언급하고 있다.

또한 正祖는 『弘齋全書』 「日得錄」에서 박상의 詩에 대해 다음과 같은 언급을 남기고 있다.

"訥齋 朴祥의 시를 후세에는 일컫는 사람이 없지만, 일찍이 그의 遺集을 보니 기걸하면서 힘이 있고 아름다운 것이 진실로 동방의 시 중에서 으뜸으로 꼽을 만했다(朴訥齋詩 後人無稱道者 而嘗見其遺集 奇傑遒麗 儘是東詩中第一家數)."

"근래에 訥齋 朴祥의 시를 보니, 사람의 힘이 도달할 수 있는 경지에까지 이른 점에서 읍취헌과 伯仲之勢라 할 수 있어, 中世의 시인들이 발돋움하여 미칠 수 있는 바가 아니다. '가을 나뭇가지에서 두견새가 화답하네[「宿鼇山 聞杜鵑有感」]'라는 구절은 얼마나 뛰어나고 얼마나 노련한 것인가. 나는 눌재에게 남달리 오랜 세월을 사이에 두고 느끼는 감회가 있는데, 지금 그 시를 읽으니

마치 그 사람을 보는 것만 같다(近見朴訥齋詩 人力到底處 可與
翠軒伯仲 非中世諸詩人所可跂及 如帝魄秋枝款款賡句 何等神
爽 何等爐錘 予於訥齋 別有曠感者存 今讀其詩 如見其人)."

89. 「次嶺南樓韻」 朴祥

客到嶺梅初發天	객이 이르니 고개에 매화가 막 피었는데
嘉平之後上元前	12월은 지나고 상원날 되기 전이라네
春生晝鼓雷千面	봄은 우레 같은 천 가지 북소리에 생겨나고
詩會青山日半邊	詩興은 푸른 산으로 지는 해에 모여드네
漁艇載分籠渚月	고기 잡는 배는 강을 두른 달빛을 나누어 싣는데
官羊踏破羃坡煙	관청의 염소는 언덕을 덮은 아지랑이를 밟아 부수네
形羸心壯凌清曠	몸은 쇠해도 마음은 씩씩하여 맑은 하늘로 올라서
驅使乾坤入醉筵	천지를 몰아 취한 이 자리에 들게 하노라

<주석> 【嘉平(가평)】 12월, 【上元(상원)】 1월 15일, 【半邊(반변)】 一邊, 【艇】 거룻배 정, 【籠】 싸다 롱, 【渚】 물가 저, 【踏】 밟다 답, 【羃】 덮다 멱, 【羸】 여위다 리, 【凌】 건너가다 릉, 【清曠(청광)】 맑고 광활함

<감상> 이 시는 경남 밀양에 있는 영남루에 올라 차운한 시로, 시간의 경과가 잘 묘사되어 있다.

밀양 고개로 들어서자 매화가 꽃망울을 터트렸는데, 때는 음력 12월이 지나고 1월 15일 전이다. 영남루에 올라 봄을 맞아 잔치가 벌어졌는데, 진동하는 풍악소리와 기생이 부르는 노랫소리가 울려 퍼지는 가운데 봄이 오고 있다. 대낮에 벌인 술자리는 어느덧 푸른 산으로 해가 지고 있으니, 저녁이 되었다. 밀양을 돌아 영남루로 흐르는 강에 달이 떴는데 저 멀리 고기잡이배에도 달이 떴다. 고개를 돌려 가까운 산을 보았더니, 낮에 풀어 놓았던 관청의 염소들이 안개를 밟고 부수는 듯이 안개를 뚫고 내려오고 있다. 비

록 몸은 쇠했지만 마음만은 청춘이라서 마음이 맑고 광활한 저 하늘로 올라가서 자신의 팔에 온 천지를 담아 술자리로 내려온다.

正祖는 『弘齋全書』「日省錄」에서 朴祥의 시에 대해 다음과 같이 말하고 있다.

"三淵 金昌翕의 시는, 近古에는 이러한 품격이 없을 뿐 아니라 중국의 名家 속에 섞어 놓아도 손색이 없을 것이라 생각된다. 그러나 東岳 李安訥, 挹翠軒 朴誾, 石洲 權韠, 訥齋 朴祥, 蘇齋 盧守愼 등 여러 문집만은 못하다. 東岳의 詩는 언뜻 보면 맛이 없지만 다시 보면 좋다. 비유하자면 샘물이 졸졸 솟아 천 리에 흐르는 것과 같아서, 이리 보나 저리 보나 스스로 하나의 문장을 이루고 있다. 挹翠軒은 정신과 意境이 깊은 경지에 도달하여 音韻이 청아한 격조로서 사람으로 하여금 산수 간에 노니는 것 같은 생각을 갖게 한다. 세상에서는 蘇軾과 黃庭堅을 배웠다고 하나 대개 스스로 터득한 것이 많아 唐·宋의 격조를 논할 것 없이 詩家의 絶品이라 할 만하다. 訥齋는 고상하고 담백하여 스스로 무한한 趣味가 있으니, 비록 읍취헌과 겨룰 만하다 해도 지나치지 않을 것이다. 石洲는 비록 웅장함은 부족하지만 부드러운 맛이 있는데 가끔은 깨우침을 주는 것이 있다. 盛唐의 수준이라 할 수는 없지만 唐의 수준이 아니라고 한다면 너무 폄하한 것이다. 蘇齋는 19년간을 귀양살이하면서 老莊의 서적을 많이 읽어서 상당히 깨우친 것이 많았기 때문에 그의 음운이 뛰어나게 웅장하다. 옛사람이 이른바 '荒野가 천 리에 펼쳐진 형세'라고 한 것이 참으로 잘 평가한 말이다. 그러나 그 대체는 濂洛의 氣味를 잃지 않았으니, 평생 한 학문의 힘은 역시 속일 수 없는 것이다(三淵之詩 不但近古無此格 雖廁中國名家 想或無媿 而猶遜於東岳挹翠石洲訥齋蘇齋諸集 東岳詩 驟看無味 再看却好 譬如源泉渾渾 一瀉千里 橫看竪看 自能成章 挹翠神與境造 格以韻淸 令人有登臨送歸之意 世以爲學蘇黃 而蓋多自得 毋論唐調宋格 可謂詩家絶品 訥齋淸高淡泊 自有無限趣味 雖謂之頡頑挹翠 未爲過也 石洲雖欠雄渾

一味裊娜　往往有警絶處　謂之盛唐則未也　而謂之非唐則太貶也
蘇齋居謫十九年　多讀老莊書　頗有頓悟處　故其韻遠　其格雄　古
人所謂荒野千里之勢　眞善評矣　然其大體　則自不失濂洛氣味　平
生學力　亦不可誣也)."

90. 「雨中有懷擇之」 朴誾24)

寒雨不宜菊	찬 비는 국화에 어울리지 않는데
小尊知近人	작은 술동이는 사람 가까이할 줄 아네
閉門紅葉落	문을 닫으니 붉은 잎이 떨어지고
得句白頭新	시구를 얻으니 흰머리가 새롭네
歡憶情親友	정다운 벗 생각할 때는 즐겁지만
愁添寂寞晨	적막한 새벽 되니 시름만 더하네
何當青眼對	그 언제나 반가운 눈길로 만나
一笑見陽春	한바탕 웃으며 화창한 봄을 보리요?

<주석> 〖擇之(택지)〗 李荇의 字, 〖尊〗 술그릇 준, 〖青眼(청안)〗 白眼의
상대어, 〖見陽春(견양춘)〗 李白의 「梁甫吟」에, "길게 양보음을
부르나니, 어느 때나 양춘을 보리요(長嘯梁甫吟 何時見陽春)?"
하여 곤궁한 처지에 놓인 志士의 울울한 심정을 표현하였다. 陽

---

24) 朴誾(1479, 성종 10~1504, 연산군 10). 자는 仲說, 호는 挹翠軒이다. 어려서부터
학문의 성취와 문장이 남달리 뛰어나 4살에 글을 읽을 줄 알았고, 8세에 大義를 알
았으며, 15세가 되어서는 널리 명성을 얻어 당시 대제학이던 申用漑의 사위가 되
었다. 17세(1495년)에 진사가 되고, 이듬해인 1496년 식년 문과에 병과 급제하였다.
성품이 곧아 옳은 소리를 잘했다. 1501년에 홍문관 수찬이 되어 戊午士禍 이후 燕
山君의 비호를 받던 柳子光과 成俊을 탄핵하다가 도리어 '詐似不實'이라는 죄목
으로 파직되었다. 이후 실의에 빠져 시와 술만을 즐기며 지냈다. 25세(1503년)에 동
갑이던 아내를 잃었다. 이듬해 봄에 지제교로 복직되었으나, 甲子士禍에 연루되어
음력 6월에 효수되었는데, 성격이 참으로 강직하여 죽음을 앞두고도 말을 바꾸지
않았다. 이유는 예전에 연산군이 밤늦게 사냥한 일을 여러 신하와 연명 상소한 일
의 주동자였다는 것이었고, 죄명은 '詐忠自安 新進侮長官(거짓 충성으로 제 안일
을 구하고 신진이 상관을 업신여김)'이었다. 연산군은 박은을 너무 미워하여 그가
죽은 지 4일 후에 의금부로 하여금 박은의 친구들을 색출하여 곤장을 치게 하고 그
들을 유배 보냈으며, 음력 8월에는 전교를 내려 박은의 시체를 들판에 내버려 두게
한 다음, 봉분 없이 묻게 했다. 1505년에는 陰邪害人이라는 죄목을 추가하였다. 3
년 뒤에 신원되고 도승지로 추증되었다.

春은 楚辭 「九辯」에, "겨울을 날 갖옷이 없으니, 갑자기 죽어 양춘을 보지 못할까 두렵네(無衣裘以御冬兮 恐溘死而不得見乎陽春)."에서 온 것으로, '임금의 은혜'를 뜻하는데, 여기서는 문맥으로 볼 때 서로 만나 和氣가 가득함을 뜻하는 듯함

<감상> 이 시는 비 오는 가을날에 택지 李荇을 그리워하며 지은 것이다. 가을 국화가 피었는데 차가운 비가 내리고 있어 술동이 안고 술을 마시고 있다. 비가 와서 문을 닫으니 곱게 물들었던 단풍이 비에 떨어지고 시를 짓느라 너무 고심을 했는지 20대 젊은이의 머리에 벌써 흰머리가 하얗게 세었다. 정다운 벗을 생각하며 보내 준 시를 읽을 때는 기쁘지만 시를 다 읽고 나면 적막한 새벽이 되니 시름이 더해진다. 언제나 반가운 눈길로 마주 보며 크게 한 바탕 웃으며 화창한 봄을 맞이할 수 있겠는가?

海東江西派의 맹주인 朴誾은 黃庭堅과 陳師道 등 중국 江西詩派의 영향을 많이 받았다. 조선 문단에서 황정견, 진사도 시에 대한 관심은 15세기 후반에 이미 일반화된 것으로 보인다. 15세기 말에서 16세기 초반 成俔은 조선의 시단을 진단한 「文變」이라는 글에서, 당시 사람들이 李白의 시는 지나치게 호탕하고, 杜甫의 시는 지나치게 깊고, 蘇軾의 시는 지나치게 웅장하고, 陸游의 시는 지나치게 호방하므로 오직 본받을 것은 황정견과 陳師道라고 여겼다고 적고 있다. 崔恒은 「山谷精粹序」에서, "내가 이 말(황산곡을 소동파가 칭찬하는 말)을 외운 지 오래되었지만, 황산곡의 전집을 볼 수 없어 한스럽게 여겼다. 지금 그의 詩選을 보고서 또한 나머지를 짐작할 수 있으니, 과연 청신기괴하여 일가의 법도를 이루었다고 하겠다. 읊조리는 사이에 거의 잠자고 먹는 것조차 잊을 지경이었으니, 이른바 구슬과 옥이 곁에 있으면 내 몸의 더러움을 깨닫는다는 말이 나를 속이지 않았음을 비로소 알겠다. 황산곡의 시가 몇 세대 동안 세상에 횡행하다 마침 오늘에 이르러서야 드러났으니, 그 인정받게 된 일이 어찌 스스로 기약이 있었던 것이 아

니겠는가(愚之誦此言久矣 恨未得目其全集 今觀是選 亦足反隅 果淸新奇怪 成一家格轍 吟諷之餘 殆忘寢食 始知所謂珠玉在傍 覺我形穢者 不吾欺矣 於虖 黃詩之行幾世 乃竢今日而表章 其 知遇豈非自有期乎)?"라고 하여, 당시 황산곡의 시가 유행하고 있었던 것을 보여 주고 있다.

박은과 절친했던 李荇이나 정희량, 16세기 시단을 풍미했던 鄭士龍·盧守愼·黃廷彧·崔岦 등도 황정견과 진사도의 강서시파의 영향을 깊이 받았다. 강서시파를 배운 조선 전기의 시인들은 창작 방법의 연구를 통해 낡고 익숙한 것을 거부하고, 다소간 난삽하지만 새로운 시어와 의경을 획득하고자 노력했다. 주제의 측면에서는 인생의 비애와 우울한 서정이 주조를 이루고 있다(이종묵, 『우리 한시를 읽다』와 『해동강서시파 연구』 참조).

朴誾은 金萬重의 『西浦漫筆』에서 "본조의 시체는 네다섯 번 변했을 뿐만 아니다. 국초에는 고려의 남은 기풍을 이어 오로지 蘇東坡를 배워 성종, 중종 조에 이르렀으니, 오직 李荇이 대성하였다. 중간에 黃山谷의 시를 참작하여 시를 지었으니, 朴誾의 재능은 실로 삼백 년 詩史에서 최고이다. 또 변하여 황산곡과 陳師道를 오로지 배웠는데, 鄭士龍·盧守愼·黃廷彧이 솥발처럼 우뚝 일어났다. 또 변하여 唐風의 바름으로 돌아갔으니, 崔慶昌·白光勳·李達이 순정한 이들이다. 대저 蘇東坡를 배워 잘못되면 왕왕 군더더기가 있는데다 진부하여 사람들을 만족시키지 못하고 江西詩派를 배운 데서 잘못되면 더욱 비틀고 천착하게 되어 염증을 낼 만 하다(本朝詩體 不啻四五變 國初承勝國之緒 純學東坡 以迄 於宣靖 惟容齋稱大成焉 中間參以豫章 則翠軒之才 實三百年之 一人 又變而專攻黃陳 則湖蘇芝 鼎足雄峙 又變而反正於唐 則 崔白李 其粹然者也 夫學眉山而失之 往往冗陳 不滿人意 江西 之弊 尤拗拙可厭)."라고 언급한 것처럼, 박은의 詩는 詩史의 으뜸이었다.

正祖는 『弘齋全書』「日得錄」에서 朴誾의 詩에 대해 다음과 같이 말하였다.

"'우리나라의 詩學은 대대로 사람이 없지는 않았지만, 挹翠軒 朴
誾의 天成과 訥齋 朴祥의 沈鬱함은 모두 盛世의 國風, 大雅, 小
雅의 遺風을 지니고 있으니, 후대에 詞垣에서 이름을 떨치는 자들
에 비교할 바 아니다.' 하고, 두 사람의 문집을 간행하여 올리도록
명하였다(我東詩學 世不乏人 而挹翠軒朴誾之天成 訥齋朴祥之
沈鬱 皆盛世風雅之遺 非後來擅名詞垣者之比也 兩集遂命刊印
以進)."

"挹翠軒의 시는 무엇보다도 바른 소리를 얻었는데, 책을 펼칠 때
마다 그 사람됨을 상상해 보게 된다(挹翠之詩 最得正聲 每一開
卷 想見其爲人)."

"挹翠軒의 시는 天機가 호방하여 性情을 볼만한 곳이 있고, 訥齋
의 시는 結構가 치밀하여 얼핏 보아서는 어려워 이해하기 어렵지만
오랫동안 보면 점차 그 뛰어남을 알게 된다(翠軒詩 天機宕逸 性情
有可見處 訥齋詩 結構緻密 乍看艱晦難知 而久看其味漸雋)."

深秋木落葉侵關	깊은 가을 낙엽이 문을 치고 들어오는데
戶牖全輸一面山	창은 한쪽의 산을 온통 실어 들이네
縱有盃尊誰共對	비록 술잔과 술병이 있은들 누구와 마시리오
已愁風雨欲催寒	이미 비바람이 추위를 재촉할 것 걱정하노라
天應於我賦窮相	하늘이 응당 나에게 궁한 팔자 주었으니
菊亦與人無好顏	국화조차도 사람에게 좋은 안색 보이지 않네
撥棄憂懷眞達士	근심을 떨쳐 버려야 참으로 도사이니
莫敎病眼謾長潸	병든 눈 부질없이 늘 눈물 흘리게 하지 말게나

<주석> 【牖】 창 유, 【輸】 나르다 수, 【尊】 술통 준 【催】 재촉하다 최, 【賦】
주다 부, 【撥】 없애다 발, 【敎】 =使, 【謾】 부질없이 만, 【潸】
눈물 흐르다 산

<감상> 이 시 역시 李荇에게 화답하여 준 시이다.

가을이 깊어 떨어진 낙엽이 문으로 바람 따라 들어오는데 창을 여
니 남산이 문을 통해 다 보인다. 허한 마음을 달래는 데는 술이 제
격인데, 술이 있어도 대작하여 마실 사람이 없다. 더구나 이미 비
바람이 겨울을 재촉하고 있어 걱정스럽다. 타고난 팔자를 궁하게
타고난 우리들이라 국화마저도 아름답게 피지 않았다. 하지만 근
심 속에 빠져 있어서야 진정한 達士라 하겠는가? 그러니 더 이상
눈물 흘리지 말자.

보통 시에서는 '於'와 '與' 같은 어조사를 잘 쓰지 않는데, 박은은
3연에서 이러한 어조사를 사용하고 있으며, '窮相' 또한 시인이
좋아하는 우아한 표현은 아니다. 이것은 아마도 江西詩派에서 '以
俗爲雅(속된 것을 優雅로 만든다)'라는 이론을 실천한 것으로 보
인다.

李德懋는 『靑莊館全書』에서, "宣祖朝 이하에 나온 문장은 볼만
한 것이 많다. 시와 문을 겸한 이는 農巖 金昌協이고, 시로는 挹
翠軒 朴誾을 제일로 친다는 것이 확고한 논평이나, 三淵 金昌翕
에 이르러 大家를 이루었으니, 이는 어느 체제이든 다 갖추어져
있기 때문이다. 섬세하고 화려하여 名家를 이룬 이는 柳下 崔惠
吉이고 唐을 모방하는 데 고질화된 이는 蓀谷 李達이며, 許蘭雪
軒은 옛사람의 말만 전용한 것이 많으니 유감스럽다. 龜峯 宋翼
弼은 濂洛의 풍미를 띤데다 色香에 神化를 이룬 분이고, 澤堂 李
植의 시는 정밀한데다 식견이 있고 典雅하여 흔히 볼 수 있는 작
품이 아니다(宣廟朝以下文章　多可觀也　詩文幷均者　其農岩乎
詩推挹翠軒爲第一　是不易之論　然至淵翁而後　成大家藪　蓋無體
不有也　纖麗而成名家者　其柳下乎　痼疾於模唐者　其蓀谷乎　蘭
雪　全用古人語者多　是可恨也　龜峯　帶濂洛而神化於色香者　澤
堂之詩　精緻有識且典雅　不可多得也)."라 하여, 朴誾의 詩를 높
이 평가하고 있다.

伽藍却是新羅舊	절은 도리어 옛날 신라 때 것이고
千佛皆從西竺來	천 개의 불상은 모두 인도에서 온 것이다
終古神人迷大隗	옛날에 신인도 대외에서 길을 잃었나니
至今福地似天台	지금의 복스러운 땅은 천태산과 흡사하여라
春陰欲雨鳥相語	스산한 봄기운에 비 내릴 듯 새가 우는데
老樹無情風自哀	늙은 나무 정이 없어 바람이 절로 슬프다
萬事不堪供一笑	만사는 한 번 웃음거리도 못 되나니
靑山閱世只浮埃	푸른 산에서 세상을 보니 먼지만 떠 있구나

<주석> 【福靈士(복령사)】 개성 천마산에 있는 절, 【伽藍(가람)】 절, 【西竺(서축)】 인도, 【終古(종고)】 예부터, 【神人米大隗(신인미대외)】 黃帝가 大隗를 만나러 具茨山으로 가는데, 方明이 수레를 몰고, 昌寓가 수레 우측에 타고, 張若과 諝朋이 앞에서 말을 인도하고, 昆閽과 滑稽가 뒤에서 수레를 호위하여 가서 襄城의 들판에 이르자, 이 일곱 성인이 모두 길을 잃어 길을 물을 데가 없었다. 우연히 말을 먹이는 동자를 만나 물으니 길을 알려 주었다(『莊子』「徐无鬼」. 大隗는 신 이름으로, 大道를 가리킴). 여기서는 복령사를 찾기 어려움을 뜻함, 【福地似天台(복지사천태)】 천태는 중국의 天台山으로, 신선인 마고할미가 사는 곳이라 한다. 漢나라 明帝 때 사람인 劉晨이 阮肇와 함께 천태산에서 약을 캐다가 길을 잃고 仙界의 여인들을 만나 반년을 머물다가 집으로 돌아오니, 이미 수백 년 세월이 흘러 자기 7代孫이 살고 있어 다시 천태산으로 갔다 한다(『太平御覽』卷41). 孫綽의 「天台山賦」에, "도사를 단구에서 방문하여, 불사의 복지를 찾노라(訪羽人於丹丘 尋不死之福庭)." 하였음, 【供】 베풀다 공, 【閱】 자세히 살

피다 열, 〘埃〙 먼지 애

<감상> 이 시는 박은의 대표작 가운데 하나로, 개성 천마산에 있는 복령사에 들러 지은 시이다.

복령사는 신라 때 지은 절이요, 천 개의 佛像은 모두 인도에서 왔다. 황제도 길을 잃을 정도로 복령사를 찾아가는 길이 험하고, 유신과 완조가 천태산에서 仙界의 여인들과 좋은 경치를 즐겼듯 복령사는 그와 버금가는 別天地이다. 복령사에 올라 주변을 바라보니, 봄기운이 淸明한 것이 아니라 스산하여 비가 올 것 같은지 새도 울어 대는데, 오래된 나무는 무정하여 부는 바람이 절로 슬프다(이 3연은 젊은 나이에 지은 것인데, 죽음의 느낌을 준다. 그래서 후대 詩話에서 이 구절을 예로 들어 박은이 26세에 죽은 것을 예견했다는 詩讖이 되었다). 인간 만사란 한바탕 웃음거리도 되지 못하는데, 복령사가 있는 천마산에 올라 인간 세상을 내려다보니, 塵世의 상징인 塵埃로 가득 차 있다.

正祖는 『弘齋全書』「日省錄」에서 朴誾의 시에 대해 다음과 같이 말하고 있다.

"三淵 金昌翕의 시는, 近古에는 이러한 품격이 없을 뿐 아니라 중국의 名家 속에 섞어 놓아도 손색이 없을 것이라 생각된다. 그러나 東岳 李安訥, 挹翠軒 朴誾, 石洲 權韠, 訥齋 朴祥, 蘇齋 盧守愼 등 여러 문집만은 못하다. 東岳의 詩는 언뜻 보면 맛이 없지만 다시 보면 좋다. 비유하자면 샘물이 졸졸 솟아 천 리에 흐르는 것과 같아서, 이리 보나 저리 보나 스스로 하나의 문장을 이루고 있다. 挹翠軒은 정신과 意境이 깊은 경지에 도달하여 音韻이 청아한 격조로서 사람으로 하여금 산수 간에 노니는 것 같은 생각을 갖게 한다. 세상에서는 蘇軾과 黃庭堅을 배웠다고 하나 대개 스스로 터득한 것이 많아 唐·宋의 격조를 논할 것 없이 詩家의 絶品이라 할 만하다. 訥齋는 고상하고 담백하여 스스로 무한한 趣味가 있으니, 비록 읍취헌과 겨룰 만하다 해도 지나치지 않을 것이다. 石洲는 비록 웅장함은 부족하지만 부드러운 맛이 있는데 가끔은 깨우침을 주는 곳이 있다. 盛唐의 수준이라 할 수는 없지만 唐의 수준이 아니라고 한다면 너무 폄하한 것이다. 蘇齋는 19년간을 귀양살이하면서 老莊의 서적을 많이 읽어서 상당히 깨우친 곳이 많았기 때문에 그의 음운이 뛰어나게 웅장하다. 옛사람이 이른바 '荒野가 천 리에 펼쳐진 형세'라고 한 것이 참으로 잘 평가한 말이다. 그러나 그 대체는 濂洛의 氣味를 잃지 않았으니, 평생 한 학문의 힘은 역시 속일 수 없는 것이다(三淵之詩 不但近古無此格 雖厠中國名家 想或無愧 而猶遜於東岳挹翠石洲訥齋蘇齋諸集 東岳詩 驟看無味 再看却好 譬如源泉渾渾 一瀉千里 橫看竪看 自能成章 挹翠神與境造 格以韻淸 令人有登臨送歸之意 世以爲學蘇黃而蓋多自得 毋論唐調宋格 可謂詩家絶品 訥齋淸高淡泊 自有無限趣味 雖謂之頡頏挹翠 未爲過也 石洲雖欠雄渾 一味裊娜 往往有警絶處 謂之盛唐則未也 而謂之非唐則太貶也 蘇齋居謫十九年 多讀老莊書 頗有頓悟處 故其韻遠 其格雄 古人所謂荒野千里之勢 眞善評矣 然其大體 則自不失濂洛氣味 平生學力 亦不可誣也)."

93. 「霖雨十日 門無來客 悄悄有感於懷 取舊雨來 今雨不來爲韻 投擇之乞和示」七首 朴誾

其七

早歲欲止酒	젊을 때에는 술을 끊고자 했고
中年喜把盃	중년에는 술잔 잡길 좋아했네
此物有何好	이 물건 대체 무엇이 좋은지
端爲胸崔嵬	응당 마음속 응어리 때문이리
山妻朝報我	산골 아내가 아침에 내게 말하길
小甕潑新醅	작은 항아리에 술이 막 익었다네
獨酌不盡興	홀로 마셔도 흥이 다하지 않으니
且待吾友來	우리 벗님이 오시길 기다린다오

<주석> 【霖】 장마 림, 【悄】 근심하다 초, 【端】 응당 단, 【崔嵬(최외)】 마음속의 울적한 불평한 기운, 【甕】 단지 옹, 【潑】 삶다 발, 【醅】 빚다 배

<감상> 이 시는 열흘 장마가 들어 찾아오는 사람이 없자 근심이 생겨 예전 시의 운자를 가져다 李荇에게 보내 和韻詩를 요청하며 지은 것이다.

朴誾은 자신의 바람이 이루어질 수 없는 상황에서 의탁할 수 있었던 대상은 술과 시였을 것이다. 젊은 시절 끊고자 했던 술을 중년에 즐겨 마신 것은 무엇 때문인가? 가슴속의 응어리 때문이라 말하고 있다. 이 응어리는 정치권에서 물러남에서 생겼을 것이다. 박은의 시에 술이 자주 등장하는 것은 이런 응어리가 너무 컸기 때문일 것이다.

洪大容은 『담헌서』「杭傳尺牘」에서 朴誾의 시에 대해 다음과 같은 평을 내리고 있다.

"동방의 詩는 신라의 孤雲 崔致遠과 고려의 白雲 李奎報를 大家라고 하는데, 고운은 바탕이 詩想보다 나으나 格調가 古雅하게 雄健하지 못하고, 백운은 어귀를 새롭고 교묘하게 만들기를 좋아하나, 韻趣가 끝내 淺薄하여 모두 편소한 나라의 투를 벗어나지 못했습니다. 본조 이래로는 挹翠軒 朴誾과 蘇齋 盧守愼을 세상에서 동방의 李白과 杜甫라고 합니다. 비록 그러하나 읍취는 韻格(운취)은 고상하나 포근하게 웅혼한 맛이 적고, 소재는 체재는 힘차지만 초탈하여 쇄락한 기상이 없습니다. 오직 石洲 權韠이 세련되고 정확하여 깊이 少陵(杜甫의 別號)의 餘韻을 체득하여 蔚然히 이조 中葉의 正宗이 되나, 고상한 맛은 읍취만 못하고 웅건한 기운은 소재를 따르지 못하며, 여유 있고 담박한 풍도는 또한 국초의 여러 시인에게 양보하지 않을 수 없는데, 이것은 모두 선배들의 定論입니다(東方之詩 新羅之崔孤雲 高麗之李白雲 號爲大家 而孤雲地步優於展拓 聲調短於蒼健 白雲造語偏喜新巧 韻趣終是淺薄 都不出偏邦圈套 本國以來 如朴挹翠盧蘇齋 俗稱東方李杜 雖然 挹翠韻格高爽 而少沈渾之味 蘇齋體裁遒勁 而無脫灑之氣 惟權石洲之鍊達精確 深得乎少陵餘韻 蔚然爲中葉之正宗 而高爽不及挹翠 遒勁不及蘇齋 悠揚簡澹之風 又不能不遜於國初諸人 此皆先輩定論)."

其四

地如拍拍將飛翼	땅은 새가 날개를 치며 날아오르려는 것 같고
樓似搖搖不繫篷	누각은 흔들흔들 매인 데 없는 배 같아라
北望雲山欲何極	북쪽으로 바라보니 구름 낀 산은 어디쯤이 끝인가?
南來襟帶此爲雄	남쪽으로 와 띠처럼 두른 산세 이곳에서 웅장하네
海氛作霧因成雨	바다 기운은 안개가 되었다 이내 비를 뿌리고
浪勢飜天自起風	물결 기세는 하늘에 닿듯 절로 바람을 일으킨다
暝裏如聞鳥相叫	어둑한 중에서 마치 새 우는 소리 들리는 듯
坐間渾覺境俱空	앉았노라니 온 경지가 텅 비는 걸 깨닫겠네

<주석> 【營】 병영 영, 【拍】 치다 박, 【篷】 작은 배 봉, 【襟】 옷깃 금, 【氛】 기운 분, 【飜】 날다 번, 【暝】 어둡다 명, 【叫】 울다 규, 【渾】 전부 혼

<감상> 이 시는 병영 뒤에 있는 정자를 노래한 것으로, 景과 情이 잘 융화된 시이다. 일부에서는 제목이 「永保亭」으로 되어 있는 것으로 보아, 병영 뒤에 있는 정자는 영보정으로 충남 보령에 있는 것인 듯하다.

바다로 돌출되어 있는 영보정은 새가 날개를 치며 날아오르는 형상을 하고 있고, 매일 데 없이 흔들거리는 배와 같다. 북쪽을 바라보니 구름 낀 산에 가린 채 끝이 없고 남쪽으로 시선을 돌리니 산세가 웅장하여 띠처럼 두르고 있다. 저 멀리 바다를 보니 안개가 꼈다가 이내 비가 내리고, 물결의 기세는 하늘에 닿을 듯 거세더니 절로 바람이 인다. 어둑한 날씨 속에서도 기러기들이 우는 소리가

들리는 듯하고, 조용히 앉아 있으니 온 경지가 텅 빈 듯하다(禪僧이 禪에 든 것 같다는 의미).

홍만종은 『소화시평』에서 이 시에 대하여 다음과 같이 언급하고 있다.

"읍취헌 박은과 용재 이행은 모두 문장으로 친하게 지냈다. 읍취헌은 연산조 때에 화를 당해 죽었는데, 용재가 그의 시문을 수집해서 간행해 세상에 내놓았다. 그 시는 매우 천재적이어서 인공적인 면을 범하지 않았다. 그래서 허공에서 망상(전설상의 물귀신)을 사로잡는 듯하다. 「영보정」 시는 이렇다. ……용재가 말하기를, '읍취헌 시는 사람의 의표를 벗어나 자연스럽게 문장을 이었을 뿐 조탁하지 않았다. 아마 천고의 드문 글이라 하겠다.'(挹翠軒朴闓容齋李荇 俱以文章相善 挹翠於燕山朝被禍死 容齋裒集詩文 印行于世 其詩天才甚高 不犯人工 如憑虛捕罔象 其永保亭詩曰 ……容齋曰 其詩出人意表 自然成章 不假雕飾 殆千古希音)."

홍만종은 또 首聯에 대해서는 "우리나라 시는 위로 고려시대부터 아래로 근대에 이르기까지 볼만한 경련이 적지 않다. ……읍취헌 박은의 「영보정」에 ……라 하였는데, 신령하고 기이하고 황홀하여 마치 이무기가 안개를 토해 내어서 층층이 신기루를 만들어 놓은 것과 같다(我東之詩 上自麗朝 下至近代 警聯之可觀者 不爲不多 ……朴挹翠永保亭詩 ……神奇恍惚 如彩蜃吹霧 架出樓閣)."라 하였다.

容謝尙存傾國手	뛰어난 용모 아직도 남아 있고 솜씨도 뛰어난데
哀絃彈出夜深詞	슬픈 거문고로 밤 깊은 노래 연주하네
聲聲似怨年華暮	소리마다 인생의 황혼 원망하는 듯한데
奈爾浮生與老期	네 뜬 인생과 늙어 감을 어이하랴?

<주석> 〖謝〗 시들다 사, 〖彈〗 연주하다 탄

<감상> 이 시는 늙은 기생 상림춘의 거문고 타는 소리를 듣고 느낌이 있
어 앞 시의 운에 차운한 것으로, 기묘사화로 파직되어 利川에 寓
居하고 있을 때 지은 것이다.
젊었을 때 뛰어난 용모로 사랑을 받다가 이제 늙어서 불우한 처지
를 슬퍼하고 있는 늙은 기생 상림춘에 김안국 자신의 입장을 대비
하고 있다. 이 시는 『晴窓軟談』에도 실려 있는데, 김안국의 詩才
를 잘 보여 주는 것으로, 예시하면 다음과 같다.

---

25) 金安國(1478, 성종 9~1543, 중종 38). 본관은 의성. 자는 國卿, 호는 慕齋. 金宏弼
에게 배웠으며, 조광조·奇遵 등과 사귀었으며, 당시 시를 잘 지었던 시인으로 알
려졌고 回文詩나 律詩를 잘 지어 상을 받기도 했다. 1501년(연산군 7) 생원시·진
사시에 합격했고, 1503년 별시문과에 급제하여 승문원 權知副正字로 벼슬을 시작
한 뒤 홍문관박사·부수찬·부교리 등을 지냈다. 이어 賜暇讀書하고, 1517년 경상
도관찰사로 있을 때 각 향교에 『小學』을 나누어 가르치게 하였다. 같은 해 기묘사
화가 일어나 조광조는 賜死되고, 金淨·金湜·金絿 등은 絶島安置, 尹自任·기
준 등은 極邊安置되었다. 이때 김안국도 아우 김정국 등 32명과 함께 파직되었다.
그 뒤 고향인 이천의 注村과 여주의 廢川寧縣 별장에서 20여 년 동안 은거하면서
후진들을 가르쳤다. 대개의 지배층 관료가 그러했듯이 김안국도 在地의 사회경제
적 기반 위에서 그를 찾아오는 사람들과 시와 술을 즐기고, 학문을 강론했다. 金麟
厚·柳希春 등 『東儒師友錄』에 실린 그의 문인 44인 중 상당수는 이 시기에 관계
를 맺었을 것이다. 그 뒤 鄭光弼 등이 그를 다시 기용할 것을 거론했으나 기묘사화
를 주도한 南袞·沈貞 등이 집권하고 있을 때는 물론이고 金安老가 집권하고 있
을 때에도 받아들여지지 않았다. 김안로가 사사된 뒤인 1538년 홍문관 등의 顯職
은 맡지 않는다는 조건으로 벼슬길에 다시 올랐다. 이어 예조판서·대사헌·병조
판서·좌참찬·대제학·찬성·판중추부사·世子貳師 등을 지냈다.

"참판 신종호는 성종 때의 詞臣이었다. 일찍이 상림춘이라는 기생을 돌봐주다가 그의 집에 들러 시를 짓기를, '봄바람 부는 서울 거리에 가랑비 내리는데, 가벼운 먼지 일지 않고 버들가지 비꼈어라. 열두 폭 비단 장막에 사람은 옥과 같이 아름다워, 대궐 안의 시인들 말 가는 대로 찾아가네.' 하였는데, 이 시가 한때 전해져 읊어지면서 이에 따라 상림춘의 이름도 배나 값이 뛰었다. 참판공이 일찍 죽고 상림춘이라는 자도 민간에 묻혔는데, 나이가 노년에 접어들자 공의 시로 시첩을 만든 다음 귀족 자제들이 노니는 곳에 가지고 나아가 시를 지어 달라고 청하였다. 이름난 재상과 훌륭한 선비들이 지어 주지 않은 이가 없었는데, 그중에서도 모재 김안국의 시가 으뜸이었다. 그 시에, ……라 하였다. 슬픔과 원망의 감정을 격렬하고도 절실하게 표현하고 있다. 모재는 그 당시 시골에 내려가 있었으니, 혹시 또한 자신의 심정을 부쳤기 때문에 그런 것인가? 깊이 음미해 보면 그가 가탁한 바를 알 수 있을 것이다(申參判從濩 成廟朝詞臣也 嘗眄妓上林春 過其家有詩曰 紫陌東風細雨過 輕塵不動柳絲斜 緗簾十二人如玉 靑瑣詞臣信馬過 一時傳誦 由是上林春之名 亦高一倍價矣 參判公早卒 上林春者淪落閭巷 年旣老 以公詩作貼 持詣貴游請題詠 名公臣卿 莫不乞贈 而金慕齋安國詩爲冠 其詩曰 容謝尙存傾國手 哀絃彈出夜深詞 聲聲似怨年華暮 奈爾浮生與老期 哀怨激切 慕齋方在田間 豈亦有自寓之情故然耶 深味之 可見其所托也)."

96. 「途中卽事」 金安國

天涯遊子惜年華	하늘 끝의 나그네 가는 세월이 아쉬운데
千里思歸未到家	천 리 타향에서 돌아가길 생각할 뿐 가지 못하네
一路東風春不管	온 길 봄바람을 봄이 맡고 있지 않지만
野桃無主自開花	들 복숭아꽃 주인도 없이 절로 꽃을 피웠네

<주석> 〖年華(년화)〗 세월, 〖管〗 맡다 관

<감상> 이 시는 1506년 중국 사신을 맞이하는 遠接使의 從事官으로 의주에 갔다가 도중에 지은 것으로, 봄이지만 타향에 있어 고향으로 갈 수 없는 신세를 노래하고 있다.

중국 사신을 맞이하려고 하늘 끝인 의주에 있는 자신은 가는 세월이 너무 아쉬운데, 천 리 멀리 있는 타향에서 돌아가길 생각만 할 뿐 실제로 고향에 가지 못하고 있다. 모든 길에 봄바람을 봄이 맡고 있지 않지만, 들 복숭아꽃은 주인도 없이 절로 꽃을 피웠다. 김안국은 權鼈의 『해동잡록』에 의하면, "본관은 義城이며 자는 國卿이요 호는 慕齋다. 젊어서 寒暄堂 金宏弼에게 배웠고, 연산 계해년에 문과에 둘째로 급제하였으며, 중종 기묘년에 右參贊이 되었다. 사화가 일어나자 파직되어 고향으로 돌아와 19년이나 지내다가 정유년에 권세를 잡은 간신들이 처벌되자(金安老를 말하는 것이다) 드디어 조정으로 들어와 文衡을 맡아 벼슬이 贊成에 이르렀다. 성리학을 깊이 연구하여 儒者의 師範이 되었다. 지금의 학자들이 나아갈 방향을 알게 된 것은 모두 선생의 힘이며, 문집이 있어 세상에 나돈다. 시호는 文敬公이다(義城人 字國卿 號慕齋 少學于寒暄堂 燕山癸亥 擢科登二人 我中廟己卯 拜右參贊 及禍作 罷歸田里 凡十九年 丁酉權奸伏誅(謂金安老也) 遂還朝 典文衡 官至贊成 研窮性理之學 爲儒者師範 至今學者知所趨向

皆先生之力也 有集行于世 諡文敬)."라 하여, 성리학의 師範이었을 뿐만 아니라, 그의 「行狀」에는 孝와 表文에 대한 내용이 다음과 같이 記載되어 있다.

"일찍 부모를 여의었으므로 종신토록 슬퍼하고 사모하였다. 정성을 다하여 죽을 때까지 섬기고, 출입할 때에는 반드시 고하였으며, 초하루 보름에는 반드시 제사 지내고 조금이라도 儀禮에 어긋나면 종일토록 언짢아하였다. 사당 옆에 조그마한 서재를 짓고 거처하며 음식 먹을 때에는 반드시 부모를 생각하였다. 그러므로 慕齋라고 이름 지은 것이다. 사신으로 명나라 서울에 가서 성리학에 관한 책을 많이 사 가지고 왔으며 또 고금의 表選에 대하여 말하기를, '우리나라는 대국을 섬겨 表牋을 중히 여겼으나, 유생들이 그것을 배우기에 힘쓰지 아니하여 표전의 문장을 대할 때마다 매우 군색한 점이 많다. 그러므로 표선도 아울러 사왔다.' 하였다(早喪父母 終身哀慕 盡誠事死 出入必告 朔望必祭 小不如儀 終日不樂 構小齋於祠堂之側 居處飲食必慕父母 因以慕名之 奉使朝京 多購性理諸書 又及古今表選曰 我國事大表牋爲重 而儒生不務學 每當文至多窘 故表選幷購矣)."

燕子樓前燕子飛	연자루 앞에 제비가 날고
落花無數惹人衣	지는 꽃은 무수하여 사람의 옷을 물들이네
東風一種相離恨	봄바람은 한결같이 서로 이별의 한을 심으니
腸斷春歸客又歸	애달프다, 봄이 가니 객도 돌아가네

<주석> 〖盆城(분성)〗 金海, 〖燕子樓(연자루)〗 김해 虎溪 위에 있던 정자, 〖惹〗 엉겨 붙다 야

<감상> 이 시는 1511년 일본 사신 彌仲을 전송하려고 김해에 들렀을 때 분성에서 이별하면서 지은 시이다.

김해 도호부 호계 위에 있는 연자루 앞에 제비가 날고, 지는 꽃은 무수하여 사람의 옷에 달라붙었다(연자루 주변 봄에 대한 경치를 노래한 寫景 부분). 봄바람은 언제나 서로 이별에서 오는 한을 돋우니, 애달프게도 봄이 가고 객도 또한 돌아가 이별을 하게 되었다(이별의 정을 노래한 寫情 부분).

正祖는『弘齋全書』「日得錄」에서 김안국이 文에 뛰어났으며 후진 양성에 매진했음에 대해 다음과 같이 평하고 있다.

"慕齋 金安國은 타고난 성품이 뛰어났고 평소에 수양을 쌓아 己卯諸賢의 領袖가 되었다. 나라를 위하여 성의를 다하고 관직을 맡아서는 직분을 다하였으니, 비록 옛날의 현자 중에서 구하더라도 이런 사람은 많이 얻기가 쉽지 않다. 그가 太學士로 있을 때 事大와 交隣의 應製文字는 모두 그의 손에서 나왔는데, 매번 초고를 지을 때마다 문을 닫고 손님을 거절하고서 며칠을 읊조려서 한 자도 구차하게 쓰지 않았기 때문에, 그의 글은 전아하고 명쾌하여 중국에서까지 칭송하였다. 그러나 박학한 문장에 비해 守約 공부가 조금 미진하였기 때문에 후세의 의논이 靜菴에게 미치지

못한다고 평가하였으나, 후학을 육성하여 師道를 담당함으로써
한때의 사류들이 모두 그의 훈도를 입었으니, 이 점에 있어서는
정암이 도리어 양보함이 있는 것이다. 그의 아우 思齋 金正國 역
시 師友의 淵源이 있어 학문이 높은 경지에 올랐고, 문장이 여유
있고 민첩하여 시도 붓을 들면 그 자리에서 바로 완성하였다. 문
집은 비록 한 권이지만 볼만한 것이 많다(金慕齋資性過人 充養有
素 爲己卯諸賢之領袖 爲國竭誠 當官盡職 雖求之古賢 不易多
得 其爲太學士時 事大交隣應製文字 皆出其手 每出草時 閉戶
謝客 吟哦屢日 一字不苟 故其文典雅明快 見稱於中國 第其博
學文章 差欠守約工夫 故後來之論 雖以爲不及靜菴 而其成均敎
冑 以師道爲任 一時士類 咸被其陶甄之功 此則靜菴反有讓焉
其弟思齋亦有師友淵源 學問超詣 文章贍敏 詩亦操紙筆立就 文
集雖一卷 亦多可觀)."

其二

鵲散烏飛事已休	까치 흩어지고 까마귀 날아 일이 이미 끝났으니
一宵歡會一年愁	하룻밤 즐겁게 만나고 일 년 내내 근심하네
淚傾銀漢秋波闊	눈물이 은하수에 쏟아져 가을 물결 넘실대고
腸斷瓊樓夜色幽	화려한 누각에서 애끓으니 밤빛이 그윽하네
錦帳有心邀素月	비단 휘장에 흰 달을 맞이할 마음은 있어도
翠簾無意上金鉤	푸른 발에 금갈고리를 올릴 뜻은 없네
只應萬劫空成怨	다만 응당 만겁도록 부질없이 한만 쌓이리니
南北迢迢不自由	남과 북이 아득하여 자유롭지 못하네

<주석> 【宵】 밤 소, 【闊】 거칠다 활, 【鉤】 갈고리 구, 【劫】 겁 겁, 【迢】 아득하다 초

<감상> 이 시는 7월 7일 견우와 직녀를 노래한 것으로, 두 사람이 이별한 뒤 직녀의 심정을 읊고 있다.

칠석날 다리를 놓아 주었던 까치가 흩어지고 까마귀도 날아가 견우와 직녀가 만나는 즐거운 일도 이미 끝났으니, 하룻밤 즐겁게 만나고 앞으로 일 년 내내 근심한다(이 시의 詩眼은 愁임). 견우와 직녀가 이별한 뒤 눈물이 은하수에 쏟아져 가을 물결이 넘실대고, 화려한 누각에서 애간장이 끊어지니 밤빛도 그윽하다(이별의 아픔을 노래함). 비단 휘장에 흰 달을 맞이할 마음은 있어도, 푸른 발에 금갈고리를 올릴 뜻은 없다(흰 달을 맞이하고는 싶지만, 발을 걷어 올려 보고 싶지는 않은 직녀의 恨을 노래함). 다만 응당 만겁도록 부질없이 원한만 쌓일 것이니(직녀의 수심을 만겁의 원한으로 노래함), 남과 북이 아득하여 자유롭게 만날 길이 없다.

허균은 『국조시산』에서 頷聯에 대해 "맑고 곱다(淸麗)."라 평했

고, 尾聯에 대해서는 "시의 격조가 무리 중에서 뛰어나다(詩格出
流)."라 평하고 있다.

99. 「遊龍門山登絶頂」 金安國

步步緣危礛	걸음걸음 위태로운 돌길을 따라 오르니
看看眼界通	보면 볼수록 눈의 경계가 트이네
閑雲迷極浦	한가로운 구름은 먼 포구에 아득하고
飛鳥沒長空	나는 새는 먼 하늘로 사라지네
萬壑餘殘雪	골짝기마다 잔설이 남아 있고
千林響晩風	온 숲에는 저녁 바람 울리네
天涯懷渺渺	하늘가에 회포가 아득한데
孤月又生東	외로운 달이 또 동쪽에서 떠오르네

<주석> 〖緣〗 말미암다 연, 〖礛〗 돌 비탈길 등, 〖浦〗 물가 포, 〖渺〗 아득하다 묘

<감상> 이 시는 1526년 양평에 있는 용문산에 노닐면서 정상에 올라 지은 것으로, 자신의 호탕한 기상을 노래하고 있다.

한 걸음 한 걸음 위태로운 돌길을 따라 용문산 정상에 오르니, 시야를 막을 것이 하나도 없어 보면 볼수록 눈의 경계가 트여 막힘이 없다. 정상에 올라 하늘을 바라보니 한가로운 구름은 먼 포구에 아스라하고, 하늘을 날아가던 새는 먼 하늘로 사라진다. 하늘에서 시선을 아래로 내리니 골짝기마다 잔설이 남아 있고, 온 숲에는 저녁 바람이 불어 울린다. 저 먼 하늘가만큼이나 회포가 아득한데, 외로운 달이 또 동쪽에서 떠오른다(동산에 떠오르는 달처럼 커져 가는 자신의 회포를 노래함).

허균은 『국조시산』에서 首聯과 頷聯에 대해 "가슴까지 확 트인다(胸次亦豁)."라 평했고, 『東詩話』에서는 頷聯에 대해 "畵意가 있다(有畵意)."라 평하고 있다.

100. 「送朴希齡還鄉」 金安國

(上略)

記誦自膚末	기송은 저절로 부차적인 것이요
詞章靡織組	사장은 짜 맞춤에 쏠리네
俗士不探原	속된 선비 근원을 찾으려 않고
支流徒鹵莽	지류조차도 거치네
矧是利祿輩	하물며 이익만 따지는 무리들
貿貿安足數	어리석어 어찌 일일이 헤아릴 수 있겠는가?

(下略)

<주석> 〖膚末(부말)〗 사물의 부차적인 부분, 〖靡〗 쏠리다 미, 〖組〗 짜다 조, 〖鹵莽(로망)〗 거침, 〖矧〗 하물며 신, 〖貿貿(무무)〗 생각이 주도면밀하지 못함

<감상> 이 시는 박희령이 고향으로 돌아가는 것을 전송하는 시의 일부분으로, 記誦이나 詞章에 그친 문장보다는 근본, 즉 道를 중시하는 김안국의 문학관을 엿볼 수 있는 시이다.

김안국이 申用漑에게 써 준 글인 「二樂亭集序」에, "이른바 문장이라는 것은 그 시문의 아름답고 공교로움만을 이르는 것이 아니라, 반드시 도리에 근본하고 덕행에 근원하는 것이 마음속에 가득해서 밖으로 나타나는 것이다(所謂文章者 非謂其詞翰之藻艶工贍而已 必根理道本德行 弸乎中而彪乎外)."라 하여, 문장은 아름다움이 목적이 아니라 道에 근원하고 있어야 함을 말하고 있다. 『高峰先生續集』에 의하면, "김안국은 경상도 의성현 사람입니다. 공희왕을 섬겨 벼슬이 좌찬성에 이르렀습니다. 학문이 정밀하고 해박하여 선비들의 사범이 되었습니다. 호는 모재 선생이라 합니

다(金安國 慶尙道義城縣人 事恭僖王 官至左贊成 學問精博 爲
儒者師範 號慕齋先生)."라 하여, 김안국의 문학이 당시에 영향을
얼마나 미쳤는지를 가늠할 수 있다.

101. 「辛卯歲 自春徂夏 不雨 種不得播 川澤俱渴 悶甚有作」金安國

杲日朝朝出	밝은 해는 아침마다 떠오르고
遮雲不作霖	구름은 끼나 비가 오지 않네
過夏何所用	여름이 지나면 무슨 소용이 있겠는가?
堪笑野人心	촌사람의 마음이 웃을 만하구나

<주석> 〖徂〗 가다 조, 〖播〗 뿌리다 파; 〖杲〗 밝다 고, 〖遮〗 가리다 차; 〖霖〗 장마 림

<감상> 이 시는 신묘년(1531) 봄부터 여름까지 비가 오지 않아 곡식을 뿌릴 수 없고 시냇물이나 연못이 모두 말라 버려 근심이 심하여 지은 것으로, 김안국의 愛民意識을 엿볼 수 있는 시이다.

봄부터 여름이 되기까지 밝은 해는 아침마다 떠올라 맑은 날이 계속되니 비 올 기미는 안 보이고, 하늘에 구름은 끼지만 비가 오지 않는 가뭄이 계속되고 있어 播種도 못 하고 있다. 여름이 지나서 비가 온다고 한들 무슨 소용이 있겠는가? 농부의 마음을 헤아려 보니, 허탈한 웃음이 나올 만하다.

그의 농민에 대한 이러한 의식은 『병진정사록』에도 간략한 내용이 기록되어 있다.

"모재는 성품이 순일하고 부지런하며 상세하고 치밀하여 만약 방아를 찧을 때면 싸라기와 쌀겨도 함께 거두어 저장하였다가 春窮期에 굶주린 백성을 먹이도록 하였다. 일찍이 말하기를, '하늘이 물질을 낼 때에 모두 쓰일 곳이 있도록 마련하였으니, 마구 없애 버리는 것은 상서롭지 못한 일이다.' 하였다. 사람들이 혹시 비방하면 웃으며 말하기를, '凡人은 마음이 거칠고 성인은 마음이 세

밀하니라.’ 하였다(慕齋性精謹詳密 如舂杵則碎米細糠 幷收藏之
以賑春飢 嘗曰 天之生物 莫非有用 暴殄不祥也 人或譏之 笑曰
常人心麤 聖人心細).”

102. 「四月二十六日　書東宮移御所直舍壁」 李荇26)

衰年奔走病如期　　분주한 노년에 기약한 듯 병이 찾아드는데
春興無多不到詩　　봄 흥이 많지 않아 시를 짓지 않노라
睡起忽驚花事了　　잠 깨자 봄이 다 저무는 것에 갑자기 놀라노니
一番微雨落薔薇　　한 차례 가랑비에 장미꽃이 져 버렸네

<주석> 〖東宮(동궁)〗 太子가 거처하는 궁, 〖移御所(이어소)〗 임금이 자리를 옮겨서 거처하는 곳, 〖直〗 번들다 직, 〖睡〗 잠 수, 〖番〗 차례 번

<감상> 이 시는 1523년 의정부 우찬성으로 있을 때인 4월 26일 동궁 이어소의 숙직하는 방 벽에 쓴 시이다.

노년에 이런저런 일들로 바쁜데 병은 약속이라도 한 듯 자신을 찾아오고 있다. 그래서 봄이 와도 흥이 많이 나지 않아 시를 짓지 못하고 있다. 이어소에서 잠을 자고 일어나니 놀랍게도 어느새 봄빛이 저물어 한 차례 보슬비에 장미꽃이 져 버렸다.

화려하고 낙관적이며 진취적이기보다는 士禍를 겪은 탓인지 우울

---

26) 李荇(1478, 성종 9~1534, 중종 29). 朴誾과 함께 海東江西派라고 불렸다. 본관은 德水. 자는 擇之, 호는 容齋・滄澤漁叟・靑鶴道人. 김종직의 제자인 李宜茂의 아들이다. 1495년 증광문과에 급제한 뒤, 권지승문원부정자를 거쳐 검열・전적을 역임했고, 『성종실록』 편찬에도 참여했다. 1504년 응교로 있을 때 폐비 윤씨의 복위를 반대하다가 충주에 유배되었고, 甲子士禍로 목숨을 잃을 뻔하다가 다행히 살아나 거제도로 가서 염소를 치는 노비가 되어 위리안치 된 생활을 했다. 中宗反正으로 풀려나와 교리에 등용, 대사간・대사성을 거쳐 대사헌・대제학・공조판서・이조판서・우의정 등 고위관직을 두루 역임했다. 1530년 『新增東國輿地勝覽』을 펴내는 데 참여했고, 1531년 金安老를 논박하여 좌천된 뒤 이듬해 함종에 유배되어 그곳에서 죽었다. 그의 시는 許筠 등에 의해 매우 높게 평가되었다. 唐詩의 전통에서 벗어나 기발한 착상과 참신한 표현을 강조하는 기교적인 시를 써서 새로운 시풍을 일으켰다. 그러나 표현의 격조가 높아진 반면 폭넓은 경험에서 나오는 자연스러움은 없었다. 저서로는 『容齋集』이 있다. 시호는 文定이고, 뒤에 文獻으로 바뀌었다.

하고 비관적이며 인생의 슬픔이 드러나 있다. 앞서 보았던 成俔의 시와는 사뭇 다른 면모를 보여 주고 있다고 하겠다.

李荇은 金萬重의 『西浦漫筆』에서 "본조의 시체는 네다섯 번 변했을 뿐만 아니다. 국초에는 고려의 남은 기풍을 이어 오로지 蘇東坡를 배워 성종, 중종 조에 이르렀으니, 오직 李荇이 대성하였다. 중간에 黃山谷의 시를 참작하여 시를 지었으니, 朴誾의 재능은 실로 삼백 년 詩史에서 최고이다. 또 변하여 황산곡과 陳師道를 오로지 배웠는데, 鄭士龍·盧守愼·黃廷彧이 솥발처럼 우뚝 일어났다. 또 변하여 唐風의 바름으로 돌아갔으니, 崔慶昌·白光勳·李達이 순정한 이들이다. 대저 蘇東坡를 배워 잘못되면 왕왕 군더더기가 있는데다 진부하여 사람들을 만족시키지 못하고 江西 詩派를 배운 데서 잘못되면 더욱 비틀고 천착하게 되어 염증을 낼 만하다(本朝詩體 不啻四五變 國初承勝國之緖 純學東坡 以迄於宣靖 惟容齋稱大成焉 中間參以豫章 則翠軒之才 實三百年之一人 又變而專攻黃陳 則湖蘇芝 鼎足雄峙 又變而反正於唐 則崔白李 其粹然者也 夫學眉山而失之 往往冗陳 不滿人意 江西之弊 尤拗拙可厭)."라고 언급한 것처럼, 宋風의 영향을 받아 蘇東坡에 뛰어났던 시인이다.

홍만종은 『소화시평』에서, "용재 이행은 화평하고 순숙한 시를 지어서 넉넉하게 神境에 들어갔다. 허균은 용재를 조선조 제일 대가라고 했다(李容齋荇爲詩和平純熟 優入神境 許筠稱爲國士第一)."라 말하고 있다.

그리고 正祖는 『弘齋全書』「日得錄」에서, "『容齋集』은 내가 가장 좋아하는 것이고, 그 다음으로는 澤堂 李植의 문장이 있다. 그러나 體格이나 韻致는 용재가 택당보다 낫다(容齋集 予所最好 繼此而有澤堂文章 然體格韻致 容勝於澤)."라 하였다.

其三

佳節昏昏尙掩關	좋은 계절 저무는데 여전히 문 닫고 지내노니
不堪孤坐背南山	남산 등지고 차마 홀로 앉았기 어려워라
閑愁剛被詩情惱	한가한 시름은 바야흐로 시흥에 몹시 시달리고
病眼微分日影寒	병든 눈은 찬 햇살을 겨우 알아보겠네
止酒更當嚴舊律	술 끊자니 옛 맹세 더욱 엄하고
對花難復作春顏	꽃을 보고도 다시 봄 얼굴빛 짓기 어렵네
百年生死誰知己	인생 백 년 삶과 죽음에 누가 지기인가?
回首西風淚獨潸	가을바람에 고개 돌리며 홀로 눈물 흘린다

<주석> 〖仲說(중열)〗 朴誾의 字, 〖剛〗 바야흐로 강, 〖更〗 더욱 갱, 〖潸〗 눈물 흐르다 산

<감상> 이 시는 중열 朴誾의 시에 차운한 것이다.

남산의 푸른빛에 젖는다는 '挹翠軒'에 칩거하고 있는 朴誾은 좋은 계절인 가을이 저물어 가는데 아직도 대문을 닫아걸고서 남산을 등지고 홀로 앉아 있다. 李荇도 한가로운 시름으로 시를 짓고는 있는데 눈병이 나서 햇살조차 희미하다. 눈병이 나서 술을 마실 수 없지만, 그렇다고 술을 끊자니 술 마시기로 한 約條가 엄하여 한 잔 들이킨다. 술을 마시고 국화꽃을 보면 기분이 봄을 대하는 얼굴처럼 좋아야 할 터인데, 그렇지 못하다. 백 년을 사는 인생인데 누가 나를 진정으로 알아줄 知己인가? 그 知己가 없어 가을바람에 홀로 눈물 흘리고 있자니, 知己를 만나면 마음이 풀어질 것도 같다.

이처럼 宋詩는 머리로 써서 思辨的이고 說理的이며 古典的 理性的 취향을 지니고 있다. 申景濬의 「詩則」에, "당나라 사람은 광경을 즐겨 서술한다. 그러므로 그 시에는 영묘가 많다. 송나라 사람은 의론을 세우기를 즐긴다. 그러므로 그 시에는 포진이 많다. 무릇 광경을 서술함은 국풍의 나머지에서 나온 것이니, 상당히 참되고 두터운 맛이 적다. 의론을 세움은 小雅·大雅의 나머지에서 나온 것이니, 생각의 자취가 완전히 드러나 있다. 모두 삼백 편의 나머지에서 나오지 않은 것이 없는데, 삼백 편과 견주어 보면 또한 차이가 많다. 세상 사람들은 모두 당인은 시를 가지고 시를 삼았고, 송인은 문을 가지고 시를 삼았다고 여겨 당시가 송시보다 훨씬 뛰어나고 송시는 당시보다 훨씬 미치지 못한다고 여겼다. 이것은 세상 사람들이 당시는 영묘가 많고 송시는 포진이 많다고 여겼기 때문이다. 그러나 송시가 당시만 못한 것은 바로 氣格이 모두 밑도는 까닭이지, 포진이 본래 영묘만 못해서 그런 것은 아니다(唐人喜述光景 故其詩多影描 宋人喜立議論 故其詩多鋪陳 大抵述光景 出於國風之餘 而頗小眞厚之味 立議論 出於兩雅之餘 而全露勘斷之跡 俱未始不出於三百篇之餘 而其視三百篇 亦遠矣 世之人皆以爲唐人以詩爲詩 宋人以文爲詩 唐固勝於宋 宋固遜於唐 世以唐詩多影描 宋詩多鋪陳故也 然而宋之不如唐 是因氣格俱下之致也 非由於鋪陳素不如影描而然也)."라 하여, 唐詩는 影描(그림자를 묘사함), 宋詩는 鋪陳(사실 그대로 진술함)이 많다고 말하고 있다.

卷裏天磨色	책 속에 천마산 빛이
依依尙眼開	어렴풋이 여전히 눈앞에 열리네
斯人今已矣	이 사람 지금 이미 가고 없으니
古道日悠哉	옛길은 날로 아득해지네
細雨靈通寺	영통사에는 가랑비가 내리고
斜陽滿月臺	만월대에는 석양이 비끼었네
死生曾契闊	죽고 삶에 일찍이 서로 약속했는데
衰白獨徘徊	쇠약한 백발의 몸으로 홀로 배회하노라

<주석> 〖天磨錄(천마록)〗 李荇과 朴誾이 함께 천마산을 유람하면서 지은 글, 〖依依(의의)〗 흐릿한 모양, 〖悠〗 아득하다 유, 〖契闊(계활)〗 서로 약속함

<감상> 이 시는 朴誾이 죽고 난 후 함께 천마산을 올랐던 기록인 「천마록」 뒤에 쓴 懷古詩이다.

「천마록」을 꺼내 읽어 보니, 책 속에 천마산에서 함께 노닐던 일들이 여전히 눈앞에 아른거린다. 하지만 박은은 죽고 없어 함께 걷던 옛길이 나날이 아득해진다. 가랑비 내리는 영통사, 석양이 비껴 있는 만월대를 함께 거닐던 기억이 아직도 생생하다. 함께 죽고 살자고 약속했는데, 박은은 죽고 쇠약한 백발의 자신만이 홀로 살아남아 배회하고 있다.

홍만종은 『소화시평』에서 위 시와 관련하여 詩에 地名을 사용한 것에 대해 다음과 같이 언급하고 있다.

"세상 사람들이 말한다. 중국의 지명은 모두 문자로서 시에 들어가면 아름답다. 예를 들면, '봄풀 너머 구강이 흐르고, 저녁 배 앞에 삼협이 놓여 있네(陳陶의 「湓城贈別」)', '물기운은 운몽택을

찌고, 파도는 악양루를 흔드네(孟浩然의 「臨洞庭」)'는 지명에 단지 몇 자를 더했을 뿐인데도 시가 빛을 낸다. 이에 반하여 우리나라는 지명이 모두 방언으로 이루어졌기 때문에 시에 부합되지 않는다고 말한다. 그러나 나는 그렇게 생각하지 않는다. 용재 이행의 「천마록」에 ……의 구절이나, 소재 노수신의 「한강」에 '저자도(뚝섬)에 봄이 깊어 가고, 제천정(보광동 언덕 한강변에 있던 정자 이름)에 달 오르네'가 있는데, 아름답지 않는가? 시의 아름다움은 오직 단련을 오묘하게 하는 데 있을 뿐이지 [중국 지명과 우리나라 지명의 차이에 있지 않다](世謂中國地名 皆文字入詩便佳 如九江春草外 三峽暮帆前 氣蒸雲夢澤 波撼岳陽樓等句 只加數字 而能生色 我東方皆以方言成地名 不合於詩云 余以爲不然 李容齋天磨錄詩 細雨靈通寺 斜陽滿月臺 蘇齋漢江詩云 春深楮子島 月出濟川亭詩 豈不佳 惟在鑪錘之妙而已)."

許筠의 『성소부부고』의 「答李生書」에서는 우리나라의 詩史를 언급하면서 李荇에 대해서 언급하고 있는데, 예시하면 다음과 같다. "우리나라는 외져서 바다 모퉁이에 있으니 唐나라 이상의 문헌은 까마득하며, 비록 乙支文德과 眞德女王의 詩가 역사책에 모아져 있으나, 과연 자신의 손으로 직접 지었던 것인지는 감히 믿을 수 없소. 新羅 말엽에 이르러 崔致遠 學士가 처음으로 큰 이름이 났는데, 오늘로 본다면 文은 너무 고와서 시들었으며 詩는 거칠어서 약하니 許渾·鄭谷 등 晩唐의 사이에 넣더라도 역시 누추함을 나타낼 텐데, 盛唐의 작품들과 그 技法을 겨루고 싶어 해서야 되겠습니까? 高麗시대의 鄭知常은 아롱점 하나는 보았다 하겠지만, 역시 晩唐 詩 가운데 穠麗한 시 정도였소. 李仁老·李奎報는 더러 맑고 奇異하며 陳澕·洪侃은 역시 기름지고 고우나 모두 蘇東坡의 범위 안에서 벗어나지 못하지요. 급기야 李齊賢에 이르러 倡始하여, 李穀·李穡이 계승하였으며, 鄭夢周·李崇仁·金九容이 고려 말엽의 名家가 되었지요. 조선 초엽에 이르러서는 鄭道傳·權近이 그 명성을 독점하였으니 文章은 이때에 이르러 비로소 達

했다 칭할 만하여 아로새기고 빛나곤 해서 크게 변했다 이를 만한
데 中興의 공로는 李穡이 제일 크지요. 중간에 金宗直이 圃隱·
陽村의 文脈을 얻어서 사람들이 大家라고 일렀으나 다만 恨스러
운 것은 文竅의 트임이 높지 못했던 것이오. 그 뒤에는 李荇 정승
이 시에 入神하였으며, 申光漢·鄭士龍은 역시 그 뒤에 뚜렷하였
소. 盧守愼 정승이 또 애써서 문명을 떨쳤으니, 이 몇 분들이 中國
에 태어났다면 어찌 모두 康海·李夢陽(明의 前七子로 詩文에
능함) 두 사람보다 못하다 하리오? 당세의 글하는 이는 文은 崔岦
을 추대하고 詩는 李達을 추대하는데, 두 분 모두 천 년 이래의
絶調지요. 그리고 같은 연배 중에서는 權韠이 매우 婉亮하고, 李
安訥이 매우 淵伉하며 이 밖에는 알 수가 없소(吾東僻在海隅 唐
以上文獻邈如 雖乙支, 眞德之詩 彙在史家 不敢信其果出於其
手也 及羅季 孤雲學士始大厥譽 以今觀之 文菲以萎 詩粗以弱
使在許鄭間 亦形其醜 乃欲使盛唐爭其工耶 麗代知常 足窺一斑
亦晚李中穰麗者 仁老奎報 或淸或奇 陳澕洪侃 亦腴艶 而俱不出
長公度內耳 及至益齋倡始 稼牧繼躅 圃陶愓 爲季葉名家 逮國初
三峯陽村 獨擅其名 文章至是 始可稱達 追琢炳烺 足曰不變 而
中興之功 文靖爲鉅焉 中間金文簡得圃, 陽之緒 人謂大家 只恨
文竅之透不高 其後容齋相詩入神 申鄭亦瞠乎其後 蘇相又力振
之 玆數公 使生中國 則詎盡下於康李二公乎 當今之業 文推崔東
皐 詩推李益之 俱是千年以來絶調 而儕類中汝章甚婉亮 子敏甚
淵伉 此外則不能知也)."

把翠高軒久無主	읍취헌 높은 집에 오래 주인이 없어
屋樑明月想容姿	지붕 위 밝은 달에 그 모습 그립네
自從湖海風流盡	이로부터 강산에 풍류가 사라졌으니
何處人間更有詩	인간 세상 어느 곳에서 다시 시가 있겠는가?

<주석> 〖屋樑明月(거량명월)〗 唐나라 杜甫의 「夢李白」 詩에, "落月滿
屋梁, 猶疑照顔色"이라는 구절이 있는데, 이 '落月屋梁'은 뒤에
故人에 대한 懷念을 의미하게 됨

<감상> 이 시는 읍취헌의 시를 읽고 장호남의 옛 시에 차운하여 지은 것
으로, 죽은 朴誾을 그리워하며 지은 것이다.

朴誾이 거처했던 읍취헌은 오래 주인이 없는 채 비어 있다. 지붕 위
에 뜬 밝은 달을 보니, 그의 모습이 그리워진다. 박은이 죽은 뒤로
부터는 강산의 뛰어난 경치를 보아도 풍류의 흥이 일지 않으니, 인
간이 사는 이 세상 어느 곳엔들 진정한 시가 존재할 수 있겠는가?
허균은 『惺叟詩話』에서 李荇을 포함한 조선의 詩史에 대해서 다
음과 같이 언급하고 있다.

"조선의 詩는 中宗朝에 이르러 크게 성취되었다. 李荇이 시작을
열어 訥齋 朴祥 · 企齋 申光漢 · 冲庵 金淨 · 湖陰 鄭士龍이 一
世에 나란히 나와 휘황하게 빛을 내고 金玉을 울리니 千古에 칭
할 만하게 되었다. 조선의 시는 宣祖朝에 이르러서 크게 갖추어지
게 되었다. 盧守愼은 杜甫의 법을 깨쳤는데 黃廷彧이 뒤를 이어
일어났고, 崔慶昌 · 白光勳은 唐을 본받았는데 李達이 그 흐름을
밝혔다. 우리 亡兄의 歌行은 李太白과 같고 누님의 시는 盛唐의
경지에 접근하였다. 그 후에 權韠이 뒤늦게 나와 힘껏 前賢을 좇
아 李荇과 더불어 어깨를 나란히 할 만하니, 아! 장하다(我朝詩

至中廟朝大成 以容齋相倡始 而朴訥齋祥, 申企齋光漢金冲庵淨
鄭湖陰士龍 竝生一世 炳烺鏗鏘 足稱千古也 我朝詩 至宣廟朝
大備 盧蘇齋得杜法 而黃芝川代興 崔白法唐而李益之闡其流 吾
亡兄歌行似太白 姊氏詩恰入盛唐 其後權汝章晩出 力追前賢 可
與容齋相肩隨之 猗歟盛哉)."

이 외에도 『성소부부고』에는 李荇의 시에 대해 다음과 같은 내용
이 실려 있다.

"우리나라 시로는 李容齋를 첫째로 함이 마땅하다. 그의 시풍은
침착하고 화평하며 아담하고 純熟하다. 五言古詩는 杜甫로 들어
가 陳後山으로 나와 高古 · 簡切하여 글이나 말로는 찬양할 수가
없다. 내가 평소에 즐겨 읊던 절구 한 수로, '평생에 사귄 벗 모두
늙어 죽어 가고, 흰머리 마주 보니 그림자와 몸뚱이라. 때마침 높은
누각에 달조차 밝은 밤엔, 애처로운 피리소리 어찌 차마 들으리'는
감개가 무량하여 이것을 읽노라면 가슴이 메어진다(我國詩 當以李
容齋爲第一 沈厚和平 澹雅純熟 其五言古詩 入杜出陳 高古簡切
有非筆舌所可讚揚 吾平生所喜詠一絶 平生交舊盡凋零 白髮相看
影與形 正是高樓明月夜 笛聲凄斷不堪聽 無限感慨 讀之愴然)."

誰憐身似傷弓鳥	화살 맞아 다친 새와 같은 신세 누가 불쌍히 여기랴
自笑心同失馬翁	말 잃은 늙은이 같은 마음 스스로 우습다
猿鶴正嗔吾不返	원숭이와 학은 내가 돌아보지 않는다고 꾸짖겠지만
豈知難出覆盆中	엎어진 동이 속에서 벗어나기 어려운 줄 어찌 알겠나?

<주석> 〖傷弓鳥(상궁조)〗 화살에 맞은 새로, 재앙이나 근심을 겪고서 마음에 두려움이 남아 있는 상태를 비유함(『戰國策』「楚策四」), 〖失馬翁(실마옹)〗 = 失馬塞翁. 禍로 말미암아 福을 얻음, 〖猿鶴(원학)〗 원숭이와 학으로, 은둔한 선비, 〖嗔〗 성내다 진, 〖覆盆(복분)〗 엎어진 동이로, 晉 葛洪의 『抱朴子』「辨問」에 "是責三光不照覆盆之內也"라고 한 데서, 밝은 빛도 엎어진 동이 아래를 비출 수 없다는 것을 말하고, 뒤에는 어두운 사회나 하소연 할 곳이 없는 억울함의 비유로 쓰임

<감상> 이 시는 능주에 귀양 와 죄인의 신세가 된 것에 대해 노래한 것이다. 화살에 맞아 다친 새와 같은 자신의 신세를 누가 불쌍히 여기겠는

---

27) 趙光祖(1482, 성종 13～1519, 중종 14). 본관은 漢陽. 자는 孝直, 호는 靜庵. 17세 때 魚川察訪으로 부임하는 아버지를 따라가, 무오사화로 희천에 유배 중인 金宏弼에게 학문을 배웠다. 이때부터 시문은 물론 성리학의 연구에 힘을 쏟았고, 20세 때 金宗直의 학통을 이은 김굉필의 문하에서 가장 촉망받는 청년학자로서 士林派의 영수가 되었다. 1504년(연산군 10) 갑자사화 때 김굉필이 연산군의 생모 윤씨의 폐위에 찬성했다 하여 처형되면서 가족과 제자들까지도 처벌당하게 되자, 조광조도 유배당하는 몸이 되었다. 정계의 현실을 몸소 겪은 그는 유배지에서 학업에만 전념했다. 道學政治를 주창하며 급진적인 개혁정책을 시행했으나, 勳舊세력의 반발을 사서 결국 죽임을 당했다.

가? 말 잃은 塞翁처럼 재앙이 복으로 바뀌는 것을 바라는 자신의 마음이 스스로 생각해도 우습다. 원숭이와 학과 같은 隱君子는 내게 隱居를 돌아보지 않는다고 꾸짖겠지만, 엎어진 동이 속에서 벗어나기 어려운 줄 어찌 알겠나?

正祖는 『弘齋全書』 「日得錄」에서 조광조에 대해 다음과 같이 언급하고 있다.

"靜菴 趙光祖는 불세출의 현인으로 일찍이 임금의 인정을 받아서 그 도를 행할 수 있었다. 大司憲이 되었을 때에는 남녀가 길을 달리할 정도로 한 시대가 영향을 받았다. 다만 권력을 잡은 지 얼마 안 되어 불행히 화를 입었기 때문에 그의 사업을 논할 때면 오히려 미진했다는 탄식이 있게 된다(靜菴以不世出之賢 早被知遇 得行其道 爲都憲也 男女異路 一世風動 而但柄用未久 不幸罹禍 故論其事業 猶有未盡之歎)."

"우리나라의 儒者 중에 趙靜庵과 李栗谷은 타고난 자질이 고명하고 뛰어나 理學과 경륜에 있어 원래부터 大賢인데다 왕을 보좌하는 재능까지 겸하였다(東方儒者 靜菴栗谷 天姿高明豪逸 理學經綸 自是大賢 兼王佐之才)."

홍만종은 이 시에 대해 『소화시평』에서, "정암 조광조 선생이 기묘 당적(기묘사화에 연루된 士人)에 연좌되어 능성에 매를 맞고 유배되었는데, 「누수중」 절구 한 수를 지었다. ……말이 극히 처절하다(靜庵先生坐己卯黨禍 杖配綾城 累囚中有詩一絶曰 ……詞極凄切)."라 평하고 있다.

愛君如愛父	임금을 아비처럼 사랑하고
憂國如憂家	나라를 집안처럼 걱정하였네
白日臨下土	밝은 해가 아래 땅을 내려다보니
昭昭照丹衷	忠心을 환히 비춰 주겠지

<감상> 이 시는 사약을 받고 絶命할 때 지은 시이다.

『國朝寶鑑』 중종 3년(1544) 3월조에, "상이 조강에 나아갔다. 참찬관 宋世珩이 아뢰기를, '기묘년의 인사가 과격하여 일을 그르쳤으나 그것은 본심이 아니었습니다. 조광조 또한 당시의 무리들이 과격한 것을 우려하여 대부분 억제하였다가 도리어 좋지 않게 여겨졌으니, 이를 보면 조광조가 가장 훌륭합니다. 그가 죽음을 앞에 두고 지은 시에, ……라고 하였으니, 평생 지켜 온 바를 이것으로 징험할 수 있습니다. 그런데 다른 사람은 모두 復官된 마당에 조광조만은 아직도 복관되지 않고 있으니, 그 때문에 사림이 통탄하고 애석해합니다. 지금 만약 好惡을 분명히 보이신다면 선비들의 습속이 애쓰지 않더라도 저절로 아름다워질 것입니다.' 하니, 상이 오랫동안 머리를 끄덕였다."라는 내용이 실려 있으며, 『석담일기』에는, "임금께서는 또 정광필도 정승직에서 해임시키니, 조정 신하 중 다시는 광조를 변호하는 사람이 없어서, 광조는 마침내 죽음을 면하지 못하였다. 죽음에 임하여 하늘을 우러러보고 다음과 같은 시를 읊으니, ……하였다. 나라 사람들이 모두 슬퍼하였다(上亦免光弼相 朝臣更無言者 光祖竟不免死 臨死仰天吟詩曰 愛君如愛父 天日照丹衷 國人悲之)."라는 내용이 실려 있다.

홍만종은 이 시에 대해 『소화시평』에서, "(유배 온 지) 얼마 되지 않아 사사당할 때 ……는 시구를 읊조리고, 마침내 짐독을 마시고

운명하였다. 사림이 이 시를 전하여 외면서 눈물을 흘리지 않는
사람이 없었다(尋賜死 吟句曰 愛君如愛父 憂國如憂家 遂飮鴆卒
士林傳誦 莫不流涕)."라 말하고 있다.

落日毗盧頂	비로봉 봉우리에 해 지니
東溟杳遠天	동해는 먼 하늘에 아득하네
碧巖敲火宿	푸른 바위틈에 불을 지펴 자고
連袂下蒼煙	소매 이어 푸른 안개 속으로 내려오네

<주석> 〖溟〗 바다 명, 〖杳〗 아득하다 묘, 〖敲〗 두드리다 고, 〖袂〗 소매 메

<감상> 이 시는 金淨의 대표작 중의 하나이며, 도심이라는 스님에게 준 시로, 1516년 가을 금강산에 들어갔을 때 지은 것이다.

저녁이 되어 비로봉에도 해가 지니, 동해가 어둠속에 아득히 펼쳐져 있다. 도심 스님과 바위틈에서 불을 피워 자다가 아침이 되어 나란히 푸른 안개를 뚫고 산에서 내려오고 있다.

尹鑴의 『楓岳錄』에 의하면, "이 시야말로 고금의 시인들 작품 중

---

28) 金淨(1486, 성종 17~1520, 중종 15). 본관은 경주. 자는 元沖, 호는 沖菴·孤峯. 趙光祖와 함께 사림파를 대표했으며, 기묘사화 때 제주도에 귀양 갔다가 「濟州風土錄」을 써서 기행문학의 성격을 바꿔 놓기도 했다. 3세에 할머니 황씨에게 性理學을 배우기 시작했고, 20세 이후에는 具壽福 등과 성리학을 연구했다. 1507년 증광문과에 급제하여 관료생활을 하면서도 성리학 연구를 게을리하지 않았다. 여러 관직을 거쳐 1514년 순창군수가 되었다. 이때 중종이 왕후 신씨를 폐출한 것이 명분에 어긋난다 하여 신씨 복위를 주장하며 신씨 폐위의 주모자인 朴元宗 등을 追罪할 것을 상소했다가 왕의 노여움을 사서 보은에 유배되었다. 얼마 뒤 다시 등용되어 응교·전한 등에 임명되었으나 부임하지 않았고, 뒤에 사예·부제학·동부승지·좌승지·이조참판·도승지·대사헌 등을 거쳐 형조판서를 지냈다. 그 뒤 기묘사화로 인해 금산에 유배되었다가 진도를 거쳐 제주도에 옮겨졌으며, 다시 辛巳誣獄에 연루되어 사약을 받고 죽었다. 사림세력을 중앙정계에 추천했으며 조광조의 정치적 성장을 도왔다. 사림파의 세력기반을 다지기 위해 賢良科의 설치를 주장했고, 왕도정치를 실현하기 위해 미신타파와 향약의 실시, 정국공신의 偉勳削除 등과 같은 개혁을 시도했다. 시문에 능해 유배생활 중 외롭고 괴로운 심정을 시로 읊었다. 특히 경치를 보고 기개를 기르자고 읊을 뿐 지방마다의 생활풍속은 무시했던 이전의 기행문학과는 달리 제주도의 독특한 풍물을 자세히 기록하여 「제주풍토록」을 남겼다. 저서에 『沖菴集』이 있다.

에 빼어나다. 이 시는 우리나라에 전무후무한 것일 뿐만 아니라 그 이상 가는 작품인데, 애석하게 우리나라 사람들 가운데 알아보는 자가 없어서 사람들 입에 오르내리지 못했던 것이다."라는 평을 남기고 있다. 위의 시에서 보듯이, 金淨은 조선 초기 대부분 宋詩를 따랐지만 唐詩風의 작품을 남기고 있어 문학사적으로 의의를 지니고 있다고 하겠다.

허균은 『惺叟詩話』에서 金淨을 포함한 조선의 詩史에 대해서 다음과 같이 언급하고 있다.

"조선의 詩는 中宗朝에 이르러 크게 성취되었다. 李荇이 시작을 열어 訥齋 朴祥 · 企齋 申光漢 · 冲庵 金淨 · 湖陰 鄭士龍이 一世에 나란히 나와 휘황하게 빛을 내고 金玉을 울리니 千古에 칭할 만하게 되었다. 조선의 시는 宣祖朝에 이르러서 크게 갖추어지게 되었다. 盧守愼은 杜甫의 법을 깨쳤는데 黃廷彧이 뒤를 이어 일어났고, 崔慶昌 · 白光勳은 唐을 본받았는데 李達이 그 흐름을 밝혔다. 우리 亡兄의 歌行은 李太白과 같고 누님의 시는 盛唐의 경지에 접근하였다. 그 후에 權韠이 뒤늦게 나와 힘껏 前賢을 좇아 李荇과 더불어 어깨를 나란히 할 만하니, 아! 장하다(我朝詩至中廟朝大成 以容齋相倡始 而朴訥齋祥, 申企齋光漢金冲庵淨鄭湖陰士龍 竝生一世 炳烺鏗鏘 足稱千古也 我朝詩 至宣廟朝大備 盧蘇齋得杜法 而黃芝川代興 崔白法唐而李益之闡其流 吾亡兄歌行似太白 姊氏詩恰入盛唐 其後權汝章晚出 力追前賢 可與容齋相肩隨之 猗歟盛哉)."

109. 「次義之冬至韻」 金淨

玄機無外亦無停	하늘의 이치는 무궁하고 또 멈춤도 없으니
誰識虧盈造化形	누가 이지러지고 차는 조화의 모습을 알겠는가
萬物未生凝涸處	만물이 자라지 못하는 얼거나 마른 곳에도
一陽萌動暗回靑	하나의 양이 싹터 움직이면 몰래 푸른빛으로 돌아오네

<주석> 〖玄〗 어떤 本에는 天으로 되어 있음, 〖玄機(현기)〗 =天機, 〖無外(무외)〗 =無窮, 〖虧〗 이지러지다 휴, 〖凝〗 얼다 응, 〖涸〗 마르다 학, 〖暗〗 몰래 암

<감상> 이 시는 義之의 「冬至」 詩에 차운한 것으로, 성리학에 기반을 둔 우주론적 사고를 읽을 수 있는 시이다.

하늘의 이치는 無窮無盡하고 生生不息하여 멈춤도 없다. 그러므로 가득 찼다가 이지러지는 조화의 형상을 알 수 있는 사람이 없다. 하지만 만물이 자라지 못하는 차가운 곳이나 물이 없는 마른 곳에서도 陽이 한번 동하여 陽의 기운을 뿜으면 아무도 모르게 푸른 생명의 빛이 다시 살아난다.

金淨은 20대 초반에 「憂懼箴」을 지었는데, 그 글에 "하늘에는 음양이 있으니 도를 아는 자가 그것을 헤아리고, 사람에게는 화복이 있으니 도를 아는 자가 그것을 편안히 여긴다. 근심을 당해 근심한다고 해서 근심이 반드시 제거되는 것만은 아니고, 두려움을 당해 두려워한다고 해서 두려움이 반드시 멈추는 것만은 아니다. 오직 천천히 그것을 살펴서 저절로 풀리게 하고, 조화롭게 받아들여서 저절로 사라지게 해야 하니, 이것이 바로 이치에 통달한 행동이며 도에 이른 지극함이다. 그러므로 군자는 하늘을 즐기고 명을 알기 때문에 근심하지도 않고 두려워하지도 않는다(天有陰陽 知

道者測之 人有禍福 知道者安之 見憂而憂 憂未必去 見懼而懼
懼未必止 惟其徐而察之 使自解之 和而受之 使自消之 斯乃達
理之行 造道之至 是以君子樂天知命 故不憂不懼)."라고 하여, 근
심하고 두려워하지 않는 悠悠自適을 피력하고 있다. 이 시에서도
陰陽의 이치를 통해 자연의 변화를 터득하는 그의 性理學的 思考
가 담겨 있다고 하겠다.

110. 「途上有奇巖 巖上有花 幽香可愛 詩以記之」 金淨

利路名途各馳走　　利益의 길과 名譽의 길로 각각 내달리느라
阿誰寓目賞幽芳　　누가 눈을 두어 그윽한 꽃을 감상했겠는가?
朝朝暮暮空巖上　　아침마다 저녁마다 부질없이 바위 위에서
浥露臨風獨自香　　이슬에 젖고 바람 맞으며 홀로 향기 내네

<주석> 〖馳〗 달리다 치, 〖阿誰(아수)〗 누가, 〖浥〗 젖다 읍

<감상> 이 시는 길을 가던 도중 기이한 바위 위에 꽃이 피어 있었는데, 그윽한 향기가 사랑할 만하여 시로 기록을 남긴 것으로, 꽃에 가탁하여 當時의 世態를 批判하고 있다.

기이한 바위 위에 그윽한 향기를 뿜는 꽃이 피어 있지만, 아무도 눈을 두어 그 꽃을 감상하려 하지 않는다. 이익과 명예를 향해 내달리기 때문에 시선을 줄 여유가 없는 것이다. 다만 아침마다 저녁마다 부질없이 바위 위에서 찬 이슬에 젖고 세찬 바람을 맞으면서도 홀로 향기를 뿜어내고 있다.

金淨은 이 꽃처럼 누가 보아 주는 이 없어도 자신의 길을 가고 있지만, 세상은 그렇지 못해 利益과 名譽, 두 길만을 위해 치닫고 있다. 자신은 그러한 世態와는 다른 길을 가고 싶어 함을 노래하고 있는 것이다.

金淨의 이러한 행위에 대해 『기묘록』에 다음과 같은 내용이 실려 있다.

"본관은 慶州이며 자는 元冲이요, 호는 冲庵이다. 중종 2년에 장원으로 뽑히어 淸官과 요직을 역임하였다. 어버이를 봉양하기 위하여 청원하여 淳昌 군수로 보직되어서 潭陽府使 朴祥과 연명으로 상소하여 愼氏(중종의 첫 왕비 端敬王后)의 복위를 청하였는데, 조정의 의논이 邪論이라 가리켜 마침내 죄를 입었다. 정축년

에 뽑아 副提學을 제수하였고, 기묘년 여름에 형조 판서에 올렸
다. 사화가 일어났을 때 곤장을 쳐 濟州로 유배시키고 사약을 내
려 스스로 죽게 하였다. 공은 천성이 충효하고 학문이 정밀 심오
하였으며, 죽음에 임하여서도 낯빛이 변하지 아니하고 형제에게
글을 보내어 늙은 어머니를 잘 봉양할 것을 당부하였다. 공은 뒤
를 이을 아들이 없어 형님의 아들 哲葆로 뒤를 잇게 하였다. 철보
의 아들 성발은 문과에 급제하였고, 공의 조카인 應敎 天宇가 공
의 遺稿 몇 편을 모아 『冲庵集』을 만들어 세상에 간행하였다(慶
州人 字元冲 號冲庵 我中廟二年擢壯元 歷敭淸要 爲親乞補淳昌
與潭陽府使朴祥聯名上疏 請復愼氏 朝議指以爲邪論 竟被罪 丁
丑擢授副提學 己卯夏陞刑曹判書 及禍作 杖配濟州 賜自盡 公天
性忠孝 學問精深 臨死顏色不變 貽書兄弟 以善養老母勉之 公無
後 以兄子哲葆爲後 哲葆之孫聲發登文科 公之堂姪應敎天宇 取
遺稿若干編 爲冲庵集 刊行于世).”

111. 「籠中鴨」 金淨

<table>
<tr><td>主人恩愛終非淺</td><td>주인의 사랑이 끝내 얕지 않은데</td></tr>
<tr><td>野性由來不自除</td><td>유래된 야성은 스스로 없애지 못했네</td></tr>
<tr><td>霜月數聲雲外侶</td><td>서리 내린 달밤 구름 밖에서 우는 짝을</td></tr>
<tr><td>籠中不覺意飄如</td><td>새장 속에서 깨닫지 못하고 떠돌기를 생각하네</td></tr>
</table>

<주석> 【籠】 새장 롱, 【鴨】 오리 압, 【侶】 짝 려(侶一作雁), 【飄】 방랑하다 표

<감상> 이 시는 새장 속의 오리를 읊은 것으로, 오리에 자신을 가탁하여 현실에서 벗어나 자유롭게 노닐기를 희망하고 있다.

새장 속의 오리에게 주인은 많은 사랑을 주었는데, 오리는 야성을 버리지 못하고 새장을 벗어나려고 한다. 서리 내린 가을밤, 오리는 새장 속에 갇혀 있기 때문에 구름 밖에서 우는 기러기의 마음을 깨닫지 못하고 그저 새장을 벗어나 땅 위에서 떠돌기만을 생각하고 있다.

날지 못하는 기러기를 金淨에, 주인을 임금에, 새장을 조정에 비유하여 생각해 본다면, 임금의 사랑을 많이 받았지만 김정은 타고난 處士의 본능을 없애지 못했고, 높은 벼슬에 있는 벼슬아치들의 소리를 깨닫지 못하고 그저 조정에서 벗어나 자연 속에서 자유롭게 노닐고 싶다는 것이다.

金淨의 이러한 심사에 대해 『己卯錄』에 다음과 같은 기록이 있다. "공은 천성이 순수하며 겉으로는 순후하고 안으로는 민첩하다. 書史를 두세 번만 읽으면 곧 외웠다. 문장을 지은 것이 정하고 깊으며 넓고 멀어서 멀리 西漢의 풍을 따랐으며, 시는 盛唐을 배웠다. 일찍이 속리산에 들어가 經傳에 침잠하여 居敬 · 主靜의 학문을 하였고 어진 이를 좋아하고 착한 일을 즐거워함이 천성에서 나왔다. 살림살이를 돌보지 아니하였으며, 뇌물을 받지 아니하였으며, 봉급은 친척들에게 고루 나누어 주었다. 그가 귀양살이를 하면서 자제들에게 말하기를, '나의 평생 동안 먹은 마음이 한적하여 홀로 있는 데에 부끄럽지 아니하였는데, 이제 괴상한 화를 얻었으나 너희들은 나 때문에 스스로 게으른 일이 없도록 하라.' 하였다. 공이 남쪽으로 내려갈 때, 가는 길이 淳昌을 지나는데 순창 백성들이 다투어 술과 안주를 장만하여 가지고 나와 길을 막고 울면서, '우리들 전날의 원님이라.' 하였다. 인조 말년에 명을 내려 공의 벼슬을 복직시키고, 선조 때에 文簡公이란 시호를 내리었다(公天性純粹 外醇內敏 於書史讀數遍輒誦 爲文章精深灝噩 遠追西漢 詩學盛唐 嘗入俗離山 沈潛經傳 爲居敬主靜之學 好賢樂善 出於天性 不顧生産 不通關節 俸祿均頒於族親 其在謫中 語子弟曰 余平生處心 不愧幽獨 而今得奇禍 汝等無以我自怠也 公之落南也 道過淳昌 淳昌之民 爭持酒饌 攔道涕泣曰 吾舊使君也 仁廟末 命復公爵 宣廟朝 贈諡文簡)."

112. 「題塔山龍巖」 金淨

千尺巖崖傍碧流	천 척 바위 벼랑 곁으로 푸른 물 흐르고
如今佳會飮芳醇	오늘 같은 좋은 만남에 향기로운 술 마시네
若將此樂爲圖畵	만약 이 즐거움을 그림으로 그린다면
作我千年長醉人	나는 천 년 동안 술 취한 사람 되겠지

<주석> 〖崖〗 벼랑 애, 〖醇〗 진한 술 순

<감상> 이 시는 탑산의 용암에 쓴 것으로, 詩中有畵가 잘 표출된 시이다.

탑산의 용암에 올라 보니, 높은 바위 벼랑 옆으로 푸른 물이 흐르는 빼어난 경치가 펼쳐져 있다. 그 좋은 경치를 바라보니 너무 기뻐 술을 마시며 즐기고 있다. 만약 이러한 즐거움을 그림으로 그릴 수 있다면, 천 년 동안 그림 속에 술 취한 사람으로 영원히 남아 있을 것이다.

이러한 唐風의 애호는 후에 三唐詩人의 본격적인 唐風의 부흥에 일종의 先驅가 되었다고 하겠다.

其二

海風吹去悲聲遠	바닷바람 불어 가니 슬픈 소리 멀리 퍼지고
山月高來瘦影疏	산 달 높이 뜨자 파리한 그림자 성기네
賴有直根泉下到	곧은 뿌리 샘 아래까지 있음에 힘입어
雪霜標格未全除	눈서리 모르는 품격 전부 없어지지 않았네

<주석> 【去】一本作過, 【瘦】 파리하다 수, 【賴】 힘입다 뢰, 【標格(표격)】 규범, 風度

其三

枝條摧折葉鬖髿	가지는 꺾이고 잎은 헝클어져 내려와
斤斧餘身欲臥沙	도끼에 찍히고 남은 몸은 모래 위에 쓰러질 듯하네
望絶棟樑嗟己矣	기둥이 되기 바람은 사라져 자신을 한탄하나
楂牙堪作海仙槎	비쭉이 나온 가지는 바다 신선의 뗏목이 될 만하구나

<주석> 【摧】 꺾다 최, 【鬖】 헝클어지다 삼, 【髿】 머리 풀어 헤치다 사, 【斧】 베다 부, 【楂】 뗏목 사, 【楂牙(사아)】 나뭇가지가 고르지 못한 모양, 【槎】 뗏목 사

<감상> 이 시는 기묘사화를 겪은 뒤 귀양 가서 길가에 있는 소나무를 보고 읊은 것으로, 소나무는 金淨을 形象化하고 있다.

바닷바람이 불어 가니 슬픈 자신의 소리를 멀리 전하고 있고, 산 위에 높이 달이 솟아오르자 소나무의 앙상한 그림자가 드러난다

(起句의 聽覺的 이미지가 承句에서는 視覺的 이미지로 변환되었다). 곧게 뻗은 뿌리는 샘 아래까지 박힌 데 힘입어 눈과 서리에도 변함없는 높은 품격을 잃지 않고 있다(정치적 시련에도 곧은 자신의 기개를 드러내고 있는 것이다).

소나무 가지는 꺾이고 솔잎은 헝클어져 내려와, 도끼에 찍히고 남은 소나무는 모래 위에 쓰러질 듯하다. 동량이 되기를 바랐으나 그 꿈은 사라져 자신을 한탄하나, 비쭉이 나온 가지는 바다 신선의 뗏목이 될 만하다.

홍만종은 『소화시평』에서 이 시에 대해 다음과 같은 언급을 남기고 있다.

"충암 김정은 문장이 정심하고 호악하여 선배들이 '글은 서한을 추구하였고, 시는 성당을 배웠다.'고 칭송하였다. 그는 당화에 연좌되어 장형을 당하고 제주에 유배되었다가 얼마 되지 않아 사사되었는데, 해남 바닷가에 이르러 길가에 서 있는 소나무를 시로 읊었다. ……이 두 시는 격운이 맑고 원대하며 용의가 매우 절실하다. 이 시를 가지고 자신의 정황을 묘사했는데, 그는 결국 자기 목숨을 보전하지 못했다. 동량으로 쓰이려던 꿈도 이미 사라졌고, 신선의 뗏목감이나 되려던 바람도 끊어졌으니, 슬픈 일이다(金冲庵淨文章精深灝噩 先輩稱爲文追西漢 詩學盛唐 坐黨禍 杖流濟州 尋賜死 其至南海也 詠路傍松曰 ……格韻淸遠 用意甚切 盖以自況 而竟不保命 棟樑之用旣已矣 仙槎之願亦絶焉 悲夫)."

金淨의 시에는 당대 훈구파와 정치적 노선을 달리하여 정치 현실을 비판한 작품이 이 외에도 여러 작품이 있다.

이 외에도 『성소부부고』에는 金淨의 시에 대해 다음과 같은 내용이 실려 있다.

"冲庵 金淨의 시에, '지는 해는 거친 들에 뉘엿 비치고, 갈까마귀 저문 마을 내리는구나. 빈 숲 연기가 싸늘히 식고, 초가집도 사립문 걸어 닫았네.'는 長卿 劉楨의 시와 흡사하다. 그의 「牛島歌」는 심오하고 황홀하며 그윽하기도 하고 드러나기도 하며 가진 재치를 다 부렸다. 그래서 企齋 申光漢은 그를 推尊하여 長吉 李賀에게 견주었다(金冲庵詩 落日臨荒野 寒鴉下晚村 空林煙火冷 白屋掩柴門 酷似劉長卿 其牛島歌 眇冥惝怳 或幽或顯 極才人之致 申企齋推以爲長吉之比也)."

114. 「贈別堂姪元亮潛之任嶺東郡」 申光漢[29)]

一萬峯巒又二千	일만 봉우리에 다시 이천 봉우리
海雲開盡玉嬋妍	바다 구름 다 걷히자 옥빛이 곱다
少時多病今傷老	젊을 때는 병이 많았고 이제는 늙어서
終負名山此百年	끝내 명산을 저버린 지 백 년이네

<주석> 【巒】 산 만, 【嬋】 곱다 선, 【妍】 곱다 연, 【傷】 불쌍히 여기다 상

<감상> 이 시는 당질 원량인 申潛이 영동군의 임소로 가는 것을 전송하면서 지은 시로, 금강산을 가 보지 못한 안타까움을 드러내고 있다. 일만 이천 봉우리인 금강산, 바다에 가득한 구름이 걷히자 옥빛처럼 곱디곱다. 젊은 시절에는 병이 많아 오르지 못했고 지금은 늙어서 찾지 못해 명산인 금강산을 지금까지 보지 못했다. 細注에 '欲遊楓岳而不得'이라는 언급으로 보아, 신광한은 금강산에 오르고자 했으나 여건이 허락지 않아 오르지 못한 작가의 아쉬움을 읽을 수 있다.

신광한은 16세기에 활동한 문인으로 道學的 면모와 詞章的 면모를 겸하였으며, 훈구파의 가계에다 士林的 성향을 지니고 있었고, 宋風에서 唐風으로 넘어가는 과도기를 지냈던 사람이다. 그의 詩

---

29) 申光漢(1484, 성종 15~1555, 명종 10). 본관은 高靈. 자는 漢之·時晦, 호는 企齋·駱峰·石仙齋·青城洞主. 申淑舟의 손자로, 1507년(중종 2) 사마시를 거쳐 1510년(중종 5) 식년문과에 급제, 1514년(중종 9) 賜暇讀書를 하고 홍문관전교가 되었다. 趙光祖 등과 함께 新進士類로서 1518년(중종 13) 대사성에 특진되었으나 다음 해 기묘사화에 연좌되어 삭직되었다. 1537년(중종 32) 등용되어 이조판서·홍문관제학을 지냈다. 1545년(명종 즉위) 을사사화 때 윤임 등 大尹을 제거하는 데 공을 세워 衛社功臣 3등이 되었다. 같은 해 우찬성으로 양관대제학을 겸임, 靈城府院君에 봉해졌으며, 1550년(명종 5) 좌찬성이 되었다. 1553년(명종 8) 几杖을 하사받고 耆老所에 들어갔다. 필력이 뛰어나 몇 편의 夢遊錄과 傳을 남겼는데 「安憑夢遊錄」·「書齋夜會錄」은 이른 시기에 이루어진 몽유록이다.

성향에 대해서는 김태준은 『조선한문학사』에서 朴闇・李荇・鄭士龍・盧守愼・朴祥・成俔・申光漢・黃廷彧 등을 海東江西派라 규정했으나, 이후 학자들에 따라 신광한을 제외하기도 한다. 『해동잡록』에는 다음과 같이 간략한 生平이 실려 있다.

"본관은 高靈으로 자는 漢之 또는 時晦라 하며, 호는 낙봉이다. 중종 경오년에 급제하고 기묘년에 배척당하여 驪州에 우거하였다. 후에 이조 판서로 文衡을 맡았다. 명종 을사년에 다시 忠順堂에 들어가 공신에 참여했으므로 사람들이 대부분 좋지 않게 여겼다. 벼슬은 찬성에 이르렀으며 시호는 文簡이며 『企齋集』이 있어 세상에 전한다(高靈人 字漢之 一曰時晦 號駱峯 我中廟庚午登第 己卯被斥 寓居驪州 後以吏曹判書典文翰 我明廟乙巳 再入忠順堂 參錄 人多少之 官至贊成 諡文簡 有企齋集行于世)."

文衡을 맡은 신광한이지만 글공부는 늦게 시작했다고 하는데, 그의 글공부와 재주에 대한 逸話가 『涪溪記聞』에 실려 있는데, 예시하면 다음과 같다.

"기재 신광한은 어려서 부모를 여의고 늙은 여자 종의 손에서 길러졌다. 나이 18세가 되어서도 여전히 글을 알지 못하였다. 이웃 아이와 냇물에서 장난하다가 이웃 아이가 公을 발로 차서 물속에 엎어지게 하였다. 공이 성내어 꾸짖기를, '너는 종인데, 어찌 감히 公子를 업신여기느냐?'라고 하니, '그대처럼 글을 모르는 자도 공자란 말인가? 아마 無腸公子(게[蟹]의 별명)일 것이다.'라고 하였다. 공은 크게 부끄럽게 여겨 비로소 마음을 고쳐먹고 글을 읽었는데, 문장이 물 솟아나듯 하였다. 다음 해에 「萬里鷗」라는 賦를 지어 禮圍(생원・진사의 覆試. 예조에서 試取하였기 때문에 예위라고 함)에서 장원하고, 얼마 안 가서 大科에 급제하였으며, 文衡(大提學의 별칭)을 맡은 것이 20년이나 되었다. 기재는 비록 문장에는 능했으나 實務의 재주는 없었다. 일찍이 형조 판서로 있을 때에 訴訟이 가득 차 있었으나 판결을 내리지 못하여 죄수가 옥에 가득하니 옥이 좁아서 수용할 수가 없었다. 공이 獄舍를 더 짓기

를 청하니, 중종이 이르기를, '판서를 바꾸는 것만 못하다. 어찌 옥
사를 증축할 필요가 있겠는가?' 하고, 드디어 許磁로 대신 시켰는
데, 허자가 당장에 다 처리하여 버리니 옥이 드디어 비게 되었다
고 한다(申企齋光漢 少失父母 鞠於老婢 年十八猶不知書 與隣
兒戲于川 隣兒踢公 仆水中 公怒叱曰 汝隷奴 何敢凌公子 如君
不知書者 亦公子耶 是必無腸公子也 公大慚 始折節讀書 文藻水
湧 明年以萬里鷗賦 魁禮圍 未幾登第 典文衡者二十年 企齋雖能
文章 而無實才 嘗判刑部 訴訟塡委 不能決囚繫滿獄 獄不能容
公請加構獄舍 中廟曰 不若易判書 何必改構 遂以許磁代之 許裁
決立盡 囹圄遂空)."

115. 「盧處士(橚)慶莊 十詠」申光漢

「雉岳湧月」

瑞暈初分岳　　고운 달무리 처음 산에 솟아오르자

寒光忽射空　　차가운 빛이 갑자기 공중에 비추네

半窺驚魍魎　　반만 보여도 도깨비들 놀라고

全露破鴻濛　　완전히 뜨자 뭉실 기운 다 없어지네

爽透林泉外　　상쾌하게 정원 밖에 쏟아지다가

淸銜草屋東　　맑게 초가 동편을 감싸네

慇懃來入戶　　은근하게 방문으로 들어와

還照覓詩中　　도리어 시를 찾는 나를 비추네

<주석> 〖湧〗 솟다 용, 〖暈〗 무리 훈, 〖窺〗 엿보다 규, 〖魍魎(망량)〗 도
깨비, 〖鴻濛(홍몽)〗 우주가 형성되기 전의 혼돈된 상태, 〖透〗 지
나가다 투, 〖銜〗 머금다 함, 〖還〗 도리어 환

<감상> 이 시는 원주 치악산 아래에 있는 마을에서 달이 뜨는 것을 보고
읊은 시이다.

상서로운 달무리가 산 위에 막 솟아오르자 차갑게 느껴지는 달빛
이 하늘에 넓게 퍼진다. 달빛이 반만 보여도 한밤중에 생활하는
도깨비가 놀라서 도망갈 듯하고, 완전히 떠오르자 세상이 훤히 밝
아졌다. 정원 밖을 상쾌하게 비추다가 초가집을 청신하게 감싸 안
는다. 그러다 은근히 방문으로 들어오더니, 시를 짓고 있는 나를
비추고 있다.

許筠의 『성소부부고』의 「答李生書」에서는 우리나라의 詩史를
언급하면서 신광한에 대해서도 언급하고 있는데, 예시하면 다음과
같다.

"우리나라는 외져서 바다 모퉁이에 있으니 唐나라 이상의 문헌은

까마득하며, 비록 乙支文德과 眞德女王의 詩가 역사책에 모아져 있으나, 과연 자신의 손으로 직접 지었던 것인지는 감히 믿을 수 없소. 新羅 말엽에 이르러 崔致遠 學士가 처음으로 큰 이름이 났는데, 오늘로 본다면 文은 너무 고와서 시들었으며 詩는 거칠어서 약하니 許渾·鄭谷 등 晚唐의 사이에 넣더라도 역시 누추함을 나타낼 텐데, 盛唐의 작품들과 그 技法을 겨루고 싶어 해서야 되겠습니까? 高麗시대의 鄭知常은 아롱점 하나는 보았다 하겠지만, 역시 晚唐 詩 가운데 穠麗한 시 정도였소. 李仁老·李奎報는 더러 맑고 奇異하며 陳澕·洪侃은 역시 기름지고 고우나 모두 蘇東坡의 범위 안에서 벗어나지 못하지요. 급기야 李齊賢에 이르러 倡始하여, 李穀·李穡이 계승하였으며, 鄭夢周·李崇仁·金九容이 고려 말엽의 名家가 되었지요. 조선 초엽에 이르러서는 鄭道傳·權近이 그 명성을 독점하였으니 文章은 이때에 이르러 비로소 達했다 칭할 만하여 아로새기고 빛나곤 해서 크게 변했다 이를 만한데 中興의 공로는 李穡이 제일 크지요. 중간에 金宗直이 圃隱·陽村의 文脈을 얻어서 사람들이 大家라고 일렀으나 다만 恨스러운 것은 文竅의 트임이 높지 못했던 것이오. 그 뒤에는 李荇 정승이 시에 入神하였으며, 申光漢·鄭士龍은 역시 그 뒤에 뚜렷하였소. 盧守愼 정승이 또 애써서 문명을 떨쳤으니, 이 몇 분들이 中國에 태어났다면 어찌 모두 康海·李夢陽(明의 前七子로 詩文에 능함) 두 사람보다 못하다 하리오? 당세의 글하는 이는 文은 崔岦을 추대하고 詩는 李達을 추대하는데, 두 분 모두 천 년 이래의 絶調지요. 그리고 같은 연배 중에서는 權韠이 매우 婉亮하고, 李安訥이 매우 淵沆하며 이 밖에는 알 수가 없소(吾東僻在海隅 唐以上文獻邈如 雖乙支, 眞德之詩 彙在史家 不敢信其果出於 其手也 及羅季 孤雲學士始大厥譽 以今觀之 文菲以萎 詩粗以 弱 使在許鄭間 亦形其醜 乃欲使盛唐爭其工耶 麗代知常 足窺 一斑 亦晚李中穠麗者 仁老奎報 或淸或奇 陳澕洪侃 亦腴艶 而 俱不出長公度內耳 及至益齋倡始 稼牧繼躅 圃陶惕 爲季葉名家

逮國初 三峯陽村 獨擅其名 文章至是 始可稱達 追琢炳烺 足曰
丕變 而中興之功 文靖爲鉅焉 中間金文簡得圃, 陽之緒 人謂大
家 只恨文竅之透不高 其後容齋相詩入神 申鄭亦瞠乎其後 蘇相
又力振之 茲數公 使生中國 則詎盡下於康李二公乎 當今之業
文推崔東皐 詩推李盆之 俱是千年以來絶調 而儕類中汝章甚婉
亮 子敏甚淵伉 此外則不能知也)."

116. 「簡謝金使君惠買瓦錢」 申光漢

才名遠愧杜陵賢　　재주와 명성은 뛰어난 두보에게 많이 부끄럽지만
生理堪誇我在前　　살림살이는 내가 앞선다고 자랑할 만하네
春雨不愁茅屋漏　　봄비에 초가집이 새는 것을 근심하지 않는 것은
野橋今復見携錢　　들 다리에서 방금 다시 돈 들고 오는 것을
　　　　　　　　　 보았기 때문이라네

<주석> 〖使君(사군)〗 고을의 장관이나 사람의 존칭으로 쓰임, 〖愧〗 부끄
러워하다 괴, 〖生理(생리)〗 = 生計, 〖堪〗 능히 하다 감, 〖誇〗
자랑하다 과, 〖携〗 들다 휴

<감상> 이 시는 김사군이 기와 판 돈을 보내 준 것에 대한 감사의 마음을
노래한 것이다.

이 시는 起句와 承句에 對偶의 수사법을 사용하고 있다. 對偶는
絶句보다 律詩의 함련과 경련에 주로 사용하며, 기구와 승구에는
대우를 두지 않아도 된다. 신광한은 絶句에서는 기구와 승구에,
律詩에서는 수련과 함련과 경련에 모두 對偶를 즐겨 사용하고 있
다(「送中原禹使君移鎭西原」 등). 이것은 '以文爲詩'를 표방한 江
西詩派들의 詩作에 나타난 散文化 경향과 상통하는 것이다.

趙士秀의 「文簡公行狀」에, "문을 지을 때에는 반드시 韓愈와 孟
子를 모범으로 삼아 성대함이 만 이랑의 큰 파도가 출렁이는 것과
같아 奇異하기를 구하지 않아도 저절로 기이하고 변화할 수 있었
다. ……시를 지을 때는 『시경』을 근본으로 하였고, 杜甫를 祖로
삼고 江西를 宗으로 삼아 기가 웅혼하고 律이 부섬하며 청연유묘
하고 준결유려하여 구리 구슬이 널판에서 달리듯 하고, 빽빽한 별
이 하늘에 걸려 있는 듯하며, 여러 체를 두루 갖추어 前古보다 매
우 뛰어나니, 사람들이 두보를 잘 배웠다고 하였다(爲文 必以韓孟

爲範 汪汪如萬頃洪濤淪漣蕩潏 不求爲奇 而自能奇變 ……爲詩
本諸三百篇 祖少陵而宗江西 氣渾而雄 律瞻而富 淸硏幽妙 峻
潔流麗 如銅丸走板 如繁星麗天 衆體森備 遠駕前古 人謂善學
老杜).”라 하여, 海東江西派를 宗으로 삼았음을 알 수 있다.
洪萬宗은 『小華詩評』에서, “보한재 신숙주·이락당 신용개·기
재 신광한 조손 세 사람은 모두 문장에 뛰어나 대제학을 지냈으니,
위대한 일이다. ……위에 든 여러 시는 당시에 양보할 것이 없다
(保閑齋申叔舟二樂堂用漑企齋光漢　祖孫三人　皆以文章典文衡
偉哉 ……諸詩何讓唐人).”라는 평을 남기고 있다.

117. 「座有和者 復用前韻 以示惜春之意」申光漢

名是爲春實是賓　　이름은 봄이지만 실은 손님
桃花欲謝強爲春　　복사꽃 지려는데 억지로 봄이라 하네
年年惜此春光去　　해마다 봄빛이 지나가는 것을 애석해했는데
春作殘春人老人　　봄은 늦봄이 되었고 사람은 노인이 되었네

<주석> 〖謝〗 시들다 사, 〖強〗 억지로 강

<감상> 이 시는 함께한 사람 중에 和韻한 사람이 있어 다시 앞에 사용했던 韻을 사용하여 봄이 가는 것을 애석해하는 뜻을 보여 준 시이다. 散文에서 筆力을 펴고 기운을 깊이 있게 하기 위하여 동일한 어구를 반복하는 重複의 修辭를 사용한다. 詩에서도 語勢를 강화시키고 표현을 적극적으로 하기 위해 重複을 사용하였다. 일반적으로 근체시에서는 한 글자가 두 번 들어가면 作法에 어긋나지만, 1句에 또는 1聯에 같은 자가 두 번 들어가는 것을 허용하고 1首에 같은 자가 3번 들어가는 것도 허용은 하지만 피하는 것이 좋다. 신광한은 이 시에서 春과 人을 重複 사용하여 散文化 경향을 띠고 있다. 허균은 『惺叟詩話』에서 신광한을 포함한 조선의 詩史에 대해서 다음과 같이 언급하고 있다.

"조선의 詩는 中宗朝에 이르러 크게 성취되었다. 李荇이 시작을 열어 訥齋 朴祥·企齋 申光漢·冲庵 金淨·湖陰 鄭士龍이 一世에 나란히 나와 휘황하게 빛을 내고 金玉을 울리니 千古에 칭할 만하게 되었다. 조선의 시는 宣祖朝에 이르러서 크게 갖추어지게 되었다. 盧守愼은 杜甫의 법을 깨쳤는데 黃廷彧이 뒤를 이어 일어났고, 崔慶昌·白光勳은 唐을 본받았는데 李達이 그 흐름을 밝혔다. 우리 亡兄의 歌行은 李太白과 같고 누님의 시는 盛唐의 경지에 접근하였다. 그 후에 權韠이 뒤늦게 나와 힘껏 前賢을 좇

아 李荇과 더불어 어깨를 나란히 할 만하니, 아! 장하다(我朝詩 至
中廟朝大成 以容齋相倡始 而朴訥齋祥, 申企齋光漢金冲庵淨鄭
湖陰士龍 竝生一世 炳烺鏗鏘 足稱千古也 我朝詩 至宣廟朝大備
盧蘇齋得杜法 而黃芝川代興 崔白法唐而李益之闡其流 吾亡兄
歌行似太白 姊氏詩恰入盛唐 其後權汝章晚出 力追前賢 可與容
齋相肩隨之 猗歟盛哉)."

이 외에도 『성소부부고』에는 신광한의 시에 대해 다음과 같은 내
용이 실려 있다.

"駱峰 申光漢의 시는 淸絶함에 아취가 있다. 「中秋舟泊長灘」라
는 시에, '갈대꽃 핀 물기슭에 외로운 배 매고 보니, 양 갈래 맑은
강에 사면에는 산이로세. 인간 세상에도 이 밤 같은 달이야 없을까
만, 백 년 가도 이러한 달 보기 어려우리'라 하고, ……편편이 모
두 읊을 만하다. 비록 雄奇함에 있어서는 湖陰 鄭士龍에 미치지
못하나 淸暢함에 있어서는 오히려 그보다 낫다(申駱峯詩 淸絶有
雅趣 中秋舟泊長灘曰 孤舟一泊荻花灣 兩道澄江四面山 人世豈
無今夜月 百年難向此中看 ……篇篇俱可誦 雄奇不逮湖老 淸鬯
過之)."

118. 「黃雀吟」 申光漢

黃雀啄黃黍	참새가 누런 기장을 쪼아 먹고는
飛鳴集林木	날아 울며 숲으로 모이네
田中有稚兒	밭 가운데 어린아이 있어
日日來禁啄	날마다 와서 쪼아 먹지 못하게 하네
雀飢不得飽	참새는 먹을 수 없어 굶주렸으나
兒喜能有粟	아이는 곡식을 지킬 수 있어 기뻐하네
有粟輸官倉	지키던 곡식은 관의 창고로 보내고
歸家但四壁	집으로 돌아가니 다만 사방 벽뿐이네
黃雀終自肥	참새는 끝내 살이 쪘으나
兒飢向田哭	아이는 굶주려 밭을 향해 운다네

<주석> 【黃雀(황작)】 새 이름으로, 뜻을 얻은 小人에 비유, 【啄】 쪼다 탁, 【黍】 기장 서, 【倉】 창고 창

<감상> 이 시는 三陟府使로 있을 때 참새를 보고 노래한 것으로, 현실에 대한 諷刺詩이다.

1연에서는 참새의 힘을 묘사하고 있고(참새는 당시 지방관이나 아전들을 비유함), 2연에서는 참새를 지키는 아이를 그리고 있다(아이는 당시의 백성들을 비유함). 3연에서는 잠시 참새를 막아 농사를 지을 수 있었으나, 4연에 이르러서는 수확한 곡식을 세금으로 내고 나니, 집에는 먹을 것이 하나도 없다는 당시 백성들의 허무한 마음을 묘사하고 있고, 5연에서는 참새와 아이를 대비시켜 백성들의 고통스러운 상황을 확연하게 드러내고 있다.

신광한은 「王詔使鶴皇華集序應製」에서, "무릇 시는 사람의 성정에 근원하여 말로 드러난 것이다. 성정이 바르면 말에 드러난 것이 바르지 않은 것이 없다. 성정이 바르지 않으면 생각이 따라서 사악해지니, 그 말이 어찌 바름을 얻을 수 있겠는가? 옛날 태평성세 때에 성인이 위에 있어 자신으로 가르침을 삼아 직온관률을 한데 섞어 그 中을 얻은 연후에 천하의 말 중에 바르게 드러나지 않은 것이 없었다. 그리고 시라는 것은 또한 말의 정화이다(夫詩者根於人之性情 而發之於言 性情正 則發於言者無不正 性情不正 則思從而邪 其言烏得而正哉 古昔盛時 聖人在上 以身爲教 直溫寬栗 揉得其中 然後天下之言 無不發於正 而詩者又言之精華也)."라 하여, 시가 性情의 표현으로 인간의 心性을 陶冶하여 社會教化를 실현하는 것으로 보았다. 신광한의 諷刺詩에는 이러한 의미가 담겨 있는 것이다.

홍만종은 『시화총림』에서, "기재 신광한과 호음 정사룡은 같은 시대에 이름이 함께 높았는데, 기상과 격조는 서로 달랐다. 신광한의 시는 맑고 밝으며, 정사룡의 시는 웅장하고 기이하다. ……기재는 각체의 시를 구비한 반면 호음은 유독 7언율시만을 잘 지었다. 호음이 기재에 미치지 못하는 것처럼 보이자, 호음은 '신공의 각체가 어찌 내 율시 하나를 대적하겠는가?'라 하였다(申企齋鄭湖陰 一時齊名 兩家氣格不同 申詩淸亮 鄭詩雄奇 ……企齋於詩各體 俱備 湖陰獨善七律 湖似不及企 而嘗曰 申公各體 豈能敵吾一律哉)."라 하여, 신광한과 정사룡 詩의 長處를 제시하고 있다.

119. 「山居」 二首 徐敬德[30]

雲巖我卜居	운암에 내가 살게 된 것은
端爲性慵疏	모두 성질이 게으르고 못 사귀기 때문이네
林坐朋幽鳥	숲에 앉아 조용한 새와 벗하고
溪行伴戲魚	시냇가에 가서 노니는 물고기와 짝하네
閒揮花塢帚	한가로이 꽃 언덕을 빗자루로 쓸고
時荷藥畦鋤	때로 약초밭에 호미질을 하네
自外渾無事	세상 밖에 전혀 아무 일 없으니
茶餘閱古書	차 마신 뒤에 옛글을 읽네

<주석> 〖端〗 모두 단, 〖慵〗 게으르다 용, 〖伴〗 짝 반, 〖塢〗 둑 오, 〖帚〗 비 추, 〖荷〗 메다 하, 〖畦〗 쉰 이랑 휴, 〖鋤〗 호미 서, 〖渾〗 모

---

30) 徐敬德(1489, 성종 20～1546, 명종 1). 본관은 唐城. 자는 可久, 호는 復齋·花潭. 그의 집안은 양반에 속했으나 할아버지와 아버지가 무반 계통의 하급관리를 지냈을 뿐, 남의 땅을 부쳐 먹을 정도로 형편이 어려웠다. 18세에 『대학』을 읽다가 格物致知장에 이르러 "학문을 하면서 사물의 이치를 파고들지 않는다면 글을 읽어 어디에 쓰겠는가?"라고 하여, 독서보다 격물이 우선임을 깨달아 침식을 잊을 정도로 그 이치를 연구하는 데 몰두했다. 이 때문에 건강을 해쳐 1509년(중종 4) 요양을 위해 경기·영남·호남 지방을 유람하고 돌아왔다. 1519년 조광조에 의해 실시된 현량과에 으뜸으로 천거되었으나 사퇴하고 화담에 서재를 지어 연구를 계속했다. 1522년 다시 속리산·지리산 등 명승지를 구경하고, 기행시 몇 편을 남겼다. 그는 당시 많은 선비들이 사화로 참화를 당하는 것을 보았기 때문에 과거에 뜻을 두지 않았다. 1531년 어머니의 명으로 생원시에 응시, 합격했으나 벼슬길에는 나가지 않았다. 1540년 金安國 등에 의해 조정에 추천되고, 1544년 후릉참봉에 제수되었으나 사양하고 계속 화담에 머물면서 성리학 연구에 전력했다. 이 해에 병이 깊어지자, "성현들의 말에 대하여 이미 선배들의 주석이 있는 것을 다시 거듭 말할 필요가 없고 아직 해명되지 못한 것은 글을 만들어 보고 싶었다. 이제 병이 이처럼 중해졌으니 나의 말을 남기지 않아서는 안 되겠다."고 하면서 「原理氣」·「理氣說」 등을 저술했다. 그의 문하에서 朴淳·許曄·李之菡 등 많은 학자·관인들이 배출되었다. 시호는 文康이다. 한국 유학사상 본격적인 철학문제를 제기하고, 독자적인 氣哲學의 체계를 완성했으며, 당시 유명한 기생 황진이와의 일화가 전하며, 박연폭포·황진이와 더불어 松都三絶로 불렸다.

두, 아주 혼, 〖閒〗 읽다 열

<**감상**> 이 시는 산에 살면서 누리는 한가로운 정서를 노래한 시이다. 자연 속의 운암에 내가 살게 된 이유는 모두 내 성질이 게으르고 사람을 잘못 사귀기 때문이다. 그래서 사람이 아닌 자연을 벗 삼아 숲에 앉아서는 조용한 새와 벗하며 이야기를 나누고, 때로는 시냇가를 거닐며 노니는 물고기와 짝한다. 시간이 나면 한가롭게 꽃이 떨어진 언덕을 빗자루로 쓸고, 때로는 호미를 메고 약초밭에 가서 김을 맨다. 세상 밖의 일에는 아무런 관심도 없으니, 차를 끓여 마신 뒤에는 한가롭게 옛글을 읽는다.

花潭一草廬	화담의 한 초가집이
瀟洒類僊居	맑고 깨끗하니 신선집 같네
山簇開軒面	산들은 옹기종기 집 앞에 펼쳐졌고
泉絃咽枕虛	샘물 거문고 소리 허공을 베고 울리네
洞幽風淡蕩	골짜기 그윽하니 바람이 돌아가고
境僻樹扶疏	경계가 궁벽하니 나무도 무성하네
中有逍遙子	그중에 소요하는 사람 있어
清朝好讀書	맑은 아침에 독서를 좋아하네

<**주석**> 〖瀟〗 맑다 소, 〖洒〗 물 뿌리다 쇄, 〖簇〗 모이다 족, 〖咽〗 목메다 열, 〖淡蕩(담탕)〗 물이 돌아 천천히 흐르는 모양, 〖僻〗 후미지다 벽, 〖扶疏(부소)〗 가지와 잎이 무성한 모양

<**감상**> 화담에 초가집이 한 채 있는데, 맑고 깨끗하여서 마치 신선이 사는 집 같다. 그 집 앞의 산들은 옹기종기 겹쳐 저 멀리까지 펼쳐졌고, 집 앞을 흐르는 샘물 소리는 허공에 울려 퍼지고 있다. 골짜기 그윽하여 깊으니 바람이 돌아 흘러 소슬하게 불고, 그곳이 궁벽한 곳이라 사람의 베임을 벗어나 나무도 울창하게 자랐다. 그 화담에 소요하는 사람인 나는 맑은 아침이면 자리에서 일어나 한가롭게

독서를 즐긴다.

『己卯錄』에 서경덕의 화담에서의 隱居와 학습과정, 孝에 대한 이야기가 다음과 같이 실려 있다.

"본관은 唐津으로 자는 可久며, 스스로 호를 복재라 하였다. 일찍부터 화담에 은거하며, 세상에 알려지기를 원하지 않았다. 학자들이 화담선생이라 불렀다. 易理에 밝았으며 특히 수학에 정밀하였다. 중종 때에 여러 번 조정에서 불렀으나 나가지 않고 끝내 집에서 작고하니, 후에 특별히 영의정의 벼슬을 증직하고, 시호를 文康이라 하였다. 어머니 韓氏가 꿈에 孔夫子廟에 들어갔다가 그 후 공을 낳았다. 어려서부터 총명하고 영특하고 과단성이 있었다. 학문에 뜻을 둘 나이가 되어(15세를 말함) 이웃집 유생한테서『書傳』을 강의받다가 朞三百의 주석(朞 三百有六旬有六日「堯典」)에 이르러 선생이 책을 덮고 그 張을 넘어서 지나가자 公이 그 이유를 물으니, 선생이, '본래 모르는 대목이고 나도 배우지 않았으며 세상 사람이 다 읽지 않는다.' 하였다. 공이 이상하게 여기고 물러나서 곰곰이 15일을 생각하고 읽고 외기를 몇천 번 하니 자연히 뜻을 알게 되었다. 그리하여 글이란 생각하여 알 수 있는 것이라는 것을 알았다. 공의 천성은 효성이 지극하여 상주가 되어서는『禮記』를 읽다가, '처음 죽어서는 황급하다.'는 구절에 이르러서는 여러 번 반복하며 눈물을 흘렸다. 평생 남에게 모난 행동을 싫어하여 이웃 사람들과 같이 있으면서도 종일 이야기하고 웃고 하여 보통 사람보다 다른 점을 볼 수 없었다. 집은 지극히 빈한하여 혹 며칠 밥을 짓지 않아도 태연하였다. 고을 사람들이 그 덕망에 교화되어 서로 다투는 일이 있으면 官府에 가지 않고 선생한테 와서 판결을 받았었다. 기묘년 薦科에 추천되었으나 나아가지 않았다. 신묘년에 어머니의 명령으로 서울에 가서 司馬가 되어 돌아와, 厚陵(정종과 그 비의 능) 참봉을 내렸으나 받지 않았다. 나이 58세에 죽었다(唐津人 字可久 自號復齋 嘗隱居花潭 不求聞達 學者稱爲花潭先生 明於易理 而數學尤精 我中廟累召不起 終於

家 後特贈領議政 謚文康 母韓氏 嘗夢入夫子廟 生公 自幼聰明
英果 年近志學 授書傳於隣儒 至朞三百註 其師便掩卷踰張而去
公問其故 其師曰 本不知處 吾所不學 世人皆不讀 公怪而退來
精思十五日 讀誦幾千遍 自然通曉 乃知書之可以思得也 公天性
至孝 居憂讀禮記 至始死皇皇等語 未嘗不三復流涕 平生惡崖異
之行 與隣人處 終日言笑 未見有異也 家至貧 或連日不炊 而常
晏如 鄕隣化其德 有爭辨 則不至官府 而來咨決焉 己卯薦科 辭
不赴 辛卯以母氏之命 到京師 得司馬而歸 除厚陵參奉 不起 年
五十八卒)."

120. 「無題」二首 徐敬德

其一

眼垂簾箔耳關門　　눈은 주렴을 드리웠고 귀는 문을 닫았으니
松籟溪聲亦做喧　　솔바람 시냇물 소리 또한 시끄럽구나
到得忘吾能物物　　나를 잊고 사물을 사물로 볼 수 있음에 이
　　　　　　　　　　르렀으니
靈臺隨處自淸溫　　마음은 처한 곳에 따라 절로 맑고 온화해지네

<주석> 〖簾〗 주렴 렴, 〖箔〗 발 박, 〖關〗 닫다 관, 〖籟〗 소리 뢰, 〖做〗 짓다 주, 〖喧〗 시끄럽다 훤, 〖靈臺(령대)〗 마음

<감상> 이 시는 서경덕과 자연이 하나가 되는 경지에 대해 노래하고 있다. 눈은 주렴, 즉 눈꺼풀을 드리우고 보지 않으려 하고 귀는 문을 닫아 듣지 않으려 한다. 그런데 나를 잊지 않은 상태에서는 나라는 주체가 여전히 존재하기 때문에 그 소리가 여전히 들려와, 솔바람 소리와 시냇물 소리가 시끄럽게 귀를 울린다. 하지만 나 자신을 잊고 사물을 사물 그대로 볼 수 있는 경지에 이르자, 내 마음은 어디에 처하든 절로 맑아지고 온화해진다. 자연과 同化되었기에 가능한 것이다.

서경덕은 「無弦琴銘」에서, "거문고이면서 줄이 없는 것은 본체는 그대로 두고 그 작용을 버린 것이다. 진실로 작용을 버린 것이 아니라 고요함이 움직임을 품고 있는 것이다. 소리를 통하여 거문고 소리를 듣는 것은 소리 없이 듣는 것만 못하다. 형체를 통하여 거문고를 즐기는 것은 형체 없이 즐기는 것만 못하다. 형체가 없이 그것을 즐기므로 그 오묘함을 체득하게 되고, 소리 없이 그것을 듣게 되므로 그 묘함을 체득하게 된다. 밖으로는 형체로 체득하지만 안으로는 無形에서 깨닫게 된다. 다만 그런 가운데에서 흥취를

얻게 되는 것인데, 어찌 줄에 대한 노력만을 일로 삼는가(琴而無
絃 存體去用 非誠去用 靜其含動 聽之聲上 不若聽之於無聲 樂
之形上 不若樂之於無形 樂之於無形 乃得其徽 聽之於無聲 乃得
其妙 外得於有 內會於無 顧得趣乎其中 奚有事於絃上工夫)?"라
하여, 위의 시와 마찬가지로 體用을 동시에 체득해야 흥취를 얻을
수 있다는 것을 말하고 있다.

121.「有物吟」二首 徐敬德

其一

有物來來不盡來	물은 오고 와도 끝없이 오니
來纔盡處又從來	거의 다 온 것 같은데 또 따라오네
來來本自來無始	오고 와도 본래 처음이 없었으니
爲問君初何所來	그대에게 묻노니 처음에 어디서부터 왔는가?

<주석> 〖有物(유물)〗 존재하는 有無形의 모든 사물, 〖纔〗 겨우 재

<감상> 이 시는 사물의 생성과 변화를 노래한 것으로, 첫 번째 시는 사물의 생성에 대해 노래하고 있다.

이 세상에 존재하는 모든 有無形의 사물들은 계속적으로 생성되어 끝이 없으니, 때로는 거의 다 끝난 것 같은데도 또 이어서 생성되고 있다. 본래부터 시작이 없이 계속 돌고 도니, 어디에서부터 처음이 시작되었는가?

其二

有物歸歸不盡歸	물이 돌아가고 돌아가도 끝없이 돌아가니
歸纔盡處未曾歸	거의 다 돌아간 것 같은데 일찍이 돌아가지 않았네
歸歸到底歸無了	돌아가고 돌아가도 마침내 끝이 없으니
爲問君從何所歸	그대에게 묻노니 어느 곳으로부터 돌아가는가?

<주석> 〖到底(도저)〗 始終, 마침내

<감상> 이 시는 두 번째 시로 消滅에 대해 노래하고 있다.

이 세상에 존재하는 모든 유무형의 사물들은 지속적으로 소멸되

니, 거의 다 소멸된 것 같으나 아직 일찍이 소멸된 적이 없다. 소
멸되고 소멸되어도 끝이 없으니, 어디에서 소멸되는 것인가?

其二

萬物皆如寄	만물은 모두 붙어 있는 것 같아
浮沈一氣中	한 기 속에서 떴다 잠긴다네
雲生看有跡	구름은 생길 때는 보면 자취가 있지만
氷解覓無蹤	얼음으로 녹을 때는 찾아도 흔적도 없다네
晝夜明還暗	낮과 밤은 밝다가 다시 어두워지니
元貞始復終	元亨利貞이 처음이었다 다시 끝이라네
苟明於此理	만약 이 이치를 알게 되면
鼓缶送吾公	동이를 두드리며 그대를 보내리

<주석> 〖挽〗=輓 만사 만, 〖覓〗 찾다 멱, 〖元貞(원정)〗 元亨利貞의 준말로 天道의 네 가지 덕. 元은 봄이니 만물의 시초로 仁이 되고, 亨은 여름이니 만물이 자라 禮가 되고, 利는 가을이니 만물이 이루어 義가 되고, 貞은 겨울이니 만물을 거두어 智가 됨, 〖鼓缶(고부)〗 莊子가 부인이 죽었을 때 질장구를 두드렸다는 것에서 아내의 죽음을 의미하지만, 여기서는 즐거운 마음을 뜻함, 〖吾公(오공)〗 상대에 대한 敬稱

<감상> 이 시는 輓詞로, 죽음은 삶의 시작이고 삶은 다시 죽음의 시작임을 노래하고 있다.

만물은 모두 정착되어 있는 것이 아니라 잠시 어떤 사물에 붙어 있는 것처럼, 한 기 속에서 떴다가 잠겼다 한다. 예로 들어 보자면, 구름은 생길 때는 보면 자취가 있지만 얼음으로 녹을 때는 찾아도 흔적이 없다. 자연현상을 보면, 낮과 밤은 아침에 밝다가 다시 저녁이 되어서는 어두워지며, 天道인 元亨利貞은 처음 元이었다 亨과 利를 거쳐 貞이 되고 다시 元이 된다. 만약 이 이치를 알게

된다면, 죽음 또한 삶이고 삶 또한 죽음일 것이니, 동이를 두드리며 즐거운 마음으로 그대를 보내리라.

誰斷崑山玉	누가 崑崙山의 옥을 깎아다
裁成織女梳	직녀의 빗을 만들었는가?
牽牛離別後	견우와 이별하고 난 뒤로
謾擲碧空虛	부질없이 푸른 하늘에 던져두었네

---

31) 黄眞伊(?~? 조선 중종대 개성의 기생) 본명은 眞, 妓名은 明月이다. 박연폭포·서경덕과 함께 松都三絶이라 일컫는다. 재색을 겸비한 조선조 최고의 명기이다. 어디를 가든 선비들과 어깨를 겨누고 대화하며 뛰어난 한시나 시조를 지었다. 가곡에도 뛰어나 그 음색이 청아했으며, 당대 가야금의 妙手라 불리는 이들까지도 그녀를 仙女라고 칭찬했다. 황진사의 庶女라고도 하고 맹인의 딸이라고도 하는데, 일찍이 개성의 官妓가 되었다. 15세 때 이웃의 한 서생이 황진이를 사모하다 병으로 죽게 되었는데, 靈柩가 황진이의 집 앞에 당도했을 때 말이 슬피 울며 나가지 않았다. 황진이가 속적삼으로 관을 덮어 주자 말이 움직여 나갔다. 이 일이 있은 후 기생이 되었다는 야담이 전한다. 기생이 된 후 뛰어난 미모, 활달한 성격, 청아한 소리, 예술적 재능으로 인해 명기로 이름을 날렸다. 화장을 안 하고 머리만 빗을 따름이었으나 광채가 나 다른 기생들을 압도했다. 宋公大夫人 회갑연에 참석해 노래를 불러 모든 이의 칭송을 들었고 다른 기생들과 송공 소실들의 질투를 한 몸에 받았으며, 외국 사신들로부터 천하절색이라는 감탄을 받았다. 성격이 활달해 남자와 같았으며, 협객의 풍을 지녀 남성에게 굴복하지 않고 오히려 남성들을 굴복시켰다. 30년간 벽만 바라보고 수도에 정진하는 知足禪師를 찾아가 미색으로 시험해 결국 굴복시키고 말았다는 일화는 유명하다. 시정의 돈만 아는 사람들이 천금을 가지고 유혹해도 돌아보지 않았으나, 서경덕이 處士로 학문이 높다는 말을 듣고 찾아가 시험하다가 그의 높은 인격에 탄복하여 평생 서경덕을 사모했다. 거문고와 술·안주를 가지고 자주 화담정사를 방문해 담론하며 스승으로 섬겼다. 宗室 벽계수가 황진이를 만나보다가 말에서 떨어졌다고 한다. 蘇世讓이 황진이와 만나 30일을 살고 이별하는 날 황진이가 작별의 「奉別蘇判書世讓」을 지어 주자 감동하여 애초의 30일만 산다는 장담을 꺾고 다시 머물렀다고 한다. 명창 이사종과는 그의 집에서 3년, 자기 집에서 3년, 모두 6년을 같이 살고 헤어졌다. 풍류묵객들과 명산대첩을 두루 찾아다니기도 해 재상의 아들인 이생과 금강산을 유람할 때는 절에서 걸식하거나 몸을 팔아 식량을 얻기도 했다고 한다. 죽을 때 곡을 하지 말고 鼓樂으로 전송해 달라, 산에 묻지 말고 큰길에 묻어 달라, 관도 쓰지 말고 동문 밖에 시체를 버려 뭇 버러지의 밥이 되게 하여 천하 여자들의 경계를 삼게 하라는 등의 유언을 했다는 야담도 전한다. 임제가 평안도사가 되어 부임하는 도중 황진이의 무덤에 제사를 지내면서 지었다는 "청초 우거진 골에……"로 시작되는 시조가 전한다.

 【斲】 깎다 착(一本에서는 斷으로 되어 있음), 【梳】 빗 소, 【謾】
부질없이 만(一本에서는 愁로 되어 있음), 【擲】 던지다 척
 이 시는 허공에 떠 있는 반달을 보면서 떠나간 임을 그리워하며 쓴
시로, 반달을 織女의 빗에 비유하여 諧謔的으로 노래하고 있다.
누가 옥이 유명한 곤륜산의 옥을 깎아서 직녀의 빗, 즉 달을 만들
었을까? 견우와 이별한 뒤로 부질없이 푸른 하늘에 던져 놓았다.
홍만종은『小華詩評』에서 妓女의 시와 위의 시에 대한 다음과 같
은 내용을 실어 놓았다.
"옛날 재주 있고 시에 능한 기생으로 설도(唐나라의 여류시인)·
취교 같은 무리가 상당히 많았다. 우리나라의 여자들은 비록 글을
배우지 않았으나, 기생들 중에 자질이 영특하고 빼어난 자가 없지
않다. 그러나 시로 세상에 알려진 사람이 전혀 없으니, 그 이유는
무엇인가? 魚叔權의『패관잡기』를 살펴보니, '우리나라 여자들의
시는 삼국시대에는 알려진 것이 없고, 고려 오백 년 동안 용성의
창기인 우돌과 팽원의 창기인 동인홍만이 시를 지을 줄 안다.'고
하였는데, 이들 시 또한 전해지지 않는다(『보한집』에는 실려 있
다). 근자에 송도의 진낭 황진이와 부안의 계생은 그 사조가 문사
들과 비교하여 서로 겨룰 만하니, 참으로 기이하다. 진랑의「영반
월」은 다음과 같다. …… 계생의 호는 매창으로「贈醉客」시가
있다. …… 시어가 모두 공교하고 곱다. 아! 승려와 기녀는 사람들
이 매우 천하게 여기어 함께 나란히 서기를 부끄러워하는 자들이
다. 그런데 지금 그들의 작품이 이와 같으니, 우리나라 사람들의
뛰어난 재주를 볼 수가 있다(古之才妓能詩者 如薛濤翠翹之輩頗
多 我東方女子 雖不學書 妓流中英資秀出之徒 不無其人 而以詩
傳於世者絶無 何哉 按魚叔權稗官雜記 東方女子之詩 三國時則
無聞焉 高麗五百年 只有龍城娼于咄彭原娼動人紅 解賦詩云 而
亦無傳焉 頃世松都眞娘扶安桂生 其詞藻與文士相頡頏 誠可奇
也 眞娘詠半月詩 …… 桂生號梅窓 其詩云 …… 語皆工麗 噫

緇髡娼妓 人之所甚賤 羞與爲齒者也 而今其所作如此 則可見我
東人才之盛也)."

124. 「奉別蘇判書世讓」黃眞伊

月下梧桐盡	달 아래 오동잎 다 지고
霜中野菊黃	서리 속에 들국화 누렇네
樓高天一尺	누대는 높아 하늘과 한 척인데
人醉酒千觴	사람은 취하여도 술은 천 잔이네
流水和琴冷	흐르는 물은 거문고 소리에 어울려 차고
梅花入笛香	매화꽃은 피리 소리에 들어 향기롭다
明朝相別後	내일 아침 서로 이별한 뒤에
情與碧波長	정은 푸른 물결과 더불어 길어질 것이네

<주석> 〖觴〗 잔 상, 〖笛〗 피리 적

<감상> 이 시는 판서 소세양과 이별하면서 지은 시이다.

이별하는 밤, 달 아래 오동잎이 다 지고 서리 속에 들국화가 누렇게 피었다. 이별하는 장소인 누대는 높아 하늘과의 거리가 한 척이라 하늘에 닿을 듯하고, 사람은 이별주에 취하여도 오가는 술잔은 천 잔이나 되어 끝없이 주고받는다. 흐르는 물소리가 거문고 소리와 어울려 늦가을이라 차갑게 들리고, 매화의 향기는 피리 소리에 감돈다. 내일 아침이면 서로 이별할 것이지만, 서로를 그리워하는 정은 푸른 물결과 더불어 끝없이 길게 이어질 것이다.

이 시는 蘇世讓이 황진이와 만나 30일을 살고 이별하는 날 황진이가 작별로 「奉別蘇判書世讓」이라는 시를 지어 주자 감동하여 애초의 30일만 산다는 장담을 꺾고 다시 머물렀다고 하는 시로, 사람들에게 많이 膾炙되었던 시이다.

相思相見只憑夢　　서로 그리워 만나는 건 다만 꿈에 의지할 뿐
儂訪歡時歡訪儂　　내가 임 찾으러 갈 때 임은 날 찾아왔네
願使遙遙他夜夢　　바라노니, 아득한 다른 날 밤 꿈에
一時同作路中逢　　동시에 함께 일어나 길에서 만나지기를

<주석> 〖憑〗 의지하다 빙, 〖儂〗 나 농, 〖歡〗 서로 사랑하는 남녀의 호
칭 환

<감상> 이 시는 현실에서 이루지 못하는 상황을 꿈을 매개로 하여 이루려
는 마음을 노래한 것으로, 교과서에도 실릴 정도로 황진이의 대표
작 가운데 하나이다.

황진이는 承句인 '儂訪歡時歡訪儂'에서 특이하게 回文體를 사용
하여 내가 임을 찾으러 갈 때 임은 날 찾아왔듯이, 임도 자신을 그
리워하고 있음이 확실하다는 것을 드러내 보이기 위해 재미있는
표현법을 활용하고 있다고 하겠다.

126.「別金慶元」黃眞伊

三世金緣成燕尾　　　영원한 굳은 인연 제비 꼬리처럼 갈라지니
此中生死兩心知　　　이 중에서 살고 죽음을 두 마음만은 알리라
楊州芳約吾無負　　　양주의 꽃다운 약속 내 어기지 않으려니
恐子還如杜牧之　　　그대 도리어 두목지와 같음이 두렵네

<주석> 〖三世(삼세)〗 과거, 현재, 미래, 〖還〗 도리어 환

<감상> 이 시는 김경원과 이별하면서 지은 시이다.

나와 김경원과는 三世의 굳은 인연으로 맺어 금실 좋은 짝이 되었으니, 이 인연으로 살거나 죽을 때까지 서로 헤어질 수 없다. 그런데 양주에서 한 이러한 이별하지 말자는 약속을 나는 어기기 않을 것인데, 그대는 어떨지 모르겠다. 그런데 김경원이 두목지처럼 미남이어서 다른 여인이 유혹할까 걱정된다(이것은 김경원이 자신을 잊을 것에 대한 두려움과 동시에, 자신과 김경원 사이에 처한 신분 차이에서 오는 두려움임).

127.「小栢舟」黃眞伊

汎彼中流小栢舟　　저 중류에 떠 있는 작은 잣나무 배
幾年閑繫碧波頭　　몇 해나 한가로이 푸른 물가에 매었던가?
後人若問誰先渡　　뒷사람이 만약 누가 먼저 건넜냐고 묻는다면
文武兼全萬戸侯　　문무 모두 갖춘 만호후라 하리라

<주석> 〚栢舟(백주)〛 단단한 나무인 잣나무로 만든 배로,『詩經』에 "柏 舟 共姜自誓也 衛世子共伯蚤死 其妻守義 父母欲奪而嫁之 誓 而弗許 故作是詩以絶之"라 하여, 후에 남편이 죽어도 시집가지 않겠다는 것에 대한 맹세로 쓰임, 〚汎〛 뜨다 범, 〚萬戸侯(만호 후)〛 食邑이 萬戸인 후로, 높은 벼슬아치

<감상> 이 시는 비유를 통해 임에 대한 기다림과 과거에 존재했던 임에 대한 추억을 노래하고 있다.

저 중류(현실을 비유)에 떠 있는 잣나무로 만든 작은 배(시인 자신에 비유)는 몇 해나 한가롭게 타는 사람 없이 푸른 물가에 매어 있었던가(임을 만나지 못한 것이 오래됨)? 후세 사람 중에 만약에 누가 먼저 그 배를 타고 건너갔느냐고 묻는다면(내가 사랑한 임이 누구냐고 묻는다면), 文과 武를 겸비한 높은 관리였다고 대답할 것이다.

128. 「滿月臺懷古」 黃眞伊

古寺蕭然傍御溝	옛 절은 도랑 곁에 조용하고
夕陽喬木使人愁	석양의 큰 나무 사람을 시름케 하네
煙霞冷落殘僧夢	연기와 놀은 스님의 남은 꿈에 차갑게 내리고
歲月崢嶸破塔頭	세월은 부서진 탑머리에 아득해라
黃鳳羽歸飛鳥雀	누런 봉황새는 깃을 접고 새와 참새만 날며
杜鵑花落牧羊牛	진달래꽃 떨어진 곳엔 양과 소가 풀을 뜯네
神松憶得繁華日	신성한 송악산이 번화롭던 날을 생각하니
豈意如今春似秋	어찌 이제 봄조차 가을일 줄을 생각이나 했으랴?

<주석> 〖蕭〗 쓸쓸하다 소, 〖御溝(어구)〗 집 정원을 지나는 도랑, 〖喬〗 높다 교, 〖崢嶸(쟁영)〗 산이 험준한 모양. 세월이 가는 모양, 〖杜鵑(두견)〗 진달래꽃

<감상> 이 시는 開城 송악산 기슭에 있던 고려시대 궁궐터인 만월대를 돌아보고 느낀 감회를 노래한 것이다.

궁궐에서 흘러내리던 작은 도랑 옆에 오래된 절이 쓸쓸히 자리하고 있고, 만월대에서 석양이 지는 큰 나무를 보니 사람을 시름케 한다. 옛 절에 남은 스님의 꿈은 해질녘 차갑게 지는 연기와 놀과 같으며, 오랜 세월을 지난 탓으로 만월대에 서 있던 탑이 부서져 쓸쓸하다. 봉황새는 날지 않고 새와 참새만 날며, 진달래꽃이 진 자리에는 양과 소가 풀을 뜯고 있다(봉황새와 진달래꽃이 고려의 지조 있는 선비라면 새와 참새, 양과 소는 지조를 잃은 小人輩를 상징함). 송악산이 번화했던 날을 생각하니(고려의 번성을 의미), 어찌 봄인데 가을이라 느낄 수 있는가(계절은 진달래가 지는 봄이지만, 옛 절의 쓸쓸함으로 볼 때 가을처럼 느껴짐)?

129. 「朴淵」黃眞伊

一派長天噴壑礱	한 줄기 긴 하늘이 골짜기에서 뿜어 나와
龍湫百仞水潨潨	폭포수 백 길 물이 쏟아져 나오네
飛泉倒瀉疑銀漢	나는 샘이 거꾸로 쏟아져 은하수 같고
怒瀑橫垂宛白虹	성난 폭포는 가로로 드리워 완연히 흰 무지개네
雹亂霆馳彌洞府	어지러운 우박과 날뛰던 번개가 골짜기에 가득하고
珠舂玉碎澈晴空	부서진 구슬과 옥이 맑은 하늘에 맑네
遊人莫道盧山勝	나그네야, 여산이 낫다고 말하지 말라
須識天磨冠海東	모름지기 천마산이 해동에서 으뜸임을 알아야 하리

<주석> 〖朴淵(박연)〗 옛날 朴進士라는 사람이 못 위에서 피리를 부니, 龍女가 감동해 그를 데려다 남편으로 삼았다는 데서 유래함(『新增東國輿地勝覽』「牛峰縣」), 〖噴〗 뿜다 분, 〖礱〗 숫돌 롱, 〖龍湫(룡추)〗 위에는 폭포가 있고 아래에는 못이 있는 곳, 〖仞〗 길 인, 〖潨〗 흘러들어가다 총, 〖倒〗 넘어지다 도, 〖瀉〗 쏟다 사, 〖銀漢(은한)〗 은하수, 〖宛〗 완연히 완, 〖虹〗 무지개 홍, 〖雹〗 우박 박, 〖霆〗 번개 정, 〖彌〗 퍼지다 미, 〖洞府(동부)〗 골짜기, 〖舂〗 찧다 용, 〖碎〗 부수다 쇄, 〖澈〗 물이 맑다 철

<감상> 이 시는 松都三絶의 하나인 박연폭포의 아름답고도 힘차며 깨끗함에 대해 노래하고 있다.

한 줄기 긴 하늘이 골짜기에서 뿜어 나와 백 길이나 되는 폭포수가 우렁차게 쏟아져 나온다. 하늘을 나는 샘물이 거꾸로 쏟아져 내리니 하늘에 뜬 은하수 같고, 성난 폭포는 가로로 물길을 드리워 완연히 흰 무지개가 뜬 것 같다. 우박이 어지럽게 떨어지고 번

개가 요란하게 쳐 대는 물벼락이 골짜기에 가득하고, 구슬을 부수고 옥을 갈아 만든 듯한 물방울이 맑은 하늘에 맑게 떠 있다. 박연 폭포의 위용이 이러하니, 나그네는 중국의 명산인 廬山이 좋다고 말하지 말라. 모름지기 우리나라에서 松都에 있는 천마산이 으뜸임을 알아야 할 것이다.

130. 「無爲」 李彦迪[32)

<table>
<tr><td>萬物變遷無定態</td><td>만물은 변천하여 정해진 모양이 없으니</td></tr>
<tr><td>一身閑適自隨時</td><td>이 한 몸 한적하여 스스로 때를 따르네</td></tr>
<tr><td>年來漸省經營力</td><td>근래 점점 作爲의 힘이 줄어드니</td></tr>
<tr><td>長對靑山不賦詩</td><td>오래 청산을 대하고도 시를 짓지 못하네</td></tr>
</table>

<감상> 이 시는 道學者 이언적의 학자적인 모습을 잘 보여 주는 시이다. 세상의 모든 사물은 정해진 형태가 없이 끊임없이 변하고 있으니, 이 한 몸 역시 변화 속에 있는 것이므로 한적하게 지내며 때의 변천을 따르련다. 근래 들어 점점 경영하는 힘, 즉 作爲의 힘이 줄어드니(作爲는 출세나 명예를 탐하는 것, 글을 꾸미는 것 등등을 의미함), 오래 청산을 마주하고도 作爲의 힘이 줄어들어 시를 짓지 못하고 있다.

이수광은 『지봉유설』에서 이 시에 대해, "회재 선생의 시에 …… 라고 했는데, 말의 뜻이 매우 높아 구구한 시를 짓는 사람이 미칠 수 있는 것이 아니다(晦齋先生詩曰 萬物變遷無定態 一身閑適自隨時 年來漸省經營力 長對靑山不賦詩 語意甚高 非區區作詩者 所能及也)."라 평하고 있다.

---

32) 李彦迪(1491, 성종 22~1553, 명종 8). 본관은 驪州. 초명은 迪. 자는 復古, 호는 晦齋·紫溪翁. 10세 때 아버지를 여의고 외숙인 孫仲暾의 도움으로 생활하며 그에게 배웠다. 1514년(중종 9) 문과에 급제하여 경주 州學敎官이 되었다. 이후 성균관전적·인동현감·사헌부지평·이조정랑·사헌부장령 등을 역임했다. 1530년 司諫으로 있을 때 金安老의 등용을 반대하다가 그들 일당에 의해 몰려 향리인 경주 紫玉山에 은거하며 학문에 열중했다. 1537년 김안로 일파가 몰락하자 종부시첨정으로 시강관에 겸직 발령되고, 교리·응교 등을 거쳐, 1539년에 전주부윤이 되었다. 이후 이조·예조·병조의 판서를 거쳐 경상도관찰사·한성부판윤이 되었다. 1545년(명종 즉위) 인종이 죽자 좌찬성으로 院相이 되어 국사를 관장했고, 명종이 즉위하자 「書啓十條」를 올렸다. 이해 尹元衡이 주도한 을사사화의 推官으로 임명되었으나 스스로 벼슬에서 물러났다. 1547년 윤원형과 李芑 일파가 조작한 良才驛壁書事件에 무고하게 연루되어 강계로 유배되어 죽었다.

平生志業在窮經	한평생 뜻과 일은 經典 窮究에 있어
不是區區爲利名	구구하게 이익과 명예 구하지 않으리
明善誠身希孔孟	明善과 誠身엔 孔孟을 바라고
治心存道慕朱程	治心과 存道엔 정주를 사모했네
達而濟世憑忠義	통달해서 세상을 구제함엔 충의에 의지하고
窮且還山養性靈	궁하면 산으로 돌아와 성령을 기른다
豈料屈蟠多不快	어찌 험하고 많은 불쾌함 생각하리오?
夜深推枕倚前楹	깊은 밤 베개 밀어 두고 앞 난간에 기대노라

<주석> 〖憑〗 기대다 빙, 〖性靈(성령)〗 ＝性情, 〖屈蟠(굴반)〗 꼬불꼬불
함, 〖料〗 헤아리다 료, 〖楹〗 기둥 영

<감상> 이 시는 과거 급제 후 24세에 산에 있는 집에서 병이 들어 일어나
지은 것으로, 이언적의 포부가 잘 드러난 시이다.

한평생의 포부와 일은 오직 經典을 궁구하는 것이니, 구차스럽게
명예나 이익을 구하지는 않겠다. 孔子와 孟子에게서는 明善과 誠
身을 배우고, 程子와 朱子에게서는 治心과 存道를 배운다. 이러
한 것을 배우고 벼슬길에 나아가면 세상을 구제함으로써 忠義를
실현하고, 여의치 않아 물러나면 산으로 돌아와 性情을 기르겠다.
이러한 길에서 험하고 어려움을 어찌 걱정하겠는가? 병이 들어 잠
못 드는 깊은 밤에 베개를 밀치고 일어나 앞에 있는 난간에 기대
어 본다.

『해동잡록』에 그의 出處에 대한 간략한 내용이 다음과 같이 실려
있다.

"본관은 여주로 자는 복고이고 호는 회재이며, 또 하나의 호는 紫
溪翁이다. 初名은 迪이었으나, 正德 갑술년에 등제하였을 때 중

종의 명령으로 彦 자를 가하였다. 경인년에 司諫으로 벼슬을 그만
두고 田里에 돌아갔는데 7년 만에 金安老가 敗死하게 되자, 다시
부름을 받아 관직을 역임하고 이조판서가 되었다. 仁宗 초에 특별
히 좌찬성을 배수하고, 禍가 일어나자 江界로 귀양 갔다가 귀양
간 곳에서 죽었다. 사람됨이 忠孝가 천성으로 뛰어났으며, 학문이
精深하였다. 저서로는 『奉先雜儀』, 『大學章句補遺』, 『中庸九經
衍義』 등의 책이 있다. 뒤에 명에 의하여 영의정에 추증되었으며,
시호는 文元이다. 문집이 세상에 전한다(驪州人 字復古 號晦齋
又號紫溪翁 初名迪 正德甲戌登第 我中廟命加彦字 庚寅以司諫
罷歸田里 凡七年 及金安老敗死 復召累遷 至吏曹判書 仁廟初
特拜左贊成 及禍作 謫江界 卒于謫所 爲人忠孝出天 學問精深
所著有奉先雜儀大學章句補遺中庸九經衍義等書 後命贈領議政
謚文元 有集行于世)."

其一

雨後山中石澗喧	비 온 후 산중 바위틈에 시냇물 소리 요란한데
沈吟竟日獨憑軒	시 읊으며 종일 홀로 난간에 기대었네
平生最厭紛囂地	평생에 가장 싫은 것은 어지럽고 시끄러운 곳인데
惟此溪聲耳不煩	유독 이 시냇물 소리는 귀에 번거롭지 않네

<주석> 〖卽事(즉사)〗 앞에 있는 사물을 제재로 삼은 시, 〖澗〗 계곡의 시냇물 간, 〖喧〗 시끄럽다 훤, 〖沈吟(침음)〗 낮은 소리로 음미함, 〖憑〗 기대다 빙, 〖軒〗 난간 헌, 〖囂〗 시끄럽다 효

<감상> 이 시는 산중에서 보이는 사물을 제재로 노래한 것이다.

비가 온 뒤라 산속의 바위틈 사이로 흐르는 시냇물 소리가 요란한데도, 하루 종일 시를 지어 읊조리며 홀로 난간에 기대어 여유로움을 즐기고 있다. 그런데 평생에 가장 싫은 것은 어지럽고 시끄러운 곳인데, 이 시냇물 소리가 시끄럽기는 하지만 귀에 거슬리지는 않는다.

그렇다면 이언적의 귀를 거슬리게 하는 소리는 무엇일까? 自然의 소리가 아닌 人工의 소리이다. 인공의 소리는 다름 아니라 부귀와 공명을 얻기 위한 인간세상의 다툼의 소리인 것이다.

133.「次曹容叟韻」李彦迪

霧捲山靑晚雨餘	늦은 비 온 뒤 안개 걷히고 산은 푸른데
逍遙俯仰弄鳶魚	소요하고 부앙하며 연비어약을 즐기도다
莫言林下孤淸興	숲에 맑은 흥취 적다고 말하지 말라
幽鳥閑雲約共棲	깊은 새, 한가한 구름이 함께 살자 하였노라

<주석> 〖捲〗 말다 권, 〖俯〗 구부리다 부, 〖鳶魚(연어)〗 鳶飛魚躍의 준말로, 만물이 각각 있을 곳을 얻음을 이름. 『詩經』「大雅」「旱麓」에 "鳶飛戾天 魚躍于淵"이라 했는데, 孔穎達의 疏에 "其上則鳶鳥得飛至於天以游翔 其下則魚皆跳躍於淵中而喜樂 是道被飛潛 萬物得所 化之明察故也"라 했음, 〖孤〗 떨어지다 고

<감상> 이 시는 조용수의 운에 차운한 것이다.

늦은 비가 개인 뒤라 안개가 걷히고 산은 푸르다. 이리저리 거닐며 땅을 굽어보고 하늘을 쳐다보며 물고기가 헤엄치고 솔개가 나는 것을 즐긴다(鳶飛魚躍은 천지자연의 이치를 설명하는 말이다. 솔개는 연못에서 뛰어놀 수 없고 물고기는 하늘을 날 수 없듯이 솔개는 하늘에서만 날고 물고기는 연못에서만 뛰어노는 것이 이치인 것이다. 이러한 이치를 인간에게 적용하면 자식은 부모에게 효도해야 하고 부모는 자식을 사랑해야 하는 것이 이치인 것이다). 자연과 더불어 생활하면서 자연의 이치를 터득했으니, 숲에 맑은 흥취가 적다고 말하지 말라.

陰盡陽廻萬物春	음이 다하고 양이 돌아오니 만물이 봄인데
强將衰朽入紅塵	쇠한 몸 억지로 이끌고 홍진으로 들어가네
莫言輔主無才調	임금님 돕는데 재주 없다 말하지 말라
一片丹心老更新	일편단심 늙어 더욱 새롭다오

<주석> 〖强〗 억지로 강, 〖將〗 거느리다 장, 〖朽〗 쇠하다 후, 〖紅塵(홍진)〗 ＝塵世＝俗世, 〖才調(재조)〗 재주나 文才

<감상> 이 시는 1537년 겨울 金安老 일파가 제거되고 다시 등용되어 서울로 올라가면서 친구에게 준 시이며, 題注에 "一月 金安老敗死 十二月 承召命赴闕"이라 되어 있다.

陰의 기운이 다하고 陽의 기운이 돌아와 만물이 봄인데(김안로 일파가 제거됨을 의미하기도 함), 늙고 쇠한 몸을 이끌고 임금의 부름을 받아 서울로 올라가는 중이다. 늙어서 임금을 보좌하는데, 재주 없다고 말하지 말라. 늙어 가면서 임금을 향한 충성심은 더욱 새로워지고 있다.

乘興逍遙展眺遐	흥을 타고서 거닐며 멀리 바라보니
暮天雲盡碧山多	저문 하늘 구름 다한 곳에 푸른 산이 많네
茫茫宇宙無終極	아득한 우주는 끝이 없어
俯仰長吟浩浩歌	굽어보고 우러러보며 길게 터질 듯한 노래 부르네

<주석> 〖眺〗 바라보다 조, 〖遐〗 멀다 하, 〖茫〗 아득하다 망, 〖浩浩(호호)〗 큰 소리

<감상> 이 시는 天命을 즐기며 부른 노래이다.

흥에 겨워 여기저기 거닐며 멀리 바라보니, 저물어 가는 하늘 저 끝 구름이 다한 곳까지 푸른 산이 연이어 있다. 내가 몸담고 있는 이 우주는 끝이 없어 때로는 땅을 굽어보고 때로는 하늘을 우러러보며 터질 듯한 목소리로 호탕하게 노래를 읊조린다.

이언적은 「祭亡弟子容文」에서, "내가 있는 곳을 편안히 여기고 천명을 즐기는 것을 힘쓰고 있다(安土樂天 吾以自勉)."라 하여, 세상이 나를 알아주거나 알아주지 않거나에 상관없이 樂天安土의 삶에 힘쓰고 있음을 말하고 있다. 위의 시 또한 그러한 이언적의 생각을 잘 담고 있는 시이다.

136. 「次李進士定之韻」三首　李彦迪

其三

今春不雨大無麥　올봄 비가 오지 않아 보리조차 없고
又悶西疇少揷秧　서쪽 밭두둑에 민망할 정도로 모내기에 물이 적네
自愧空疏忝侍從　보잘것없는 재주로 임금을 모심이 스스로
　　　　　　　부끄럽구나
凶年無術撫流亡　흉년에 流離亡命하는 백성을 구할 재주도
　　　　　　　없으니

<주석> 〖悶〗 민망하다 민, 〖疇〗 밭두둑 주, 〖揷〗 꽂다 삽, 〖秧〗 모 앙, 〖空疏(공소)〗 공허하고 천박함, 〖忝〗 욕되게 하다 첨

<감상> 이 시는 진사 이정지의 운에 차운한 것으로, 이언적의 經世意識이 담겨 있다.

올봄에 비가 오지 않아 보리가 자라지 않고, 곧 모내기를 해야 하는데 물이 너무나 적어 모내기조차도 어렵다. 흉년이 들어 流離乞食하는 백성을 구할 재주도 없으면서 임금을 모시고 벼슬하는 자신이 부끄럽다.

137. 「孤松」 李彦迪

群木鬱相遮	뭇 소나무 빽빽이 서로 막혀 있는데
孤松挺自誇	외로운 소나무 빼어남 스스로 자랑하네
煙霞秘幹質	연기와 노을 속에서도 줄기와 바탕을 간직했고
雨露長枝柯	비와 이슬 속에서도 가지마다 자랐네
千尺心應直	천척이나 높으니 마음 응당 곧을 것이요
九泉根不斜	구천이나 깊으니 뿌리 기울지 않을 것이네
棟樑雖有待	동량이 되리라 비록 기대하나
斤斧奈相加	도끼가 가해짐을 어찌하리오?
不似巖邊老	바위 가에서 늙는 것만 못하니
含姿歲暮多	해 저물어 가는 겨울에도 언제나 자태를 머금기를

<주석> 〖鬱〗 성하다 울, 〖遮〗 막다 차, 〖挺〗 빼어나다 정, 〖霞〗 노을
하, 〖秘〗 숨기다 비, 〖幹〗 줄기 간, 〖九泉(구천)〗 매우 깊은 지
하, 〖棟〗 마룻대 동, 〖樑〗 대들보 량

<감상> 이 시는 홀로 곧은 소나무를 노래한 것으로, 세상의 是非로부터
벗어나 조용히 여생을 보내면서 자신의 마음을 지키겠다는 의지
를 표출하고 있다.

수많은 소나무들이 빽빽이 돋아나 서로서로 막혀 답답한데, 외로
운 소나무만은 혼자 올곧아 빼어남을 스스로 자랑하고 있다. 이러
한 올곧음은 아무런 고통 없이 이루어진 것이 아니다. 연기와 노
을, 비와 이슬 속에서도 줄기와 바탕을 간직했고 가지를 키워 나
갔다. 그래서 위로는 천척이나 높이 자랐으니 마음도 응당 거기에
맞춰 곧을 것이요, 아래로는 구천이나 깊이 뿌리를 내렸으니 뿌리
가 쉽사리 기울지 않을 것이다. 이렇게 훌륭하게 자라 나라의 동
량이 되리라 비록 기대하지만, 누가 알리오? 도끼에 의해 베일 수

도 있음을(나라에 큰일을 할 인물이 될 것을 바랐으나, 간사한 소
인배들의 모함으로 재능을 발휘하지 못하고 제거됨을 의미함). 그
러니 바위 가에서 늙는 것이 가장 좋으니, 해 저물어 가는 겨울에
도 언제나 푸르른 자태를 유지하기를 바란다.

138. 「紀懷」 鄭士龍[33]

四落階蓂魄又盈　蓂莢草 네 번 계단에 지고 달이 또 찼는데
悄無車馬閉柴荊　찾아오는 사람 없음 근심하며 문을 걸어 두었네
詩書舊業抛難起　시서의 옛일은 버려두어 다시 일으키기 어려운데
場圃新功策未成　농사짓는 새로운 일은 계획이 아직 서지 않았네
雨氣壓霞山忽暝　비 기운이 노을을 눌러 산이 갑자기 어두운데
川華受月夜猶明　강물은 달빛을 받아서 밤인데도 오히려 밝구나
思量不復勞心事　근심이 다시는 마음을 괴롭히지 않으니
身世端宜付釣耕　신세 오로지 마땅히 낚시와 밭갈이에 부쳐야겠네

<주석> 〖蓂〗 명협초 명(15일까지 하루에 한 잎씩 피다가 16일이 되면 그
믐까지 한 잎씩 지는 전설상의 풀이름), 〖魄〗 달 혼(시야에 보이
는 달이 魂이요, 검게 보이지 않는 부분이 魄임), 〖悄〗 근심하다
초, 〖柴荊(시형)〗 간소한 대문, 〖抛〗 버리다 포, 〖暝〗 어둡다
명, 〖心事(심사)〗 心情, 〖端〗 오로지 단

<감상> 이 시는 작자의 懷抱를 적은 시로, 정사룡이 노년에 지은 것으로
보인다.

네 번 명협초가 졌으니, 벼슬에서 물러난 지 네 달이 지났다. 그런
데 쓸쓸하게도 수레나 말을 탄 高官들이 아무도 찾아오지 않아 대
문을 닫아 버렸다. 세상의 是非를 일으켰던 시를 짓고 글을 짓던
일은 그만두어서 다시 하기 어렵고, 대신 새롭게 시작해야 할 농
사일은 아직 계획도 세우지 못했다. 마음이 답답한데, 비가 오려는

---

33) 鄭士龍(1491, 성종22～1570, 선조3). 본관은 동래. 자는 雲卿, 호는 湖陰. 1509년
생원을 거쳐 별시문과에 병과로 급제하였다. 숙부 鄭光弼이 영의정을 지낸 명문가
로, 중종과 명종대에 館閣을 이끌었으며, 시문에 뛰어나고 글씨도 잘 썼으나 貪虐
吏라는 비난을 들었다(시를 잘 지었기 때문에 탐학리라는 면을 더 부각시키기도 했
다고 한다). 저서로 『湖陰雜稿』가 있다.

지 산이 갑자기 어둑해지고 강물은 달빛을 받아 밝게 빛나고 있다. 밝은 강물을 보고 어둡던 마음이 다시 밝아져 다시는 세상에 대한 근심과 걱정을 하지 않고 낚시하며 농사지으며 살아가겠다. 홍만종은 『소화시평』에서 이 시의 頸聯에 대해 다음과 같은 평을 남기고 있다.

"우리나라 춘정 변계량이 지은 '강마을에 새벽 되자 환한 빛이 하늘과 닿았고, 버드나무 방죽에 봄이 찾아오니 누런빛이 땅 위에 떠도네' 라는 시구가 있고, 호음 정사룡이 지은 ……라는 시구가 있다. 두 사람 또한 모두 신령의 도움이 있었다고 자랑스럽게 여겼다. 그러나 춘정의 시는 경물묘사가 신령스럽기는 하지만 신령스러움을 볼 수 없다. 호음의 시는 지극히 맑고 허허로운 기상이 있으니, 신령의 도움을 얻었다고 해도 지나친 인정은 아닐 것이다 (我東卜春亭季良 虛白連天江郡曉 暗黃浮地柳堤春 鄭湖陰 …… 兩公亦皆矜神助 春亭詩寫景雖神 未見其神處 湖陰詩極有淸虛之氣 雖謂之神助 亦非過許)."

또한 홍만종은 『시화총림』에서, "기재 신광한과 호음 정사룡은 같은 시대에 이름이 함께 높았는데, 두 사람의 기상과 격조는 서로 달랐다. 신광한의 시는 맑고 밝으며, 정사룡의 시는 웅장하고 기이하다. ……기재는 각체의 시를 구비한 반면 호음은 유독 7언율시만을 잘 지었다. 호음이 기재에 미치지 못하는 것처럼 보이자, 호음이 일찍이 '신공의 각체가 어찌 내 율시 하나를 대적하겠는가?' 라 하였다(申企齋鄭湖陰一時齊名 兩家氣格不同 申詩淸亮 鄭詩雄奇 ……企齋於詩各體俱備 湖陰獨善七律 湖似不及企 而嘗曰 申公各體 豈能敵吾一律哉)."라 하여, 위의 시처럼 정사룡이 7언율시에 長處가 있음을 제시하고 있다.

鄭士龍은 金萬重의 『西浦漫筆』에서, "본조의 시체는 네다섯 번 변했을 뿐만 아니다. 국초에는 고려의 남은 기풍을 이어 오로지 蘇東坡를 배워 성종, 중종 조에 이르렀으니, 오직 李荇이 대성하였다. 중간에 黃山谷의 시를 참작하여 시를 지었으니, 朴誾의 재

능은 실로 삼백 년 詩史에서 최고이다. 또 변하여 황산곡과 陳師
道를 배웠는데, 鄭士龍·盧守愼·黃廷彧이 솥발처럼 우뚝 일어
났다. 또 변하여 唐風의 바름으로 돌아갔으니, 崔慶昌·白光勳·
李達이 순정한 이들이다. 대저 蘇東坡를 배워 잘못되면 왕왕 군
더더기가 있는데다 진부하여 사람들을 만족시키지 못하고 江西詩
派를 배운 데서 잘못되면 비틀고 천착하게 되어 염증을 낼 만하다
(本朝詩體 不啻四五變 國初承勝國之緖 純學東坡 以迄於宣靖
惟容齋稱大成焉 中間參以豫章 則翠軒之才 實三百年之一人 又
變而專攻黃陳 則湖蘇芝 鼎足雄峙 又變而反正於唐 則崔白李
其粹然者也 夫學眉山而失之 往往冗陳 不滿人意 江西之弊 尤
拗拙可厭)."라고 언급한 것처럼, 宋風의 영향을 받았다.

擁山爲郭似盤中　　산을 끼고 이룬 성곽이 소반과 비슷한데
暝色初沈洞壑空　　노을이 막 지자 골짜기는 텅 빈 듯하네
峯項星搖爭缺月　　봉우리에 별빛이 반짝이며 이지러진 달과 다투니
樹巓禽動竄深叢　　나무 끝에 새가 움직여 깊은 숲으로 숨네
晴灘遠聽翻疑雨　　맑은 여울 소리 멀리서 들려 빗발이 뿌리는 듯
病葉微零自起風　　병든 잎 살짝 떨어지자 절로 바람 일어나네
此夜共分吟榻料　　이 밤 시를 읊는 침상 값을 함께 내겠지만
明朝珂馬軟塵紅　　내일 아침이면 붉은 흙길에 말방울소리 울리겠지

<주석> 〖楊根(양근)〗 양평, 〖同事(동사)〗 같은 일을 하는 사람. 동료, 〖盤〗 소반 반, 〖暝〗 어둡다 명, 〖搖〗 흔들리다 요, 〖缺〗 이지러지다 결, 〖巓〗 머리 전, 〖竄〗 숨다 찬, 〖灘〗 여울 탄, 〖翻〗 뒤집다 번, 〖吟榻(음탑)〗 시를 조탁함(陳師道가 밖에서 좋은 詩句가 떠오르면 급히 집으로 돌아와 침대에서 이불을 뒤집어쓰고 시를 조탁했다 함), 〖珂〗 말굴레 장식 가

<감상> 이 시는 양근에서 밤에 앉아 즉석에서 시를 지어 동료에게 보여 준 것이다.

탄핵을 받아 물러난 양근은 마치 소반처럼 성곽이 둘러싸여 있어 해가 지자 어둠에 휩싸인다. 산봉우리에 별빛이 반짝이며 조각달과 빛을 다투니, 나뭇가지에 있던 새가 눈이 부시는지 더욱 깊은 숲으로 날아간다. 달이 떴으니 비가 오지는 않을 텐데, 마치 빗소리인 듯 멀리서 여울물 소리가 거세며, 바람이 부는지 낙엽소리가 들린다. 지금은 나란히 누워서 시를 읊조리지만, 내일이 되면 다시 속세로 떠나야 한다.

홍만종의 『소화시평』에 이 시에 대해 다음과 같은 평을 싣고 있다.

"양곡 蘇世讓이 이러한 말을 하였다. '국조 이래로 각 시대마다 작가가 있어 각자 명가라고 떨쳤으나, 치우친 나라의 기습에 얽매인 단점을 벗어나지 못하였다. 그리하여 유려한 데 빠지지 아니하면 짜 맞추는 데 빠졌다. 그런데 호음 정사룡은 기이하고 예스럽고 깎아지른 듯하고 빼어나서 시들고 얽매인 기운을 완전히 씻어버렸기 때문에 당나라 李賀나 李商隱과 더불어 재주를 겨룰 만하다.' 호음의 「夜坐卽事」에, ……라 하였는데, 이 시는 참으로 하늘이 높아진 가을에 홀로 자연을 조망하고, 저녁 비가 개인 뒤에 외로이 피리를 부는 경지라 일컬을 수 있겠다(陽谷曰 國朝以來 代有作者 各擅名家 而未免偏邦氣習之累 不趨於流麗 則或失於組織 鄭湖陰士龍奇古峭拔 一洗萎累之氣 可與唐之長吉義山並較才云 湖陰夜坐卽事詩曰 ……眞所謂高秋獨眺 晩霽孤吹)."

許筠의 『성소부부고』의 「答李生書」에서는 우리나라의 詩史를 언급하면서 鄭士龍에 대해서 언급하고 있는데, 예시하면 다음과 같다.

"우리나라는 외져서 바다 모퉁이에 있으니 唐나라 이상의 문헌은 까마득하며, 비록 乙支文德과 眞德女王의 詩가 역사책에 모아져 있으나, 과연 자신의 손으로 직접 지었던 것인지는 감히 믿을 수 없소. 新羅 말엽에 이르러 崔致遠 學士가 처음으로 큰 이름이 났는데, 오늘로 본다면 文은 너무 고와서 시들었으며 詩는 거칠어서 약하니 許渾・鄭谷 등 晩唐의 사이에 넣더라도 역시 누추함을 나타낼 텐데, 盛唐의 작품들과 그 技法을 겨루고 싶어 해서야 되겠습니까? 高麗시대의 鄭知常은 아롱점 하나는 보았다 하겠지만, 역시 晩唐 詩 가운데 穠麗한 시 정도였소. 李仁老・李奎報는 더러 맑고 奇異하며 陳澕・洪侃은 역시 기름지고 고우나 모두 蘇東坡의 범위 안에서 벗어나지 못하지요. 급기야 李齊賢에 이르러 倡始하여, 李穀・李穡이 계승하였으며, 鄭夢周・李崇仁・金九容이 고려 말엽의 名家가 되었지요. 조선 초엽에 이르러서는 鄭道傳・權近이 그 명성을 독점하였으니 文章은 이때에 이르러 비

로소 達했다 칭할 만하여 아로새기고 빛나곤 해서 크게 변했다 이
를 만한데 中興의 공로는 李穡이 제일 크지요. 중간에 金宗直이
圃隱·陽村의 文脈을 얻어서 사람들이 大家라고 일렀으나 다만
恨스러운 것은 文竅의 트임이 높지 못했던 것이오. 그 뒤에는 李
荇 정승이 시에 入神하였으며, 申光漢·鄭士龍은 역시 그 뒤에
뚜렷하였소. 盧守愼 정승이 또 애써서 문명을 떨쳤으니, 이 몇 분
들이 中國에 태어났다면 어찌 모두 康海·李夢陽(明의 前七子로
詩文에 능함) 두 사람보다 못하다 하리오? 당세의 글하는 이는 文
은 崔岦을 추대하고 詩는 李達을 추대하는데, 두 분 모두 천 년
이래의 絶調지요. 그리고 같은 연배 중에서는 權韠이 매우 婉亮
하고, 李安訥이 매우 淵冗하며 이 밖에는 알 수가 없소(吾東僻在
海隅 唐以上文獻邈如 雖乙支, 眞德之詩 彙在史家 不敢信其果出
於其手也 及羅季 孤雲學士始大厥譽 以今觀之 文菲以萎 詩粗
以弱 使在許鄭間 亦形其醜 乃欲使盛唐爭其工耶 麗代知常 足
窺一斑 亦晩李中穡麗者 仁老奎報 或淸或奇 陳澕洪侃 亦腴艶
而俱不出長公度內耳 及至益齋倡始 稼牧繼躅 圃陶惕 爲季葉名
家 逮國初 三峯陽村 獨擅其名 文章至是 始可稱達 追琢炳烺 足
曰丕變 而中興之功 文靖爲鉅焉 中間金文簡得圃, 陽之緖 人謂
大家 只恨文竅之透不高 其後容齋相詩入神 申鄭亦瞠乎其後 蘇
相又力振之 玆數公 使生中國 則詎盡下於康李二公乎 當今之業
文推崔東皐 詩推李益之 俱是千年以來絶調 而儕類中汝章甚婉
亮 子敏甚淵冗 此外則不能知也)."

140.「釋悶縱筆」鄭士龍

隨意攤書坐	마음대로 책을 편 채 앉아 있다가
孤吟對晚暉	외로이 읊조리며 석양빛 보네
岸風帆腹飽	둑 바람에 돛배는 잔뜩 부풀고
沙雨荻芽肥	모래 가 비에 갈대 싹은 오동통하네
籬缺通江色	울 터져 강 풍경 통해 보이고
簾垂礙燕飛	발 내려져 제비 날 때 방해되겠네
誰知浴沂節	누가 알랴? 기수에 목욕하는 계절에
和病試春衣	병중에 봄옷으로 갈아입는 걸

<주석> 〖攤〗 펴다 탄, 〖暉〗 빛 휘, 〖帆〗 돛 범, 〖荻〗 갈대 적, 〖芽〗 싹 아, 〖籬〗 울타리 리, 〖缺〗 이지러지다 결, 〖礙〗 방해하다 애, 〖浴沂(욕기)〗 기수에서 목욕한다는 것으로, 편안히 處世하는 고상한 情操를 이름. 『論語』「先進」에 “浴乎沂 風乎舞雩 詠而歸”라는 말이 보임

<감상> 이 시는 번민을 풀며 붓 가는 대로 쓴 것이다.

마음 내키는 대로 책을 펴 둔 채 앉아서 책을 읽다가 홀로 외로이 시를 읊조리며 석양으로 지는 빛을 본다. 언덕에서 부는 바람에 돛을 달고 있는 배는 돛이 잔뜩 부풀어 빠른 속도로 가고 있고, 모래 가에 내리는 비에 갈대 싹은 살쪄 있다. 울타리는 터져 강의 풍경이 그곳을 통해 훤히 보이고, 발이 내려져 있어 제비가 날아가고 올 때 방해가 된다. 봄 풍경에 맞춰 병든 자신을 추스르고 있는 것을 누가 알까?

正祖는 『弘齋全書』「日得錄」에서 다음과 같이 말하였다.

“芝川 黃廷彧의 시는 湖陰 鄭士龍, 蘇齋 盧守愼과 함께 유명하다. 세상에 전하는 近體詩는 수백 편이 못 되는데, 기묘하고 뛰어나 이따금 사람을 놀라게 하는 말이 있다. 文은 더욱 적다. 하지만 都堂의 글에서 필력을 볼 수 있다. 谿谷 張維가 서문에서 '한 점의 고기로 온 솥 안의 맛을 충분히 알 수 있다' 하였는데, 맞는 말이다(芝川詩 與湖陰蘇齋齊名 近體之行于世者 未滿數百 而奇偉妙絶 往往有驚人語 文則尤尠 然如都堂一書 可見筆力 張谿谷序文中一臠足識全鼎云者 得之耳)."

141. 「大灘」 鄭士龍

轟輵車千兩	우릉우릉 마차 천 량이 달리는 듯
喧闐鼓萬槌	쿵쿵 북을 만 번이나 치는 듯
篙工心欲細	뱃사공은 마음 졸아들려 하고
病客膽先摧	병든 객은 담이 먼저 꺾일 듯하네
振鷺衝巖起	날던 해오라기 바위에 받혀 솟아오르고
跳山入座回	뛰는 산 자리 들어 휘돌아 가네
片帆愁激射	한쪽 돛배 격한 파도 근심스러워
欹側岸邊來	엎어질듯 강둑 가로 돌아오누나

<주석> 【灘】 여울 탄, 【轟】 수레의 요란한 소리 굉, 【輵】 수레소리 갈, 【喧】 시끄럽다 훤, 【闐】 성하다 전, 【槌】 치다 퇴, 【篙】 상앗대 고, 【篙工(고공)】 뱃사공, 【摧】 꺾이다 최, 【鷺】 해오라기 로, 【跳】 뛰다 도, 【帆】 돛 범, 【激射(격사)】 뿜어 나옴, 【欹】 기울다 의

<감상> 이 시는 여울에서 벌어지는 광경을 생동감 있게 묘사하고 있는 시이다.

마치 마차 천 량이 달리듯 북을 만 번이나 치듯 여울이 요란하다. 그러니 뱃사공의 마음은 졸아들고 병든 객의 간담은 여울을 지나가기도 전에 먼저 꺾여 버릴 듯하다. 하늘을 날던 해오라기는 바위가 보이자 솟아오르고, 저 멀리 배를 따라 출렁이던 산이 가까이 보였다 멀어진다. 조각 돛을 단 배는 격한 여울이 두려워 엎어질 듯 강둑 가로 돌아 나온다.

이 외에도 『성소부부고』에는 정사룡의 시에 대해 다음과 같은 내용이 실려 있다.

"호음의 「黃山驛」 詩는 다음과 같다. '지난날 쫓긴 왜구 이곳에서 섬멸할 때, 혈전 벌인 神劍에는 붉은 빛깔 둘렸다네. 한의 깃대 꽂

힌 흔적 돌 틈에 남아 있고, 얼룩진 옷 적신 피는 노을빛을 물들이
네. 소슬바람 살기 띠어 수풀 뫼는 엄숙하고, 도깨비불 음기 타니
성루는 묵어졌네. 동방 사람 魚肉 면키는 우 임금의 덕일진대, 소
신이 해를 그려 어찌 감히 칭찬하리.' 奇杰하고 渾重하니, 참으로
훌륭한 작품이다. 浙江의 吳明濟가 이 시를 보고 비평하기를, '그
대의 재주는 용을 잡을 만한데 도리어 개를 잡고 있으니 애석하
다.'고 했는데, 대개 唐詩를 배우지 않았기 때문이다. 그러나 어찌
그를 작게 평가할 수야 있겠는가(湖陰黃山驛詩曰 昔年窮寇此殲
亡 鏖戰神鋒繞紫芒 漢幟豎痕餘石縫 斑衣漬血染霞光 商聲帶殺
林巒肅 鬼燐憑陰堞壘荒 東土免魚由禹力 小臣摸日敢揄揚 奇傑
渾重 眞奇作也 浙人吳明濟見之 批曰 爾才屠龍 乃反屠狗 惜哉
蓋以不學唐也 然亦何可少之)."

蒼生難蒼生難	백성들의 어려움이여, 백성들의 어려움이여!
年貧爾無食	흉년이 들어 너희는 먹을 것이 없구나
我有濟爾心	나는 너희를 구제하려는 마음은 있으나
而無濟爾力	너희를 구제할 힘이 없구나
蒼生苦蒼生苦	백성들의 괴로움이여, 백성들의 괴로움이여!
天寒爾無衾	날은 찬데 너희는 이불조차 없구나
彼有濟爾力	저들은 너희를 구제할 힘은 있으나
而無濟爾心	너희를 구제하려는 마음이 없구나
願回小人腹	원하노니, 소인의 배를 뒤집어
暫爲君子慮	잠시 군자다운 생각으로 바꾸고
暫借君子耳	잠시 군자의 귀를 빌려
試聽小民語	백성들의 말을 들어 보아라
小民有語君不知	백성들 할 말 있으나 임금은 알지 못해
今歲蒼生皆失所	올해 백성들 모두 살 곳을 잃었다네
北闕雖下憂民詔	대궐에선 비록 백성을 근심하는 조서를 내리지만
州縣傳看一虛紙	고을로 전해져 보일 때면 한 장의 빈 종이뿐
特遣京官問民瘼	특별히 서울 관리를 파견하여 민폐를 물어보려

---

34) 魚無迹(?~? 연산군 시절). 자는 潛夫, 호는 浪仙으로 김해서 살았고 官奴로 免賤했다. 아버지는 司直을 지냈으나 母系에 험이 있었다. 연산군 7년(1501) 김해에서 長文의 상소를 올리기도 했으며, 극도로 곤궁한 중에도 세상을 바로잡을 뜻을 굳게 가지고 하류에 처해 있기 때문에 누구보다 잘못된 현실을 바로 관찰할 수 있다고 자신의 처지에서 자기의 사명을 자각했다. 어무적은 나라를 바로잡고 백성을 가난으로부터 구제하기 위해 逸樂의 근절, 민생의 보호를 주장하기도 했지만, 무엇보다 국왕 자신 군주다운 자세를 확립하고 士, 즉 지식계층이 각성해서 바르고 굳센 기풍을 가져 비판적인 언론이 구김 없이 창달될 것을 간절히 소망하는 유교적 정치이상을 자신의 포부로 삼고 있었다.

馹騎日馳三百里	역마 타고 하루에 삼백 리를 달리지만
吾民無力出門限	우리 백성 문턱 나설 기력도 없으니
何暇面陳心內事	어느 겨를에 마음속 사정 대면하여 말하랴?
縱使一郡一京官	가령 고을마다 경관 한 사람씩 둔다 해도
京官無耳民無口	경관은 귀가 없고 백성은 입이 없으니
不如喚起汲淮陽	汲淮陽을 불러일으켜
未死孑遺猶可救	죽지 않은 남은 백성들을 오히려 구하는 것 만 못하다네

<주석> 〖蒼生(창생)〗 백성, 〖衾〗 이불 금, 〖北闕(북궐)〗 궁궐, 〖詔〗 조서 조, 〖瘼〗 병들다 막, 〖馹〗 역말 일, 〖縱使(종사)〗 가령, 〖喚〗 부르다 환, 〖汲淮陽(급회양)〗 회양태수를 지낸 전설적인 목민관인 汲黯, 〖孑〗 나머지 혈

<감상> 이 시는 당시 유민을 바라보고 비통해하며 지은 시이다.

너희 가난한 백성들은 먹을 것이 없이 고통스러운데, 나는 구제하고 싶지만 그럴 만한 힘이 없고, 저들 벼슬아치들은 너희를 구제할 힘은 있는데 마음이 없다. 못된 지방수령이나 왕명을 받들고 서울에서 나오는 무책임한 官人인 小人들의 마음을 잠시나마 군자다운 자세를 지니게 하여 백성들의 어려운 상황에 대해 경청했으면 하는 바람을 가져 본다. 조정에서 임금의 교지가 내려와 보아야 이것을 실천할 목민관이 없으니, 임금의 조서는 빈 종이나 다름없다. 특별히 암행어사를 보내 보아야 백성은 집 밖으로 나올 기력이 없으니, 어느 틈에 속사정을 이야기할 수 있겠는가? 그러니 전설적인 목민관인 汲黯을 다시 살려 내어 아직 죽지 않은 백성들이나마 구하는 것이 오히려 더 낫겠다.

許筠은 『성수시화』에서 조선 최고의 고시라고 격찬하며 어무적의 시에 대해 다음과 같은 내용을 싣고 있다.

"梁慶遇가 일찍이 나에게, '우리나라에서는 칠언고시를 누가 잘

한다고 할 수 있습니까?' 하고 물은 적이 있다. 그래서 '어떤지 잘 모르겠소.' 하고 대답하니, 양경우가 朴·李의 蠶頭는 어떤지 차례로 물어 왔다. 내가 대답하기를, '韓退之에서 나왔으나 한 사람은 억세고 한 사람은 번거로우니 그 지극한 것은 아니다.'고 하니, 訥齋 朴祥의 「晉陽兄弟圖」와 충암의 「牛島歌」는 어떤지 물었다. 대답하기를, '「진양형제도」는 宏然하나 막힘이 있고 「우도가」는 기이하나 음침하다.'고 하니, '그렇다면 결국 누구에게 돌아가겠느냐?'라 하기에 대답하기를, '潛夫 魚無迹의 「流民歎」과 이익지의 「漫浪舞歌」일 것이오.' 하고, 인하여 말하기를, '시로 본다면 奇才가 그대들 가운데서 많이 나왔소.' 하니, 그 역시 크게 웃었다 (梁慶遇嘗問於余曰 我國七言古詩孰優 曰 未知何如 慶遇歷問 朴李蠶頭如何 曰 出韓 而或悍或穠 非其至也 問訥齋晉陽兄弟 圖 沖庵牛島歌如何 曰 晉陽傑而滯 牛島奇而晦 然則屬誰 曰 魚 潛夫流民歎 李益之漫浪舞歌也 因曰 以詩觀之 則奇才多出於君 輩也 渠亦大笑)."

그리고 이덕무는 『淸脾錄』에서, "어무적의 자는 潛夫이다. 그의 「신력탄」이란 시가 있는데, 다음과 같다. '나의 소원은 삼만 육천 날을, 인간의 아침과 저녁으로 나눠 만드는 것. 봄꽃 한 번 피어 일 년간 붉고, 가을 달 한 번 비춰 일 년간 하얗다면, 요순도 아직까지 젊었을 것이고, 주공도 아직까지 머리 검어서, 아침엔 토계 위의 우불[임금과 신하가 태평성대를 이루기 위하여 조정에서 서로 의견을 교환하는 가운데, 좋은 말은 찬성하고 부당한 말은 반대하는 소리를 말한다]의 소리 듣고, 저녁엔 행단[壇의 이름. 공자가 제자들을 가르치던 遺址로 山東省 曲阜縣의 聖廟 앞에 있다] 옆에서 현송 모습 볼 텐데.' 내가 일찍이 듣건대, '白露國은 집집마다 모두 聖賢이고 땅을 파면 금과 은이 나오며, 갠 날이 많고 비 오는 날이 적으며 풍년은 있고 흉년은 없다.' 하므로, 머리를 들고 바라면서 낙토라고 여기지 않은 적이 없었는데, 잠부의 시를 읽고서야 비로소 백로국 역시 寓言으로서 華胥·槐安[화서는 『列

子』「黃帝」에 '옛날 黃帝가, 천하가 다스려지지 않음을 근심하고 있었는데, 낮잠을 자다가 꿈에 화서 나라에 가서 그 나라가 아주 태평하게 다스려지는 것을 구경했다.'는 고사이고, 괴안은 개미의 나라인데, 李公佐의 「南柯記」에, '唐나라 淳于棼이 느티나무 아래서 낮잠을 자다가 꿈에 개미의 나라에 가서 南柯太守가 되어 영화를 누렸다.'는 寓話에서 온 말이다]과 같은 類라는 의심을 가지게 되었다(魚無迹字潛夫 新曆歎曰 我願三萬六千日 判作人間兩朝夕 春花一吐一年紅 秋月一照一年白 堯舜至今顔尙詔 周孔至今頭尙黑 朝聞吁咈土階上 暮見絃誦杏壇側 余嘗聞白露國 比屋皆聖賢 掘地則金銀 多晴少雨 有豊無凶 未嘗不翹首相望 以爲樂土 及讀潛夫詩 始疑白露國 亦寓言 若華胥槐安之類也)."라 말하고 있다.

143. 「贈撫寧讀書兒童養正」 宋純[35]

聖敎分明次第俱 　성인의 가르침은 분명하게 차례가 갖추어져
　　　　　　　　있으니

初門孝悌爾知無 　처음 들어가는 문이 효제임을 너는 아느냐?
　　　　　　　　모르느냐?

自從科擧爲人病 　과거를 따름으로부터 사람의 병폐가 되어

天下堪傷正學蕪 　바른 학문 황폐함을 천하가 상심하네

<감상> 이 시는 무영에서 공부하고 있는 아이 양정에게 준 시로, 학문의
길에 대해 읊고 있다.

　성인의 가르침은 분명하게 차례가 갖추어져 있으니, 처음 공부로
들어가는 문은 바로 孝悌인데, 너는 아느냐? 모르느냐? 그런데 孝

---

35) 宋純(1493, 성종 23 ～ 1582, 선조 15). 俛仰亭歌檀의 창설자이며 江湖歌道의 선구
자. 자는 遂初(守初)·誠之, 호는 企村·俛仰亭. 명문 양반가 출신으로 어려서는
숙부인 宋欽에게 학문을 배웠고, 21세에 朴祥에게서 배웠으며, 26세 때는 宋世琳
에게서 배웠다. 1519년(성종 14) 별시문과에 급제하여 승문원 권지부정자가 되었
다. 이후 사간원 정언, 홍문관 직제학, 사간원 대사간을 거쳐 전주부윤, 나주목사
등을 지냈고 77세(선조 2)에 한성부윤, 의정부 우참찬 겸 춘추관사를 끝으로 벼슬
을 사양하고 향리로 물러났다. 그가 살았던 시대는 四大士禍가 일어나는 등 혼란
한 때였으나, 50여 년의 벼슬살이 동안 그는 단 한 번 1년 정도의 귀양살이만 할
정도로 관운이 좋았다. 이것은 그가 인품이 뛰어났으며 성격이 너그럽고 의리가 있
었으며 사람을 가리지 않고 고루 사귀는 등의 이유 때문이었다고 한다. 이러한 성
격으로 인해 "온 세상의 선비가 모두 송순의 문하로 모여들었다."(성수침)라고 표현
될 정도로 당대의 대표적 인사들과 친교를 유지했다. 교우로 신광한·성수침·이
황 등과 문하인사로 김인후·기대승·고경명·정철·임제 등이 있다. 그는 호남
출신이지만 영남 사림의 학통을 이어받은 박상·박우 형제의 영향을 받았으며, 선
산부사로 재직할 때 그곳의 사람들과 교유하는 등, 학문적인 면은 사림파에 가까웠
다고 한다. 1533년(중종 28)에 김안로가 권세를 잡자 귀향하여 면앙정을 짓고 시를
읊으며 지냈는데, 이때부터 임제·김인후·고경명·임억령 등과 교유하며 면앙정
가단을 형성했다. 작품으로 가사 「면앙정가」를 비롯하여 시조 22수와 한시 520여
수가 남아 있다.

悌를 공부하기보다는 一身의 영달을 위해 과거시험공부만을 하다 보니, 바른 학문은 황폐해져 사람들의 병폐가 되어 천하가 상심하고 있다.

『乙巳傳聞錄』에 송순에 대한 간략한 生平이 다음과 같이 실려 있다.

"송순의 자는 수초이며 본관은 신평이다. 경술년 대간에서 아뢰어 구수담과 결탁하고 다른 논의를 선동했다는 일로써, 귀양 보내기를 청해서 서천으로 정배되었고, 이기가 정승이 파직된 뒤에 다시 서용되었다. 선조조 무진년 봄에 수상 이준경이 경연에서 아뢰기를, '송순은 先朝의 옛 신하로서, 才器가 준수하니 뽑아 쓰기를 청합니다.' 하니, 특별히 조서를 내려 우참찬을 임명하였다. 만년에 벼슬을 그만두고 광주 고향에 돌아가서 산수에 노닐면서 수양에 전심하였는데 향년은 80여 세라고 이른다(宋純字遂初 新平人 庚戌臺諫啓 以締結具壽聃鼓出異議 請竄配舒川 及芑罷相後復敍 宣祖朝戊辰春 首相李浚慶經筵啓曰 宋純先朝舊臣 才器俊秀 請擢用 特旨拜右參贊 晩年休致 歸光州故鄕 優遊山水 專意修養 享年八十餘歲云)."

144. 「遣次杜少陵韻」宋純

林中違夙願	숲 속의 오래된 소망 어기고
嶺外作重遊	고개 너머로 여러 번 놀았네
愁緒多生草	근심의 실마리 풀처럼 많이 자라고
光陰速置郵	세월은 역마만큼이나 빠르네
雲容猶亢旱	구름 모습 오히려 가뭄과 겨루고
物意已逢秋	사물의 뜻은 이미 가을을 만났네
奈此民飢迫	어찌 이 백성들에게 굶주림만 닥쳐오나?
天心似不留	하늘의 마음은 머물지 않은 듯하네

<주석> 〖郵〗역참 우, 〖亢〗겨루다 항, 〖迫〗닥치다 박

<감상> 이 시는 杜甫의 韻에 차운해 읊은 것으로, 가뭄에 백성들이 고통받는 것을 보고 지은 愛民詩이다.

고향 숲 속에서 살고 싶은 오래된 소망을 어기고 고개를 넘어 타향에서 여러 번 놀았다. 그러다 보니 근심의 실마리가 봄풀처럼 많이 자라고, 한 일도 없는데 세월은 역마만큼이나 빠르게 지나간다. 구름 모습을 보니 비가 오기는 틀린 듯 오히려 가뭄과 겨루고, 사물을 보니 벌써 가을이다. 하늘은 어찌 이 백성들에게 굶주림만 주시나? 하늘도 이 나라의 백성들을 돌보려는 마음이 없는가 보다.

自吾觀海山	내가 바다와 산을 봄으로부터
胸中與之壯	가슴이 그것과 더불어 장쾌했네
身今脫轡羈	몸이 이제야 굴레를 벗었으니
天馬益奔放	천마가 더욱 분방해졌네
人皆弔失官	사람들은 모두 벼슬 잃은 것 조문하고
笑指雲來往	구름처럼 오간다고 웃으며 손가락질한다지
庭樹入秋風	뜰의 나무에 가을바람 드는데
江湖歸意王	강호로 돌아갈 마음 왕성하구나
長當從此辭	오래 마땅히 이로부터 떠날 것인데
君胡不我訪	그대는 어찌 나를 찾지 않는가?

<주석> 〖轡〗 굴레 칩, 〖羈〗 굴레 기, 〖天馬(천마)〗 駿馬의 美稱, 〖王〗
　　＝旺 왕성하다 왕, 〖辭〗 작별하고 떠나다 사

<감상> 이 시는 1550년 겨울 고향으로 돌아온 지 5년째 해남을 찾아오던
　　중 梁應鼎에게 준 시로, 豪放한 시풍을 느끼게 한다.
　　내가 해남에서 바다와 산을 봄으로부터 가슴이 바다와 산과 더불
　　어 장쾌해졌다. 세속의 굴레를 이제야 벗었으니, 천마처럼 더욱 자

---

36) 林億齡(1496, 연산군 2～1568, 선조 1). 본관은 善山. 자는 大樹, 호는 石川. 朴祥
　의 문인으로, 1516년(중종 11) 진사가 되었고, 1525년 식년문과에 병과로 급제하였
　다. 그 뒤 부교리·사헌부지평·홍문관교리·사간·세자시강원설서 등 여러 직위
　에 임명되었다. 1545년(명종 즉위년) 乙巳士禍 때 금산군수로 있었는데 동생 百齡
　이 소윤 尹元衡 일파에 가담하여 대윤의 많은 선비들을 추방하자, 자책을 느끼고
　벼슬을 사퇴하였다. 그 뒤 백령이 原從功臣의 錄券을 보내오자 분격하여 불태우고
　해남에 은거하였다. 뒤에 다시 등용되어 1552년 동부승지·병조참지 등을 역임하
　고, 이듬해 강원도관찰사를 거쳐 1557년 담양부사가 되었다. 그는 천성적으로 도량
　이 넓고 청렴결백하며, 詩文을 좋아하여 詞章에 탁월하였으므로 당시의 현인들이
　존경하였으나 吏職에는 적당하지 않았던 것으로 史臣들이 평하였다.

유분방해졌다. 그런데 이런 내 마음과는 상관없이 사람들은 모두 내가 벼슬을 잃은 것을 조문하고, 구름처럼 떠돈다고 웃으며 손가락질한다지. 뜰의 나무에 가을바람이 불어오니, 강호로 돌아갈 마음이 더욱 왕성해진다. 오래오래 마땅히 이로부터 떠날 것인데, 그대는 어찌 나를 찾지 않는가?

沈守慶의 『遣閑雜錄』에는 임억령의 詩才에 대한 逸話가 다음과 같이 실려 있다.

"근래 석천 임억령이란 자가 있는데, 시에 능한 것으로 이름이 났다. 어떤 사람이 술을 노래하는 시를 짓기를 청하며 甘 자 운을 부르니, 임억령이 즉시 응하기를, '늙어서야 비로소 이 맛 단 줄 알았네'라고 하였다. 또 三 자 운을 부르니, 응하기를, '한 잔 술에도 도통하니 석 잔을 마시지 않으랴' 하였다. 또 男 자 운을 부르니, 곧 응하기를, '그대는 혜강[東晋 때 죽림 7현의 한 사람]과 阮籍[죽림 7현의 한 사람]이 유계[漢 高祖]를 조롱한 것을 아는가? 공후백자남도 부러워하지 않는다'라고 하였으니, 참으로 기이한 작품이다(近有石川林公億齡 以能詩名 有人請賦酒詩 呼甘字韻 林卽應聲曰 老去方知此味甘 又呼三字 應聲曰 一盃通道不須三 又呼男字 應聲曰 君看嵇阮陶劉季 不羨公侯伯子男 眞奇作也)."

尹光啓는 「石川先生集序」에서, "근래 시로 이름을 날린 사람이 한둘이 아니지만, 분방웅양에 이르러 마치 장강과 대하가 주야로 흘러서 마르지 않는 것과 같은 경지는 오직 석천 선생 한 분일 뿐이다(近以詩鳴者不一 而至於奔放雄洋 如長江大河 日夜滔滔而不渴 則唯吾石川先生一人而已)."라 하였고, 金壽恒도 「行蹟紀略」에서 "문장은 굉방준일 하였는데, 시에 더욱 뛰어나 붓을 잡으면 곧장 일필휘지로 써 내었으니, 당시 사람들이 다투어 전하며 읊었다(爲文章 宏放俊逸 尤長於詩 揮灑立就 一時人爭傳訟)."라 하여, 임억령의 시에 대해 이러한 평을 한 것은 위와 같은 시를 두고 한 것일 것이다.

己熟小槽酒　　이미 작은 술통에 술이 익어 가는 소리가
如聞疏雨聲　　성근 빗소리를 듣는 듯하네
醉來終日臥　　취하여 종일 누워 있으니
長悔十年營　　십 년간의 경영이 오래도록 후회스럽네

<주석> 〖槽〗 술통 조

<감상> 이 시는 營 자 韻을 얻어서 지은 것으로, 현재 느끼는 서글픈 심정을 노래하고 있다.

『乙巳傳聞錄』에는 임억령이 해남에 은거하게 된 배경이야기와 시가 다음과 같이 실려 있다.

"임억령의 자는 대수, 호는 석천, 본관은 평택이다. 을유년 과거에 올라 벼슬이 관찰사에 이르렀다. 학식은 올바른 방향이 있고 마음은 강직하며, 영특한 기운이 넘치고, 문장이 호방하였으며, 일을 당해서는 민첩하였고, 평생에 다른 사람을 인정하는 경우가 적었다. 을사년 화가 일어날 적에, 공은 나가면 忠과 信을 구비하고, 들어와서는 침묵을 지키고 말하지 않았다. 그의 아우 林百齡이 몰래 권신들과 결탁하고 사림에게 화를 일으키는 것을 선도하자, 공이 훈계하는 시를 주었는데, 지극히 간절하고 悲憤하였으나 임백령이 듣지 않았다. 보통 사람의 마음으로 말하면, 형제간에는 마땅히 화복을 같이해야 하나, 그 불의를 보고 간절히 꾸짖기를 이같이 하였고 또 몸을 그 사이에 더럽히지 않고, 마침내 벼슬을 버리고 남쪽으로 돌아갔다. 그때에 '잘 있거라 한강수야, 고요히 흐르고 물결일랑 일지 말라' 하는 시를 지었다. 錦山 군수로 있을 적에 임백령이 原從功臣錄卷을 보내오자, 이에 산골에 물러가 있으면서 祭文을 짓고 불에 태워 버렸다. 일찍이 시를 남겼는데, '대나무는

늘어 원래 깎임을 면하였고, 솔은 높아 봉함을 받지 않았네. 누구와 더불어 곡조를 같이 탈까? 궁벽한 산골 흰머리 늙은이라네' 하였으니, 대개 자신의 情景을 읊은 것인데 지금도 사람의 입에 오르내린다. 사대부들이 그 義를 높이 여겼다. 曹南溟이 「贈石川子」를 써 주기를,

今有石川子	지금 석천자 있으니
其人古遺節	그 사람 예전 남은 절의 있는 사람이로다
芙蓉信聳豪	부용이 진실로 크게 솟아났으니
何言大小別	어찌 크고 작음 분별하여 말하리?
昔年邀我乎	옛날 나를 찾았지
山海之蝸穴	산해의 오막살이로
看來豆子熟	보아하니 콩은 익었고
琬琰東西列	아름다운 구슬은 동서로 나열되었네
石川千木奴	석천의 천 알 귤을
破甘香滿舌	단 알을 깨무니 향기 입안에 가득하다
雖飢可食言	아무리 굶주린들 어찌 말이야 먹으리
人益洪爐雪	사람만 紅爐點雪 어찌 하마 하랴
尙君明逸戒	그대의 현명하고 편안한 훈계 높게 차나니
有懸非解泄	마음에 얽힌 사정, 풀어헤칠 수 없네

하였으니, 그 서로 친함이 이와 같았다. 아! 공의 현철함으로써, 기특한 재주를 지니고도 큰 사업을 하지 못하였으니, 세상이 모두 애석해하였다(林億齡字大樹 號石川 平澤人 登乙酉科 官至觀察使 學識有方 處心剛直 英氣發越 文詞雄放 遇事敏捷 平生少許可 乙巳禍作 公出則忠信俱備 入則含默不言 其弟百齡陰結權奸 倡禍士林 公貽訓戒之詩 至切至憤 百齡不從 以常人言之 則兄弟之間 所當與同禍福 而見其不義 切責如此 且不汙身於其間

竟棄官南歸 有詩 好在江漢水 安流莫起波云 及守錦山 百齡送
原從功臣錄卷 乃山谷屛處 作祭文以付火 嘗有詩曰 竹老元逃削
松高不受封 何人與同調 窮谷白頭翁 蓋自況也 至今膾炙人口
士大夫高其義 曹南溟贈以詩曰 今有石川子 其人古遺節 芙蓉信
聳豪 何言大小別 昔年邀我乎 山海之蝸穴 看來豆子熟 琬琰東
西列 石川千木奴 破甘香滿舌 雖飢可食言 人益洪爐雪 尙君明
逸戒 有懸非解泄 其相與如此吁以公之賢 而抱負奇才 不得大有
爲 世皆惜之)."

權鼈의 『해동잡록』에는 그가 詩才가 있었음을 다음과 같이 記載
하고 있다.

"자는 大樹이며 본관은 善山이다. 호는 石川이고 中宗 을유년에
급제하였다. 기개와 절의가 있고 또한 시를 잘 짓기로 이름이 났
다. 을사년에 사화를 일으킨 사람들에게 가담하지 않았다 하여 세
상에서 이것으로써 그를 많이 찬양하였다. 관직은 관찰사에 이르
렀다(字大樹 其先善山人 號石川 我中廟乙酉登第 有氣節 又以
能詩名 不附乙巳之人 世以此多之 官至觀察使)."

이 외에도 『성소부부고』에는 임억령의 시에 대해 다음과 같은 내
용이 실려 있다.

"石川 林億齡은 사람됨이 고매하고 시 역시 사람됨과 같았다. 洛
山寺詠은 마치 용이 오르고 비가 내리는 형세로 文勢가 날아 꿈
틀거려 그 기이한 경치와 자못 장려함을 다툴 만하였다. 그 시에,
'마음은 유수와 함께 세상으로 나오고, 꿈에는 백구 되어 강 위를
나네'라 한 구절은 기상이 높아 신룡이 바다를 희롱하는 뜻이 있
다(林石川爲人高邁 詩亦如其人 洛山寺詠龍升雨降之狀 文勢飛
動 殆與奇觀敵其壯麗 其心同流水世間出 夢作白鷗江上飛 矯矯
神龍戲海意)."

我是逋翁換骨仙　　나는 바로 환골한 신선 임포요
君如歸鶴上遼天　　그대는 학을 타고 요동에 돌아온 것 같구려
相逢一笑天應許　　서로 만나 한 번 웃음 하늘도 허락하셨으니
莫把襄陽較後前　　양양의 매화와 선후를 비교하지 마오

<주석> 【逋(포)】 임포로, 북송시대 사람으로 매화를 매우 사랑하여 아내
라 지칭함, 【歸鶴(귀학)】 陶淵明의「搜神後記」에, "丁令威는 본
래 遼東 사람으로 靈虎山에서 도를 배워 신선이 되었는데, 그가
뒤에 학으로 화하여 성문 앞의 큰 기둥인 華表에 앉아 있었다. 이
때 어떤 소년이 활로 쏘려고 하자 학이 날아서 공중을 배회하며
말하기를, '새여, 새여, 정영위로다. 집을 떠난 지 천 년 만에 이제
야 돌아오니, 성곽은 예전과 같은데 백성은 그때 사람이 아니로구
나. 어찌하여 신선술을 배우지 않아 무덤만 즐비한고.' 하고는 날
아가 버렸다." 하였다 함, 【把】 잡다, 대하다 파

---

37) 李滉(1501, 연산군 7~1570, 선조 3). 자는 景浩, 호는 退溪·退陶·陶搜. 이황의
학문은 주자학을 기반으로 형성되었다. 주자의 書簡文을 초록한「朱子書節要」20
권은 그가 평생 정력을 바쳤던 편찬물이다. 이황의 성리학은 程子와 朱子가 체계
화한 개념을 수용하여 이를 보다 풍부히 독자적으로 발전시켰으며, 理를 보다 중시
하는 理氣二元論이란 특성을 지니고 있다. 그는 理를 모든 존재의 생성과 변화를
主宰하는 우주의 최종적 본원이자 본체로서 규정하고 현상세계인 氣를 낳는 것은
실재로서의 理라고 파악했다. 이황의 학문·사상은 이후 嶺南·近畿 지방을 중심
으로 계승되어 학계의 한 축을 이루었다. 영남지방에서 형성된 학통은 柳成龍·趙
穆·金誠一 등의 제자와 17세기의 張顯光·鄭經世를 이어 李栽·李象靖 등 한
말까지 내려왔다. 근기 지방에서는 鄭逑·許穆 등을 매개로 柳馨遠·李瀷·丁若
鏞 등 南人 實學者에게 연결되어 이들 학문의 이론적 기초로서 기능했다. 한편 이
들의 학통계승은 17세기 이후 본격적으로 전개되는 각 학파·당파의 정치투쟁과
궤를 같이하면서 전개되는데 이들은 남인 당색하에, 이이의 학문을 사상적 기반으
로 기호지방에서 성장한 서인과 치열한 사상투쟁·정치투쟁을 벌이며 조선 후기
사상계·정치계의 한 축을 이루었다.

<감상> 이 시는 매화가 이황에게 대답한다는 재미있는 발상으로, 이황이 지은 梅花詩 64題 91수 가운데 한 편이다.

매화는 환골한 임포요, 이황은 요동의 학이다. 매화와 이황이 서로 만나 웃음 짓는 일을 하늘도 허락하였으니, 매화가 양양보다 늦게 피는 것에 대해 이렇다 저렇다 말하지 말게나. 이것은 모두 자연의 조화에 의한 것이니.

이황은 이 시를 짓게 된 동기에 대해 "양양에서 매화를 본 후 한참이 지난 후에 도산의 매화가 처음 피었다(襄陽見梅後 近數旬而陶山梅始發)."라 말하고 있어, 매화를 간절히 기다리고 있었음을 보여 주고 있다.

『해동잡록』에 이황의 道學과 孝道 등에 관한 간략한 生平이 다음과 같이 실려 있다.

"본관은 眞城으로 자는 景浩이며, 退溪라고 스스로 호를 지었다. 중종 때에 등제하였으며, 나면서부터 천성이 심히 높고 학문은 정밀하고 깊으며 考亭 朱子를 높이 믿어 그의 학문을 깊이 체득하였다. 여러 번 임금의 부름을 받아 나아가고 물러남에 있어 도의로써 진퇴를 결정하였고, 陶山에서 여러 제자들에게 도학을 강의하여 문인들이 많이 성취하여 동방 理學의 祖宗이 되었다. 벼슬이 좌찬성에 이르렀으며 특별히 영의정에 추증되었다. 시호는 文純이고, 찬술한 『理學通錄』・『朱子書節要』・『啓蒙傳疑』・『聖學十圖』가 세상에 전한다. 선생은 조금 자라서는 언어와 동작이 반드시 예법에 맞았으며 더욱더 돈독히 어버이를 사랑하였다. 닭이 울면 일어나 세수하고 양치질하고 의대를 반드시 갖추고 모부인을 살폈다. 말소리는 부드러웠고 나지막하였으며 상냥스럽고 기쁜 안색으로 저녁에 부모를 위해 잠자리를 보아 드릴 때까지 이와 같이 하였다. 잠자리를 펴고 이부자리를 개 드리는 일도 반드시 몸소 하였다(眞城人 字景浩 自號退溪 我中廟朝登第 天分甚高 學問精深 尊信考亭 深得蘊奧 累下徵召 進退以義 與諸子講道陶

山 門人多有成就 爲東方理學之宗 官至左贊成 特贈領議政 諡
文純 所撰理學通錄朱子書節要啓蒙傳疑聖學十圖 行于世 先生
稍長 言語動止 必以禮法 而尤篤愛親 鷄鳴盥漱 衣帶必飭 以省
母夫人 怡聲下氣 婉容愉色 至昏定亦如之 枕席之設 衣衾之斂
必身親爲之)."

148. 「題金上舍愼仲畫幅」八絶 李滉

「西湖伴鶴」

湖上精盧絶俗緣　　호숫가 깨끗한 집 세속의 인연과 끊어진 곳이니
胎仙栖託爲癯仙　　학이 깃들어 여윈 신선이 되었구나
不須翦翮如鸚鵡　　앵무처럼 깃촉을 꺾을 필요 없으니
來伴吟梅去入天　　장차 함께 매화를 읊으며 하늘로 들어가세

<주석> 〖上舍(상사)〗 生員, 進士試를 합격한 사람, 〖西湖(서호)〗 西湖處士로
　　임포를 말함(指北宋詩人林逋 林爲杭州錢塘人 結廬西湖之孤山 二十
　　年足不及城市 號西湖處士), 〖伴〗 짝하다 반, 〖胎仙(태선)〗 학의 별
　　칭, 〖癯〗 여위다 구, 〖翦〗 자르다 전, 〖翮〗 깃촉 핵, 〖來〗 장차 래

<감상> 이 시는 상사 김신중의 화폭에 쓴 제화시의 한 수로, 서호에서 학
　　을 짝함을 노래한 것이다.

　　서호에서 학을 기르며 매화를 사랑한 임포의 호숫가 정자는 세속
　　과 인연이 단절된 곳이니, 학이 깃들어 여윈 신선, 즉 매화가 되었
　　다. 매화 가지는 仙人과 같아 앵무새처럼 날개를 꺾을 필요가 없
　　으니, 함께 매화를 노래하며 하늘로 돌아가세나.

　　正祖는 『弘齋全書』「日得錄」에서 16세기 성리학의 대가인 退溪
　　와 栗谷에 대해 다음과 같은 언급을 하고 있다.

　　"퇴계는 율곡에 대해 선배이다. 그의 四端七情은 율곡이 강력히
　　반론을 제기해 마지않았으나 퇴계는 끝내 불평하는 기색이 없었으
　　니, 여기에서 퇴계의 忠厚한 인품과 율곡의 명석하고 예리함을 볼
　　수 있다(退溪於栗谷先輩也 其辨四七之論 栗谷彊辨不已 而退溪
　　終始無慍色 於此亦可見退溪之忠厚 栗谷之明銳)."

　　"율곡은 기상이 광명하고 시원스레 트였으며, 퇴계는 심지가 진실
　　하고 돈후하였다(栗谷氣象光明灑落 退溪心地質實篤厚)."

盆梅發淸賞	화분의 매화가 맑은 감상을 발하고
溪雪耀寒濱	시냇가의 눈은 찬 물가에서 빛나네
更著氷輪影	다시 차갑고 둥근 달 그림자 떠오르지만
都輸臘味春	한겨울인데도 봄을 맛보네
迢遙閬苑境	아득하니 신선의 경지요
婥約藐姑眞	아름다우니 막고야산의 선녀일세
莫遣吟詩苦	시를 읊조리느라 고심하지 마시오
詩多亦一塵	시가 많은 것도 또한 하나의 흠이라오

<주석> 〖耀〗 빛나다 요, 〖濱〗 물가 빈, 〖都〗 모두 도, 〖臘〗 섣달 납, 〖迢遙(초요)〗 먼 모양, 〖閬苑(랑원)〗 전설상에 신선이 거처하는 곳, 〖婥約(작약)〗 아름다운 모양, 〖藐姑(막고)〗 藐姑射로, 신화 속에 존재하는 산이나 선녀를 뜻함. 『莊子』 「逍遙游」에 "藐姑射之山有神人居焉 肌膚若冰雪 綽約若處子"라는 말이 나옴

<감상> 이 시는 또 눈 내린 달밤에 매화를 감상한 시에 차운한 것으로, 시를 짓는 것은 末技에 지나지 않는다는 퇴계의 文學觀이 잘 드러난 시이다.

방 안 화분에 핀 매화가 맑은 흥감을 자아내고, 방 밖 시냇가 차가운 물에는 흰 눈이 빛을 발하고 있다. 어제 뜬 달이 다시 떠오르지만, 매화가 꽃을 피우니 한겨울인데도 봄인 것 같다. 이러한 경지는 신선의 경지와 같고 곱고 아름다우니 선녀와 같다. 聖學을 궁구하는 것이 학자의 일이니, 시를 읊조리느라 고심하지 말라. 시를 많이 짓는 것도 또 하나의 흠이 될 수 있다.

詩를 많이 짓는 것이 흠이 될 수 있다던 퇴계 역시 시를 많이 지었는데, 洪萬宗은 『小華詩評』에서, "퇴계 이황 선생은 성리학만

이 우리나라 사람에게 존경받는 것이 아니라, 문장도 여러 작가들
에 비교하여 탁월하다(退溪先生非徒理學之爲東方所宗 文章亦卓
越諸子).”라고 언급하여, 詩文이 뛰어남을 말하고 있다.

150. 「自淸風泝流而上 所過輒問名紀勝 仍用柳公 從龍(雲)流字絶句韻 凡得若干首」 李滉

「花灘」

勢利爭先得	권세와 이익 먼저 얻으려고 다투고
巉巖鬪衆流	우뚝 솟은 바위 여러 물줄기와 만나네
惡人能覆國	악한 사람 나라를 전복시킬 수 있고
惡灘能覆舟	악한 여울 배를 전복시킬 수 있다네

<주석> 【泝】 거슬러 올라가다 소, 【灘】 여울 탄, 【巉】 가파르다 참, 【鬪】 만나다 투

<감상> 이 시는 맑은 바람을 따라 물을 거슬러 올라가며 지나는 곳마다 명승지라 류종룡의 운에 차운하여 지은 시 가운데 한 편이다.

우뚝 솟은 바위 아래 여울은 여러 물줄기와 만나고 있듯이, 사람들은 권세와 이익을 먼저 쟁취하려고 다투고 있다. 악한 여울이 배를 전복시킬 수 있듯이 악한 사람이 나라를 망하게 할 수도 있다.

正祖는 『弘齋全書』「日得錄」에서 조선 중기의 碩學 네 사람에 대해 다음과 같은 언급을 하고 있다.

"우리나라의 儒者 중에 趙靜庵과 李栗谷은 타고난 자질이 고명하고 뛰어나 理學과 경륜에 있어 원래부터 大賢인데다 왕을 보좌하는 재능까지 겸하였다. 李退溪는 공부가 극에 달하여 확고부동한 뜻이 있었고, 宋尤庵은 많은 훌륭한 자질을 겸하였는데 기품이 강하고 모난 것이 혹 너무 지나쳤다(東方儒者 靜菴栗谷 天姿高明豪逸 理學經綸 自是大賢 兼王佐之才 退溪工夫到底 有確乎不拔之意 尤菴兼有衆美 剛方或太過耳)."

151. 「月影臺」李滉

老樹奇巖碧海堧　　늙은 나무 기이한 바위 푸른 바닷가에 있고
孤雲遊跡總成烟　　고운이 노닌 자취 모두 연기 되고 말았구나
只今唯有高臺月　　이제 다만 높은 대에 달만이 남아
留得精神向我傳　　그 정신 남겨 내게 전해 주는구나

<주석> 〖月影臺(월영대)〗 合浦에 있는 崔致遠이 놀던 곳 〖堧〗 빈터 연, 〖跡〗 자취 적

<감상> 이 시는 崔致遠이 머물렀다는 마산 월영대에 올라 지은 시이다. 월영대 주변은 오래된 나무와 기이한 바위가 푸른 바닷가에 연해 있고, 그곳에 발자취를 남긴 孤雲 최치원의 모습은 연기처럼 사라지고 없다. 지금 최치원의 자취는 사라지고 월영대 위에 달만이 남아 비춰 주고 있지만, 최치원이 남긴 정신은 여전히 남아 나에게 전해 주고 있다.

鄭惟一이 『退溪先生言行通錄』에서 퇴계의 시를 평하며, "선생이 지은 시는 맑고 엄하며 간결하고 담박하다. 젊어서는 일찍이 두보의 시를 배웠고 늙어서는 회암 주자의 시를 좋아하였는데, 가끔 그 격조는 꼭 한 사람의 손에서 나온 것 같았다(爲詩 淸巖簡淡 少嘗學杜詩 晩喜晦巖詩 往往調格 如出一手)."라 평하고 있는데, 이런 시를 염두에 둔 것이 아닌가 한다.

152. 「林居十五詠」李滉

「觀物」

芸芸庶物從何有	많은 저 사물은 어디로부터 생겼는가?
漠漠源頭不是虛	아득한 근원의 머리, 빈 것이 아니네
欲識前賢興感處	앞 현인의 흥감처를 알고 싶으면
請看庭草與盆魚	뜰의 풀이나 동이의 물고기를 보아라

<주석> 〖芸〗 성한 모양 운, 〖漠〗 넓다 막

<감상> 이 시는 사물을 보고 느낀 情懷를 노래한 것으로, 퇴계가 자연을 어떻게 보았는지를 보여 주는 시이다.

세상의 수많은 사물들은 어디로부터 왔는가? 아득한 근원이 있지 그냥 생겨난 것이 아니다. 앞서간 현인들의 흥감처를 알고 싶다면, 뜰에 난 무성한 풀과 연못에서 활발하게 遊泳하는 물고기를 보아라. 천지자연의 生生의 이치와 鳶飛魚躍의 이치가 여기에 있다.

「巖棲軒」

曾氏稱顏實若虛	증자는 안자더러 실하면서 허한 듯이라고 일컬었는데
屛山引發晦翁初	이를 병산이 처음으로 회옹에게 끌어 깨우쳤네
暮年窺得岩棲意	늘그막에야 바위에 사는 재미를 알았으니
博約淵氷恐自疏	博文約禮・臨淵履氷 공부 소홀할까 두렵노라

<주석> 〖窺〗 엿보다 규, 〖博約(박약)〗 博文約禮의 준말로, 『논어』에 "子曰 君子博學於文 約之以禮 亦可以弗畔矣夫"라는 구절이 보임, 〖淵氷(연빙)〗 臨淵履氷의 준말로, 『논어』에 "曾子有疾 召門弟子曰 啓予足 啓予手 詩云 戰戰兢兢 如臨深淵 如履薄氷 而今而後 吾知免夫 小子"라는 구절이 보임

<감상> 이 시는 「도산잡영」 중의 하나로, "증자가 안연을 두고 '있어도 없는 듯하고, 찼어도 빈 듯하다.'라 일컬었는데, 병산(劉子翬의 호로, 朱子의 아버지 朱松과 친구이며, 주송이 죽은 뒤에 주자를 가르쳤다)이 회암의 자를 지어 주면서 이것을 가지고 축하하였다. 회암의 시에 '오랫동안 할 수 없음을 스스로 믿었더니, 산속에 깃들어 작은 효험 바라노라.'라 했었는데, (산속에 깃든다는 말을 취해서) 헌의 이름으로 삼고 스스로 힘쓴다(曾子稱顏淵有若無 實若虛 屛山字晦庵 以是祝之 晦庵詩 自信久未能 巖棲冀微效 名軒以自勖)."라는 注가 실려 있다.

증자가 안연에게 한 말을 朱子의 스승인 병산이 주자에게 이것으로 字를 지어 주었다. 주자는 병산의 뜻을 실현하고자 廬山의 꼭대기 雲谷에서 살았다. 퇴계 또한 주자의 가르침을 따르겠다는 의도로 巖棲軒이라 이름 짓고 산속에 살고 있자니, 늘그막에서야 그

의미를 터득하게 되었는데, 博文約禮와 臨淵履氷하는 공부에 소
홀할까 걱정된다.
퇴계는 이 시에서 朱子의 가르침을 따르고 曾子와 顔淵의 자세를
본받겠다는 의지를 표명하고 있는 것이다.

154.「盤陀石」李滉

黃濁滔滔便隱形   누런 탁류 넘실댈 때는 곧 형체를 숨기더니
安流帖帖始分明   고요히 흐를 때면 비로소 분명히 나타나네
可憐如許奔衝裏   어여쁘다! 이 같은 치고받는 물결 속에서도
千古盤陀不轉傾   천고에 반타석은 구르거나 기울지도 않았네

<주석> 〖盤陀石(반타석)〗 평평하지 않은 돌덩어리, 〖滔〗 물이 넘치다 도, 〖帖帖(첩첩)〗 安穩한 모양, 〖如許(여허)〗 이와 같음

<감상> 이 시는 반타석을 두고 노래한 것으로, 반타석은 「陶山記」에 의하면, "반타석은 탁영담 가운데 있는데, 그 모양이 편편하지는 않으나 배를 매어 두고 술잔을 돌릴 만하다. 늘 큰비를 만나 물이 불면 소용돌이와 함께 물밑으로 들어갔다가 물이 빠지고 물결이 맑아진 뒤에야 비로소 모습을 드러낸다(盤陀石在濯纓潭中 其狀盤陀 可以繫舟傳觴 每遇潦漲 則與齊俱入 至水落波淸 然後始呈露也)." 라 기록되어 있다.

반타석은 큰비가 내려 누런 탁한 물이 흘러내리면 그 형상을 물속에 숨겼다가, 물이 빠지고 물결이 고요히 흐를 때면 다시 그 형상을 분명히 드러낸다(『맹자』에 이르기를, "有孺子歌曰 滄浪之水淸兮 可以濯我纓 滄浪之水濁兮 可以濯我足 孔子曰 小子 聽之 淸斯濯纓 濁斯濯足矣 自取之也"라 한 것처럼, 정치가 혼탁하면 몸을 숨겼다가 맑아지면 다시 나타나는 현실에 대처하는 퇴계의 處身에 대한 문제이기도 함). 이 같은 거센 물결 속에서도 변하지 않는 반타석이 아름답다(세상이 혼탁하더라도 자신은 이처럼 흔들리지 않겠다는 퇴계 자신의 의지의 표명으로도 볼 수 있음).

155. 「野池」 李滉

露草夭夭繞水涯　　고운 풀 이슬에 젖어 물가를 둘렀는데
小塘清活淨無沙　　조그마한 연못 맑고 깨끗해 모래도 없네
雲飛鳥過元相管　　구름 날고 새 지나는 것이야 제 맘대로이나
只怕時時燕蹴波　　단지 때때로 제비가 물결 찰까 두려워라

<주석> 〖夭〗예쁘다 요, 〖繞〗둘러싸다 요, 〖塘〗못 당, 〖管〗주관하다 관, 〖怕〗두려워하다 파, 〖蹴〗차다 축

<감상> 이 시는 『退溪言行錄』에, "선생께서 젊었을 때 우연히 燕谷(溫溪에 가까운 마을 이름)에 놀러 간 일이 있었다. 연곡에는 조그마한 못이 있는데, 물이 매우 맑았다. 선생께서 시를 지었다."라고 제작 유래를 밝히고 있으며, 담담한 가운데 깊은 의미를 담고 있는 宋風의 시이다.

연곡에 있는 조그마한 연못가에 고운 풀이 이슬에 젖어 물가를 둘렀다. 연못은 맑고 깨끗해 모래도 보이지 않는다. 그 연못 위로 때로는 구름이 날고 새가 지나는 것이야 괜찮다. 연못의 물에 어떠한 흔적도 남기지 않기 때문이다. 그러나 단지 걱정스러운 것은 때때로 제비가 날아와 물결을 차서 수면이 일렁이는 것이다(사람이 지닌 순수한 본성이 人慾의 개입으로 순수성을 상실할 수 있음을 비유적으로 제시한 것이다. 그래서 제자인 金富倫이 『退溪言行錄』에서, "이것은 天理가 流行하는데 혹시 人慾이 낄까 두려워한 것이다[天理流行 而恐人欲間之]"라 하였던 것임).

花發巖崖春寂寂　　꽃이 가파른 벼랑에 피어 봄은 고요하고
鳥鳴澗樹水潺潺　　새가 시내 숲에 울어 시냇물은 졸졸 흘러가네
偶從山後攜童冠　　우연히 산 뒤에서 제자들을 이끌고
閑到山前問考槃　　한가히 산 앞에 와 고반을 묻는다

<주석> 〖崖〗벼랑 애, 〖潺〗물 흐르는 소리 잔, 〖攜〗끌다 휴, 〖童冠(동
관)〗청소년으로, 여기서는 제자를 말함. 題注에 "李福弘 德弘
琴悌筍輩從之"라 되어 있음, 〖考槃(고반)〗『시경』의 篇名으로,
은둔한 선비의 생활을 찬미하여 노래한 것인데, 고반의 해석은 일
정하지 않다. 여기서는 한 가지 거처할 터를 말함인 듯함

<감상> 이 시는 제자들을 데리고 계상부터 걸어서 산을 넘어 서당에 도착
하여 지은 것으로, 性理學的 修養의 최고 경지를 보여 주는 시라
일컬어지는 작품이다.
　　꽃이 가파른 벼랑에 피고 새가 시내 숲에 울어 시냇물이 흘러가는
것은 자연의 理이다. 이것은 '鳶飛魚躍', 즉 솔개는 연못에서 뛰
어놀 수 없고 물고기는 하늘을 날 수 없듯이 솔개는 하늘에서만
날고 물고기는 연못에서만 뛰어노는 것이 이치인 것이다. 천지자
연의 이치가 流行하고 있음을 말한다. 자연의 理가 흐르는 곳을
우연히 산 뒤에서 제자들을 이끌고 한가히 산 앞에 이른 것은 자
연과의 渾然一體를 의미한다. 이것은 다시 말해 天理에 순응함을
의미하는 것이다. 그러므로 퇴계의 제자인 李德弘이 「答李宏仲」
에서, "읊으신 ……라는 시는 위아래의 조화가 같이 유행하여 만
물이 각기 제자리를 얻은 신묘함이 있는 것 같은데, 어떻습니까?
(所詠花發巖崖春寂寂 鳥鳴磵樹水潺潺 偶從山後携童冠 閒到山
前看考槃之詩 似有上下同流 萬物各得其所之妙 如何)"라 하였

던 것이다.

『退溪先生言行錄』에 의하면, "'임금과 신하의 理가 진실로 나에게 갖추어 있다면 초목의 理도 나와 같습니까?'라고 물었더니, 선생은 '같다는 말을 써서는 안 된다. 단지 하나일 뿐이다. 만일 형체가 있는 물건이라면 저것과 이것의 구별이 있겠지만, 理는 형체가 없는 사물인데 어찌 저것과 이것을 구분할 수 있겠는가?'라 답했다(問君臣之理 固具於我 草木之理 亦皆與我同 日 不可下同字 只是一而已 如有形之物 則必有彼此 理無形底物事 何嘗分彼此)."라 하여, 退溪는 理를 매개로 인간과 자연은 同質性을 지녔다고 인식하고 있었던 것이다.

157. 「無題」 曹植[38]

魯野麟空老	노나라 들엔 기린이 헛되이 늙어 가고
岐山鳳不來	기산엔 봉황새가 오지를 않네
文章今已矣	빛나던 문물도 이제 끝났으니
吾道竟誰依	우리의 도는 끝내 누구에 의지하리오?

<감상> 이 시는 현실에 대한 南冥의 총체적 인식이 녹아 있는 시이다. 그런데 현실에 대한 구체적 인식이 언급되어 있지 않아서 정확히 알 수는 없지만, 산문을 통해 그 편린을 엿볼 수 있다. 1555년 단성현감에 임명된 직후에 올린 상소문에, "또 전하의 나랏일이 이미 그릇되었고, 나라의 근본이 이미 망했으며, 하늘의 뜻은 이미 떠나 버렸고, 민심도 이미 이반되었습니다. 비유하자면 백 년 동안 벌레가 그 속을 갉아 먹어 진액이 이미 말라 버린 큰 나무가 있는데, 회오리바람과 사나운 비가 어느 때에 닥쳐올지 전혀 알지 못하는

---

38) 曹植(1501, 연산군 7~1572, 선조 5). 본관은 昌寧. 자는 楗仲, 호는 南冥. 이황과 더불어 영남 사림의 지도자적인 역할을 함. 成運 등과 교제하며 학문에 힘썼으며, 25세 때 『性理大全』을 읽은 뒤 크게 깨닫고 성리학에 전념하게 되었다. 26세 때 아버지가 돌아가시자 고향에 돌아와 지내다가 30세 때 처가가 있는 김해 炭洞에 山海亭을 짓고 학문에 정진했다. 45세 때 어머니가 세상을 뜨자 장례를 치르기 위해 고향에 돌아온 후 계속 고향 토동에 머물며 鷄伏堂과 雷龍亭을 지어 거처하며 학문에 열중하는 한편 제자들 교육에 힘썼다. 1555년 丹城縣監에 임명되었지만 모두 사퇴했다. 사직 시 올린 상소는 조정의 신하들에 대한 준엄한 비판과 함께 왕과 대비에 대한 직선적인 표현으로 조정에 큰 파문을 일으켰다. 모든 벼슬을 거절하고 오로지 처사로 자처하며 학문에만 전념하자, 그의 명성은 날로 높아져 鄭逑 등 많은 제자들이 모여들었다. 61세 1561년 지리산 기슭 진주 덕천동(지금의 산청)에 山天齋를 짓고 죽을 때까지 그곳에 머물며 강학에 힘썼다. 1566년 명종의 부름에 응해 왕을 獨對하여 학문의 방법과 정치의 도리에 대해 논하고 돌아왔다. 1567년 宣祖가 즉위한 뒤 여러 차례 그를 불렀으나 나아가지 않고 정치의 도리를 논한 상소문 「戊辰對事」를 올렸다. 여기서 논한 '胥吏亡國論'은 당시 서리의 폐단을 극렬히 지적한 것으로 유명하다. 시호는 文貞이다.

것과 같으니, 이 지경에 이른 지가 오랩니다. ……낮은 벼슬아치
는 아래에서 시시덕거리면서 주색만을 즐기고, 높은 벼슬아치는
위에서 어름어름하면서 오로지 재물만을 늘리며, 강물고기의 배가
썩어 들어가는 것 같은데도 그 허물을 바로잡으려고 하지 않습니
다. ……자전께서 생각이 깊으시기는 하나 깊은 궁중의 한 과부에
지나지 않고, 전하께서는 어리시어 다만 선왕의 외로운 아드님이
실 뿐이니, 천 가지 백 가지나 되는 하늘의 재앙과 억만 갈래의 민
심만을 어떻게 감당해 내며 무엇으로 수습하시겠습니까(抑殿下之
國事已非 邦本已亡 天意已去 民心已離 比如大木 百年蠹心 膏
液已枯 茫然不知飄風暴雨何時而至者 久矣 ……小官嬉嬉於下
姑酒色是樂 大官泛泛於上 唯貨賂是殖 河魚腹痛 莫肯尸之
……慈殿塞淵 不過深宮之一寡婦 殿下幼冲 只是先王之一孤嗣
天災之百千 人心之億萬 何以當之 何以收之耶)?"라고 하여, 당
시 현실에 대한 불만을 구체적으로 제시하고 있다.

离宮抽太白	불 속에서 하얀 칼날을 뽑아내니
霜拍廣寒流	서릿발 칼빛이 달을 치고 흐르네
牛斗恢恢地	견우성과 두우성 넓디넓은 곳에
神游刃不游	정신은 놀아도 칼날은 놀지 않네

<주석> 〖釰〗 둔하다 일, 〖离宮(리궁)〗 불같은 붉은색, 〖抽〗 뽑다 추, 〖拍〗 치다 박, 〖廣寒(광한)〗 달, 〖恢〗 넓다 회

<감상> 이 시는 南冥이 늘 차고 다녔다는 칼자루에 새긴 시로, 드높은 정신세계를 잘 보여 주고 있는 시이다.

이글이글 타는 불속에서 쇠를 끄집어내어 수많은 담금질을 통해 칼이 완성되니, 서릿발 같은 칼날은 달빛을 치고 흘러 견우성과 북두성까지의 넓은 하늘에 뻗쳐 있는데, 그 우주 공간에 정신은 놀고 있지만 칼날은 놀지 않고 있다(『莊子』에 庖丁이 소의 뼈마디 사이의 넓은 공간에 칼날이 아니라 정신이 노니는 것처럼, 우주 공간에 자유롭게 노니는 南冥의 기상이 표현된 것이다).

남명의 이러한 정신세계에 관한 내용이 『해동잡록』에 다음과 같이 실려 있다.

"본관은 창녕으로 자는 建仲이며 自號는 南溟이다. 기량이 크고 품행은 과단성 있고 확실하였다. 遺逸로 여러 번 부름을 받았으나 응하지 않았다. 한번은 궁에 들어가 便殿에서 임금을 대하고 정치와 학문의 방법을 극간하여 임금의 칭찬을 받았다. 그 후 頭流山 白雲洞에 들어가 집 하나를 짓고 扁額을 '山天齋'라 하고 깊이 숨어 늙었다. 죽어 대사간에 추증되었다. 著作한 學記와 문집이 세상에 퍼져 있다. 선생이 일찍 문인들에게 말하기를, '내가 많은 사람을 얻어 각각 많은 일들을 부탁하고, 나는 도리어 물러앉으려

하는 것은 재주가 없기 때문에 그런 것이다. 내가 평생에 단 하나 장점이 있는 것은 죽어도 구차하게 남을 따르지 않는 것이다. 士君子의 큰 절개는 오로지 정치에 나아가거나 정치에서 물러앉는 것인 出處 한 가지 일에 있을 뿐이다.' 하였다(昌寧人 字建仲 自號南溟 器宇高嶷 操履果確 以遺逸累徵不起 嘗入對便殿 極陳爲治爲學之方 自上稱善 後入頭流山白雲洞 構一室 扁曰山天齋 遂深藏終老焉 卒贈大司諫 所著學記及文集 行于世 先生嘗謂門人曰 吾欲得許多人各付許多事 我却要退坐 爲其無才故也 吾平生只有一長處 抵死不得苟從也 士君子大節 惟在出處一事而已)."

159. 「梅下種牧丹」 曺植

栽得花王來	화왕을 심고 보니
廷臣梅御史	조정의 신하는 매어사로세
孤鶴終何爲	외로운 학은 끝내 무엇을 하는가?
不如蜂與蟻	벌이나 개미만도 못하구나

<주석> 〖花王(화왕)〗 꽃 중의 왕으로, 모란을 가리킴, 〖蟻〗 개미 의

<감상> 이 시는 매화 아래에 모란을 심고서 지은 시이다.

이 시는 상당히 난해하여 정확한 의미를 파악하기 어렵다. 화왕인 모란은 왕이고, 매화는 신하이다. 신하인 매화 아래에 왕인 모란을 심은 것부터 詩想이 기이하다. 매화와 왕은 무능한 왕과 절개 있는 신하로 볼 수 있다. 그렇다면 벌이나 개미는 모란꽃과 매화꽃에 모여드는 권력에 기생하는 소인배일 것이다. 그러면 학은 무엇을 상징하는가? 고고한 학은 벌이나 개미를 잡는 역할인가? 그런데 그런 역할을 하지 못하고 있는 것을 비난하고 있는 것인가? 남명과 가장 가까이 지냈던 成渾은 남명의 「墓碑文」에서 "지은 글이 崎嶢하여 기력이 있다(爲文崎嶢 有氣力)"라 말했고, 제자인 鄭仁弘도 「南冥先生集序」에서 "奇辭奧意는 비록 숙유라도 간혹 그 뜻을 알 수 없다(奇辭奧意 雖宿儒 或不能看透)"라 하였다. 위의 시와 이러한 언급을 통해서 남명의 글이 상당이 崎險함을 알 수 있겠다.

기이한 것을 좋아하는 남명에 대해 正祖는 『弘齋全書』「日得錄」에서 다음과 같이 말하고 있다.

"南冥 曺植은 호걸스런 선비이다. 그의 언론과 풍채는 사람을 聳動시키는 점이 많았다. 그의 문집 중 한 편의 상소(『明宗實錄』 제10권에 나온다. 조식이 1555년 11월 19일 丹城縣監에 제수되어 상소를 올렸는데, 그 내용이 예리하면서도 직설적이어서 명종이 심히 화를 냈으나 그의 명성 때문에 차마 처벌하지 못하고 승정원만 나무랐다. 그 후에 여러 차례 천거한 뒤에야 겨우 6품직을 내렸고 도성에 불러올려 面對한 것은 명종 말년인 21년 10월 7일 한 차례뿐이다. 물론 이때 예우를 하기는 했지만 그것도 신하들의 간곡한 권유 때문이었다. 여기에서 正祖가 대성인의 국량으로 죄주지 않고 융숭히 예우했다고 한 것은 사실과 어긋나는 점이 있다)에 대해서는 대성인이 수용해 주시는 국량으로 죄주지 않았을 뿐만 아니라 누차 간절히 불러 다스리는 도를 묻고 예우를 융숭히 하였으니, 아! 성대하도다. 대저 그의 학문은 기상을 숭상하고 기이한 것을 좋아하여 병폐가 적지 않았다. 말단의 폐해로는 심지어 鄭仁弘이 있기까지 하였으니 이것이 이른바 荀卿의 문하에 李斯가 나온 경우(李斯는 楚나라 上蔡 사람으로 荀卿에게 제왕의 학문을 배웠다. 뒤에 진시황을 섬기면서 焚書坑儒를 실시하여 학통을 끊어 버렸고 끝내는 처형을 당하였다. 鄭仁弘도 남명에게서 儒學을 배웠으면서 결국은 광해군을 섬겨 권세를 누리다가 仁祖反正 때 李爾瞻과 함께 잡혀 참형되었다)인 것이다. 그러나 嶺南에서 節義 있는 선비가 배출된 것은 실로 이 사람의 힘 때문이니, 후세에 어찌 중도의 선비를 얻을 수 있겠는가. 이런 사람은 또한 얻기가 쉽지 않은 것이다(曹南冥豪傑士也 其言論風采 多有聳動人處 文集中一疏 大聖人容受之量 非徒不以爲罪 屢勤旌招 咨訪治道 禮遇隆摯 猗歟盛哉 大抵其學 尚氣好異 弊病亦不少 末流之害 至有仁弘 此所謂荀卿之門 出李斯也 然而嶺南節義之輩出 實賴此人之力 後世安得中行之士 此等人亦自不易矣)."

160. 「浴川」 曹植

全身四十年前累	온몸의 사십 년 전의 허물을
千斛清淵洗盡休	천 섬의 맑은 물로 다 씻어 좋게 하리라
塵土倘能生五內	티끌이 혹시라도 오장에 생긴다면
直今刳腹付歸流	지금 당장 배를 갈라 물에 흘려보내리라

<주석> 〖累〗 허물 루, 〖斛〗 10말 곡, 〖休〗 좋다 휴, 〖倘〗 혹시 당, 〖刳〗 도려내다 고, 〖付〗 주다 부

<감상> 이 시는 題注에 "기유년(1549) 8월 초에 우연히 감악산 아래에서 노닐었는데, 함양의 문사인 임희무와 박승원이 듣고서 달려와 함께 목욕했다(己酉八月初 偶遊於紺岳山下 咸陽文士林希茂朴承元 聞而馳到 侍與之 同浴焉)."라 되어 있다.

감안산 아래 시냇물에 목욕하면서 40년 동안 살아오면서 지은 허물을 천 섬의 많은 물로 씻어 내겠다. 혹시라도 씻어 내고도 더러움이 뱃속에 남는다면, 지금 당장 배를 갈라서 더러움을 물에 흘려보내리라.

시가 비현실적이면서도 과격하다. 이것은 曹植의 기질과도 연관이 될 것인데, 『남명집』의 「行錄」에 의하면 "보잘것없는 시골 사람에 이르기까지 모두 남명 선생이 있다는 것을 알았다. 학사와 대부로 선생을 알건 모르건 선생을 일컫는 사람들은 반드시 가을 서리와 뜨거운 태양이라고 했다(至於鄙夫野人 皆知有南冥先生 而學士大夫識與不識 稱先生者 必曰秋霜烈日云)."라 할 정도로 조식의 기질은 秋霜烈日이었던 것이다.

高山如大柱	높은 산은 큰 기둥과 같이
撑却一邊天	한쪽의 하늘을 받치고 섰네
頃刻未嘗下	잠깐도 일찍이 내려앉은 적이 없기에
亦非不自然	또한 자연스럽지 않음이 없네

<주석> 〖撑〗버티다 탱, 〖却〗어조사 각, 〖頃刻(경각)〗잠시

<주석> 이 시는 우연히 지리산을 보고 노래한 것이다.

높은 지리산은 하늘을 떠받치고 있는 큰 기둥과 같다(높은 산의 기상은 조식의 기상이기도 함). 지리산은 무거운 하늘을 떠받치고 있지만 일찍이 잠시도 내려앉은 적이 없기에, 자연 그대로의 모습을 지니고 있는 것이다.

조식은 지리산을 매우 사랑하여 10여 차례나 올랐으며 「遊頭流山錄」이란 글을 남기기도 했다.

請看千石鐘	청컨대 천석 종을 보라
非大扣無聲	크게 치지 않으면 소리가 나지 않는다
爭似頭流山	어찌하면 두류산처럼
天鳴猶不鳴	하늘이 울려도 오히려 울지 않을 수 있을까?

<주석> 〖石〗 섬(120근) 석, 〖扣〗 두드리다 구, 〖爭〗 어찌 쟁

<감상> 이 시는 덕산 계정의 기둥에 쓴 것으로, 南冥의 높은 기상을 보여준 대표적인 시이다.

십이만 근이나 되는 종은 매우 크기 때문에 크게 치지 않으면 소리가 나지 않는다(거대한 종은 물론 남명 자신에 대한 비유이기도 함). 어찌하면 저 두류산처럼 하늘이 울려도 울지 않을 수 있을까(어떠한 상황에도 천석의 종처럼 의연함을 지키고 싶다는 자신의 이상을 의미함)?

이 시에 대해 『象村雜錄』에는 "曹南冥의 이름은 植이고, 자는 楗中이다. 節義를 숭상하여 천길 絶壁에 선 듯한 기상이 있었다. 숨어 살고 벼슬하지 않았으며 문장을 짓는 데에도 奇偉하고 속되지 않았으니, ……와 같은 시는 詩韻이 豪壯할 뿐만 아니라 또한 자부함도 얕지 않다(曹南冥名植 字楗中 尙節義 有壁立千仞之氣 隱遯不任 爲文章 亦奇偉不凡 如請看千石鍾 非大叩無聲 萬古天王峯 天鳴猶不鳴 不徒詩韻豪壯 亦自負不淺也)"라 평하고 있다.

그리고 『성호사설』에서는, "남명 조 선생은 과거를 거치지 않고 벼슬에 제수되었으나 곧 사퇴하였는데, 한낱 낮은 벼슬에 지나지 않았다. 그러나 그가 병이 나서 급하므로 감사가 장계를 올려 아뢰자, 어의를 보내어 약을 가지고 가서 간호하게 하였고, 급기야 작고하자 특별한 예로 大司諫을 증직하였다. 그를 예우함이 이토록 극진하였으니 한 세상을 風動할 만하다. 진실로 그런 분이 아니었다면 또 어찌 이와 같은 일이 있었겠는가? 古人의 言行·人格을 논한 사람들이 모두 壁立萬仞(『世說新語』에, ‘王公目太尉 巖巖淸峙 壁立千仞’이라는 것이 보임. 절벽이 만 길이나 된다는 뜻으로 즉 사람의 기개를 비유함)으로 공을 지목하는 것은 바로 이 때문이다. 나는 그의 「雷龍銘」·「鷄伏銘」을 보고서 그 사람됨을 상상해 보았거니와, 또 그의 시에, ‘請看千石鍾 非大叩無聲 萬古天王峯 天鳴猶不鳴’이라 하였으니, 이 얼마나 놀라운 역량과 기백인가? 비록 退溪의 一月春風(朱光庭이 처음 程明道에게 배우고 돌아와서 사람에게 말하기를, ‘한 달을 봄바람 속에 앉아 있었다’ 하였음)과는 비교해 논할 수 없겠지만, 사람으로 하여금 心膽이 저절로 부풀게 한다.”라는 평이 실려 있다.

163. 「德山卜居」 曹植

春山底處無芳草　　봄 산 이르는 곳에 방초가 없겠는가?
只愛天王近帝居　　다만 천왕봉이 帝宮과 가까움을 사랑할 뿐이네
白手歸來何物食　　맨손으로 돌아와서 무엇을 먹을 것인가?
銀河十里喫猶餘　　은하가 십 리라 마시고도 남겠네

<주석> 〖底〗 이르다 저, 〖帝居(제거)〗 天帝가 사는 곳, 〖喫〗 마시다 끽
<감상> 이 시는 61세 때 지리산 덕산으로 옮겨 山天齋를 짓고 살면서 지은 시이다.

봄 산 어디엔들 봄풀이 피지 않았겠는가? 방초는 어디를 가더라도 있으니, 아름다움을 찾아 이곳 德山에 온 것이 아니다. 다만 덕산에서 바라보이는 천왕봉이 천제가 사는 帝宮과 가깝기 때문인 것이다(帝宮은 현실을 벗어난 이상적인 공간을 의미함). 덕산에 맨손으로 들어와 먹을 것이 없이 가난하지만, 덕산 밑에 흐르는 德川江은 은빛 시냇물이라 마시고도 남음이 있다(은하는 제궁에 있는 은하수이기도 함).

조식이 현실 정치에 대한 개혁을 시도한 것은 아니지만, 그렇다고 덕산에 은거한 채 현실의 문제를 등 돌린 채 지냈던 것은 아니다. 조식을 가장 가까이에서 모셨던 金宇顒의 「行狀」에는 다음과 같은 내용이 실려 있어 이것을 뒷받침해 준다.

"항상 학사 대부들과 논의를 하다가, 말이 당시 정치의 잘못과 백성들의 곤궁함에 이르면, 일찍이 팔을 걷어붙이고 분격하여 목이 메지 않은 적이 없었다. 어떤 때는 눈물을 흘리기까지 해서 듣는 자가 송구스럽게 듣기도 했다. 그가 세상을 근심하는 것이 이와 같았다. 그러나 도로 말미암아 의를 지켰지, 스스로를 작다고 하여 쓰임을 구하지 않았고 가난을 편안한 것으로 여겨 진실로 곤궁했

지 일찍이 자신을 굽혀 세속을 따르지도 않았다. 그러므로 세상과 오랫동안 하직하고 늘 자연에서 생활했던 것이다(常與學士大夫 語及時政闕失 生靈困悴 未嘗不扼腕哽咽 或至流涕 聞者爲之竦 聽 其拳拳斯世如此 然而由道守義 不肯自小以求用 安貧固窮 未嘗自屈以從俗 故與世長辭 巖穴終古)."

164. 「寄西舍翁」曹植

萬疊靑山萬市嵐　　일만 겹 푸른 산에 곳곳에 이내 가득

一身全愛一天函　　한 몸에 한 하늘 감싸 안은 이곳을 사랑하네

區區諸葛終何事　　구구한 제갈량은 끝내 무슨 일을 했던가?

膝就孫郞僅得三　　무릎으로 손권에게 나아가 겨우 삼국 만들었네

<주석> 〖嵐〗 남기 람, 〖函〗 휩싸다 함, 〖膝〗 무릎 슬

<감상> 이 시는 서쪽 집 늙은이에게 준 시로, 남명의 기상이 잘 드러난 시이다.

일만 겹이나 되는 높고 푸른 산에 곳곳이 이내로 가득하여, 하늘을 감싸 안은 이 지리산이 너무도 사랑스럽다. 보잘것없는 諸葛亮이 한 일은 무엇인가? 孫權에게 무릎 꿇고 나아가 삼국을 정립시킨 일이다. 하지만 이 일은 너무 區區한 일이다(제갈량과 같은 인물이 이루어 놓은 공적을 區區하다고 평할 사람은 남명 이외에는 그렇게 많지 않을 것이다). 그럴 바에야 차라리 이 지리산에서 사는 것이 더 낫다.

그의 氣象에 관해서는 「行跡」에 다음과 같이 실려 있다.

"선생이 사람을 가르치는 것은 각각 그 재주에 따라 가르쳤다. 질문이 있으면 반드시 그 사람을 위해 의심스러운 뜻을 분석 해부하여 주었다. 그 말이 세밀하여 털끝까지 들어가서 듣는 사람으로 하여금 훤하게 알게 한 뒤에야 그만두었다. 벗을 취하는 데도 방정하여 친구로 삼지 못할 사람이면 설사 벼슬이 높고 귀한 사람이라도 시궁창 보듯 하고 그와 대하는 것을 수치로 생각하였다. 이 때문에 교제가 넓지 않았다. 山野에 물러나 살면서도 세상을 잊지 못하여, 맑은 저녁 달 밝은 밤이면 홀로 슬피 노래하고, 노래가 다 되면 눈물을 흘렸으니, 옆에 사람은 수상하게 여기긴 하였으나 그

의미를 알 수 없었다. 남의 나쁜 일을 들으면 혹시나 한 번이라도 만날까 두려워하여 마치 원수를 피하듯 하였다. 언제나 깊숙한 방에 고요히 거처하면서 책상을 닦고 책을 펴 心眼을 모아 墨觀하며 깊은 사색에 잠기며 책 읽는 소리는 내지 않았다. 눈은 음란한 것을 보지 않고, 귀는 엿듣지 않으며, 엄숙하고 경건한 마음이 항상 마음에 있어서 게으른 빛을 밖으로 보이지 않았다. 상복 중에 있을 때에는 애모하여 피눈물을 흘리고 질대를 풀지 않았으며, 제사에는 반드시 준비를 하여 음식을 알맞게 조리하고 식기를 깨끗이 씻는 것 등은 주방의 노비에게만 맡기지 않고 반드시 몸소 그것들을 살펴보았다(先生敎人　各因其材　有所質問　必爲之剖析疑義　其言細入秋毫　使聽者洞然暢達而後已　取友必端　如不可友　則官雖崇貴　視如土梗　恥與之對　以此交遊不廣　退居山野　不能忘世　每値淸宵皓月　獨悲歌　歌竟涕下　旁人殊不能知　聞人之惡　恐或一見　避之如仇　常潛居幽室　拂床開卷　心眼俱到　默觀而潛思　不作伊吾聲　目無淫視　耳無側聽　莊敬之心　恒存乎中　怠惰之容　不形於外　嘗在服　哀慕泣血　不脫絰帶　祭必備　烹調之宜　滌拭之潔　不獨任廚奴　必親躬視之)."

165. 「踰大關嶺 望親庭」 申師任堂[39]

慈親鶴髮在臨瀛	어머니는 흰머리로 임영에 계시는데
身向長安獨去情	이 몸은 서울을 향하여 홀로 가는 심정이여
回首北村時一望	머리 돌려 북촌 마을 때때로 바라보니
白雲飛下暮山靑	흰 구름 날아 내리고 저녁 산이 푸르구나

<주석> 【鶴髮(학발)】 = 白髮, 【臨瀛(림영)】 강릉

<감상> 이 시는 38세에 媤宅으로 가기 위해 대관령을 넘으면서 친정을 바라보고 지은 것으로, 어머니와 작별하고 떠나는 애틋한 심정이 잘 드러난 시이다.

나이 드신 어머님은 강릉 땅에 그냥 계신다. 흰머리가 나신 것으로 보아 여생이 얼마나 남았는지 확신할 수 없지만 지금 떠나면 다시 뵐 수 있을지 모르겠다. 그런데도 자신만이 홀로 떠나야 하는 심정이 애틋하다. 대관령에 이르러 넘어가기 전에 머리를 돌려 어머니가 계시는 북쪽 마을을 한 번 바라보니, 마을은 보이지 않고 해 지는 푸른 산에 흰 구름만이 날아서 앉고 있다.

---

39) 申師任堂(1504, 연산군 10~1551, 명종 6). 시·글씨·그림에 모두 뛰어났으며 李珥의 어머니로 사대부 부녀에게 요구되는 덕행과 재능을 겸비한 현모양처로 칭송된다. 본관은 평산. 사임당은 周나라 文王의 어머니인 太任을 본받는다는 뜻의 堂號이며, 이 밖에 媤任堂·妊思齊라고도 했다. 강릉 외가에서 자랐으며, 19세에 덕수이씨 元秀와 혼인했다. 그 뒤 친정에 머물다가 38세에 시집살이를 주관하기 위해 서울로 왔다. 사임당의 작품으로 알려져 있는 그림은 40폭 정도인데, 산수·포도·묵죽·묵매·초충 등 다양한 분야의 소재를 즐겨 그렸다. 산수에서는 안견파화풍과 강희안 이래의 절파 화풍을 절충한 화풍으로, 16세기 전반에 생겨난 산수화단의 새로운 경향을 보여 주는 중요한 의의를 지닌다. 강릉을 떠나 대관령을 넘어 서울 시가로 가면서 지은 「踰大關嶺望親庭」과 서울에서 어머니를 생각하면서 지은 「思親」 등의 시가 유명하다.

166.「思親」申師任堂

千里家山萬疊峯	천 리 고향은 만 겹의 봉우리로 막혔으니
歸心長在夢魂中	돌아가고 싶은 마음은 길이 꿈속에 있도다
寒松亭畔孤輪月	한송정 가에는 외로운 보름달이요
鏡浦臺前一陣風	경포대 앞에는 한 바탕 바람이로다
沙上白鷺恒聚散	모래 위엔 백로가 항상 모였다가 흩어지고
波頭漁艇各西東	파도머리엔 고깃배가 각기 동서로 왔다 갔다 하네
何時重踏臨瀛路	언제나 임영 가는 길을 다시 밟아
綵服斑衣膝下縫	비단 색동옷 입고 슬하에서 바느질할까?

<주석> 【家山(가산)】 고향, 【疊】 겹쳐지다 첩, 【一陣風(일진풍)】 한 바탕 부는 바람, 【艇】 거룻배 정, 【臨瀛(림영)】 강릉, 【綵】 무늬 채, 【斑】 얼룩 반, 【縫】 꿰매다 봉

<감상> 이 시는 서울에 와서 고향에 계신 부모님을 그리워하며 지은 시이다. 서울에서 천 리 멀리 떨어진 강릉 고향은 만 겹의 봉우리로 막혔으니, 돌아가고 싶은 마음은 현실에서는 이루기 어려워 오랫동안 꿈속에만 존재하고 있다. 지금쯤 강릉 한송정 가에는 외로운 보름 달이 떴을 것이요, 경포대 앞에는 한바탕 바람이 일고 있을 것이다. 그리고 모래 위에 백로는 언제나처럼 날아와 모였다가 흩어질 것이고, 파도치는 머리엔 고깃배가 각기 동서로 왔다 갔다 할 것이다. 그런데 나는 언제나 임영 가는 길을 다시 밟아 돌아가 어릴 적 아이처럼 비단 색동옷 입고 부모님 슬하에서 바느질할 수 있을까?

167. 「上元夕」金麟厚[40]

高低隨地勢	높고 낮은 건 지면의 형세 따라서이고
早晚自天時	이르고 늦은 건 하늘의 때로부터이네
人言何足恤	사람들의 말 어찌 근심할 만하겠는가?
明月本無私	밝은 달은 본래부터 사적인 것이 없는데

<감상> 〖上元(상원)〗 정월 보름, 〖恤〗 근심하다 휼

<감상> 이 시는 정월 보름달을 노래한 것인데, 제목의 註에 의하면 "五歲
作"으로 어린 시절에 지은 시이다.

달이 높고 낮은 것은 그 달을 보는 사람이 있는 장소가 높은가 낮
은가에 따라 높게도 보이고 낮게도 보이며, 달이 일찍 뜨건 늦게
뜨건 그것은 모두 하늘의 운행에 의해 결정되는 것이다. 그러니
사람들이 "왜 높이 뜨지 않지?", "왜 낮게 뜨지?", "왜 일찍 뜨지
않지?", "왜 늦게 뜨지?"라고 자신들의 상황에 맞추어서 하는 욕심
섞인 말에 대해 근심할 것이 없다. 왜냐하면 밝은 달은 본래 사적
인 것이 없이 누구에게나 똑같기 때문이다. 이것은 "明天理"하여
"正人心"할 것을 말한 것이다.

權鼈의 『해동잡록』에 그의 간략한 生平이 다음과 같이 실려 있다.
"본관은 울산이요 자는 厚之인데 스스로 河西라 호를 하였다. 중

---

40) 金麟厚(1510, 중종 5~1560, 명종 15). 본관은 울산. 자는 厚之, 호는 河西·澹齋.
10세 때 金安國에게서 『소학』을 배웠다. 1531년(중종 26) 성균사마시에 합격하여
성균관에 입학했다. 성균관에서 李滉과 함께 학문을 닦았으며, 盧守愼·奇大升·
鄭之雲·李恒 등과 사귀었다. 제자로는 鄭澈·吳健 등이 있다. 1540년 별시문과
에 급제하여 權知承文院副正字에 올랐다. 이듬해에 湖堂에 들어가 賜暇讀書하고
홍문관저작이 되었으며, 1543년 홍문관박사 겸 세자시강원설서, 홍문관부수찬에 이
르렀다. 1545년 을사사화가 일어나자 관직을 버리고 고향인 장성으로 돌아가 주자
학연구에 전념했다. 그 뒤 성균관전적·공조정랑·홍문관교리·성균관직강 등에
임명되었으나 벼슬에 나가지 않았다.

종 때에 급제하고, 뽑히어 弘文館에 들어갔다가 영전되어 修撰에
이르렀다. 인조가 승하하자, 임금이 여러 차례 불렀으나 병으로 나
가지 아니하였다. 항상 시국을 개탄하고 시와 술에 기탁하여 마음
을 달래었다. 문집이 있어 세상에 전한다(蔚山人 字厚之 自號河
西 我中廟朝登第 選入弘文館 轉至修撰 及仁廟賓天 以疾屢徵
不起 常慨念時事 托於詩酒 以寓懷 有集行于世)."
「行狀」에는 그의 詩才에 대한 逸話가 실려 있다.
"河西가 여섯 살에 능히 시를 지었는데, 객이 와서, '네가 짤막한
시를 지을 수 있느냐?' 하고, 이내 하늘을 가리키면서 지으라고 하
니, 곧 쓰기를, '모양은 둥글어 지극히 크고 또 지극히 현묘한데,
넓고 빈 것이 땅의 주변을 둘렀도다. 덮여 있는 그 가운데 만물을
용납하는데, 기나라 사람은 어찌하여 하늘 무너질까 걱정했던가.'
하였다. 사당을 훌륭히 하고 제사의 차림을 푸짐히 하여 반드시
정성을 다하였으며, 초하루와 보름의 참배와 제철의 물건을 올리
는 예가 시종 끊이지 아니하였다(河西六歲能詩 客至日 汝可作小
詩 因指天爲題 卽書曰 形圓至大又窮玄 浩浩空空繞地邊 覆幬
中間容萬物 杞國何爲恐顚連 祠堂之美 祭享之腆 必罄其誠 朔
望之參 時物之薦 終始無間)."
이 외에도 『성소부부고』에는 김인후의 시에 대해 다음과 같은 내
용이 실려 있다.
"河西 金麟厚는 활달하고 밝으며 화평하고 순수한데, 시 역시 그
인품과 같았다. 松川 梁應鼎은 그의 「登吹臺詩」를 극찬하여 高
適·岑參의 높은 운이라 했다고 한다. 그 시에, '양왕이 노래하고
춤추던 곳에, 오늘은 나그네가 올라왔노라. 구름을 넘는 강개한 흥
취, 옛것을 조문하는 처량한 마음이로세. 긴 바람은 먼 들에 일어
나는데, 밝은 해는 층층의 산 뒤에 숨어 버리네. 그 시절의 번화한
일들은 아득하니 어디에서 찾아보리오.'라 한 것은 침착하고 俊偉
하여 가늘고 약한 태를 일시에 씻어 버렸으니, 참으로 귀중히 여
길 만하다(金河西麟厚高曠夷粹 詩亦如之 梁松川極贊其登吹臺

詩 以爲高岑高韻云 其詩曰 梁王歌舞地 此日客登臨 慷慨凌雲
趣 凄涼弔古心 長風生遠野 白日隱層岑 當代繁華事 茫茫何處
尋 沈着俊偉 一洗纖靡 寔可貴重也)."

正祖는 『弘齋全書』 「日得錄」에서 다음과 같은 평들을 남겼다.
"河西 金麟厚는 학문과 문장이 당세에 우뚝하였고 시대의 급류에
서 기미를 알아차렸기 때문에 元祐의 난(宋나라 元祐 연간에 일
어난 당파 싸움을 가리킨다. 당시에 司馬光을 위시하여 文彦博·
蘇軾·程頤·黃庭堅 등이 결속하여 王安石의 新法을 반대하였
다. 그 후 사마광의 舊黨과 왕안석의 新黨이 계속해서 대립하였는
데, 역사에서는 이 사건을 元祐黨人이라고 부른다. 여기에서 원우
의 난이라고 한 것은 우리나라의 당파 싸움을 가리키는 말로, 하
서가 당시 홍문관 부수찬으로 있었는데 尹元衡과 尹任의 당파 싸
움이 일어날 것을 염려하다가 乙巳士禍 때 장성으로 하향해 버린
일을 가리킴)에서 온전할 수 있었으니, 그 절의의 큼과 출처의 바
름은 비길 만한 사람이 드물었다. 젊었을 때 仁廟에게 인정을 받
아 출중한 은혜를 받았고, 인묘께서 늘 그가 숙직하는 곳에 직접
가서 차분히 토론하였으며, 그가 올린 墨竹詩(仁祖가 동궁으로 있
을 때 늘 하서 김인후가 숙직하는 곳에 가서 토론을 벌였고, 직접
묵죽을 그려 하사하였는데, 하서가 그것을 시로 읊었다. 『河西全集』
「行狀」)는 지금 보아도 사람을 격앙시킨다. 심지어 天文과 地理,
醫藥과 卜筮, 陰陽과 律曆, 名物과 度數에 이르기까지 통달하지
않은 것이 없었으니, 대개 그의 타고난 자질이 뛰어나 스스로 터
득하여 그렇게 된 것이다(金河西學問文章 逈出當世 見幾於急流
得爲元祐完人 其節義之大 出處之正 罕與爲比 而少時受知仁廟
恩遇出常 每親臨直廬 從容問難 其所進墨竹詩 至今見之 令人
激仰 至於天文地理醫藥卜筮陰陽律曆名物度數 無不通曉 蓋天
姿卓絶 自得而然也)."

"도덕과 문장과 절의를 겸비한 사람은 오직 文正公 金河西가 그
사람일 것이다. 뒷날 그의 遺集을 보니, 기상이 청명하고 시원스

레 트여서 천 년이 지난 뒤에도 사람을 흥기하게 하였다. 宋先正 宋時烈이 지은 비문에 자세한 내용이 잘 기록되어 있으니, 대개 김하서가 송선정의 비문을 얻고 나서 이름이 더욱 드러나게 된 것 이다(道德文章節義兼備者 惟河西金文正其人乎 後見其遺集 氣 象淸明灑落 可令人興起於千載之下 而宋先正所撰碑文中發揮甚 詳 蓋河西得先正 而名益彰也)."

"세상에서 高峯 奇大升의 四七往復書가 대부분 河西 金麟厚의 손에서 나왔다고 한다. 대체로 기고봉은 김하서의 생질인데 하서 의 누에 실과 소털 같은 세밀한 분석과 변론은 당시의 제현이 미 치지 못하는 바였다. 文淸公 鄭澈이 평생 깨끗한 지조를 지켰는 데, 한번 김하서를 만나서 가야금과 술잔을 늘어놓고 통음하면서 도를 논하다가 문득 정신이 취하고 마음이 감복됨을 느꼈다고 한 다. 이 몇 가지 일에서 조예가 탁월하고 기상이 호걸스러움을 알 수 있으니, 선인들이 김하서를 조선 400년간의 제일 인물이라고 하는 말은 참으로 맞는 의논이다(世謂奇高峯四七往復書 多出於 河西之手 蓋奇是河西之甥 而其蠶絲牛毛 剖析辨破 當時諸賢之 所不能及 而鄭文淸以平生潔介之操 一見河西 張琴列樽 暢飮論 道 便覺神醉而心服 於此數事 可以見造詣之超絶 氣象之豪邁 先輩以河西爲四百年第一人物者 誠格論矣)."

168. 「遞右相」 盧守愼[41]

土虎春全暮	무인년 봄이 완전히 저무는데
吳牛喘未蘇	오나라 소는 헐떡거림을 멈추지 않네
初辭右議政	막 우의정을 사직하고
便就判中樞	바로 판중추로 나아갔네
睿澤深如海	영예로운 은택의 깊이는 바다와 같고
慈恩潤似酥	자애로운 은혜의 윤기는 연유와 같네
避賢仍樂聖	탁주가 싫어 청주를 즐기지만
能住幾年盧	노수신을 몇 년이나 머물게 할 수 있을까?

<주석> 〚遞〛 갈마들다 체, 〚土虎(토호)〛 戊寅의 다른 표기, 〚吳牛(오우)〛 중국 남방에서 자란 소가 더위를 무서워하여 달을 보고도 해로 착각하여 헐떡임, 〚喘〛 헐떡이다 천, 〚蘇〛 쉬다 소, 〚睿〛 임금 예, 〚酥〛 煉乳 수(깨끗하고 매끄러운 것의 비유), 〚賢〛 탁주 현, 〚聖〛 청주 성

<감상> 이 시는 60대 중반 右相에 遞職되어 쓴 시이다.

---

41) 盧守愼(1515, 중종 10~1590, 선조 23). 본관은 광주. 자는 寡悔, 호는 蘇齋·伊齋·暗室·茹峰老人. 장인인 李延慶에게서 배웠으며, 休靜 등과 사귀면서 불교의 영향도 받았다. 1543년(중종 38) 식년문과에 장원으로 급제한 뒤 전적·수찬을 지냈다. 1544년 侍講院司書가 되고, 같은 해 賜暇讀書했다. 大尹에 속하여 인종 즉위 초에는 정언을 지내면서 小尹 李芑를 탄핵하여 파직시키기도 했다. 1545년 명종이 어린 나이로 즉위하여 文定大妃가 수렴청정을 하자 대비의 동생인 尹元衡을 비롯한 소윤이 정권을 잡은 뒤, 尹任 등의 대윤을 제거하기 위하여 1547년 을사사화를 일으켰다. 그는 죽음은 면했으나, 이조좌랑에서 파직되고 순천으로 유배되었다. 1547년(명종 2) 良才驛壁書事件에 연루되어 탄핵을 받고 진도로 옮겨 19년간 귀양을 살았다. 1565년 괴산으로 유배지를 옮겼다가 1567년(선조 즉위년)에 풀려나 교리·대사간·부제학·대사헌·이조판서·대제학을 지내고, 1573년 우의정, 1578년 좌의정, 1585년 영의정이 되었다. 1588년 영의정을 사직하고 영중추부사가 되었다. 1589년 정여립의 모반사건으로 기축옥사가 일어나자, 과거에 정여립을 천거한 일이 문제 되어 대간의 탄핵을 받고 파직당했다.

戊寅년(詩話에서 노수신이 속어를 잘 썼다고 하는데 이런 것을 두고 이른 것이다) 봄이 저물어 가는데 당뇨가 있어 잦은 기침이 끊이지 않는다. 우의정을 사직하자마자 바로 판중추로 임명되었다(벼슬이름인 우의정과 판중추라는 6자를 시어에 사용하고 있어 범상치 않음을 보여 주고 있다). 탁주는 싫고 청주가 좋지만(우의정과 같은 요직은 피하고 판중추 같은 실권 없는 淸職을 즐기겠다는 의미), 자신을 오래 머무르게 할 수는 없을 것이다(판중추가 청직이라도 오래 머물지는 않을 것이다. 마지막에도 자신의 성인 盧와 같은 속어를 시어에 사용하고 있다).

노수신은 金萬重의 『西浦漫筆』에서 "본조의 시체는 네다섯 번 변했을 뿐만 아니다. 국초에는 고려의 남은 기풍을 이어 오로지 蘇東坡를 배워 성종, 중종 조에 이르렀으니, 오직 李荇이 대성하였다. 중간에 黃山谷의 시를 참작하여 시를 지었으니, 朴誾의 재능은 실로 삼백 년 詩史에서 최고이다. 또 변하여 황산곡과 陳師道를 배웠는데, 鄭士龍·盧守愼·黃廷彧이 솥발처럼 우뚝 일어났다. 또 변하여 唐風의 바름으로 돌아갔으니, 崔慶昌·白光勳·李達이 순정한 이들이다. 대저 蘇東坡를 배워 잘못되면 왕왕 군더더기가 있는데다 진부하여 사람들을 만족시키지 못하고 江西詩派를 배운 데서 잘못되면 비틀고 천착하게 되어 염증을 낼 만하다(本朝詩體 不啻四五變 國初承勝國之緒 純學東坡 以迄於宣靖 惟容齋稱大成焉 中間參以豫章 則翠軒之才 實三百年之一人 又變而專攻黃陳 則湖蘇芝 鼎足雄峙 又變而反正於唐 則崔白李 其粹然者也 夫學眉山而失之 往往冗陳 不滿人意 江西之弊 尤拗拙可厭)."라고 언급한 것처럼, 宋風의 영향을 받았다.

正祖는 『弘齋全書』「日省錄」에서 盧守愼의 시에 대해 다음과 같이 말하고 있다.

"三淵 金昌翕의 시는, 近古에는 이러한 품격이 없을 뿐 아니라 중국의 名家 속에 섞어 놓아도 손색이 없을 것이라 생각된다. 그러나 東岳 李安訥, 挹翠軒 朴誾, 石洲 權韠, 訥齋 朴祥, 蘇齋

盧守愼 등 여러 문집만은 못하다. 東岳의 詩는 언뜻 보면 맛이 없지만 다시 보면 좋다. 비유하자면 샘물이 졸졸 솟아 천 리에 흐르는 것과 같아서, 이리 보나 저리 보나 스스로 하나의 문장을 이루고 있다. 挹翠軒은 정신과 意境이 깊은 경지에 도달하여 音韻이 청아한 격조로서 사람으로 하여금 산수 간에 노니는 것 같은 생각을 갖게 한다. 세상에서는 蘇軾과 黃庭堅을 배웠다고 하나 대개 스스로 터득한 것이 많아 唐·宋의 격조를 논할 것 없이 詩家의 絶品이라 할 만하다. 訥齋는 고상하고 담백하여 스스로 무한한 趣味가 있으니, 비록 읍취헌과 겨룰 만하다 해도 지나치지 않을 것이다. 石洲는 비록 웅장함은 부족하지만 부드러운 맛이 있는데 가끔은 깨우침을 주는 곳이 있다. 盛唐의 수준이라 할 수는 없지만 唐의 수준이 아니라고 한다면 너무 폄하한 것이다. 蘇齋는 19년간을 귀양살이하면서 老莊의 서적을 많이 읽어서 상당히 깨우친 곳이 많았기 때문에 그의 음운이 뛰어나게 웅장하다. 옛사람이 이른바 '荒野가 천 리에 펼쳐진 형세'라고 한 것이 참으로 잘 평가한 말이다. 그러나 그 대체는 濂洛의 氣味를 잃지 않았으니, 평생 한 학문의 힘은 역시 속일 수 없는 것이다(三淵之詩 不但近古無此格 雖厠中國名家 想或無媿 而猶遜於東岳挹翠石洲訥齋蘇齋諸集 東岳詩 驟看無味 再看却好 譬如源泉渾渾 一瀉千里 橫看竪看 自能成章 挹翠神與境造 格以韻淸 令人有登臨送歸之意 世以爲學蘇黃而蓋多自得 毋論唐調宋格 可謂詩家絶品 訥齋淸高淡泊 自有無限趣味 雖謂之頡頏挹翠 未爲過也 石洲雖欠雄渾 一味裊娜 往往有警絶處 謂之盛唐則未也 而謂之非唐則太貶也 蘇齋居謫十九年 多讀老莊書 頗有頓悟處 故其韻遠 其格雄 古人所謂荒野千里之勢 眞善評矣 然其大體 則自不失濂洛氣味 平生學力 亦不可誣也)."

169. 「愼氏亭 懷無悔甫弟」 盧守愼

路盡平丘驛	길은 평구역에서 끝나고
江深判事亭	강은 판사정에 깊구나
登臨萬古豁	올라 내려다보니 만고에 트였기에
枕席五更淸	잠자리에 들었더니 새벽이 맑구나
露渚翻魚鳥	서리 내린 물가에 물고기와 새가 노닐고
金波動月星	금빛 물결에 달과 별이 일렁이네
南鄕雙淚盡	남쪽 고향을 바라보니 두 줄기 눈물은 말랐지만
北闕寸心明	북쪽 대궐을 향한 일편단심은 밝다네

<주석> 〖平丘驛(평구역)〗광나루 동쪽에 있음, 〖判事亭(판사정)〗愼氏
亭의 다른 이름, 〖豁〗뚫리다 활, 〖渚〗물가 저, 〖翻〗날다 번

<감상> 이 작품은 신씨의 정자에 올라 아우 무회를 그리워하며 지은 시이다.
말을 타고 평구역까지 왔다가 강을 건너기 위해 배를 타야 하기에
잠시 틈을 내어 판사정에 올랐다. 판사정에 올라 내려다보니 오랜 세
월 앞이 탁 트였는데, 판사정에 딸린 방에서 자고 나니 새벽 풍경이
맑다. 서리가 하얗게 내린 물가에 물고기와 새가 노닐고 있고, 새벽
달은 별빛과 함께 어우러져 빛을 일렁이고 있다. 이 아름다운 풍광을
바라보고 있자니 고향으로 돌아가고 싶은 생각이 간절하지만, 거듭
올린 상소에도 임금이 놓아주지 않아 고향으로 내려갈 수도 없다.
許筠의 『성소부부고』에서, "그러나 노 정승의 시인 '길은 평구역
에서 끝나고, 강은 판사정에서 깊구나. ……' 같은 구절은 또한 대
단히 훌륭하다. 이것은 글귀 만드는 묘법에 있을 뿐이나 쇠로 금을
만들기에 무엇이 해로우랴?(然盧相詩 路盡平丘驛 江深判事亭
……亦殊好 其在爐錘之妙而已 何害點鐵成金乎)"라 극찬하고 있
다. 아마 우리 地名을 절묘하게 사용한 것을 두고 평한 것 같다.

170. 「挽金大諫(鸞祥)」盧守愼

珍島通南海	진도는 남해와 통하고
丹陽近始安	단양은 시안과 가깝지
風霜廿載外	이십 년 이상 풍상을 겪다가
雨露兩朝間	두 임금께 은총을 입었네
白首驚時晚	백발에 저무는 시절이 놀라운데
青雲保歲寒	청운에 올라 지조를 지켰네
平生壯夫淚	평생을 함께한 장부의 눈물을
一灑在桐山	한 번 교동의 무덤에 뿌리네

<주석> 〖始安(시안)〗 괴산의 옛 이름, 〖廿〗 스무 입, 〖雨露(우로)〗 비와
이슬로, 임금의 은총에 비유, 〖灑〗 뿌리다 쇄

<감상> 이 시는 대간 김난상을 애도하며 지은 시이다.

을사사화에 연루되어 노수신은 진도에, 김난상은 남해에 유배되었
다가 노수신은 시안으로, 김난상은 단양으로 移配되었다. 노수신
과 김난상은 중종 때 벼슬을 시작하여 명종 때 고초를 겪고 선조
때 조정으로 다시 복귀되었으니, 20여 년간 풍상을 겪고 두 임금
께 은총을 입었다. 김난상은 벼슬에 물러나 있다가 54세로 세상을
떠났으니, 백발이 되어 물러날 때를 알았고 청운의 높은 관직에
있었지만 절개를 지켰다(김난상은 正言 벼슬의 朴漸이 행실이 바
르지 못하다고 탄핵했으나, 사간원의 동료들이 반대하자 자신을
탄핵하고 벼슬에서 물러났음). 평생을 함께한 김난상을 위해 그의
무덤이 있는 강화도 교동에서 눈물을 흘린다.

許筠의 『성소부부고』 「答李生書」에서는 우리나라의 詩史를 언급
하면서 노수신에 대해서 언급하고 있는데, 예시하면 다음과 같다.
"우리나라는 외져서 바다 모퉁이에 있으니 唐나라 이상의 문헌은

까마득하며, 비록 乙支文德과 眞德女王의 詩가 역사책에 모여 있으나, 과연 자신의 손으로 직접 지었던 것인지는 감히 믿을 수 없소. 新羅 말엽에 이르러 崔致遠 學士가 처음으로 큰 이름이 났는데, 오늘로 본다면 文은 너무 고와서 시들었으며 詩는 거칠어서 약하니 許渾·鄭谷 등 晚唐의 사이에 넣더라도 역시 누추함을 나타낼 텐데, 盛唐의 작품들과 그 技法을 겨루고 싶어 해서야 되겠습니까? 高麗시대의 鄭知常은 아롱점 하나는 보았다 하겠지만, 역시 晚唐 詩 가운데 穠麗한 시 정도였소. 李仁老·李奎報는 더러 맑고 奇異하며 陳澕·洪侃은 역시 기름지고 고우나 모두 蘇東坡의 범위 안에서 벗어나지 못하지요. 급기야 李齊賢에 이르러 倡始하여, 李穀·李穡이 계승하였으며, 鄭夢周·李崇仁·金九容이 고려 말엽의 名家가 되었지요. 조선 초엽에 이르러서는 鄭道傳·權近이 그 명성을 독점하였으니 文章은 이때에 이르러 비로소 達했다 칭할 만하여 아로새기고 빛나곤 해서 크게 변했다 이를 만한데 中興의 공로는 李穡이 제일 크지요. 중간에 金宗直이 圃隱·陽村의 文脈을 얻어서 사람들이 大家라고 일렀으나 다만 恨스러운 것은 文簌의 트임이 높지 못했던 것이오. 그 뒤에는 李荇 정승이 시에 入神하였으며, 申光漢·鄭士龍은 역시 그 뒤에 뚜렷하였소. 盧守愼 정승이 또 애써서 문명을 떨쳤으니, 이 몇 분들이 中國에서 태어났다면 어찌 모두 康海·李夢陽(明의 前七子로 詩文에 능함) 두 사람보다 못하다 하리오? 당세의 글하는 이는 文은 崔岦을 추대하고 詩는 李達을 추대하는데, 두 분 모두 천 년 이래의 絶調지요. 그리고 같은 연배 중에서는 權韠이 매우 婉亮하고, 李安訥이 매우 淵伉하며 이 밖에는 알 수가 없소(吾東僻在海隅 唐以上文獻邈如 雖乙支, 眞德之詩 彙在史家 不敢信其果出於其手也 及羅季 孤雲學士始大厥譽 以今觀之 文菲以萎 詩粗以弱 使在許鄭間 亦形其醜 乃欲使盛唐爭其工耶 麗代知常足窺一斑 亦晚李中穠麗者 仁老奎報 或淸或奇 陳澕洪侃 亦腴艷 而俱不出長公度內耳 及至益齋倡始 稼牧繼躅 圃陶愓 爲季

葉名家 逮國初 三峯陽村 獨擅其名 文章至是 始可稱達 追琢炳
烺 足曰丕變 而中興之功 文靖爲鉅焉 中間金文簡得圃, 陽之緒
人謂大家 只恨文竅之透不高 其後容齋相詩入神 申鄭亦瞠乎其
後 蘇相又力振之 玆數公 使生中國 則詎盡下於康李二公乎 當
今之業 文推崔東皐 詩推李盆之 俱是千年以來絶調 而儕類中汝
章甚婉亮 子敏甚淵伉 此外則不能知也)."

171. 「十六夜 感嘆成詩」 盧守愼

八月潮聲大	팔월 조수 소리 크기도 한데
三更桂影疏	삼경의 계수나무 그림자 트였네
驚棲無定魍	보금자리에서 놀라 정처 없는 산도깨비
失木有犇鼯	나무 잃고 내달리는 날다람쥐
萬事秋風落	만사가 가을바람에 낙엽처럼 떨어지니
孤懷白髮梳	외로이 시름에 겨워 흰 머리털만 빗질하네
瞻望匪行役	살펴보니 여행 온 건 아니지만
生死在須臾	죽고 사는 것이 잠깐에 달려 있네

<주석> 〖潮〗 조수 조, 〖桂影(계영)〗 =月影, 月光, 〖疏〗 트이다 소, 〖魍〗 도깨비 망, 〖犇〗 달리다 분, 〖鼯〗 날다람쥐 오, 〖梳〗 빗다 소, 〖瞻望(첨망)〗 展望, 仰望, 〖匪〗 아니다 비, 〖行役(행역)〗 여행함

<감상> 이 시는 진도로 귀양 간 지 19년 8월 16일 밤에 탄식하면서 지은 시이다.

팔월의 조수 소리가 커서 애간장을 녹이는 듯하고 한밤중 달빛은 밝게 막힘이 없이 트여 있다. 달빛이 너무 밝아 보금자리에서 있던 산도깨비는 놀라 정처 없이 뛰어다니고, 나무를 잃은 날다람쥐는 여기저기 내달린다. 세상만사가 가을바람에 낙엽처럼 떨어지니, 먼 진도에서 가족과 떨어져 외로이 시름에 겨워 흰 머리털만 빗질한다. 내가 여기 온 것은 여행을 온 것이 아니라 유배를 온 것이라 죽고 사는 것이 잠깐에 달려 있다.

진도에서 지은 시에 대해 申欽은 『晴窓軟談』에서, "노수신은 자는 寡悔, 호는 蘇齋로서 乙巳士禍 때의 名流이다. 20년 동안 珍島에 유배되어 있다가 明廟 말년에 환경이 나은 곳으로 유배지를 옮기게 되었으며, 宣祖가 즉위하자 곧바로 부름을 받고 館閣에 몸

을 담았는데, 10년이 채 못 되어 우의정의 지위에 오르는 등 임금
으로부터 지극한 은총을 받았다. 문장을 지은 것은 奇健하여 당대
의 으뜸이었는데, 특히 섬에 있을 때 지은 시 가운데 놀랄 만한 절
창이 많아 人口에 회자되었다(盧相國守愼字寡悔 號蘇齋 乙巳名
流也 謫珍島二十年 明廟末年量移 宣祖踐位 卽徵入館閣 未十
年 置之端揆 眷遇極盛 爲文章奇健 爲一時領袖 其在海島所作
詩多警絶 膾炙人口)."라 평하고 있다.

172. 「十六夜 喚仙亭二首 次韻」 盧守愼

其一

二八初秋夜	십육일 초가을 밤
三千弱水前	삼천리 잔잔한 물이 앞에 흐르네
昇平好樓閣	평화로워 누각에 오르기 좋으니
宇宙幾神仙	천지가 거의 신선 세계로다
曲檻淸風度	굽은 난간에 맑은 바람 지나가고
長空素月懸	높은 하늘에 밝은 달 매달려 있네
愀然發大嘯	근심하며 큰 휘파람 부니
孤鶴過蹁躚	외로운 학이 빙 돌다 지나가네

<주석> 〖昇平(승평)〗 평화로움, 〖檻〗 난간 함, 〖度〗 건너다 도, 〖愀〗 근심하다 초, 〖嘯〗 휘파람 불다 소, 〖蹁躚(편선)〗 빙 돌아서 가는 모양

<감상> 이 시는 8월 16일 신선을 부르는 亭子인 환선정에 올라 지은 題詠詩이다. 노수신은 오언율시를 아주 잘 지었는데, 위의 시가 그의 대표작 가운데 한 편이다.

이 외에도 『성소부부고』에는 노수신의 시에 대해 다음과 같은 내용이 실려 있다.

"國朝의 시는 中宗朝에 이르러 크게 성취되었다. 容齋 李荇이 시작을 열어 訥齋 朴祥·企齋 申光漢·冲庵 金淨·湖陰 鄭士龍이 一世에 나와 휘황하게 빛을 내고 金玉을 울리니 千古에 칭할 만하게 되었다. 국조의 시는 宣祖朝에 이르러서 크게 갖추어지게 되었다. 盧蘇齋는 杜甫의 법을 깨쳤는데, 芝川 黃廷彧이 뒤를 이어 일어났고, 崔慶昌·白光勳은 唐을 본받았는데, 李益之가 그 흐름을 밝혔다. 우리 亡兄의 歌行은 李太白과 같고 누님의 시는

盛唐의 경지에 접근하였다. 그 후에 權汝章이 뒤늦게 나와 힘껏 前賢을 좇아 용재와 더불어 어깨를 나란히할 만하니 아, 장하다 (我朝詩 至中廟朝大成 以容齋相倡始 而朴訥齋祥申企齋光漢金 冲庵淨鄭湖陰士龍 竝生一世 炳烺鏗鏘 足稱千古也 我朝詩 至 宣廟朝大備 盧蘇齋得杜法 而黃芝川代興 崔白法唐 而李益之闡 其流 吾亡兄歌行似太白 姊氏詩恰入盛唐 其後權汝章晩出 力追 前賢 可與容齋相肩隨之 猗歟盛哉)."

其一

仲尼畏匡人	중니는 광땅 사람을 두려워했고
文王囚姜里	문왕은 강리에 갇혔었지
死生在前了	생사가 눈앞에 있어도
處之恬然耳	편안히 처했을 뿐이네
識此爲何人	이것을 아는 이는 누구인가?
千載子朱子	천 년 뒤의 주자라네
畢竟揭一言	마침내 말 한마디 걸어놓고
分明見道理	도리를 분명히 드러내리라

<주석> 〖畏匡(외광)〗 『論語』「子罕」에 "子畏於匡"라 하였고, 疏에, "子
畏於匡者 謂匡人以兵圍孔子 記者以衆情言之 故云 子畏於匡
其實孔子無所畏也"라 했다. 뒤에 '畏匡'은 困厄의 뜻으로 쓰임, 〖恬〗
편안하다 염, 〖揭〗 걸다 게

<감상> 이 시는 유배 도중 책을 읽고서 느낀 所懷를 노래한 것이다.
孔子는 광땅을 지나다가 광땅 사람으로부터 생명의 위협을 받았
고 문왕은 강리땅에 갇혔다. 이처럼 聖人도 고난을 당하였다가 훌
륭한 일을 했듯이, 자신도 유배지에서 열심히 朱子의 글을 공부하
겠다는 지향을 보여 주고 있다.

이수광은 『芝峯類說』에서, "소재 노수신은 평생 『논어』를 읽었으
므로, 그의 시에 『논어』의 구절을 쓴 것이 매우 많다. 일찍이 나의
시문은 『논어』에서 가장 힘을 얻었다(盧蘇齋平生讀論語 故其詩
用論語全句處甚多 嘗言我之詩文 最於論語中得力云)."라 했듯
이, 위의 시에서도 이러한 경향이 엿보인다.

그리고 『성소부부고』에는 노수신과 황정욱의 시에 대해 다음과

같은 내용이 실려 있다.

"蘇齋 盧守愼·芝川 黃廷彧은 근대의 대가로서 둘 다 近體詩에 솜씨가 뛰어나다. 노수신의 오언율시와 황정욱의 칠언율시는 모두 1천 년 이래의 절조이다. 그러나 장편시는 이만 못하니, 그 까닭을 알 수 없다(盧蘇齋黃芝川 近代大家 俱工近體 盧之五律 黃之七律 俱千年以來絶調 然大篇不及此 未知其故也)."

正祖는 『弘齋全書』「日得錄」에서 다음과 같이 말하였다.

"芝川 黃廷彧의 시는 湖陰 鄭士龍, 蘇齋 盧守愼과 함께 유명하다. 세상에 전하는 近體詩는 수백 편이 못 되는데, 기묘하고 뛰어나 이따금 사람을 놀라게 하는 말이 있다. 文은 더욱 적다. 하지만 都堂의 글에서 필력을 볼 수 있다. 谿谷 張維가 서문에서 '한 점의 고기로 온 솥 안의 맛을 충분히 알 수 있다.' 하였는데, 맞는 말이다(芝川詩 與湖陰蘇齋齊名 近體之行于世者 未滿數百 而奇偉妙絶 往往有驚人語 文則尤尠 然如都堂一書 可見筆力 張谿谷序文中一臠足識全鼎云者 得之耳)."

174. 「樂天」宋翼弼42)

惟天至仁	오직 하늘은 지극히 어질고
天本無私	하늘은 본래 사사로움이 없어서
順天者安	하늘을 따르는 자는 편안하고
逆天者危	하늘을 거스르는 자는 위태롭네
痼癢福祿	고질병과 복록은
莫非天理	천리 아닌 것이 없으니
憂是小人	근심하는 자는 소인이요
樂是君子	즐기는 자는 군자이네

---

42) 宋翼弼(1534, 중종 29~1599, 선조 32). 본관은 礪山. 자는 雲長, 호는 龜峯. 할머니가 安敦厚와 婢妾 사이에서 태어난 庶女였으므로 그의 신분도 庶孽이었다. 아버지 안사련이 안돈후의 손자 安處謙을 역모자로 告變하여 안씨 일가를 멸문시켰다. 이 공으로 안사련은 당상관에 오르고 부유해졌다. 그러나 죄상이 밝혀져 1566년(명종 21)에 안씨 일가에 직첩이 환급되었다. 따라서 송익필은 서얼인데다 아버지 사련의 죄로 인해 과거를 볼 수 없었고, 이후 출세의 길이 막히고 말았다. 과거를 단념하고 경기도 高陽 구봉산 밑에서 학문을 닦으며 후진을 가르쳤다. 李珥·成渾과 교유했으며, 武夷詩壇을 주도하여 당대 8문장의 한 사람으로 문명을 날렸다. 탁월한 지략과 학문으로 세인들이 '西人의 謀主'라 일컬었다. 1584년(선조 17) 이이가 죽자 東人의 질시가 그에게 집중되었다. 東西의 공방이 심해지는 가운데 東人의 사주를 받은 안씨 일가에서 그의 신분을 들어 還賤시켜 줄 것을 제소했다. 1586년(선조 19) 마침내 그의 형제를 비롯해 일족 70여 인이 환천되었다. 이후 그는 김장생·정철·이산해의 집을 전전하며 숨어 지냈다. 이름을 바꾼 그는 황해도에서 卜術家로 변신하고 부유한 토호들을 꾀어 호남에 있는 정여립을 찾게 만들었다. 그런 뒤 정여립이 모반을 꾀한다고 고변을 하여 1589년(선조 22)의 己丑獄事를 일으키는 배후조종자 역할을 했다. 은인인 이산해가 궁중과 결탁해 세력을 굳히려 하자 시로써 풍자한 것 때문에 이산해의 미움을 사서 극지에 유배를 가게 되었다. 1592년(선조 25) 유배 중 임진왜란을 당해 明文山으로 피했다가 沔川에서 김진려의 집에 기식하다 1599년(선조 32) 66세로 객사했다. 학문적으로는 사변적인 이론보다 실천 윤리인 禮를 통해 理에 접근할 것을 중시했다. 예학의 대가인 金長生은 그의 제자이다. 문학적으로는 시·문에 다 능해 시는 盛唐詩를 바탕으로 淸絶했으며, 문은 古文을 주장하여 논리가 정연한 실용적인 문체를 사용했다. 「祭栗谷文」은 조선시대 23대 문장의 하나로 평가받을 정도이며, 「銀娥傳」은 당대로서는 보기 드문 傳記體의 글이다.

君子有樂	군자는 즐김이 있어
不愧屋漏	집이 새더라도 부끄러워하지 않네
修身以俟	몸을 닦고서 기다리니
不貳不夭	잘못을 반복하지 않고 아첨하지도 않는다네
我無加損	나에게 더할 것도 덜 것도 없는데
天豈厚薄	하늘이 어찌 후하고 박하게 대하겠는가?
存誠樂天	誠心을 보존하고 天命을 즐긴다면
俯仰無怍	내 행동에 부끄러워할 것 없을 것이네

<주석> 〖痾〗 오래된 병 아, 〖癢〗 병 양, 〖愧〗 부끄러워하다 괴, 〖俟〗
기다리다 사, 〖不貳(불이)〗 ＝不貳過, 〖夭〗 굽히다 요, 〖俯仰
(부앙)〗 행동, 〖怍〗 부끄러워하다 작

<감상> 이 시는 天命에 순응하는 것과 自樂을 노래한 宋風의 說理的인
시이다.

송익필은 山林三傑의 한 사람이며("評者謂鄭湖陰, 魯蘇齋, 黃芝
川館閣三傑 金梅月, 南秋江, 宋龜峰山林三傑" 南龍翼의 『壺谷
詩話』), 팔문장가의 한 사람이었다("首與友善而推許者 李山海,
崔慶昌, 白光勳, 崔岦, 李純仁, 尹卓然, 河應臨也 時人號爲八文
章" 宋時烈이 지은 「墓碣文」). 송익필의 시에는 이렇게 天命에
순응하며 自樂하는 시가 많은데, 이것은 邵雍(1011～1077)의 세
계관에 영향을 받았다. 소옹을 비롯하여 宋代의 성리학자들은 "物
來而順應(鄭明道)"처럼 자연에 순응함으로써 樂을 얻는다고 보았
다. 「詩集後序三首」에 의하면, "세상에서 시를 논하는 사람은 옛
것을 높이고 지금의 것을 낮게 평가한다. 그러므로 비록 이름난
시인과 대시인이라 하더라도 흠집을 찾지 않은 것이 없다. 그러나
선생은 혀를 차고 감탄하며 말하기를 '성당의 맑은 정조와 소옹의
자득을 겸하였다.'고 한다. 선생이 우연히 읊었던 시구에서 드러난
것이 이러한데, 그 고아한 기품과 심오한 이치와 수양한 도타운

정도는 대개 상상할 수 있겠다. ……고생스런 나그네 길이나 유배된 처지에서도 평화롭고 관후한 마음가짐을 잃지 않았고, 바람에 흔들리는 꽃과 눈을 비추는 달빛 사이에서 유유자적하며 한가로워 침잠의 즐거움을 누렸으니, 이때를 달관하고 순명으로 처신하여 哀樂 따위의 정이 마음속에 들 수 없었던 분이 아니겠는가? 죽서 심종직공이 '제재를 盛唐에서 취했기에 그 음향이 청아하고, 뜻을 擊壤에서 취했기에 그 말은 이치에 맞다.'고 했는데, 내 이제 시고를 보고 그 말이 정말 맞는 말이라고 느꼈다. 그분이 살아 계실 적에 옛날 소옹이 안락와에서 품었던 경제의 대법을 주제로 한 번 토론해 보지 못한 것이 한스럽다(世之論詩者 尊古而卑今 雖名家大手 無不求疵 至於先生 則吃吃嘖嘖 咸曰盛唐之淸調 堯夫之自得兼焉 先生之偶發於吟詠詞句之間者若此 則其稟氣之高 造理之深 所養之厚 蓋可想矣 ……和平寬博之旨 不失於羈窮流竄之際 優游涵泳之樂 自適於風花雪月之間 其庶乎安時處順 哀樂不能入者矣 竹西云 材取盛唐 故其響淸 義取擊壤 故其辭理 余觀之信然 恨不及其在世時 提安樂窩中經世大法一討之)."라 하여, 邵雍의 自得함을 얻었다고 언급하고 있다.

175. 「靜坐」 宋翼弼

不出南庭畔	남쪽 뜰 가로 나가지 않고
遊觀唯敬天	놀며 봄은 오직 하늘을 공경해서라네
心中無一物	마음속에는 하나의 物도 없어
默契未形前	말 없는 가운데 형체가 있기 전과 통하네

<주석> 〚畔〛 가 반, 〚契〛 합치하다 계

<감상> 이 시는 뜰에서 조용히 앉아 物我一致의 즐거움을 노래한 것이다. 시의 끝에 주를 달아 두었는데, "遊觀唯敬天은 꿈속에서 얻은 구인데, 경천이라 말한 것은 만상이 삼연히 아직 드러나기 전에 유관하는 즐거움이 오직 하늘을 공경하는 때에 달려 있기 때문에 한 연을 완성할 수 있었다(遊觀唯敬天 夢中所得句也 謂敬天 則萬象森然於未發之前 遊觀之樂 唯在於敬天時也 因足成一聯)."라 하였다. 敬天은 未發之前, 즉 喜怒哀樂이 아직 드러나기 전의 본연의 自性을 의미한다. 그러므로 마음속에는 하나의 一物도 존재하지 않아 말 없는 가운데 형체가 생기기 이전과 상통하게 되는 것이다.

李德懋는 『靑莊館全書』에서 "宣祖朝 이하에 나온 문장은 볼 만한 것이 많다. 시와 문을 겸한 이는 農巖 金昌協이고, 시로는 挹翠軒 朴誾을 제일로 친다는 것이 확고한 논평이나, 三淵 金昌翕에 이르러 大家를 이루었으니, 이는 어느 체제이든 다 갖추어져 있기 때문이다. 섬세하고 화려하여 名家를 이룬 이는 柳下 崔惠吉이고 唐을 모방하는 데 고질화된 이는 蓀谷 李達이며, 許蘭雪軒은 옛사람의 말만 전용한 것이 많으니 유감스럽다. 龜峯 宋翼弼은 濂洛의 풍미를 띤데다 色香에 神化를 이룬 분이고, 澤堂 李植의 시는 정밀한데다 식견이 있고 典雅하여 흔히 볼 수 있는 작품

이 아니다(宣廟朝以下文章 多可觀也 詩文幷均者 其農岩乎 詩推
挹翠軒爲第一 是不易之論 然至淵翁而後 成大家藪 蓋無體不有
也 纖麗而成名家者 其柳下乎 痼疾於模唐者 其蓀谷乎 蘭雪 全
用古人語者多 是可恨也 龜峯 帶濂洛而神化於色香者 澤堂之詩
精緻有識且典雅 不可多得也)."라 하여, 송익필의 詩를 높이 평가
하고 있다.

春草上巖扉　　봄풀은 바위 집에 돋아나고
幽居塵事稀　　그윽한 거처에 세상일 드무네
花低香襲枕　　꽃이 드리우니 향기 베개에 젖어들고
山近翠生衣　　산이 가까우니 푸른 기운 옷에 생겨나네
雨細池中見　　비가 가늘어 연못 가운데서야 보이고
風微柳上知　　바람이 살랑 불어 버들 위에서야 알겠네
天機無跡處　　하늘의 기미는 자취가 없어
淡不與心違　　담담함은 마음과 더불어 어긋나지 않네

<주석> 〖扉〗 집 비, 〖襲〗 들어가다 습, 〖翠〗 비취색 취(여기서는 翠嵐
　　을 의미함), 〖跡〗 자취 적

<감상> 이 시는 隱居하며 지은 시로, 조용히 觀照하는 가운데 세상의 幾
　　微를 터득하고자 하는 求道의 자세를 노래한 것이다.
　　봄이 와서 봄풀이 隱者의 거처인 바위 집에 돋아나고, 은자의 거
　　처는 세상과 떨어진 그윽한 곳이라 세상일이 거기까지 미치지 않
　　아 그윽한 정취를 즐긴다. 꽃이 피자 홀로 베개에 누우니 향기가
　　베개에 젖어들고, 주변에 산이 가까우니 푸른 기운이 옷에 스며들
　　어 은자의 생활이 閑寂하다. 가는 비가 내린다. 그런데 너무 보슬
　　비라 비가 온 줄도 몰랐는데, 연못 가운데의 빗방울 때문에 물결
　　이 이는 것을 보고서야 비가 온 줄 알았다. 봄바람이 분다. 그런데
　　봄바람이라 살랑 불어 바람이 분 줄도 몰랐는데, 버들가지가 흔들
　　리는 것을 보고서야 바람이 분 줄 알았다. 이렇듯 하늘의 幾微는
　　뚜렷한 자취가 없어 그 기미를 알기가 어렵지만, 하늘의 담담함은
　　내 마음과 더불어 크게 어긋나지는 않을 것이다.
　　正祖는 『弘齋全書』「日得錄」에서 다음과 같은 언급을 하고 있다.

"언젠가 宋翼弼은 어떤 사람인지 묻자, 筵臣이 송익필은 타고난 자질이 매우 높아 邵康節과 같은 사람이라고 대답하였다. 그러자 하교하기를, '나는 이 사람이 끝내 분수에 편안하지 못한 사람이라고 생각한다. 그러나 先正 宋時烈이 畏友로 인정했으니, 생각건대 그에게도 남보다 매우 뛰어난 면이 있었을 것이다.'라고 하였다(嘗問宋翼弼何如人也 筵臣對以翼弼天品甚高似康節 敎曰 予以爲此人終是不安分 然先正許以畏友 想亦有大過人處)."

177. 「江月吟」宋翼弼

我爲江上客	나는 강가를 떠도는 나그네
爲愛江上月	강 위에 뜬 달을 사랑한다오
江空月亦白	강이 텅 비니 달도 희고
月白心亦白	달이 희니 마음도 희네
浩然相對洞相照	호연히 마주함에 온통 비추는데
淸夜漫漫天寂寂	맑은 밤은 길고 하늘은 적적하네

<주석> 〖洞〗 꿰뚫다 통, 〖漫漫(만만)〗 넓고 멀어서 끝이 없는 모양

<감상> 이 시는 강 위에 뜬 달을 노래한 것으로, 달과 자신의 마음을 동일시하여 私慾이 없는 天理가 流行하는 경지를 보여 주려 한 시이다. 세상을 피해 강호에 머무는 나는 강가를 떠도는 나그네 신세로, 저 강 위에 뜬 달을 사랑하여 세상사로부터 멀어진 상황이 되었다. 강은 어떤 자연물로 가득차지 않고 텅 비니 달도 희고, 달이 희니 내 마음도 희다. 江과 月과 心이 일치가 되었다. 충만한 마음으로 호연한 기운을 가지고 바라보니, 달이 온통 세상을 비추는 맑은 밤은 길고 하늘은 고요하다.

「龜峰先生集行狀」에 의하면, "선배들이 공에 대해 평한 것을 살펴보자면, '천품이 매우 高邁하며 문장 또한 고매하다.'는 평은 문정공 신상촌이 한 말이다. '천부적 자질이 明敏하여 분석하는 것이 정밀한 것은 다른 사람이 미칠 수 없는 것이다.'라고 한 것은 이택당의 말이다. 상촌께서는 또 공의 시를 논하기를, '제재를 盛唐에서 취했기에 그 음향이 淸雅하고, 뜻을 擊壤[邵雍의 『伊川擊壤集』]에서 취했기에 그 말은 이치에 맞다. 평화롭고 寬厚한 마음가짐은 고생스런 나그네 길이나 유배된 처지에서도 잃지 않았고, 閑暇와 沈潛의 즐거움은 바람에 흔들리는 꽃과 눈을 비추는 달빛

사이에서 悠悠自適하며 누렸으니, 시대를 달관하고 順命으로 처신하여 哀樂 따위의 정이 마음속에 들 수 없었던 것에 가깝다.' 또 상촌이 말하기를, '버들잎 우거지니 안개는 방울 맺히려 하고, 연못물 잔잔하니 백로는 날기 잊었네' 같은 시구는 다른 여러 사람보다 훨씬 뛰어나다. 맑고 화사함만 귀한 것이 아니라 이치도 절로 맞는다(謹按先輩之公評 則曰天稟甚高 文章亦高云者 象村申文貞公之言也 曰 天資透悟 剖析精微 人所不及云者 澤堂李公之言也 而象村之又其論詩 則以爲材取盛唐 故其響淸 義取擊壤 故其辭理 和平寬博之旨 不失於羇窮流竄之際 優遊涵泳之樂 自適於風花雪月之間 其庶乎安時處順 哀樂不能入者矣 又曰 如柳深煙欲滴 池淨鷺忘飛之句 度越諸人 非徒淸菀可貴 理亦自到)."라 하였는데, 위의 시를 연상하게 하는 표현이라 하겠다.

178. 「宿江村」宋翼弼

過飮村醪臥月明	막걸리 과하게 마시고 밝은 달 아래 누우니
宿雲飛盡曉江淸	자던 구름 다 걷히자 새벽 강이 맑네
同行催我早歸去	동행이 나를 재촉해 일찍 돌아가니
恐被主人知姓名	주인이 성명을 알게 될까 걱정해서라네

<주석> 〖醪〗 막걸리 료, 〖曉〗 새벽 효

<감상> 이 시는 강촌에 하룻밤 留宿하면서 지은 시로, 잠시 자신의 처지를 잊고 싶은 심정을 그려내고 있다.

강촌에 하룻밤 묵으면서 근심을 잊고자 막걸리를 실컷 마시고 밝은 달빛 아래 누우니, 밤새 묵었던 구름이 다 걷히자 새벽 강이 맑아진다. 이런 정취를 오랫동안 즐기고 싶은데, 함께 동행한 사람이 나를 재촉해 일찍 길을 나선다. 客宿의 주인이 작자 자신의 성명을 알게 될까 걱정했기 때문이란다.

홍만종은 『소화시평』에서, "구봉 송익필은 출신이 비록 미천하지만, 타고난 품성이 대단히 높고 문학에도 뛰어났다(龜峰宋翼弼雖出卑微 天品甚高 亦能文章)."라 하여, 미천한 신분이지만 문학적 재능이 뛰어나다고 평하고 있다.

晝永鳥無聲	낮이 길어 새는 소리 없고
雨餘山更靑	비 넉넉하여 산은 더욱 푸르네
事稀知道泰	일이 없으니 도가 亨通함을 알겠고
居靜覺心明	사는 곳이 고요하니 마음이 환함을 깨닫겠네
日午千花正	해 중천에 떠 천 개의 꽃이 바르게 나타나고
池淸萬象形	못이 맑으니 모든 형상이 드러나네
從來言語淺	지난날 언어는 천박했으니
默識此間情	말없이 이 사이의 뜻을 아노라

<주석> 〖更〗 더욱 갱, 〖泰〗 태괘(음양이 조화되어 사물이 通利하는 象) 태

<감상> 이 시는 봄날 낮에 홀로 앉아 있다가 느낀 所懷를 노래한 것이다. 낮이 길어 새는 울지 않고 비로 씻긴 봄산은 더욱 푸르다. 아무런 일이 없으니 도가 亨通함을 알겠고 내가 머무는 居處가 고요하니 마음이 환함을 깨닫겠다(道와 마음의 본체에 대한 깨달음). 해가 중천에 떠서 천 개의 꽃이 바르게 나타나고(꽃이 자신의 참모습을 드러내 보임), 못이 맑으니 모든 형상이 드러난다. 지난날 道와 마음과 깨달음에 대해 말했던 그 말은 淺薄했으나, 지금은 말없는 사이의 뜻(고요함 속의 참맛)을 알겠다.

180. 「偶得寄牛溪」 宋翼弼

<table>
<tr><td>萬物從來備一身</td><td>만물은 애초부터 나 한 몸에 갖추어졌으니</td></tr>
<tr><td>山家功業莫云貧</td><td>산속의 공업 빈약하다 말하지 말라</td></tr>
<tr><td>經綸久斷塵間夢</td><td>경륜은 오래 끊어져 세속의 꿈일 뿐이고</td></tr>
<tr><td>詩酒長留象外春</td><td>시와 술은 萬象 밖의 봄에 길이 머무는구나</td></tr>
<tr><td>氣有閉開獜異馬</td><td>氣는 열리고 닫힘이 있어 獜은 말과 다르고</td></tr>
<tr><td>理無深淺舜同人</td><td>理는 깊고 얕음이 없어 순임금도 보통 사람
과 같네</td></tr>
<tr><td>祥雲疾雨皆由我</td><td>상서로운 구름과 폭우는 모두 나로 말미암으니</td></tr>
<tr><td>更覺天心下覆均</td><td>하늘의 마음이 下界에 고루 덮음을 다시 깨닫네</td></tr>
</table>

<주석> 〖從來(종래)〗＝原來, 〖經綸(경륜)〗 국가의 大事를 다스릴 것을 꾀
함, 〖塵間(진간)〗 世俗, 〖獜〗 개와 비슷하게 생긴 짐승 린, 〖疾〗
빠르다 질, 〖覆〗 덮다 부

<감상> 이 시는 우연히 지어서 우계 成渾에게 보낸 것으로, 자신을 구속
하고 있는 일체의 세속적 구속으로부터의 超越을 노래하고 있다.
正祖는 『홍재전서』「日得錄」에서 그의 資質과 詩에 대해 다음과
같이 말하고 있다.

"龜峯 宋翼弼은 牛溪 成渾, 栗谷 李珥와 교유하였다. 타고난 자
질이 영특하여 정미한 이치를 분석하는 것은 남들이 미치지 못하
였고, 詩詞가 절묘하여 많은 작품이 세상에 회자된다. 그러나 집
안에 世累가 있는데도 덮을 생각을 않고, 몸은 賤流에 있으면서
(그의 아버지 宋祀連이 1521년에 辛巳誣獄을 일으켜 권력을 잡았
다가 뒤에 무고가 밝혀져 성명을 갈고 시골로 도망갔다. 여기에서
世累라는 말은 자기 아버지가 죄인이기 때문에 한 말이고, 몸이
賤流에 있다는 것은 송사련이 원래 安瑭 집안의 종 신분이었다가

면천되어 벼슬을 하였는데, 무고 사건으로 온 집안이 다시 還賤되어 송익필 역시 私奴가 되었기 때문에 한 말임) 지나치게 자신을 대단하게 여겼다. 귀양에서 돌아온 뒤로는 더욱 큰소리를 치고 당시의 일을 기롱하여 식자들이 병통으로 여겼지만 또한 쉽게 얻을 수 없는 사람이라고 할 만하다(宋龜峰翼弼　交遊牛栗　天資透悟　剖析精微　人所不及　詩詞妙絶　世多傳誦　然家有世累而不思蓋覆　身居賤流而過自尊大　自謫而還　猶且大言高論　譏詆時事　識者以此病之　而亦可謂不易得之人也)."

181. 「山行」宋翼弼

山行忘坐坐忘行　　산을 가다 쉬는 것을 잊고 앉았다 걷기를 잊어
歇馬松陰聽水聲　　소나무 그늘 아래 말을 세우고 물소리를 듣네
後我幾人先我去　　내 뒤에 온 몇 사람이 나를 앞서 갔는가?
各歸其止又何爭　　각자 그칠 곳에 돌아가니 또 어찌 다투는가?

<주석> 〔歇〕쉬다 헐

<감상> 이 시는 산길을 가다 지은 것으로, 당시 성행한 黨爭으로 인해 派爭을 일삼음을 경계한 시이다.

산길을 가다 쉬는 것을 잊고 앉아 있다 걷기를 잊으며 아무런 목적이 없이 그냥 가다가, 쉬기 좋은 소나무 그늘 아래에 이르러 말을 세우고 계곡에 흘러내리는 물소리를 듣는다. 내가 지금 쉬고 있으니, 내 뒤에 오던 몇 사람이 나를 앞서서 갔는가? 그들도 이 좋은 곳에서 함께 쉬어 가면 좋을 텐데. 사람은 결국 각자 그칠 곳인 죽음으로 돌아가니, 또 무엇을 그렇게 다투는가?

花開作日雨	어젯밤 비에 꽃이 피더니
花落今朝風	오늘 아침 바람에 그 꽃이 지는구나
可憐一春事	애달프다, 한철 봄이
往來風雨中	비바람 속에 왔다 가누나

<감상> 이 시는 우연히 읊은 것으로, 인간의 무상함을 절감하는 시이다. 어젯밤 비에 꽃이 피더니, 오늘 아침 바람이 불자 금방 그 꽃이 지고 말았다. 애달프게도 봄의 온갖 보람이 비바람 치는 속에서 잠시 왔다가 간다.

여기서의 꽃은 청춘이나 목적을 이루었을 때요, 바람은 그 달성한 것을 잃게 하는 요소, 즉 귀양살이나 가문에서 오는 한계일 것이다. 어제 얻은 목적이 오늘 아침 바로 잃게 되었으니, 인간의 삶이란 이렇게 잠시 왔다가 가는 봄과 같으니, 애달픈 것이다.

이 시에 대해 홍만종은 『소화시평』에서, "운곡 송한필의 …… 습재 權擘의 '비 내려 꽃이 피고 바람 불어 꽃이 지니, 봄 가고 가을 오기 그 가운데 있구나. 어젯밤 바람 불고 비 내리더니, 배꽃은 만발하고 살구꽃은 사라졌네.' 두 시는 가진 뜻은 일맥상통하지만, 제각기 다른 풍치를 가지고 있다(雲谷宋漢弼詩 …… 權習齋詩曰

---

43) 宋翰弼(?~?) 조선 중기의 학자이며 문장가. 본관은 礪山. 자는 季鷹, 호는 雲谷. 宋翼弼의 동생으로, 신분상의 제약을 크게 받다가 아버지 대부터 양민 노릇을 하였다. 그의 형 익필은 李珥를 시종 옹호하였는데, 小壯士類들은 李珥가 동서분쟁에 중립적 태도를 취하면서 보다 적극적으로 신진사류를 옹호하지 않은 데 대한 불만으로 익필을 沈義謙의 黨으로 지칭하고, 李珥에 대한 含怨을 東人들이 익필에게 전가하여 1589년(선조 22)에 일족을 노예로 還賤시켰다. 그리하여 일족이 遊離分散되는 비극을 당하였다. 지금으로서는 그의 생애에 대해서 알 길이 없지만, 그는 형 익필과 함께 선조 때의 성리학자요 문장가로 이름이 있었다. 李珥는 性理의 학을 토론할 만한 사람은 익필 형제뿐이라고 하였다.

花開因雨落因風 春去秋來在此中 昨夜有風兼有雨 梨花滿發杏
花空 意則一串 而各有風致).”라 언급하고 있다.

卷箔看晴景	발을 걷어 맑은 경치를 보고
巡簷步落花	처마를 돌며 떨어진 꽃을 밟네
蒼山臨野水	푸른 산은 강물을 내려다보고
落日滿漁家	지는 해는 어부의 집에 가득하네

<주석> 〖箔〗 발 박, 〖蒼〗 푸르다 창, 〖野水(야수)〗 인공으로 착공하지
않은 자연적인 물줄기

<감상> 이 시는 관료생활을 하기 시작한 31세 전에 우연히 읊은 것으로,
비 온 뒤의 맑고 깨끗한 자연을 노래하고 있다.

비가 갠 뒤 주렴을 걷고서 맑은 경치를 감상하고 집의 처마를 따
라 돌면서 떨어진 꽃을 밟으며 산보하고 있다. 비 온 뒤라 더 푸른
산은 강물에 임해 있고, 시간이 지나 석양이 되자 지는 해가 어부
의 집을 가득 비추고 있다.

景物을 통해 작가가 의도한 것을 드러내기보다는 자연의 경물 자
체를 묘사하는 데 중점을 두고 있어 唐風을 띠고 있다. 許筠의 「
蓀谷山人傳」에서, "하루는 思菴 정승이 이달에게 말해 주기를,

---

44) 朴淳(1523, 중종 18~1589, 선조 22). 본관은 충주. 자는 和叔, 호는 어렸을 적에는
青霞子였으나 뒤에 思菴으로 고쳤다. 訥齋 朴祥이 숙부이다. 1553년(명종 8) 정시
문과에 장원급제한 뒤 전적·수찬·사인 등을 지냈다. 1555년 賜暇讀書를 한 뒤
한산 군수·직제학·동부승지·이조참의 등을 거쳤다. 1565년 대사간으로 있을 때
대사헌 李鐸과 함께 척신 윤원형을 탄핵하여 제거하는 데 앞장섰다. 그 뒤 대제
학·우의정·좌의정을 거쳐 1572년(선조 5)부터 약 15년간 영의정을 지냈다. 동서
당쟁이 심할 때 李珥·成渾 등을 편들어 상소하다가 도리어 兩司의 탄핵을 받았
다. 그 뒤 1586년 휴가를 받아 永平 椒井白에 목욕하러 갔다가 그곳에서 은거했다.
徐敬德의 문인으로 天地의 생성을 이전과 이후로 구분한 太虛說을 주장했다. 또한
정치의 道는 忠과 孝라면서, 자신으로 보면 집안이 먼저이고 나라는 뒤이지만 禮
로써 보면 나라가 존귀하고 집안은 낮다고 했다. 글씨는 松雪體에 능했으며, 시는
唐詩風을 따랐다. 시호는 文忠이다.

'詩道는 마땅히 唐詩를 正道로 삼아야 하네. 자첨 蘇軾의 시는 豪放하기는 하지만 이미 당시의 아래로 떨어지네.' 하였다. 그러고는 시렁 위에서 李太白의 樂府·歌吟詩, 王維·孟浩然의 근체시를 찾아내서 보여 주었다. 이달은 깜짝 놀란 듯 정법이 거기에 있음을 알았다. 드디어 전에 배운 기법을 완전히 버리고, 예전에 숨어 살던 蓀谷의 산장으로 돌아갔다. 『文選』과 이태백 및 성당의 십이가·유 수주·위 좌사(십이가는 당나라 盛唐의 시인으로 유명했던 12명의 시인. 유 수주는 당나라 中唐의 시인 劉長卿이 隨州刺史를 지냈으므로 부르는 이름임. 위 좌사는 당나라 중당의 시인 韋應物을 일컬음. 蘇州刺史를 지냈기에 보통 韋蘇州로 호칭됨)와 백겸(伯謙은 元나라의 楊士弘이 『唐音』을 지었으니, 그를 가리킴)의 『唐音』까지를 꺼내서 문을 닫고 외웠다. 밤이면 날을 새운 적도 있었고, 온종일 무릎을 자리에서 떼지 않기도 하였다. 이렇게 하여 5년을 지내자 어렴풋이 깨우쳐짐이 있는 듯했다. 시험 삼아 시를 지었더니 어휘가 무척 淸切하여 옛날의 수법은 완전히 씻어졌었다(思菴相謂達曰 詩道當以爲唐爲正 子瞻雖豪放 已落第二義也 遂抽架上太白樂府歌吟王孟近體以示之 達瞿然知正法之在是 遂盡捐故學 歸舊所隱蓀谷之莊 取文選太白及盛唐十二家劉隨州韋左史暨伯謙唐音 伏而誦之 夜以繼晷 膝不離坐席 凡五年 悅然若有悟 試發之詩 則語甚淸切 一洗舊日態).”라고 언급한 것처럼, 朴淳은 唐風을 주도한 사람이다.

184. 「感興」二首 朴淳

其一

明沙帶芳草	맑은 모래밭은 방초로 둘러 있고
蒼石間澄灣	푸른 바위는 맑은 물줄기 사이라네
緩步惟隨意	느린 걸음걸이 마음대로 하다가
無人覺往還	사람 없어도 왔다 갔다 함을 깨닫네

<주석> 〖澄〗 맑다 징, 〖灣〗 물굽이 만, 〖緩〗 느리다 완

<감상> 이 시는 자연의 아름다움에 느낌이 일어서 쓴 것으로, 情과 景의 융합을 잘 표출하고 있다.

깨끗한 모래밭에 향기로운 풀이 자라 있고 그 곁으로 흐르는 물줄기 사이에 푸른 바위가 놓여 있다. 천천히 걸으면서 오직 발걸음이 움직이는 대로 걷다 보니 주위에 사람은 보이지 않고 혼자서 왔다가 다시 가고 있다.

朴淳은 '明沙, 芳草, 無人, 往還' 등 일상적이거나 생활에 쓰이는 平易한 詩語를 사용하여 시를 쓰고 있다. 李晬光은 『芝峯類說』에서, 16세기 唐詩風 시인인 三唐詩人의 시구가 唐詩에서 나왔지만, 글자를 그대로 옮겨 왔다고 해서 換骨奪胎를 면하지 못했다고 비평하고 있다(崔慶昌李達 一時能詩者也 其詩最近唐 而但作句多襲唐人文字 或截取全句而用之 令人讀之 有若讀唐人詩者 故驟以爲唐而喜之 然其得於天機 自運造化之功似少 若謂奪胎換骨 則恐未也).

위의 시에 나타난 이러한 경향에 대해 正祖는 『弘齋全書』「日得錄」에서 다음과 같은 언급을 하고 있다.

"思菴 朴淳은 맑고 지조가 있어 착한 사람들의 종주가 되었다. 정성을 쏟아 명사들을 끌어들여 世道를 만회하는 것을 자기의 임무로 여겼다. 그의 문장 역시 그의 인물됨과 같아서 近體詩의 실속 없고 경박하며 기구하고 괴이한 것을 몹시 싫어하고 나쁜 습관을 애써 변화시켜 깨끗이 씻어 내려 하였다. 문집에 볼 만한 곳이 많다(朴思菴淸介有志操 爲善類宗主 倦倦以接引名士 挽回世道爲己任 其文亦如其人 深疾近體之浮薄險怪者 必欲力變陋習而澡雪之 文集多有可觀處矣).”

185. 「湖堂口號」朴淳

亂流經野入江沱　어지러이 흐르는 시냇물들을 지나 강으로
　　　　　　　　들어가는데
滴瀝猶存檻外柯　물방울이 아직도 난간 밖 가지에 남아 있네
籬掛簑衣簷曬網　울타리에 도롱이 걸어 두고 처마에 그물을
　　　　　　　　말리는데
望中漁屋夕陽多　바라보니 어부의 집에는 석양이 빛나네

<주석> 〖湖堂(호당)〗 讀書堂의 별칭. 조선 시대에 文臣들에게 휴가를 주어 글을 읽게 하던 곳으로 세종 8년(1426)에 시작되었고, 그 후 중종 10년(1515)에 東湖 북쪽 기슭, 즉 지금의 豆毛浦에 창설하였는데, 이때부터 '호당'이라 일컬었음, 〖口號(구호)〗 입에서 바로 읊어서 이룸, 〖沱〗 흐르다 타, 〖滴〗 물방울 적, 〖瀝〗 물방울 력, 〖檻〗 난간 함, 〖掛〗 걸다 괘, 〖簑〗 도롱이 사, 〖曬〗 쬐어 말리다 쇄

<감상> 이 시는 호당에서 지은 노래로, 先景後情의 짜임으로 강가의 情景을 형상화하고 있다.

꼬불꼬불 어지럽게 흐르는 시냇물이 들판을 지나 강으로 흘러 들어가는데, 비가 온 뒤라 물방울이 아직도 난간 밖 나뭇가지에 방울방울 걸려 있다. 울타리에는 비 올 때 입었던 도롱이를 걸어 두어 말리고 있고, 처마 끝에는 그물을 걸어 말리고 있는데, 저 멀리 바라보니 어부의 집에 석양이 지고 있다.

이 외에도 『성소부부고』에는 박순의 시에 대해 다음과 같은 내용이 실려 있다.

"思庵 朴淳의 시에, '은파에 오래 젖어 이 마음 쉴 새 없이, 새벽닭 울자마자 朝服을 챙기누나. 강남의 들집이 봄풀에 파묻히니,

도리어 산승 고용하여 대숲을 지키라네’라 했으니, 아! 사대부로서
그 누군들 은퇴하고 싶은 마음이 없겠는가마는 한 치의 녹봉에 끌
리어 고개를 숙이고 이 마음을 저버리는 자가 많을 것이다. 이 시
를 읽으면 한 번 탄식의 소리를 내게 하기에 족할 것이다(朴思庵
詩 久沐恩波役此心 曉鷄聲裏載朝簪 江南野屋春蕪沒 却倩山僧
護竹林 嗚呼 士大夫孰無欲退之志 而低回寸祿 負此心者多矣 讀
此詩 足一興嘅).”

庭前小草挾風薰	뜰 앞 작은 풀에 훈훈한 바람 감도는데
殘夢初醒午酒醺	남은 꿈 갓 깨자 낮술에 취하였네
深院落花春晝永	깊은 정원에 꽃 지고 봄날은 긴데
隔簾蜂蝶晚紛紛	주렴 넘어 벌과 나비 늦도록 윙윙대며 날고 있네

<주석> 〖挾〗 끼다 협, 〖薰〗 솔솔 불다 훈(薰風: 南風으로, 첫여름에 부
는 훈훈한 바람), 〖醺〗 취하다 훈

<감상> 이 시는 봄날 우연히 지은 것이다.

위의 시에 대해 『詩評補遺』에서는 李滉·李珥·成渾·鄭逑의 작품
과 더불어 논하면서, "고봉 기대승은 행주 고씨로 부제학을 지냈
다. 「우제」에 …… 이 여러 현인들의 시는 시어를 지은 것이 자연
스럽고 각각 묘처를 다했다. 그 시에서 성정의 바름을 얻은 것을
여기에서 볼 수 있다(奇大升高峰 幸州人 副提學 偶題曰 …… 此
等諸賢之詩 作語天然 各盡妙處 其性情之正得於詩者 於此可見
矣)."라 평하고 있다.

奇大升은 시인이기보다는 철학자로 더 잘 알려져 있지만, 그는
700여 편에 달하는 적지 않은 시를 남기고 있다. 『松溪漫錄』에서
는 그의 奇才에 대해, "중국 사신 許國이 올 때, 學士 奇大升이

---

45) 奇大升(1527, 중종 22~1572, 선조 5). 자는 明彦, 호는 高峯·存齋, 시호는 文憲
이다. 李滉의 門人이며, 金麟厚 등과 사귀었다. 1549년(명종 4) 사마시에 합격하고,
1558년 문과에 응시하기 위하여 서울로 가던 도중 김인후 등과 만나 太極說을 논
하였다. 10월 李滉을 처음으로 찾아가 太極圖說에 관한 의견을 나누었다. 1562년
예문관검열 겸 춘추관기사관을 거쳐 의정부사인을 두루 지냈다. 1567년 선조가 즉
위하자 사헌부 집의·典翰이 되어 기묘사화와 良才驛壁書事件(윤원형 세력이 반
대파를 숙청한 사건)으로 죽임을 당한 趙光祖·李彦迪에 대한 추증을 건의했다.
1572년 성균관대사성에 임명되었고, 공조참의를 지내다가 벼슬을 그만두고 고향으
로 돌아가던 중 그해 11월 고부에서 병으로 죽었다.

종사관이 되었다. 백상루에 올라가니 공공의 40韻 排律이 걸려 있었다. 공이 그 운에 따라 즉석에서 지으니, 마치 붓이 나는 듯하였다. 비록 이무기와 개미가 섞인 것을 면하지 못하였으나, 역시 한 기특한 재주였다(許天使之來也 奇學士大升爲從事官 登百祥樓 有龔公四十韻排律 公倚韻立就 筆翰如飛 縱未免蛟螻之雜 亦一奇才也)."라는 내용이 실려 있다.

許筠의 『성소부부고』에는, "고봉 기대승은 호남의 인사 가운데서 걸출한 사람이다. 그는 학문이 고매하여 文純公 李滉이 매우 칭찬하였다. 宣祖에게 知遇를 받았으나 제대로 쓰이기 전에 죽었는데, 공이 죽은 뒤로 호남 사람은 한 명도 조정에 등용된 자가 없었다. 공이 일찍이, '호남 선비들의 풍속과 기습이 점차 해이해지고 있으니, 만약 수십 년이 지나고 나면 과거에 합격하는 자도 많이 나오지 않을 것이다.' 하였는데, 이에 이르러서 공의 말이 과연 증험된 것이다. 공은 아마 그 기미를 예견했던가 보다(奇高峯大升 湖南人士之傑出者 其問學高邁 文純公極其推獎 受知於先王 未究其用而卒 自公之歿 湖南無一人用於朝者 公嘗言湖南士子風聲氣習 漸至陵夷 若過數十年 則幷與科第而不多出矣 至是公言果驗 抑先見其微耶)."라 하여, 기대승의 豫智力에 대한 재미있는 逸話를 싣고 있다.

正祖는 『弘齋全書』「日得錄」에서 다음과 같은 언급을 하고 있다. "高峯 奇大升은 호남의 인사 중에서 가장 걸출한 사람이다. 學問의 높은 조예와 文章의 탁월함과 節義의 정대함은 三絶이라고 말할 만하다. 그의 문집 중에서 퇴계와 주고받은 四七論爭의 편지는 同異를 변별하고 분석한 수많은 말들이 의논이 뛰어나서 바로 창을 들고 방 안에 뛰어들듯(『後漢書』「鄭玄傳」에 보인다. 당시에 任城의 何休가 公羊學을 좋아하여 『公羊墨守』,『左氏膏肓』,『穀梁廢疾』을 지었는데 정현이 「發墨守」,「鍼膏肓」,「起廢疾」을 지었다. 하휴가 보고 탄식하기를, '鄭康成은 내 방에 들어와서 내 창을 들고 나를 찌르려는가?'라고 하였다. 어원이 여기에서 시

작되어 뒤에는 상대의 이론을 가지고 상대를 논박하는 말로 쓰임)
하였다. 그러므로 퇴계가 많은 부분에서 자기의 의견을 굽히고 그
의 견해를 따르면서 '홀로 환하고 광대한 근원을 안 사람'이라고
칭찬하였다. 그의 호걸스런 기개와 탁월한 자품은 퇴계의 문인 중
에서 제일의 인물로 꼽을 만하다(奇高峯湖南人士之最傑出者　其
學問高詣　文章超邁　節義正大　可謂三絶　而其文集中　與退溪往
復四七書　辨析同異累數千言　議論發越　直欲操戈入室　退溪多屈
己見　以從之　稱其獨觀昭曠之原　其氣槩之豪俊　姿稟之卓偉　可
爲退溪門人中第一人物矣)."

世外雲山深復深　세상 밖 구름 덮인 산은 깊고도 깊어
溪邊草屋已難尋　시냇가 초가집은 이미 찾기가 어렵구나
拜鵑窩上三更月　배견와 위에 뜬 한밤의 달은
應照先生一片心　응당 선생의 일편단심을 비추어 주리

<주석> 【拜鵑窩(배견와)】 배견와는 박순의 영평산 속에 있는 齋號임(注
에 "拜鵑窩 相公永平山中齋號"라 되어 있음)

<감상> 이 시는 思庵 朴淳을 위해 쓴 輓詞이다.

朴淳은 우의정과 좌의정을 거쳐 영의정에 이르렀으며, 李珥의 탄
핵을 받자 포천 蒼玉屛에 拜鵑窩(두견새에게 절을 하는 움집)를
지었는데, 그곳은 세상 밖 구름이 덮인 깊고도 깊은 산속이다(세
상과의 단절을 의미함). 박순이 살던 초가집은 벌써 찾기가 어려
울 정도이니, 영의정까지 지낸 사람의 집치고는 너무나 초라하다.

---

46) 成渾(1535(중종 30)~1598, 선조 31). 본관은 창녕. 자는 浩原, 호는 牛溪·默庵.
10세 때, 기묘사화 후 정세가 회복되기 어려움을 깨달은 아버지를 따라 파주 牛溪
로 옮겨 살았다. 1551년(명종 6) 생원·진사시에 합격했으나 병이 나서 복시에는
응하지 않았고, 白仁傑의 문하에 들어가 『尙書』 등을 배웠다. 20세에 한 살 아래
의 李珥와 道義의 벗이 되었으며, 1568년(선조 1)에는 李滉을 만났다. 경기감사 尹
鉉의 천거로 전생서참봉을 제수받은 것을 시작으로 계속 벼슬이 내려졌으나 모두
사양하고 후학을 양성하는 데 힘썼다. 1573년 공조좌랑·사헌부지평, 1575년 공조
정랑, 1581년 내섬시첨정, 1583년 이조참판, 1585년 동지중추부사 등의 벼슬을 받
았으나 대부분 취임하지 않거나 사직상소를 올리고 곧 물러났다. 1584년 이이가
죽자 西人의 영수가 되어 東人의 공격을 받기도 했으나, 동인의 崔永慶이 冤死할
위험에 처했을 때 鄭澈에게 구원해 줄 것을 청하는 서간을 보내는 등 당파에 구애
되지 않았다. 1592년 임진왜란이 일어나자, 이천에 머무르던 광해군의 부름을 받아
의병장 金潰를 돕고 곧이어 檢察使에 임명되고, 이어 우참찬·대사헌에 임명되었
다. 1594년 일본과의 강화를 주장하던 유성룡·李廷馣을 옹호하다가 선조의 노여
움을 샀다. 이에 乞骸疏를 올리고 이듬해 파주로 돌아와 여생을 보냈다. 海東十八
賢의 한 사람으로, 이황의 主理論과 이이의 主氣論을 종합해 절충파의 鼻祖가 되
었다.

임금에 대한 충성에는 변함이 없음을 뜻하는 배견과 위에 뜬 달은
또렷이 그 일편단심을 보여 주고 있다.

申欽의 『晴窓軟談』에 "牛溪 成渾이 朴淳을 애도한 시에, ……
라 하였는데, 사암을 애도하는 심정이 잘 표현되어 있다고 하겠다
(成牛溪渾哭思庵詩曰 世外雲山深復深 溪邊草屋已難尋 拜鵑窩
上三更月 曾照先生一片心 可謂善哭思庵矣)."라 하였고, 허균은
『성수시화』에서 "사암이 세상을 버리자 輓歌가 거의 수백 편이었
는데, 유독 성우계의 절구시 한 편만이 절창이다. 그 시에 이르기
를, ……끝없는 感傷의 뜻이 말 밖으로 드러나지 않아 서로 아는
것이 깊지 않으면 어찌 이러한 작품이 있을 수 있겠는가(思庵相捐
舍 挽歌殆數百篇 獨成牛溪一絶爲絶唱 其詩曰 ……無限感傷之
意 不露言表 非相知之深 則焉有是作乎)."라 하였다.

溪流鳴玉處	시냇물 흘러 옥소리처럼 울리는데
夜雨泛花來	밤비에 꽃잎 떠내려 오네
芳草春風意	꽃다운 풀, 봄바람의 뜻이
薰然入酒盃	향기롭게 술잔 속에 들어오네

<주석> 〖酌〗 따르다 작, 〖泛〗 뜨다 범, 〖薰〗 향기 나다 훈

<감상> 이 시는 시냇가에서 조용히 술잔을 조금 기울이는 것에 대해 노래한 시로, 시냇가에서 바라본 사물에 따라 감각의 변화를 잘 보여주고 있는 시이다.

시냇물 흘러가는 소리가 어찌나 고운지 옥소리처럼 들리는데(청각적 이미지), 어젯밤 비가 내려 밤비에 떨어진 꽃잎이 떠내려 온다(시각적 이미지). 아름다운 풀, 봄바람의 뜻이(후각과 촉각의 이미지) 향기롭게 술잔 속에 들어온다(미각적 이미지).

『國朝寶鑑』에는 成渾의 삶에 대해 간략히 제시하고 있는데, 예시하면 다음과 같다.

"전 의정부 우참찬 成渾이 죽었다. 성혼의 字는 浩源이다. 성혼은 천성이 매우 高邁하여 일찍 德器를 이루어 어린아이 때부터 가정의 교훈을 익혔고, 또 일찍이 李滉을 존경하고 사모하여 私淑하였었다. 그의 학문은 考亭 朱熹를 기준으로 하여, 강론하여 밝히고 실천하는 공을 다 아울러 힘써 本源의 바탕에 더욱 독실하였다. 李珥와 더불어 四端七情과 理氣의 先後에 대한 설을 수천 마디 주고받았는데, 先儒들이 밝히지 못했던 것이 많았다. 李珥가 일찍이 '만약 見解의 우월을 논하자면 내가 약간 나을 것이나 행실이 돈독하고 확고한 것은 내가 따르지 못한다.'고 하였다. 처음에 학문과 덕행으로 천거되어 여러 번 職을 내려 불렀으나 모두 취임하지 않으니, 임금의 후대함이 더욱 중하여 부르는 것을 그만두지 않았었다. 성혼은 힘써 사양하여도 되지 않아 간혹 서울에 왔으나 항상 오래 머물 뜻이 없어 조정에 있은 날짜를 통산하면 1년도 채 되지 않았다. 임진년 난리 때 李弘老의 모함을 받았으며, 이때 (1598년 6월)에 이르러 坡山의 옛집에서 죽었다. 학자들이 牛溪先生이라 부른다."

一區耕鑿水雲中　　물과 구름 낀 가운데에 한 뙈기 밭 갈고 우
　　　　　　　　　　물 파니
萬事無心白髮翁　　만사에 무심한 백발의 늙은이라네
睡起數聲山鳥語　　산새들 지저귀는 몇몇 소리에 잠깨 일어나
杖藜閑步遶花叢　　지팡이 짚고 산보하며 꽃들 구경하네

<주석> 【區】 일정한 지역 구, 【耕鑿(경착)】 「擊壤歌」의 “鑿井而飮 耕
田而食”에서 인용, 【睡】 자다 수, 【藜】 명아주(各處의 田野에
나는데, 잎은 먹고 줄기는 지팡이를 만듦) 려, 【遶】 에워싸다 요

<감상> 이 시는 안응휴(천서)에게 준 시로, 안응휴에 대한 讚辭이면서 동
시에 자신의 삶의 지향이기도 한 것이다.

「擊壤歌」에서 노래한 것처럼 물과 구름 낀 가운데에서 한 뙈기의
밭을 갈고 우물을 파니(세속적인 관계로부터 벗어남을 의미함), 안
응휴는 만사에 무심한 백발의 늙은이라 할 수 있다(작자 자신의 이
야기로 볼 수도 있음). 낮잠을 자다가 몇몇 산새들 지저귀는 소리에
잠깨 일어나(자신을 지배하는 삶의 理는 자연의 理임), 지팡이 짚
고 산보하며 꽃들 구경한다(만사에 무심한 상황을 제시한 것임).
이 시에 대해 許筠은 『국조시산』에서 “초탈하고 뛰어나 미칠 수
가 없다(超邁 不可及).”라 평하였고, 洪萬宗은 『소화시평』에서,
“문장과 이학은 그 境界에 이르면 한 몸이다. 그런데 세상 사람들
이 이것을 알지 못하고 두 가지로 간주하고 있으니, 잘못이다. 당
나라의 경우로 말하면 韓愈가 문으로 도를 터득한 사람이다. ……
내가 성우계의 「贈僧」을 보니, ……매우 도를 터득한 사람의 말
과 비슷하다(文章理學 造其閫域 一體也 世人不知 便做看兩件物
非也 以唐言之 昌黎因文悟道 ……余觀成牛溪贈僧詩曰 ……極

似悟道者之語).”라 평하고 있다. 그리고 『牛溪年譜補遺』에서는 “성우계가 어떤 사람에게 준 시에 이르기를 ……하였는데, 시인의 體制와 격조가 매우 높으니, 이는 이른바 ‘글을 통해 道를 깨달았다.’는 것일 것이다(詩評). ○ 살펴보건대, ‘글을 통해 도를 깨달았다’는 것은 뒤집어 말한 것으로, ‘도를 통해 詩를 깨달았다’는 뜻이다.”라 말하고 있다.

190.「溪上春日」成渾

五十年來臥碧山	오십 년간 푸른 산에 누웠으니
是非何事到人間	시비 많은 세상에 뭣 하러 나가리
小堂無限春風地	작은 집에 봄바람 끝없이 불어오니
花笑柳眠閑又閑	웃는 꽃 자는 버들 한가롭기만 하네

<감상> 이 시는 봄날 시냇가에서 본 것을 노래한 것으로, 性情의 바름을 획득한 시이다.

오십 년간 세상에서 벗어나 푸른 산에 누웠으니, 옳고 그름을 따지는 是非 많은 세상에 무엇 하러 나가겠는가? '臥碧山'의 삶을 서술해 보자면, 작은 집에 봄바람 끝없이 불어오고 꽃은 웃고 버들은 자서 한가로운 삶이다.

『시평보유』에는 이 시에 대해 "이들 여러 사람의 시는 시어로 쓴 것이 자연스러워 각각 묘처를 다했으니, 그 성정의 바름을 시에서 얻은 것을 이것에서 볼 수 있다(此等諸賢之詩 作語天然 各盡妙處 其性情之情得於詩者 於此可見矣)."라 하였고, 李德懋의 『청장관전서』에서는, "우연히 여러 선생의 絶句 가운데 독송할 만한 것을 생각하였다. …… 成牛溪 선생의 「溪上春日」 시에, …… 이 외에도 理學을 하는 선생의 시 가운데 독송할 만한 것이 많으나 아직 상고하지 못하였다(偶思諸先生絶句可誦者 ……成牛溪先生 溪上春日 五十年來臥碧山 是非何事到人間 小堂無限春風地 花笑柳眠閒又閒 ……此外理學諸先生詩 亦多可誦 偶未之考爾)." 라 평하고 있다.

窮秋山日下西林　　늦은 가을 해 서쪽 숲속으로 사라지는데
落葉蕭蕭行逕深　　낙엽이 쌓여 가는 길을 덮고 있네
身世未應同宋玉　　신세 응당 송옥과 같지 않지만
如何憀慄感人心　　어찌하여 슬프고 아픈 마음이 느껴질까?

<주석> 【蕭蕭(소소)】 초목이 흔들려 떨어지는 소리, 【逕】 좁은 길 경, 【宋玉(송옥)】 戰國 시대 楚나라 사람으로 屈原의 제자이다. 굴원이 忠諫을 하다가 추방당한 것을 안타깝게 여겨 「九辯」을 지어 그의 뜻을 밝혔으며, 「招魂」 등의 楚辭를 지었음, 【憀慄(료률)】 슬퍼하고 가슴 아파함

<감상> 이 시는 늦가을 해가 저물어 가는 것을 보고 자신 또한 늙어 가는 속절없는 세월에 대한 所懷를 노래하고 있다.

金尙憲이 쓴 「牛溪先生神道碑銘」에 成渾에 관한 이야기가 다음과 같이 실려 있다.

"선생은 천부적인 자품이 독실하고 민첩하여 저절로 도에 가까웠다. 거처하는 집을 默庵이라고 이름 붙이고는 스스로를 경계하였다. 처음에 청송공께서 靜庵 趙光祖의 문하에 나아가 從遊하여 올바른 학문을 얻어들었는데, 선생은 가정에서 이를 배워 도를 들음이 매우 빨랐다. 일찍이 한 번 과거에 응시하여 初試에 입격하였으나, 병으로 인해 覆試에 응시하지 못하였다. 이로부터 마침내 과거 공부를 포기하고 爲己之學을 하는 데 전심전력하였다. 평소에 조정암과 李退溪를 높이고 사모하였으며, 위로 거슬러 올라가 考亭 朱子를 표준으로 삼았다. 이때 文成公 李栗谷 또한 道學으로 자임하였으므로 서로 함께 의리를 강명해 조예가 더욱 깊어졌다. 그러자 한 시대의 선비들이 모두 귀의하여 우계 선생이라고

칭하였다. 얼마 뒤에 道臣이 학행이 탁월하다는 내용으로 아뢰어 두 차례나 參奉에 제수되었으며, 얼마 뒤에 다시 6품으로 뛰어올라 積城縣監에 제수되었으나, 나아가지 않았다. 사방에서 배우러 와서 따르는 자들이 더욱 많아지자, 선생은 이들을 가르치기를 게을리하지 않았으며, 書室儀를 게시해서 諸生들로 하여금 따라 행할 바를 알게 하였다. 散署의 署長과 여러 寺와 院의 관료와 부장관, 공조의 좌랑과 정랑에 여러 차례 제수되었는데, 그 사이에 召命을 받들어 한 번 京城에 가서 숙배한 뒤 상소를 올리고 즉시 돌아온 적도 있었다. 사헌부의 관원에 제수된 건 持平으로 부른 것이 열 번 남짓이었고, 掌令으로 부른 것이 두 번이었으며, 편안한 수레로 길에 오르도록 명하기까지 하였으나, 모두 굳게 사양하였기 때문이고, 封事를 올려 善을 따르고 학문에 힘쓰는 방도를 아뢰었다. 선생은 성품이 겸손하고 신중하여 이렇게 관직에 제수되는 것을 감당하지 못하였으나 그 실제는 자연 엄폐할 수가 없으므로, 조정의 신하들 중 성상께 아뢰는 이가 많았던 것이다. 성상께서 이 문성공에게 묻기를, '성혼의 어짊에 대해서는 내가 이미 들어서 알고 있다마는, 그의 재주는 어떠한가?' 하니, 이 문성공이 답하기를, '홀로 經世濟民의 직임을 담당할 수 있는지에 대해서는 신이 감히 알 수 없으나, 사람됨이 선을 좋아하니, 선을 좋아하면 천하를 다스리는 데에도 충분할 것입니다. 다만 병이 많아 사무가 많은 부서를 맡기기가 어려우니, 한가로운 부서에 두고서 經筵에 入侍하게 하면 반드시 성상의 덕을 도울 수 있을 것입니다.' 하였다(天資敦敏 自然近道 號所居室默庵 以自規 初聽松遊趙靜庵之門 得聞正學 先生學于家庭 聞道甚早 嘗一赴公車中選 以病不再試 自此遂棄擧子業 專心爲己之學 常尊慕靜庵退溪 以上遡於考亭而爲之準則 時栗谷李文成公 亦以道學自任 相與講明義理 造詣益深 一時士子靡然歸向 稱爲牛溪先生 久之 道臣以學行卓異聞 再授參奉 尋超敍六品 除積城縣監 不就 四方學子從之者益衆 先生訓誨不倦 揭書室儀 俾諸生知所遵行 歷除散署署長

諸寺院僚貳 工曹佐郎正郎 間嘗承召一至京城 而拜疏卽歸 其爲
臺官則以持平召者十餘 掌令者再 至命安車就道 皆固辭 上封事
陳從善典學之道 蓋先生性謙愼不敢當 而其實自有不可掩者 朝
臣多爲上言之 上問李文成 成某之賢 予已聞知 顧其才如何 文
成對曰 謂之獨任經濟 臣不敢知 其爲人好善 好善優於天下 但
善病難任劇 置之閑局 使入侍經筵 則必能裨益聖德)."

蘆洲風颭雪漫空　　갈대밭에 바람 불어 눈이 허공에 흩어지는데
沽酒歸來繫短篷　　술을 사고 돌아와서 작은 배를 매어 두었네
橫笛數聲江月白　　빗겨 부는 피리 몇 소리, 강물 위의 밝은 달빛
宿禽飛起渚煙中　　자던 새가 물가의 안개 속에서 날아오르네

<주석> 〖蘆〗 갈대 로, 〖颭〗 살랑거리다 점, 〖漫〗 흩어지다 만, 〖沽〗 사다 고, 〖篷〗 거룻배 봉, 〖笛〗 피리 적, 〖渚〗 물가 저

<감상> 이 시는 고깃배를 그린 그림을 보고 읊은 題畵詩이다.

　　물가에 있는 갈대밭에 바람이 부는데 저 멀리 먼 곳에는 하얀 눈으로 덮여 있다. 갈대밭 옆에는 작은 배가 매여 있는데, 조금 전 술을 사 온 배이다. 훤히 뜬 강물 위로 피리소리가 들려온다(실제 그림에는 피리가 없겠지만 興을 돋우기 위해 상상해서 넣은 것이다). 눈도 희고 달빛도 희다 보니, 자던 새가 놀라 물안개 속에서 날아오르고 있다.

　　이 외에도 『성소부부고』에는 고경명의 시에 대해 다음과 같은 내용이 실려 있다.

---

47) 高敬命(1533, 중종 28～1592, 선조 25). 본관은 장흥. 자는 而順, 호는 霽峰·苔軒. 임진왜란 때 6,000여 명의 의병을 이끌고 금산에서 왜적과 싸우다 전사했으며, 16세기를 대표하는 호남의 시인이다. 1552년(명종 7) 진사가 되고, 1558년 식년문과에 장원했다. 공조좌랑·전적·정언 등을 거쳐 湖堂에서 賜暇讀書를 했다. 1561년 사간원헌납이 된 뒤 사헌부지평·홍문관부교리를 거쳤다. 1563년 교리로 있을 때 仁順王后의 외숙인 이조판서 李樑의 전횡을 논하는 데 참여하고 그 경위를 이양에게 알려준 사실이 드러나 울산군수로 좌천된 뒤 곧 파직되었다. 1581년 (선조 14) 영암군수에 다시 기용되고 승문원판교를 거쳐 1591년 동래부사가 되었으나 세자 책봉문제로 서인이 실각하자 파직되어 고향에 돌아왔다. 1592년 임진왜란이 일어나자 金千鎰과 의병을 일으킬 것을 약속하고, 의병을 담양에 모아 진용을 편성해 왜적에 대항하여 싸우다가 아들 仁厚 등과 순절했다. 시·글씨·그림에 능했으며 호는 忠烈이다.

"근대의 館閣詩에서는 鵝溪 李山海가 으뜸이다. 그의 시가 초년부터 당을 법받았으며 늘그막에 平海에 귀양 가서 비로소 심오한 경지에 이르렀다. 霽峰 高敬命의 시 또한 벼슬을 내놓고 한거하는 가운데 크게 진보된 것을 깨달을 수 있었으니, 이에 문장이란 부귀영화에 달린 것이 아니라 험난과 고초를 겪고 강산의 도움을 얻은 후에라야 묘경에 들 수 있음을 알 수 있다. 어찌 二公만 그러하랴. 고인이 모두 이러하니 柳州로 좌천됐던 柳子厚나 嶺外로 귀양 갔던 蘇東坡에서도 이를 볼 수 있는 것이다(近代館閣 李鵝溪爲最 其詩初年法唐 晩謫平海 始造其極 而高霽峯詩 亦於閑廢中 方覺大進 乃知文章不在富貴榮耀 而經歷險難 得江山之助 然後可以入妙 豈獨二公 古人皆然 如子厚柳州 坡公嶺外 可見已)."

193. 「送人赴遂安郡」 二首 黃廷彧[48]

其一

詩才突兀行間出	시의 재주 특출하여 무리 중에 뛰어난데
宦路蹉跎分外奇	벼슬길 이지러졌으니 매우 기구해라
摠是人生各有命	모두 인생은 각각 운명이 있나니
悠悠餘外且安之	많고 많은 세상사 편안히 보내시게

<주석> 〖遂安郡(수안군)〗 황해도 북부에 있는 군, 〖突兀(돌올)〗 기이하면서 특이함, 〖行間(항간)〗 行伍의 사이로, 軍中을 의미, 〖蹉跎(차타)〗 어긋남, 〖分外(분외)〗 특별함, 〖摠是(총시)〗 모두~이다, 〖悠悠(유유)〗 매우 많은 모양

<감상> 이 시는 1604년 좌천되어 수안군수로 부임하는 許筠을 보내면서 지은 것으로, 자신의 처지와 비슷한 허균의 삶 속에 자신의 분노

---

48) 黃廷彧(1532, 중종 27~1607, 선조 40) 본관은 長水. 자는 景文, 호는 芝川. 1552년(명종 7) 사마시에 합격하고, 1558년 식년문과에 급제했고, 1580년(선조 13) 진주목사를 거쳐 충청도관찰사가 되었다. 1584년 宗系辨誣奏請使로 明나라에 가서 오랫동안 문젯거리였던 종계변무에 성공하고 돌아와 동지중추부사·호조판서로 승진했다. 1589년 鄭汝立 모반사건에 연루되어 파직되었다가 곧 복직했다. 이듬해 종계변무의 공으로 光國功臣 1등으로 長溪府院君에 봉해지고 예조판서가 되었으며, 이어 병조판서로 전임되었다. 1592년 임진왜란이 일어나자 號召使가 되어 왕자 順和君을 陪從하여 강원도에 가서 의병을 소집하는 격문을 돌렸다. 왜군의 진격으로 회령에 들어갔다가 鞠景仁의 모반으로 臨海君·순화군과 함께 安邊의 토굴에 감금되었다. 이때 적장 가토 기요마사[加藤淸正]로부터 선조에게 보낼 항복 권유문을 쓰라고 강요받았다. 이에 거부했으나, 그의 손자와 두 왕자를 죽이겠다는 협박에 아들 黃赫이 이를 대신 썼다. 그는 항복권유문이 거짓임을 밝히는 또 하나의 글을 썼는데, 이를 입수한 체찰사가 항복권유문만을 보내고 사실을 밝힌 글은 전해 주지 않았다. 따라서 이듬해 부산에서 석방되어 돌아온 뒤 항복권유문이 문제가 되어 당시 정권을 장악하고 있던 東人의 탄핵을 받아 吉州에 유배되었다가 1597년 풀려났다. 館閣三傑(鄭士龍, 盧守愼)의 한 사람으로 문장·시·글씨에 능했으며, 특히 시는 독창성이 있다는 평가를 받았다. 저서로 『芝川集』이 있다. 뒤에 신원되었으며, 시호는 文貞이다.

의 심정을 표출하고 있는 것이다.

황정욱은 손녀가 宣祖의 아들 順和君과 혼인하여 외척으로 권력을 누리다, 1592년 임진왜란이 일어나자 號召使가 되어 왕자 順和君을 陪從하여 강원도에 가서 의병을 소집하는 격문을 돌렸다. 왜군의 진격으로 회령에 들어갔다가 鞠景仁의 모반으로 臨海君·순화군과 함께 安邊의 토굴에 감금되었다. 이때 적장 가토 기요마사[加藤淸正]로부터 선조에게 보낼 항복 권유문을 쓰라고 강요받았다. 이에 거부했으나, 그의 손자와 두 왕자를 죽이겠다는 협박에 아들 黃赫이 이를 대신 썼다. 그는 항복권유문이 거짓임을 밝히는 또 하나의 글을 한글로 썼는데, 이를 입수한 體察使가 항복권유문만을 보내고 사실을 밝힌 글은 전해 주지 않았다. 따라서 이듬해 부산에서 석방되어 돌아온 뒤 항복권유문이 문제가 되어 당시 정권을 장악하고 있던 東人의 탄핵을 받아 吉州에 유배되었다가 1597년 풀려났지만 도성으로 돌아가지 못하고 도성 근교인 노량진 근처에서 살았다.

시를 써 준 허균 역시 뛰어난 재주를 지녔지만 禮俗에 얽매이지 않으려는 것 때문에 탄핵을 받아 벼슬길이 순탄하지 않았다. 1구와 2구에서는 허균의 詩才가 우뚝 뛰어남에도 불구하고 外職으로 나가야 하는 기구한 현실을 노래하고, 3구와 4구에서는 이러한 모든 일들이 운명이니 편안히 받아들이라는 당부로 맺고 있다.

노수신은 金萬重의 『西浦漫筆』에서 "본조의 시체는 네다섯 번 변했을 뿐만 아니다. 국초에는 고려의 남은 기풍을 이어 오로지 蘇東坡를 배워 성종, 중종 조에 이르렀으니, 오직 李荇이 대성하였다. 중간에 黃山谷의 시를 참작하여 시를 지었으니, 朴誾의 재능은 실로 삼백 년 詩史에서 최고이다. 또 변하여 황산곡과 陳師道를 배웠는데, 鄭士龍·盧守愼·黃廷彧이 솥발처럼 우뚝 일어났다. 또 변하여 唐風의 바름으로 돌아갔으니, 崔慶昌·白光勳·李達이 순정한 이들이다. 대저 蘇東坡를 배워 잘못되면 왕왕 군더더기가 있는데다 진부하여 사람들을 만족시키지 못하고 江西詩派를

배운 데서 잘못되면 비틀고 천착하게 되어 염증을 낼 만하다(本朝
詩體 不啻四五變 國初承勝國之緖 純學東坡 以迄於宣靖 惟容
齋稱大成焉 中間參以豫章 則翠軒之才 實三百年之一人 又變而
專攻黃陳 則湖蘇芝 鼎足雄峙 又變而反正於唐 則崔白李 其粹
然者也 夫學眉山而失之 往往冗陳 不滿人意 江西之弊 尤拗拙
可厭)."라고 언급한 것처럼, 宋風의 영향을 받았다.

少年刀筆吏稱佳　　젊어서 서기로 명성이 있었으나
老去還悲五色迷　　늙어서는 도리어 슬프게도 오색도 구분 못 하네
迷路世間吾亦爾　　세간의 미로에선 나 역시 그러하니
白頭筇杖笑相携　　흰머리에 지팡이 짚고 웃으며 서로 끌어 주네

<주석> 〖刀筆吏(도필리)〗 文案을 담당하는 관리, 〖爾〗 그러하다 이, 〖筇〗
　　지팡이 공, 〖携〗 끌다 휴

<감상> 이 시는 居停의 주인인 옛 관리였던 김진에게 준 시로, 김진은 夾
　　註에 의하면, "김진은 젊어서부터 유능한 관리였으나, 나이가 들
　　자 소경이 되어 사물을 보지 못했다(珍自少爲營吏 臨老 青盲不
　　視物)."라고 기록되어 있다.
　　1구와 2구에서는 젊은 시절과 노년 시절의 김진의 모습을 노래하
　　여, 젊어서는 유능한 관리였으나 늙은 지금에는 五色도 구분 못
　　할 정도로 눈이 멀었다며 젊음과 노년의 對比를 통한 효과를 극대
　　화시키고 있다. 3구와 4구에서는 황정욱 자신의 문제로 시선을 옮
　　겨 青盲이 된 김진과 세간의 삶에서 길을 잃은 혼란한 자신과 對
　　比시키면서, 웃으며 서로 끌어 주는 쓸쓸한 만년의 自嘲로 끝을
　　맺고 있다.
　　허균은 『惺叟詩話』에서 황정욱을 포함한 조선의 詩史에 대해서
　　다음과 같이 언급하고 있다.
　　"조선의 詩는 中宗朝에 이르러 크게 성취되었다. 李荇이 시작을
　　열어 訥齋 朴祥·企齋 申光漢·沖庵 金淨·湖陰 鄭士龍이 一
　　世에 나란히 나와 휘황하게 빛을 내고 金玉을 울리니 千古에 칭
　　할 만하게 되었다. 조선의 시는 宣祖朝에 이르러서 크게 갖추어지
　　게 되었다. 盧守愼은 杜甫의 법을 깨쳤는데 黃廷彧이 뒤를 이어

일어났고, 崔慶昌·白光勳은 唐을 본받았는데 李達이 그 흐름을
밝혔다. 우리 亡兄의 歌行은 李太白과 같고 누님의 시는 盛唐의
경지에 접근하였다. 그 후에 權韠이 뒤늦게 나와 힘껏 前賢을 좇
아 李荇과 더불어 어깨를 나란히 할 만하니, 아! 장하다(我朝詩
至中廟朝大成 以容齋相倡始 而朴訥齋祥, 申企齋光漢金冲庵淨
鄭湖陰士龍 竝生一世 炳烺鏗鏘 足稱千古也 我朝詩 至宣廟朝
大備 盧蘇齋得杜法 而黃芝川代興 崔白法唐而李益之闡其流 吾
亡兄歌行似太白 姊氏詩恰入盛唐 其後權汝章晚出 力追前賢 可
與容齋相肩隨之 猗歟盛哉)."

195.「吉州八詠」黃廷彧

「門巖釣魚」

萬古通天一竅開	만고토록 하늘로 통하는 하나의 구멍이 열려 있어
衆魚無數此沿洄	수많은 물고기 여기로 거슬러 올라오네
漁人擧釣爭相叫	어부는 낚싯대 잡고 다투어 서로 소리치는데
碧海長鯨得挈來	푸른 바다의 큰 고래가 끌려오는구나

<주석> 〖竅〗 구멍 규, 〖沿〗 따르다 연, 〖洄〗 거슬러 올라가다 회, 〖叫〗 부르다 규, 〖鯨〗 고래 경, 〖挈〗 손에 들다 설

<감상> 이 시는 길주의 景物을 노래한 8수 가운데 하나로, 문암에서 고기 잡는 광경을 노래하고 있다.

오랜 시간 파도에 의해 형성된 門巖에 수많은 물고기들이 세찬 물결을 거슬러 모여들었다. 어부들은 낚싯대를 잡고 서로 소리치며 큰 고래 같은 물고기를 잡아 끌어가고 있다.

1593년 길주에 유배된 이후 황정욱은 景物詩를 많이 지었는데, 朴誾・朴祥・盧守愼으로 이어지는 경물시의 전통을 이었으며, 유배지의 기이한 경물을 체험하면서 陳師道가 말한 '因難而奇'를 실천하여 기이하고 웅장한 미학을 창출하였던 것이다.

이 외에도 『성소부부고』에는 노수신과 황정욱의 시에 대해 다음과 같은 내용이 실려 있다.

"蘇齋 盧守愼・芝川 黃廷彧은 근대의 대가로서 둘 다 近體詩에 솜씨가 뛰어나다. 노수신의 오언율시와 황정욱의 칠언율시는 모두 1천 년 이래의 절조이다. 그러나 장편시는 이만 못하니, 그 까닭을 알 수 없다(盧蘇齋黃芝川 近代大家 俱工近體 盧之五律 黃之七律 俱千年以來絕調 然大篇不及此 未知其故也)."

正祖는 『弘齋全書』「日得錄」에서 다음과 같이 말하였다.

“芝川 黃廷彧의 시는 湖陰 鄭士龍, 蘇齋 盧守愼과 함께 유명하
다. 세상에 전하는 近體詩는 수백 편이 못 되는데, 기묘하고 뛰어
나 이따금 사람을 놀라게 하는 말이 있다. 文은 더욱 적다. 하지만
都堂의 글에서 필력을 볼 수 있다. 谿谷 張維가 서문에서 ‘한 점
의 고기로 온 솥 안의 맛을 충분히 알 수 있다.’ 하였는데, 맞는 말
이다(芝川詩 與湖陰蘇齋齊名 近體之行于世者 未滿數百 而奇偉
妙絶 往往有驚人語 文則尤尠 然如都堂一書 可見筆力 張谿谷
序文中一臠足識全鼎云者 得之耳).”

196.「栗」李山海[49]

一腹生三子	한배에서 세 아들을 낳았는데
中男兩面平	중간 아들 양쪽 얼굴이 납작하구나
不知先後落	먼저 떨어졌는지 뒤에 떨어졌는지 알 수 없으니
難弟亦難兄	형이네 동생이네 하기가 어렵구나

<감상> 이 작품은 밤을 두고 노래한 詠物詩로, 諧謔的 요소가 가미되어 있는 시이다.

밤 한 송이에서 세 쪽의 밤이 나왔는데, 가운데 있는 밤은 양쪽이 납작하다. 그런데 땅에 떨어진 것이 세 쪽의 밤 가운데 어느 것이 먼저 떨어졌는지 알 수가 없으니, 어느 쪽의 밤을 형이라 하고 동생이라 해야 할지 어렵다.

---

49) 李山海(1539, 중종 34~1609, 광해군 1). 본관은 韓山. 자는 汝受, 호는 鵝溪·終南睡翁. 李稸의 7대손으로, '산해'라는 이름은 아버지가 山海關에서 그의 잉태를 꿈꾸었기 때문에 붙여진 것이라 한다. 어려서부터 작은아버지인 之菡에게서 학문을 배웠다. 글씨는 6세 때부터 썼는데 장안의 명인들이 그의 글씨를 받으려고 모여들었다고 하며 명종에게 불려가 그 앞에서 글씨를 쓰기도 했다. 1545년 을사사화 때 친지들이 화를 입자 보령으로 이주했다. 그 뒤 이조정랑·직제학·동부승지·대사성·도승지 등을 지냈다. 1578년(선조 11) 대사간으로 西人 尹斗壽·尹根壽 등을 탄핵하여 파직시켰다. 1588년 우의정이 되었는데, 이 무렵 동인이 남인과 북인으로 갈라지자 북인의 영수로 정권을 장악했다. 일찍이 그는 南師古와 宋松亭에 앉아 서쪽으로 鞍嶺과 동쪽으로 駱峯을 가리키며 뒷날 조정에 반드시 동서의 黨이 생길 것이라고 예언했다는 이야기가 『於于野談』에 전하는데 이는 그가 실제로 동서분당에 큰 역할을 했다는 것을 시사해 준다. 1589년 좌의정을 거쳐 이듬해 영의정이 되었다. 이해 鵝城府院君에 봉해졌다. 1591년 아들 慶全을 시켜 鄭澈을 탄핵하게 하여 강계로 유배시키고, 그 밖의 서인의 영수 급을 파직시키거나 귀양 보내 동인의 집권을 확고히 했다. 1592년 왜적이 침입하도록 했다는 탄핵을 받아 평해에 유배되었다가 1595년에 영돈령부사로 복직되었다. 이후 대북파의 영수로서 1599년 영의정에 올랐으나 이듬해 파직되었다. 1601년 府院君으로 還拜되었으며 선조가 죽자 院相으로 국정을 맡았다. 문장에 능하여 선조대 문장8대가의 한 사람으로 불렸다. 평해 유배시절에는 수많은 시문을 지었다. 시호는 文忠이다.

洪萬宗은 『小華詩評』에서 이 시에 대해, "아계 이산해가 7살 때 세 톨 밤을 시로 지었다. ……아계는 어린 시절부터 이처럼 기이한 시를 토해냈다(鵝溪李山海七歲時 詠一殼三栗曰 ……蓋自髫齓能道奇語如此)."라 평하고 있다.

197. 「閨情」李玉峯[50]

有約來何晚	돌아온다 약속하시고 어찌 늦으신가요?
庭梅欲謝時	뜰의 매화가 시들려고 해요
忽聞枝上鵲	나뭇가지 위의 까치소리 문득 듣고
虛畵鏡中眉	부질없이 거울 속에서 눈썹 그려요

<주석> 〚謝〛 시들다 사, 〚虛〛 부질없다 허

<감상> 이 시는 안방에서 그리워하는 여인의 정을 노래한 것이다.

오시겠다고 약속을 하신 서방님께서 왜 안 오실까? 뜰의 매화가
필 때쯤 집으로 돌아오신다고 하였는데, 벌써 매화꽃이 시들려고
한다. 서방님을 기다리던 어느 날, 매화가지 위에서 문득 반가운
소식을 전해 준다는 까치 소리를 듣고는, 안 오실 줄 알지만 그래
도 혹시나 하는 기대로 거울을 펼쳐 놓고 화장을 하고 있다(여기
서 '虛'는 과거에도 이와 비슷한 일이 있어 화장을 했더니, 아무리
기다려도 오지 않았음을 이미 경험했기 때문에 쓴 것이다).

이 시에 대해 李德懋는 『청장관전서』에서, "이옥봉의 「閨情」 시
에는, ……하였는데, 모두 멋과 운치가 있다(玉峯詩 …… 閨情 有
約郞何晚 庭梅欲謝時 忽聞枝上鵲。虛盡鏡中眉 皆有情致)."라
평하고 있다.

---

50) 李玉峰(?~?) 선조 때 沃川 군수를 지낸 李逢의 庶女로 趙瑗의 小室이 되었다고
　　전해지고 있으며, 한 권의 詩集이 있었다고 하나, 시 32편이 수록된 『玉峰集』 1권
　　만이 『嘉林世稿』의 부록으로 전한다.

198. 「爲人訟寃」李玉峯

洗面盆爲鏡	얼굴을 씻는 동이로 거울을 삼고
梳頭水作油	머리를 빗는 물로 기름 삼아도
妾身非織女	이 몸이 직녀가 아닐진대
郎豈是牽牛	낭군이 어찌 견우가 되오리까?

<주석> 〖洗〗 씻다 세, 〖梳〗 빗 소

<감상> 이 시는 이웃집 여자의 원통한 訴訟을 풀어 주기 위해 지은 시이다. 어느 날 이웃집 여자가 자기 남편이 억울하게 도둑으로 몰렸으니, 이옥봉에게 訴狀을 써 달라고 왔다. 그 남자는 논매기를 마치고 마침 七夕날 장에서 한잔하고 밤늦게 귀가를 하는데, 소를 사 오던 어떤 사람이 영마루에서 소를 빼앗기고 말았는데, 그 소를 빼앗아 간 사람이 이웃집 여자의 남편과 체구가 비슷하다는 이유로 누명을 쓰게 된 것이었다. 이옥봉은 이 시를 지어 사또께 바치게 한 것이다. 七夕날 일어난 사건이므로, 牽牛과 織女를 활용해 牽牛가 아닌 사람이 어떻게 소를 끌고 갔겠는가라는 의미를 내포한 시이다.

이 시로 인해 이웃집 남편은 누명을 벗고 죽을 뻔한 목숨을 살리게 되었지만, 결국 이 시로 인해 이옥봉은 파멸에 이르게 된다. 남편 조원이 이러한 사실을 알고 대노하여 소실 주제에 하찮은 재주 하나 믿고 세상을 어지럽히는 것은 용서할 수 없고 수치스럽고 창피하여 얼굴 들고 다닐 수 없게 되었다면서 다시는 이옥봉의 처소를 찾지 않았다.

199. 「贈雲江」 李玉峯

近來安否問如何	근래 안부가 어떠하신지요?
月到紗窓妾恨多	달빛이 깁창을 비추니 저는 한에 사무치나이다
若使夢魂行有跡	만일 꿈속의 혼이 다니며 자취를 남기었더라면
門前石路半成沙	임의 집 앞 돌길은 반이 모래가 되었을 텐데

<주석> 〖雲江(운강)〗 趙瑗의 號, 〖紗〗 깁 사, 〖若使(약사)〗 만약, 〖跡〗 자취 적

<감상> 이 시는 雲江 조원에게 주는 시로, 남편이 자신을 찾지 않자 그리움으로 지은 시이다.

허균은 『鶴山樵談』에서, "우리나라 아낙네로서 詩를 잘하는 사람이 드문 까닭은, 이른바 '술 빚고 밥 짓기만 일삼아야지, 그 밖에 詩文을 힘써서는 안 된다.' 해서인가? 그러나 唐나라 사람의 경우는 규수로서 시로 이름난 이가 20여 인이나 되고, 문헌 또한 증빙할 만하다. 요즘 와서 제법 규수 시인이 있게 되어 景樊(허난설헌의 호)은 天仙의 재주가 있고 玉峯 또한 대가임은 더 말할 나위가 없다."라 하여, 우리나라에 女流詩人이 적은 이유와 李玉峯의 詩才에 대해 언급하고 있다.

200. 「寧越道中」 李玉峯

五日長關三日越　　닷새간 길게 문 닫았다 사흘에 넘어서자
哀辭唱斷魯陵雲　　노릉의 구름 속에서 슬픈 노래도 끊어지네
妾身亦是王孫女　　첩의 몸도 또한 왕손의 딸이라서
此地鵑聲不忍聞　　이곳의 두견새 울음은 차마 듣기 어려워라

<주석> 〖關〗 닫다 관, 〖魯陵〗 魯山君 즉 端宗의 능, 〖鵑〗 두견이 견
<감상> 이 시는 비운의 임금 端宗이 묻혀 있는 영월을 지나면서 읊은 시
이다.

許筠의 『성소부부고』에, "나의 누님 蘭雪軒과 같은 시기에 이옥
봉이라는 여인이 있었는데 바로 조백옥(伯玉은 趙瑗의 자)의 첩이
다. 그녀의 시 역시 淸壯하여 脂粉의 태가 없다. 영월로 가는 도
중에 시를 짓기를, ……라 하니, 품은 생각이 애처롭고 원한을 띠
었다(家姊蘭雪一時 有李玉峯者 卽趙伯玉之妾也 詩亦淸壯 無脂
粉態 寧越道中作詩曰 五日長關三日越 哀歌唱斷魯陵雲 妾身亦
是王孫女 此地鵑聲不忍聞 含思悽怨)."라 평하고 있다.

201.「卽事」李玉峯

柳外江頭五馬嘶	버들 너머 강 머리 오마가 울어대니
半醒半醉下樓時	반쯤 깼다 반쯤 취해 다락에서 내릴 때로세
春紅欲瘦臨鏡粧	화장이 얇을세라 경대 앞에 앉아
試畵梅窓却月眉	시험 삼아 매화 창의 반달눈썹 그린다오

<주석> 〖五馬(오마)〗 옛날 太守의 수레는 다섯 필의 말이 끌었으므로, 전하여 태수의 별칭으로 쓰임, 〖嘶〗 울다 시, 〖瘦〗 마르다 수, 〖月眉(월미)〗 부녀자의 초승달과 같은 빼어난 눈썹

<감상> 이 시에 대해 李德懋는 『청장관전서』에서, "이옥봉의 「卽事」 시에 ……라 하였고, 「閨情」 시에는, ……하였는데, 모두 멋과 운치가 있다(玉峯詩 如卽事 柳外江頭五馬嘶 半醒半醉下樓時(案嘉林世稿 作半醒愁醉) 春江欲瘦臨粧鏡 試畵樓窓却月眉 閨情 有約郎何晚 庭梅欲謝時 忽聞枝上鵲 虛盡鏡中眉 皆有情致)."라 평하고 있다.

林亭秋已晚	숲 속 정자에 가을이 이미 깊으니
騷客意無窮	시인의 뜻이 끝이 없도다
遠水連天碧	먼 물줄기는 하늘에 닿아 푸르고
霜楓向日紅	서리 맞은 단풍은 해를 향해 붉다
山吐孤輪月	산은 외로운 보름달을 토해놓고
江含萬里風	강은 만 리의 바람을 머금었다
塞鴻何處去	변방의 기러기는 어디로 가는가?
聲斷暮雲中	소리가 저물어 가는 구름 속에서 끊어지네

<주석> 〖騷客(소객)〗 시인, 〖含〗 머금다 함, 〖塞〗 寒으로 된 본도 있음.

---

51) 李珥(1536, 중종 31~1584, 선조 17). 자는 叔獻, 호는 栗谷·石潭·愚齋. 兒名을 현룡(見龍)이라 했는데, 어머니 사임당이 그를 낳던 날 흑룡이 바다에서 집으로 날아 들어와 서리는 꿈을 꾸었다 하여 붙인 이름이다. 8세 때에 파주 율곡리에 있는 화석정에 올라 시를 지을 정도로 문학적 재능이 뛰어났다. 전후 9차례의 과거에 모두 장원해 '九度壯元公'이라 일컬어졌다. 이이의 理氣論이 가지는 특색은 다음과 같다. 理는 無形無爲한 존재이며 氣는 有形有爲한 존재로서, 理는 氣의 主宰者이고 氣는 理의 器材이다. 즉 理는 이념적 존재이므로 시공을 초월한 形而上的 원리로서 만물에 공통적인 것이며, 氣는 質料的·作爲的 존재로서 시공의 제한을 벗어나지 못하는 形而下的 기재로 국한적인 것이다. 이이는 이와 같이 무형과 유형의 차이로 理通과 氣局을 설명하고, 유위와 무위의 차이로 氣發과 理乘을 설명했다. 이이의 개혁사상은 16세기 사회발전의 진전에 따라 동요하는 사회체제와 신분질서를 다시 주자학적 세계관으로 고정시키고자 한 것이었으며, 이를 위해 이이는 점진적으로 각종 제도를 개혁하고 향촌질서의 안정을 도모하고자 한 것이었다. 이이의 사상은 17세기 이후 그의 문인들로 형성된 서인 노론계에 의해 계승되어 이들의 정치사상·정국운영의 기반이 되었다. 이 시기 격렬하게 진행되던 봉건사회 해체 양상에 신진관료·지주 중심의 정치사회 운영론으로 대응하고자 했던 이들은 이이의 사상이 주자학을 정통으로 계승한 것임을 밝히는 데 주력하는 한편, 이황이나 曺植 등의 사상을 계승한 학파·정파를 배제함으로써 정국의 주도권을 장악할 수 있었다. 특히 17~18세기의 격변기에 金長生 – 宋時烈 – 韓元震으로 이어지는 이 이학파는 이 같은 작업에 토대를 놓음으로써 이후 정치·사상계의 이념적 기반을 마련했다.

<감상> 이 시는 栗谷이 8세에 파주에 있는 화석정에 올라 지은 시이다. 愼獨齋 金集이 쓴 「文成公栗谷李先生墓誌銘」에는 다음과 같이 이 시와 어린 시절에 대한 이야기가 실려 있다.

"가정 병신년(1536) 12월 26일에 江陵 北坪里에서 선생을 낳았다. 신 씨의 꿈에 검은 용이 바다에서 침실로 날아들었는데, 조금 후에 선생이 태어났기 때문에 어려서는 자를 현룡이라 하였다. 선생은 우선 생긴 바탕이 보통과는 달랐고, 말을 하자마자 곧 文字를 알았다. 그리하여 나이 3세 때 석류를 보고는 즉석에서, '쪼개면 분홍색 진주가 나온다'는 시구를 지었다. 또 5세 때는 신 부인이 병을 심하게 앓자 몰래 사당에 들어가 빌었다. 언젠가는 누가 물을 건너다가 넘어지자 보는 사람들 모두가 손뼉을 치며 웃었지만 선생은 유독 걱정스러운 얼굴로 지켜보다가 그 사람이 건너고 난 후에야 한시름을 돌렸다. 이처럼 어버이에 대한 효성과 남을 사랑하는 마음은 바로 타고난 것이었다. 7세에 「진복창전」을 지었는데, 그 줄거리를 보면, '君子는 德이 자기에게 충만해 있기 때문에 항상 너그럽고 여유가 있으며, 小人은 속에 야심을 품고 있기 때문에 언제나 근심과 불만 속에 빠져 있는 법이다. 그런데 지금 복창은 근심과 불만의 얼굴을 하고 있으니, 만약 저러한 사람이 어느 날 제 마음대로 하게 된다면 뒷날 근심거리가 어찌 끝이 있겠는가?'라는 내용이었다. 그 후 복창은 과연 士禍의 매파 역할을 하였다. 8세 때 화석정에다 쓴 시에, '산은 외로운 보름달을 토해놓고, 강은 만 리의 바람을 머금었다'라는 구절이 있었는데, 당시 입에서 입으로 전송되기도 했다(以嘉靖丙申十二月二十六日生先生于江陵北坪里 申氏夢黑龍自大海騰入寢室 俄而先生生 故小字見龍 姿相異常 能言便知文字 三歲 見石榴 卽誦碎紅珠之句 五歲 申夫人疾亟 潛禱于祠堂 嘗見人渡水顚仆 人皆拍笑 先生獨憂形於色 其人獲免乃已 其孝親愛物之心 天性然也 七歲 作陳復昌傳 略曰 君子德充於已 故坦蕩蕩 小人荏藏乎內 故長

戚戚 今復昌常有戚戚之容 使斯人得志 異日爲患 庸有極乎 後
復昌果爲士林禍媒 八歲 題詩花石亭 有山吐孤輪月 江含萬里風
之句 一時膾炙)."
그리고 沙溪 金長生이 지은 율곡의 「行狀」에도, "8세에 스승에게
나아가 글을 배워 학업이 날로 향상되었다. 일찍이 花石亭에 올라
가 시를 지었는데, 그 격조가 渾成하여 詩律에 능숙한 사람이라
도 따를 수 없었다(八歲就外傅 業日進 嘗題詩花石亭 調格渾成
雖老於詩律者 有不能及也)."라 하여, 이 시에 대한 평을 남기고
있다.

203. 「宿南時甫(彥經)郊舍」 李珥

返照依山扣野扉　　지는 해 산에 의지할 무렵 들 사립 두드려
坐看淸月出林霏　　앉아서 숲 안개 위로 뜨는 맑은 달을 보네
焚香小閣淸無語　　향을 피운 조그만 집에 말쑥하고 조용하니
更覺風塵此會稀　　다시 세속에 이런 자리 드문 것을 깨닫겠네

<주석> 〖返照(반조)〗 석양, 석양의 빛　〖扣〗 두드리다 구,　〖扉〗 문짝 비,　〖霏〗 안개 비,　〖風塵(풍진)〗 ＝塵世＝俗世

<감상> 이 시는 남시보의 성 밖 집에서 머물면서 느낀 것을 기록한 것이다. 이 시는 꾸밈이 없이 자연스럽게 田園에서 일어나는 일상적인 風景을 노래하고 있다. 율곡은 「精言妙選序」에서, "사람의 소리 가운데 정밀한 것이 말이 되고, 시는 말에 있어서 더욱 정밀한 것이다. 시는 성정에 바탕을 두어서, 거짓으로 속여서 이루어지는 것이 아니요, 성음의 높낮이는 자연에서 나온 것이다. 삼백 편 『시경』은 인정에 곡진하고, 널리 물리에 통하고, 우유 충후하며, 요체가 바른 데로 돌아가니, 이것이 시의 본원이다(人聲之精者爲言 詩之於言 又其精者也 詩本性情 非矯僞而成 聲音高下 出於自然 三百篇 曲盡人情 旁通物理 優柔忠厚 要歸於正 此詩之本源也)."라 하여, 시는 자연스러워야 함을 강조하고 있다. 栗谷은 당대의 詩를 "詩源久塞 末流多岐"라고 진단하여 배척했다. '末流多岐'란 本을 잃고 末, 즉 기교와 美麗에 치중하는 詩風에 대한 비판이다. 곧 美辭麗句를 일삼는 技巧派에 대한 저항이기도 하다. 詩는 성정이 矯僞하지 않아야 하며, 聲音의 고하가 자연스럽게 흘러나와 溫柔忠厚에 귀결해야지, 文飾하거나 사람의 이목을 즐겁게 하는 데만 힘써선 안 된다는 것이다. 위의 시가 이러한 율곡의 의도를 잘 드러내고 있다고 하겠다.

正祖는 『弘齋全書』「日得錄」에서 다음과 같은 언급을 하고 있다.
"우리나라의 儒者 중에 趙靜庵과 李栗谷은 타고난 자질이 고명하고 뛰어나 理學과 경륜에 있어 원래부터 大賢인데다 왕을 보좌하는 재능까지 겸하였다. 李退溪는 공부가 극에 달하여 확고부동한 뜻이 있었고, 宋尤庵은 많은 훌륭한 자질을 겸하였는데 기품이 강하고 모난 것이 혹 너무 지나쳤다(東方儒者 靜菴栗谷 天姿高明豪逸 理學經綸 自是大賢 兼王佐之才 退溪工夫到底 有確乎不拔之意 尤菴兼有衆美 剛方或太過耳)."

204. 「山中四詠」 李[illegible]珥

月

萬里無雲一碧天　　구름 한 점 없는 만 리 푸른 하늘에
廣寒宮出翠微巓　　달이 푸른 산꼭대기에 뜨네
世人只見盈還缺　　세상 사람들은 다만 찼다가 다시 이지러지는
　　　　　　　　　　것만 알 뿐
不識氷輪夜夜圓　　밝은 달이 밤마다 둥근 것을 알지 못하네

<주석> 〖廣寒宮(광한궁)〗 傳說에 唐 玄宗이 8월 15일 달 속에서 놀다가
큰 궁전을 보았는데, 곁에 '廣寒淸虛之府'라고 되어 있었다고 함
(唐 柳宗元 『龍城錄』 「明皇夢游廣寒宮」). 그래서 뒤에는 달 속
의 仙宮을 '廣寒宮'이라 함, 〖翠微(취미)〗 靑山, 〖巓〗 산꼭대기
전, 〖氷輪(빙륜)〗 明月

水

晝夜穿雲不暫休　　밤낮으로 구름 뚫어 잠시도 쉬지 않으니
始知源派兩悠悠　　비로소 근원과 갈래 끝없음을 알겠네
試看河海千層浪　　시험 삼아 보니, 하해의 천 겹의 물결도
出自幽泉一帶流　　깊은 샘 한 줄기로부터 흐르네

<주석> 〖穿〗 뚫다 천, 〖派〗 갈래 파, 〖悠悠(유유)〗 끝없이 이어진 모양, 〖帶〗
줄기 대

<감상> 이 시는 산속에서 본 네 가지 자연물(風, 月, 水, 雲)에 대해 노래
한 詠物詩 가운데 두 首이다.
만 리까지 구름 한 점 없는 푸른 하늘에 달이 푸른 산꼭대기에 뜬
다. 그런데 이 달을 보고 세상 사람들은 다만 찼다가 다시 이지러

지는 것만 알 뿐, 밤마다 둥근 것을 알지 못한다(현상만을 알 뿐, 본체에 대해서는 알지 못함을 의미함).

밤낮으로 수증기가 올라가 구름을 뚫어 구름이 되었다가 다시 비가 되어 내려오는 작용을 잠시도 쉬지 않으니, 비로소 순환의 원리인 근원과 갈래가 끝없음을 알겠다. 시험 삼아 보니, 하해의 천 겹의 많은 물결도 결국 깊은 하나의 샘 줄기로부터 흘러나온 것이다.

이것은 千態萬象의 氣 속에 중추인 根柢에 내재한 理를 이야기하는 것으로, ‘理一分殊’를 언급하고 있는 것이다.

正祖는 『弘齋全書』 「日得錄」에서 다음과 같은 언급을 하고 있다.

"퇴계는 율곡에 대해 선배 격인 인물이다. 그의 四端七情의 논변에 대해 율곡이 강력히 반론을 제기해 마지않았으나 퇴계는 끝내 불평하는 기색이 없었으니, 여기에서 퇴계의 忠厚한 인품과 율곡의 명석하고 예리함을 볼 수 있다(退溪於栗谷先輩也 其辨四七之論 栗谷彊辨不已 而退溪終始無慍色 於此亦可見退溪之忠厚 栗谷之明銳)."

"율곡은 기상이 광명하고 시원스레 트였으며, 퇴계는 심지가 진실하고 돈후하였다(栗谷氣象光明灑落 退溪心地質實篤厚)."

원주용 ————————————————————————

성균관대학교 한문학과 박사과정 졸업(문학박사)
안동대학교, 한림대학교 강사
현) 성균관대학교, 원광대학교, 상지대학교 강사
　　성균관대학교 동아시아지역연구소 연구교수

「牧隱李穡의 碑誌文에 관한 고찰」
「陶隱散文의 문예적 특징」
「鄭道傳散文에 관한 일고찰」
『한국 한문학의 이론, 산문』(공저)
『목은 이색 산문 연구』
『고려시대 산문읽기』
『동양의 지혜 그리고 현대인의 삶』
『조선시대 산문읽기』
『천자문 쉽게 알기』
외 다수

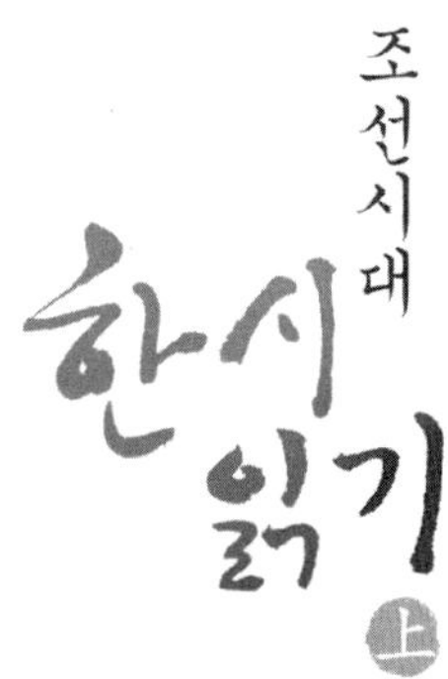

조선시대
한시읽기
上

초 판 인 쇄 | 2010년 10월 8일
초 판 발 행 | 2010년 10월 8일

지 은 이 | 원주용
펴 낸 이 | 채종준
펴 낸 곳 | 한국학술정보㈜
주   소 | 경기도 파주시 교하읍 문발리 파주출판문화정보산업단지 513-5
전   화 | 031) 908-3181(대표)
팩   스 | 031) 908-3189
홈 페 이 지 | http://ebook.kstudy.com
E-mail | 출판사업부 publish@kstudy.com
등   록 | 제일산-115호(2000. 6. 19)

ISBN   978-89-268-1546-5 04810 (Paper Book)
              978-89-268-1547-2 08810 (e-Book)

이담Books 는 한국학술정보(주)의 지식실용서 브랜드입니다.